El tiempo
de las amazonas

Marvel Moreno

El tiempo
de las amazonas

Papel certificado por el Forest Stewardship Council®

MIXTO
Papel procedente de
fuentes responsables
FSC® C117695

Penguin
Random House
Grupo Editorial

Primera edición: marzo de 2021

© 1994, Marvel Moreno
© 2020, Penguin Random House Grupo Editorial, SAS
Carrera 7 No. 75 – 51 Piso 7, Bogotá, D. C., Colombia
© 2021, Penguin Random House Grupo Editorial, S. A. U.
Travessera de Gràcia, 47-49. 08021 Barcelona

© Diseño: Penguin Random House Grupo Editorial, inspirado en un diseño original de Enric Satué

Printed in Spain – Impreso en España

ISBN: 978-84-204-5488-7
Depósito legal: B-616-2021

Compuesto en MT Color & Diseño, S.L.
Impreso en Unigraf, S. L.,
Móstoles (Madrid)

A L 5 4 8 8 7

A Jacques F.

Vi caras que la tumba desde hace tiempo esconde
Y oí voces oídas ya no recuerdo dónde

JOSÉ ASUNCIÓN SILVA

Prólogo

Por Carla y Camila Mendoza

Durante mucho tiempo dudamos en publicar *El tiempo de las amazonas,* esta novela en la que nuestra madre trabajó durante sus últimos años de vida.

¿Por qué esperamos veinticinco años para tomar una decisión?

En primer lugar, no sabíamos si ella hubiera deseado publicarla. La última versión que existe es de octubre de 1994 y nuestra madre falleció en junio de 1995. Durante estos ocho meses ella no la presentó a ninguna editorial y podemos suponer que todavía esperaba darse un tiempo para revisarla.

Y es que *El tiempo de las amazonas* puede llegar a sorprender por varias razones.

Por un lado, es un libro muy denso que presenta un número importante de personajes cuyos destinos se entrecruzan. El lector fácilmente puede sentirse perdido frente a la profusión de historias, de anécdotas y de relatos de vida que se cuentan. En realidad, nuestra madre introdujo en *El tiempo de las amazonas* todos los temas de las novelas y cuentos que ella hubiera querido escribir, pero sabía que la carrera contra el tiempo ya había empezado y que la iba a perder.

Por otro lado, la novela está escrita con un estilo a veces muy directo y expeditivo que puede sorprender a aquellos que han leído *En diciembre llegaban las brisas* o sus cuentos.

Sin embargo, los editores de Alfaguara, con quienes conversamos detenidamente antes de tomar la decisión de publicar esta novela, nos dijeron una frase muy apropiada: «Puede ser una obra gris, pero contiene pepitas de oro».

Y esto nos hizo reflexionar.

Porque, a pesar de sus imperfecciones, *El tiempo de las amazonas* tiene pasajes muy bellos, justos, poéticos e incluso divertidos.

Este libro también completa la obra novelesca de nuestra madre al presentarnos los retratos de una serie de mujeres que consiguieron liberarse del yugo masculino y volar libres.

De este modo, los valores que ella defendía intensamente —la emancipación de las mujeres, la importancia de una vida sexual satisfactoria, la tolerancia y el respeto por el otro— están presentes en esta novela de principio a fin.

Más allá de la violencia de algunas escenas y de la crueldad de las relaciones de poder expuestas, *El tiempo de las amazonas* nos deja un mensaje de esperanza y nos da pistas que pueden sernos útiles en nuestra incesante búsqueda de la felicidad.

París, 2019

1

Gaby decidió quedarse a vivir en París tres horas después de haber llegado a aquella ciudad y sin saber hablar una palabra de francés. Sentada en una banca de la plaza Paul Painlevé había mirado a su alrededor y vio a un anciano echándole migas de pan a gorriones y palomas que no parecían temer la presencia humana. Vio, también, a un muchacho enfrascado en la lectura de un libro y, frente a él, a una pareja de enamorados que se besaban en la boca. Todo eso era inconcebible en Barranquilla: los chicos de cada barrio formaban bandas para matar a los pájaros a punta de honda; leer en una plaza habría provocado la hilaridad de los transeúntes y, besarse en público, la pérdida de la reputación. Gaby pensó que estaba en el lugar donde en principio habría debido nacer y resolvió instalarse allí para siempre. Tenía algunos ahorros en un banco norteamericano que la ayudarían a vivir mientras aprendía el francés y entablaba relaciones para poder ejercer su oficio de fotógrafa. En cuanto a su marido, Luis, terminaría por comprenderla. Tanto le había dicho que solo en Francia el éxito se debía al talento y no a las intrigas locales, que sin lugar a dudas aceptaría su decisión. Quedaba por delante el problema de anunciársela y ella observaba de reojo su expresión arisca, la misma que tenía cuando fue a recogerla al aeropuerto de Orly. Estaba feliz de reunirse con él, pero al llegar al hotel donde se alojaba y verle sacar del bolsillo del saco un manoseado librito sobre las treinta y dos posiciones eróticas de alguna religión oriental comprendió que nada había cambiado. Para entonces sabía que la sexualidad exigía un estado de ánimo en el cual la conciencia se perdía entre los laberintos de un placer ciego y sin nombre y cuya esencia profunda ningún libro podía revelar. Pensaba en eso mientras Luis la desvestía apresuradamente y la acostaba en la cama para hacerle el amor como siempre, con el deseo limitado a su miembro y en sus ojos la angustiada mirada de un niño frente a la hoja de un examen escrito. Ahora que el mal rato había pasado podían conversar cariñosamente en la plaza Paul Painlevé, aunque Luis conservara en las pupilas la inquietud del niño que devolvió la hoja del examen en blanco. Decirle que quería vivir en París le parecía el mejor medio de no herirlo en su amor propio, pese a que sin él no concebía la existencia y que había sufrido desesperadamente los meses en que estuvieron separados. A ella le parecía que su amor por Luis era un tejido de hilos contradictorios. Lo había conocido cuando era un hombre acosado a causa de sus opiniones políticas, pobre, mal vestido y sin otro encanto que el de su formidable colección de anécdotas. Si hubiera sido uno más de los muchachos de la alta burguesía que ella frecuentaba, ni lo habría notado. Pero lo perseguían: ocupaba la tercera posición en una lista negra fijada por la derecha extremista para eliminar a las personas consideradas como peligrosas en caso de un movimiento popular revolucionario. A esa aura de conspirador romántico se unía el hecho de que Luis había pasado una infancia desdichada pues quedó huérfano de madre a los ocho años de edad y su padre, un hombre simpático pero egoísta, se había desembarazado de él confiándolo al cuidado de sus dos tías que lo odiaban. Gaby le había oído contar apenada cómo aquellas solteronas le amargaron la niñez pegándole con frecuencia e inventando un sinfín de faltas para acusarlo de desobediencia delante de su padre, los pocos domingos que este pasaba a visitarlo. En una ocasión su abuela materna, enferma de cáncer, ofreció ocuparse de él y durante dos meses Luis vivió feliz, pero las tías lo recuperaron con el pretexto de que el cáncer era contagioso, en realidad para recuperar los

14

pesos que obtenían por su crianza. Desde entonces Luis vio a su abuela a escondidas en el bus que lo llevaba al colegio. Aunque no parecía persona inclinada a apiadarse de sí misma, ella, Gaby, intuyó que aquel recuerdo le laceraba el alma: un niño con su maletín sobre las rodillas esperando ansiosamente en el bus la parada donde su abuela subiría para reunirse con él. Y el día que no vino, cuando dejó de verla, se dijo que también ella lo había abandonado y entró en el oscuro desamparo de la soledad. Desde la primera vez que hablaron juntos, ella, Gaby, tuvo la impresión de hallarse frente a un hombre valiente, pero desvalido. Sentados en una mesa del Country Club, viendo caer en torrentes la lluvia de agosto sobre las matas del patio interior, descubrieron que compartían los mismos gustos literarios y opiniones políticas. Ella creía soñar: una persona que leía a Marx y sabía manejar los cubiertos, un partidario del Che Guevara aficionado a Proust, un izquierdista que se expresaba con moderación. Y ese era el hombre que la burguesía pretendía amordazar impidiéndole trabajar y amenazándolo de muerte. Al separarse de él creyó haber encontrado al hombre ideal.

De su ilusión vino a sacarla el matrimonio con Luis, cinco meses más tarde. Aunque no tenía ninguna experiencia y su timidez le impedía decir lo que quería, ella no podía tolerar que la vida sexual se redujera a un acto realizado a las carreras y del cual su propio placer estaba excluido. En la intimidad Luis se comportaba como un pirata, no violento, ni siquiera lascivo, sino simplemente ocupado en obtener su satisfacción lo más pronto posible sin tener en cuenta los débiles mensajes que ella le lanzaba y que un día, cansada, vencida, dejó de enviarle. Entonces se replegó sobre sí misma y la sexualidad se le convirtió en obsesión. Todos los hombres que conocía podían volverse sus amantes, cada cita de negocios era susceptible de transformarse en un encuentro de amor. Pasaba el día soñando despierta. Trabajaba mucho, pero como un autómata, sin darle importancia a lo que hacía, aletargada por los espejismos del deseo. En su fuero interno le reprochaba a Luis el haber utilizado el matrimonio para acaparar su cuerpo poniendo sobre él una especie de marca personal que excluía a los otros hombres y, al mismo tiempo, se sentía avergonzada de pensar de ese modo. Si hubiera sido más calculadora se habría permitido tener aventuras extraconyugales manteniendo a salvo las apariencias. No podía, se lo impedía algo que ella llamaba su honestidad. Así, cuando conoció al hombre que sería su primer amante, no quiso acostarse con él antes de pedirle a Luis el permiso de hacerlo, tal y como habían convenido de novios, en la época que Luis le afirmaba que vivirían a la manera de Sartre y Simone de Beauvoir. Luis aceptó y al día siguiente se volvió loco: llamó por teléfono a su padre para ponerlo al corriente de la situación y le contó toda la historia al periodista más chismoso de la ciudad. Fue el escándalo. Ella intentó hacerle frente a las cosas sin romper sus relaciones con su amante, pues le parecía el colmo que después de tanto hablar de libertad Luis armara aquel alboroto por una simple aventura, destinada a terminarse en poco tiempo, sí, pero que quería vivir hasta el fondo. Cediendo a las súplicas de Luis fue a ver a un médico con quien él había conversado. Era un hombre viejo que coleccionaba mariposas y tenía en su consultorio frascos con fetos conservados en formol. Informado por Luis de lo que pasaba, quiso conocer su punto de vista y ella, cándidamente, le habló de su deseo de tener una vida sexual satisfactoria. El médico la escuchó hablar con una falsa indulgencia, como si reconociera los síntomas de una enfermedad sin importancia. Para eso, le dijo, había una solución, irse a Panamá, donde un ginecólogo amigo suyo podía operarla arrancándole los órganos internos y externos que intervenían en el deseo sexual. Ella se aterró, pero más grande fue su horror cuando Luis le rogó que siguiera aquellas recomendaciones. Entonces aceptó irse a Bogotá.

La víspera del viaje Luis la llevó a una notaría para que firmara unos documentos pasándole a él los bienes que tenían en común y que en su mayor parte le pertenecían a ella gracias a su trabajo y a una pequeña herencia recibida de su abuela paterna. Quedó sorprendida por la habilidad con la cual Luis lo había previsto todo y por primera vez se preguntó si sería tan desvalido como ella lo creía. Pero esos pensamientos desaparecieron cuando se encontró separada de él, en Bogotá. Entonces los aspectos positivos de la personalidad de Luis cobraron una dimensión inusitada. A pesar de su mal carácter era un hombre inteligente y bondadoso que se movía en un nivel intelectual muy superior al de los amantes que ella tuvo en ese período. Perderlo significaba descender al mundo de los sentimientos mediocres, vivir entre frases banales y lugares comunes. La formidable cultura de Luis le hacía falta para ayudarla a analizar películas y libros. Se sentía sola y triste. Se enfermó. Sufría de vértigos que la tumbaban al suelo y aun en el suelo tenía la impresión de caer rebotando en un precipicio. Lloraba con frecuencia, la regla dejó de venirle. El día en que Neil Armstrong pisó la luna llamó a Luis por teléfono para decirle entre lágrimas cuánto lo quería y resolvieron encontrarse en París.

Caminando ahora por Saint-Germain se preguntaba cómo iría a anunciarle a Luis su resolución de no volver a Barranquilla. Porque entre más veía las librerías y las terrazas de los cafés, esa hermosa luz de otoño que ponía resplandores dorados sobre los edificios, más se afirmaba su impresión de haberse ido definitivamente de Colombia, como si una nueva vida empezara para ella. Se sentía libre y tenía muchas cosas que descubrir, sobre todo los museos donde se exponían esos cuadros y esculturas que solo había visto fotografiados en libros de arte. Una secreta dicha la embargaba ante la idea de visitar el Louvre y en el quiosco de periódicos de la estación de metro Odéon compró una guía de los monumentos de París.

Estaban invitados a almorzar en un apartamento de la rue de l'Ancienne-Comédie, donde se habían reunido algunos amigos de Luis y Virginia, una prima de ella. Todos la acogieron con simpatía, como si ignoraran sus contratiempos conyugales. Sobre la mesa había vasos de blanco pastís y desde la ventana podían verse los oscuros tejados de pizarra de la ciudad. Oyéndolos conversar, se sentía ignorante. Hablaban de las últimas exposiciones y de una comedia musical norteamericana que era el espectáculo del momento. Ella intentaba memorizar los nombres de museos, teatros y galerías prometiéndose que iría a visitarlos.

Cuando sonaron las doce campanadas del mediodía, Andrés, un amigo de infancia de Luis, la invitó a salir para hacer compras. Sobre los mostradores de la rue de Buci se amontonaban frutas, legumbres y pescados en abundancia; había también flores y todo aquel conjunto parecía formar una hermosa naturaleza muerta. Ella, que nunca había hecho mercado en Miami, estaba asombrada de ver tanta cantidad y variedad de alimentos y la limpieza con la cual eran presentados al público. Observó a Andrés elegir con infinita atención los quesos y vinos del almuerzo. Él mismo se encargó de preparar la comida cuando regresaron al apartamento y lo hizo con solemnidad, como si se tratara de una ceremonia sagrada. Andrés, que había vivido en París durante muchos años, le descubría a través de sus comentarios la importancia que los franceses le daban a la buena cocina.

Mientras comían, Virginia miraba de reojo a su prima. Desde el principio la había sorprendido verla tan linda. Gaby había adelgazado y sus largas piernas parecían muy finas en unas botas de ante, color gris. La minifalda le daba un aire de adolescente y llevaba los cabellos sueltos y lisos sobre la espalda. Ese modo de peinarse contrastaba tanto con sus antiguos moños, que ella lo asociaba a un acto de libertad, como libre se había mostrado al dejar a Luis. Claro que de estar en vida la madre de Gaby, Alicia Zabaraín, no habría habido ni sombra de separación. Gaby la temía demasiado y había soportado siete años de matrimonio para darle la impresión de formar con Luis una pareja feliz.

Alicia Zabaraín había mirado siempre con desconfianza a ella, Virginia, y a su prima Isabel, las mejores amigas de Gaby, porque eran hijas de mujeres liberadas y nietas de la misma abuela, cuyo temperamento festivo había suscitado las críticas de la ciudad. Para la abuela, el matrimonio de su sobrino Julián con aquella solterona agriada de la Alicia Zabaraín fue decididamente un desastre provocado por su debilidad de carácter y su temor de hacer sufrir a los demás. Trataba siempre de arreglar las cosas y cuando su amigo, Armando Zabaraín, le suplicó en su lecho de muerte que ayudara a su hermana no encontró nada mejor que casarse con ella. Alicia Zabaraín no solo olvidó su generosidad, sino, además, nunca le perdonó su indiferencia hacia el dinero y la vida social. Había conocido la opulencia en su infancia y cuando su familia se arruinó por la quiebra del banco Dupont compensó su estrechez económica soñando con matrimonios dorados. Más de una vez había aludido delante de ella, Virginia, a ilusiones perdidas y a la mediocridad de hombres sin ambición. Ambiciones, tío Julián no tenía, salvo las muy modestas de aumentar el número de sus libros o de comprar un ejemplar raro que por casualidad aparecía en el mercado. Como hablaba y escribía varios idiomas, mantenía una reverente correspondencia con editoriales europeas y norteamericanas que le enviaban por correo las últimas obras publicadas sobre diferentes materias, pero especialmente tratados científicos y filosóficos.

Tío Julián ejercía su profesión de médico en un hospital de caridad donde pasaba las mañanas y no cobraba un centavo, y solo atendía en su consultorio por las tardes ganando lo estrictamente necesario para vivir. El resto del tiempo leía o inventaba remedios milagrosos que nunca intentó comercializar. Así, una vez, embalsamó el cuerpo de un millonario norteamericano que había muerto por casualidad en Barranquilla y al año recibía la visita de un especialista decidido a comprarle a cualquier precio el procedimiento utilizado pues había descubierto que el cuerpo parecía embalsamado para la eternidad. No se lo vendió. Como tampoco dejó conocer jamás el contenido de las fórmulas que un farmacólogo amigo suyo preparaba en secreto siguiendo sus instrucciones y que combatían eficazmente todas las enfermedades tropicales. Ese mago apacible y tímido no tenía armas para defenderse contra la rabiosa frustración de Alicia Zabaraín, que le había vedado el acceso a su lecho apenas quedó embarazada de Gaby alegando que sus deberes conyugales estaban terminados con un hijo y que las tentativas de tío Julián para darle placer eran suciedades condenadas por la Iglesia. Tío Julián se replegó en su cuarto, avergonzado de que su intimidad fuera lanzada a los cuatro vientos, pero no la dejó, quizás porque no quería separarse del bebé que iba a nacer. Ella, Virginia, le había oído contar a su abuela cómo Alicia Zabaraín, decidida a ser la mejor madre del mundo, se negó a conseguir una niñera que la ayudara a cuidar a su hija. Ni siquiera permitía que las criadas de la casa lavaran los pañales. Nada de lo que se acercara a Gaby podía ser tocado por una mano de color. El racismo de Alicia Zabaraín llegó al extremo de prohibirle a Gaby, cuando era niña, que entrara en las dependencias del servicio. Así, si su balón rodaba hasta la cocina debía anunciárselo a su madre y Alicia Zabaraín lo hacía traer por una sirvienta y lo lavaba con jabón y lo secaba con una toalla antes de devolvérselo. Por suerte tío Julián llevaba a Gaby a su casa, de Virginia, y a la de Isabel los domingos. Las embarcaba a las tres en su automóvil para que jugaran en los toboganes y columpios del Country Club o se bañaran en las playas de Puerto Colombia.

Con tío Julián eran felices: siempre se mostraba afable, siempre les refería historias divertidas. Y al final de cada paseo sacaba del baúl de su automóvil un regalo para cada una de ellas: juguetes, mientras fueron pequeñas, libros, cuando empezaron a crecer. De ese modo Gaby descubrió que había otras maneras de vivir. Pero cada domingo, al regresar de la calle, Gaby y tío Julián debían afrontar la cólera de Alicia Zabaraín, que acusaba a su marido de ser el responsable de sus infortunios. Le decía cosas hirientes, le echaba en cara su incapacidad de ganar dinero, el no utilizar sus invenciones, el trabajar gratuitamente en un hospital. A veces iba tan lejos que Gaby, desesperada, se echaba a llorar. Entonces Alicia Zabaraín cogía un cinturón y le azotaba las piernas hasta sacarle sangre. Tío Julián debía intervenir arrancándole de las manos el cinturón. Quizás por eso, pensaba ella, Virginia, su tío resolvió matricular a Gaby en un colegio a los tres años de edad después de haberle enseñado a leer y a escribir como si fuera un juego, con tacos de madera que tenían las letras dibujadas en colores.

La elección del colegio fue un verdadero problema porque Alicia Zabaraín amenazó con matarse si Gaby no entraba en una escuela religiosa. Tío Julián cedió, a pesar de que era ateo, pensando tal vez que entre dos males mejor valía escoger el menos grave. Al menos durante nueve meses Gaby estaría protegida pues Alicia Zabaraín no iba a azotarla corriendo el riesgo de que la marca de los golpes desbaratara su reputación de madre ejemplar. Para contrarrestar los nuevos centros de interés de su hija, Alicia Zabaraín descubrió otra forma de dominación: aterrarla. Todas las noches iba a su cuarto con el pretexto de cantarle canciones para ayudarla a dormir y se ponía a contarle historias morbosas sobre su próxima muerte. Los relatos variaban, pero giraban siempre alrededor del mismo tema: la desaparición de Alicia Zabaraín después de una dolorosa enfermedad o de un accidente, y la soledad de Gaby abandonada a los caprichos de su padre que no vacilaría en casarse con otra mujer e imponerle una madrastra. Gaby estallaba en sollozos y, apiadada de sí misma, Alicia Zabaraín también lloraba. Aquello duró varios años hasta que tío Julián, alertado por una criada, se enteró de cómo las canciones eran sesiones de miedo y le dijo a su esposa que, o bien cambiaba de comportamiento, o él se llevaba a Gaby a los Estados Unidos y ella nunca más volvería a verla. Desde entonces la rabia que su marido le inspiraba a Alicia Zabaraín se convirtió en odio.

Ella, Virginia, no se acordaba de cuándo tío Julián empezó a invitarla con Isabel a comer en su casa todos los días. Después de cenar Alicia Zabaraín se encerraba en su cuarto y ellos sacaban mecedoras a la terraza del jardín y se ponían a conversar. Tío Julián les hablaba de filosofía y de religiones comparadas. Tenía el don de hacer inteligibles los conceptos más abstractos y sabía situar cada sistema de pensamiento dentro del contexto social de donde había surgido. Su memoria de erudito les permitía a ellas reconstruir el pasado y viajar a través del tiempo arrancándolas de su turbia apatía de adolescentes confinadas en una sociedad que veía en la cultura una amenaza. Tío Julián las proyectaba en el mundo de las ideas, les sugería la duda, les avivaba la curiosidad. Y bajo el calor de la noche sus palabras parecían tan luminosas como las luciérnagas que brillaban en la oscuridad del jardín. Con todo, sometida a la influencia de su madre como a la de las monjas del colegio, Gaby era católica y, no obstante sus muchas lecturas, intentaba preservar sus ideas religiosas alegando que el mensaje de amor del cristianismo constituía una elevación en la espiritualidad del hombre. Y la Iglesia, creía, había protegido siempre ese mensaje. El descubrimiento de la Inquisición arrancó los velos de su ingenuidad.

Cuando Gaby cumplió trece años, tío Julián la invitó en compañía de ella, Virginia, y de Isabel a pasar un día en Cartagena de Indias. Por primera vez viajaban en avión y tenían la impresión de dejar atrás la adolescencia. La ciudad las fascinó. Eran tan bellas las casas coloniales, tan puras las arcadas, tan solemnes las iglesias. Oyendo hablar a tío Julián mientras caminaban por los adarves del Fuerte de San

Felipe de Barajas les parecía ver alejarse sobre el mar galeones protegidos por navíos de guerra, aparecían en el horizonte veleros de piratas sin ley, repicaban las campanas, tronaban los cañones, la ciudad ardía: olía a pólvora y a sangre. En la Plaza del Reloj zumbaban los fuetes sobre las espaldas de los esclavos africanos que construyeron las murallas. Y en el palacio donde dormían los instrumentos de tortura del Santo Oficio, la voz de tío Julián evocó para ellas los calabozos infames, el ruido de cadenas y los gritos de esos hombres que murieron porque una religión había perdido su alma para ejercer el poder. Las convicciones de Gaby se fracturaron como si hubieran recibido el golpe de una piedra. Le quedaba por delante inventarse una moral laica, como había hecho su padre, y la soledad de las personas que viven sin la comodidad intelectual de cualquier ideología.

Ella, Virginia, pensaba que Gaby había adherido años después al marxismo, no mientras estudiaba Historia en una universidad de Bogotá, sino más tarde, cuando descubrió la miseria trabajando como reportera gráfica para el propietario de un periódico local, anarquista y jovial, antiguo amigo de su padre. Nadie sabía de dónde le había venido su pasión por la fotografía, pero en todo caso le servía para crearse un mundo propio, del cual estaba excluida su madre. Alicia Zabaraín pareció perder el poco juicio que aún tenía cuando Gaby se fue a estudiar a Bogotá. En las vacaciones vaciaba la cólera que había acumulado contra ella durante meses acusándola de llevar en la capital una vida licenciosa. A la par insultaba a tío Julián, cómplice de aquel alejamiento y una vez más se creía víctima de sus afabulaciones y lloraba tirada en una cama. Como su padre, Gaby no tenía fuerzas para luchar contra esas ráfagas de locura. Tratando de calmarla pasaba horas escuchando sus monólogos y sobándole la frente con un pañuelo empapado en alcohol. Asustada esperaba la llegada de su padre porque entonces Alicia Zabaraín se levantaba de la cama para cubrirlo de vejaciones y de sarcasmos sin que él, enfermo ya, prematuramente envejecido, intentara defenderse. A Gaby le apenaba verlo tan humillado y se sentía culpable de no tomar abiertamente su partido. Solo muy tarde en la noche, cuando Alicia Zabaraín dormía, iba en puntillas a su cuarto y conversaba con él en voz baja, a veces hasta el amanecer. Probablemente tío Julián, que había pasado su juventud en Europa, la incitaba a conocer otros mundos. En todo caso a su muerte Gaby había terminado sus estudios universitarios y tenía la intención de irse a México para ingresar en una facultad de sociología.

El deceso de tío Julián dejó a Gaby desolada. Toda su armadura intelectual compuesta de ideas y razonamientos se reveló inútil contra la tristeza que le oprimía el corazón. Además, muerto tío Julián, no podía abandonar a su madre. Se quedó, pues, resignada a convertirse en solterona, ya que ningún interés sentía por los hombres de la burguesía local, viviendo de las rentas de unas casas que su abuela paterna le había legado. Pasaba las noches leyendo en el antiguo cuarto de su padre y se levantaba a mediodía para ir a tomar fotos que ella misma revelaba y que a ella, Virginia, le parecían de buena calidad. Fue entonces cuando aquel periodista amigo de su padre le encargó reportajes que la llevaban a viajar por la Costa Atlántica. Y fue así como entró en contacto con la miseria, no la que describían novelas y libros de historia, ni la que aparecía como un concepto en la obra de Marx. No, la pobreza real, la de los niños hambrientos, la de las mujeres envejecidas a los treinta años, la de los campesinos explotados hasta la muerte. Aunque había sido vacunada por su padre contra toda ideología, Gaby se volvió sensible al pensamiento de la izquierda. De regreso de uno de esos viajes conoció a Luis y el curso de su vida cambió de repente.

Después del almuerzo la conversación se había animado y giraba en torno a la política colombiana. El tema no interesaba a Andrés, que conocía de sobra las opiniones de

24

cada uno de sus amigos. En cambio trataba de comprender por qué Luis se había reconciliado con Gaby. A Luis lo conocía desde la infancia. Era el hijo del primer matrimonio de Álvaro Sotomayor, playboy y gran jugador de polo, que había cometido la imprudencia, no de embarazar a su secretaria, sino de haberlo hecho a sabiendas de que tenía un hermano intratable, un tal Gilberto que apenas se enteró de la situación fue a buscarlo a su oficina con un revólver y clavándole el arma en la espalda lo llevó hasta la iglesia donde un cura complaciente celebró la boda. Furiosos, los miembros de la aristocracia bogotana pusieron a la pareja al margen de la sociedad. Como su familia le cortó las rentas, Álvaro Sotomayor se vio obligado a trabajar de veras por primera vez en su vida y bajo la influencia de Gloria, su esposa, se endeudó para comprar una fábrica de cemento, donde Gloria empezó a trabajar día y buena parte de la noche hasta sacarla finalmente adelante. Ella estaba orgullosa de que gracias a su esfuerzo personal Álvaro Sotomayor pudiera demostrarle a todo el mundo su capacidad de triunfar por su cuenta. Él echaba de menos los hermosos caballos, los mullidos sillones del Jockey Club, donde los sirvientes circulaban discretamente llevando en bandejas de plata vasos de buen whisky y los socios se reunían a la caída de la tarde y conversaban en voz baja sobre los acontecimientos del día. Le hacían falta las partidas de polo, cuando jugaba frente a espectadoras vestidas por los mejores costureros de París y que envolvían sus delicados cuellos en estolas de visón. Y los fines de semana pasados en la hacienda de algún amigo viendo ponerse el sol sobre la cordillera cargada de nubes.

Álvaro Sotomayor no era rico. Los caballos que montaba cuando jugaba polo pertenecían a un tío suyo sin herederos, que estaba muy orgulloso de tener como sobrino a uno de los hombres más guapos y distinguidos de la ciudad. De adolescente, el tío lo había mandado a estudiar a Oxford, donde no aprendió otra cosa que vestirse bien y cultivar las buenas maneras, rompiendo definitivamente los vínculos que lo unían a su madre, honesta, pero de orígenes dudosos, otro mal casamiento que había consternado a la familia. El tío de Álvaro Sotomayor logró convencerla de dejarle a él la educación de su hijo, cuando ya viuda resolvió casarse con un hombre de su mismo medio. De ese matrimonio nacieron dos hijas feas y rencorosas, pero ciegas de admiración frente al medio hermano que tantos éxitos sociales tenía. Nunca le perdonaron a Gloria el haberlo enamorado y se regocijaron cuando esta murió de septicemia causada por una apendicitis aguda y no tratada a tiempo. Cuando Álvaro Sotomayor la llevó a la clínica después de tres días de dolores atroces ya Gloria tenía las uñas negras por la infección que le carcomía el cuerpo. Fue un caso de negligencia. Quizás contento de recuperar su libertad, Álvaro Sotomayor les dejó a sus hermanas el cuidado de Luis y seis meses después se casaba con una heredera quince años menor que él, muy bella y neurótica, cuya fortuna le permitió comprar caballos para el polo y reconciliarse con el tío que tanto había condenado su matrimonio.

Todo, pues, estaba en orden, pero la nueva esposa detestaba a Luis tanto como las tías y aquel niño de ocho años se encontró rodeado de mujeres hostiles que le envenenaron la existencia. En opinión de él, Andrés, Luis tenía el coraje de despreciar el qué dirán, de eso había dado buena muestra al hacer las paces con Gaby, y rebelde lo había sido desde chico, cuando se enfrentaba a puño limpio con los otros alumnos del San Bartolomé que se burlaban de él porque siempre estaba mal vestido y tenía agujeros en las suelas de los zapatos. Cuando se graduó, muy joven, de quince años tal vez, decidió irse a París y él mismo se pagó sus estudios trabajando. Nunca le pidió un centavo a su padre. Estaba acostumbrado a la pobreza y pobre seguía siendo cuando conoció a Gaby. A partir de entonces su vida cambió. Probablemente Gaby le dio dinero para comprar la sucursal de una agencia de seguros y gracias a las relaciones de ella consiguió las mejores cuentas de la ciudad. De golpe perdió su aspecto de perro enfermo para adquirir el aire de un hombre de negocios. A él, Andrés, le daba placer verlo tan seguro de sí mismo y le estaba secretamente agradecido a Gaby de haberle permitido alcanzar la prosperidad. Pero todo tenía un fin y Luis había encontrado de nuevo las zozobras de su infancia.

El apartamento de la rue de l'Ancienne-Comédie le pertenecía a él, Raúl Pérez. Su padre había comprado a la muerte de Gloria la fábrica de cemento de Álvaro Sotomayor convirtiéndola, gracias a su trabajo, en la más importante del país. Cuando él la heredó era toda una empresa que le permitió volverse millonario en pocos años y habría seguido dirigiéndola de no haber tenido la crisis cardíaca cuyo recuerdo le hacía aún estremecerse. La proximidad de la muerte había modificado su percepción de las cosas de la vida. De todos los amigos de Luis allí presentes él era, creía, el único que había aprobado su decisión de reconciliarse con Gaby. Poco importaban los prejuicios sociales cuando estaba en juego el amor. Y sin lugar a dudas, Gaby lo quería. La había encontrado por azar en una calle de Bogotá en los días de su separación. Flaca, ojerosa, con la expresión de una persona enferma, había fingido no verlo, pero él la agarró por un brazo y la llevó a almorzar en un restaurante. Comió como un pollito. Aunque no era muy dada a las confidencias, parecía impresionada por la manera como Luis se había apropiado de sus bienes llevándola a una notaría con el pretexto de firmarle un poder y luego, cuando menos lo pensaba, sacando de una carpeta, a la manera de un ilusionista, otros documentos que le daban a él la propiedad de todo lo que tenían en común. Gaby le contó que hasta el notario había hecho un gesto de sorpresa y que ella había reído, quizás en un momento de histeria pasajera, tan escandaloso le pareció el comportamiento de Luis. Pero un instante después lo excusaba explicándole a él, Raúl, que Luis necesitaba sentirse protegido por la falta de seguridad que había padecido en su infancia. Gaby parecía a punto de echarse a llorar. Se secó los ojos con los dedos y luego se puso unos espejuelos oscuros que a duras penas ocultaban su expresión desolada. Le hizo prometer que volverían a verse y así pudo seguir paso a paso las etapas de su desesperación. Pese a los buenos momentos que había pasado con su esposa, Carmen, durante los primeros años de su matrimonio, él no creía que la liberación sexual hiciera felices a las mujeres: tenían necesidad de ser amadas y el egoísmo de los juegos eróticos excluía la ternura, ese cariño indispensable para afrontar día tras día los sinsabores de la existencia. Carmen se había mostrado ejemplar cuando él tuvo aquel ataque cardíaco. Pasó una semana sin dormir velándolo en la clínica y después aceptó que sus relaciones conyugales desaparecieran. Su médico había sido categórico: ni sexo, ni alcohol, ni trabajo. Debía eliminar todo cuanto fuera fuente de angustia o de excitación. Ya llevaba cuatro años siguiendo aquel régimen y colocando su dinero en inversiones seguras que les dieran una buena renta a Carmen y a su hija Olga si otra crisis se lo llevaba de este mundo.

Su hija le daba quehacer con sus problemas de adolescencia prolongada. Estaba en plena rebelión contra su madre, que no toleraba sus maneras desenvueltas ni la rabia que sentía por ellos. Él había comprado aquel apartamento de la rue de l'Ancienne-Comédie para que tuviera donde alojarse si decidía al fin venir a estudiar en París. Le habría gustado que Olga fuera tan culta como Gaby, quien había estudiado Historia y podía seguir cualquier conversación. Porque dijeran lo que dijeran Gaby tenía una gran inteligencia y solo le faltaba madurez sicológica, esa capacidad de entrar en uno mismo y preguntarse la razón de ser de sus sentimientos. Él la había adquirido después de su crisis cardíaca, pero quizás resultaba imposible pedírsela a una mujer de treinta años que se dejaba arrastrar por los vaivenes de la vida: hacía tres meses lloraba en Bogotá y hoy sonreía con una radiante ingenuidad, sin imaginar los problemas que la aguardaban ni comprender que sus relaciones con Luis no serían nunca más como antes.

Luis estaba contento. El pastís, los vinos y el ambarino coñac que ahora saboreaba habían disipado sus aprensiones. Rodeado de sus amigos recuperaba la confianza en sí mismo y sentía que la separación de Gaby solo había sido una pesadilla, algo que no tenía ni cuerpo ni forma y que a duras penas podía nombrar. Le parecía mentira haber sufrido tanto. De vez en cuando le venía a la mente el recuerdo del día en que Gaby le anunció su deseo de acostarse con otro hombre y un viento de pánico le recorría el alma. Sentía los latidos de su corazón, una repentina punzada en las sienes y el deseo insensato de que Gaby se muriera. Se habría angustiado menos si, en lugar de abandonarlo, Gaby se hubiera muerto. Su deceso habría suscitado la compasión de sus amigos y no esas miradas huidizas que creía advertir en todo el mundo cuando iba a su oficina y bajaba la avenida Olaya Herrera. Hasta su secretaria, le parecía, evitaba sus ojos. Gaby lo acusaba de haber creado el escándalo volviendo del dominio público su aventura amorosa, pero en una ciudad como Barranquilla tarde o temprano se habría sabido y de todos modos él habría pasado por un cabrón. Una cosa era hablar de la libertad de la pareja y otra ponerla en práctica.

Pero lo que más le dolía era la indiferencia de Gaby ante su dolor. La muchacha candorosa que él había conocido en el Country Club, la esposa enamorada que había vendido una parte de su herencia para permitirle comprar una agencia de seguros, había de repente exigido ferozmente su independencia y el derecho de vivir a fondo su sexualidad. Él estaba tan aterrado que a duras penas podía creerlo. Ni siquiera comprendía lo que eso quería decir. Jamás se había preguntado si Gaby sentía algo cuando hacían el amor y hasta le habría chocado que sintiera algo; tan indecente se le antojaba el tema. Gaby le parecía una ninfa inmaculada, ajena a las bajezas del mundo y a los deseos que supuraban del cuerpo de los hombres. Pero había leído a Marcuse, había descubierto las teorías de Reich y un buen día se sintió privada de una parte de sí misma, amputada, le había dicho sin tener en cuenta la pena que le causaba. Sí, habría preferido verla muerta. Al menos eso sintió desde el momento en que ella le anunció sus intenciones y hasta cuando se fue a Bogotá. Durante ese mes había discutido con ella día y noche intentando convencerla de que abandonara a su amante e hiciera borrón y cuenta nueva, pero el otro ejercía sobre ella un chantaje hablándole de su infancia miserable en un barrio pobre de la ciudad y de los fracasos de su vida. Gaby le tenía lástima y evitaba herirlo. Tampoco a él, Luis, quería hacerlo sufrir. Era como un san bernardo colocado entre dos hombres en peligro, sin saber a cuál de los dos salvaría. A él le enfurecía que su dolor tuviera un rival y que Gaby aceptara compararlo con el del otro como si siete años de matrimonio no pesaran mayor cosa en la balanza. Eso le parecía imperdonable. Había sentido lo mismo cuando su abuela dejó de subir al bus que lo llevaba al colegio. Nadie se tomó el trabajo de decirle que había muerto y durante meses creyó que lo había olvidado. Y treinta años después habían vuelto los sentimientos de duda, esa impresión de soledad que había tenido a lo largo de su vida y que solo desapareció cuando se casó con Gaby.

Desde su llegada al apartamento de la rue de l'Ancienne-Comédie, Florence había tratado de saber quién, entre los latinoamericanos allí presentes, era Gaby, la mujer que había cometido el mismo error que ella hizo en su juventud, revelarle a su esposo que tenía un amante. Claro que su caso fue más dramático porque estaba embarazada y su marido, un piloto de Air France, la botó a la calle sin contemplaciones. Por entonces ignoraba si su madre estaba viva o muerta y no tenía quien la ayudara. Esa sensación de desamparo la había conocido desde muy niña, cuando, en Casablanca, su padre la metió en un automóvil para llevarla a Argel a escondidas y separarla definitivamente de su madre, que quería divorciarse de él y casarse con otro hombre. Así empezó la ronda de criadas que se ocupaban de ella y que su padre despedía justo cuando empezaba a quererlas. Para distraerla, su padre no encontraba nada mejor que pasarle películas de horror porque en el fondo le gustaba aterrarla. Fue con un sentimiento de liberación como se casó a los diecisiete años con el piloto de Air France y se vino a vivir a París escapando para siempre de la perversión de su padre, a quien nunca más había vuelto a ver. Y habría llevado una vida feliz si tres años después no hubiera conocido a López, el arquitecto colombiano discípulo de Le Corbusier, que la sedujo en una fiesta sin decirle que estaba casado. Para ella fue la gran pasión y no tomó precauciones de ninguna clase. Cuando le anunció el embarazo, López se limitó a besarla en la frente y a decirle que la quería. Convencida de que iría a vivir con él, le contó la verdad a su marido, que no vaciló un instante en botarla del apartamento impidiéndole sacar sus vestidos. Con lo que tenía puesto y cinco billetes de metro fue a buscar a López para descubrir que ese mismo día había partido para Colombia con su esposa y su hijo. Andrés, cuyo padre era por entonces embajador en la Unesco, le dio la noticia: parecía sinceramente conmovido y le ofreció una cantidad de dinero que ella no quiso aceptar por orgullo. Durante días erró por las calles de París, sin comer, durmiendo como los vagabundos en el metro o debajo de un puente. Todos los amigos que había conocido de casada le cerraron la puerta. El sexto día, y por simple casualidad, conoció a una amiga de su madre, que le dio alojamiento y dinero para abortar. Estuvo a punto de morirse y luego agarró una infección tan terrible que la dejó estéril.

Pero había encontrado a su madre y tenía al fin un hogar. Desde entonces su madre y su hermana nacida del segundo matrimonio se pusieron a buscarle un marido, un hombre que fuera divorciado o viudo, pero en todo caso con hijos para que no le diera importancia a su esterilidad. Finalmente encontraron a Pierre, uno de los ejecutivos mejor pagados de Francia, cuya mujer había cometido la misma imprudencia que ella, abandonar a su familia creyendo que su millonario cubano dejaría la suya para desposarla. Pierre tenía necesidad de una mujer que se ocupara de la casa y recibiera a sus amigos, lo único que ella sabía hacer a la perfección, pues durante los dos años vividos junto a su madre había aprendido los secretos de la vida de mundo. Pero llevar a Pierre al matrimonio había sido una verdadera proeza, tan desconfiado lo volvió la historia del cubano, y su abogado y el de su madre discutieron tres meses antes de llegar a un acuerdo: a la muerte de Pierre ella recibiría la mitad de sus bienes siempre y cuando no le fuera nunca infiel. Y a pesar de eso había estado saliendo con López las últimas semanas aprovechando un viaje de Pierre al extranjero. López había obtenido su número de teléfono a través de Andrés, a quien ella veía cada vez que venía a París, y había tenido el coraje de llamarla a su casa para invitarla a tomar un té en el Crillon. Oír su voz y sentir una llamada en su intimidad fue solo uno. Se bañó temblando de emoción y se precipitó a Carita, donde la maquillaron y peinaron sacando el mejor partido de su belleza. Cuando entró en el Crillon vestida con su mejor sastre y sus zapatos de piel de cocodrilo vio un resplandor de admiración en los ojos de los empleados. López la esperaba de pie junto a la recepción. Era el mismo: tenía el pelo alborotado y la mirada intensa del hombre que conoce bien a las mujeres. A guisa de saludo le besó la mano y ella creyó por un momento que las piernas dejaban de sostenerla. No se alojaba en el Crillon, sino en una buhardilla de Saint-Michel y allí la llevó sin siquiera haber tomado una taza de té. Se amaron hasta el cansancio, en silencio y con violencia. Ella descubría de nuevo la maravilla de tener un cuerpo y de sentirlo vivo. Le parecía recuperar su juventud y estar dispuesta para cualquier aventura. Por su cara cubierta de sudor corrían lágrimas de gratitud. Todo lo que había reprimido durante esos años de matrimonio volaba en pedazos. Se le antojaban mezquinos sus esfuerzos para hacer ahorros con la plata que Pierre le daba semanalmente y que había guardado en un banco, mediocre su orgullo de anfitriona, despreciable su afán de limpiar el apartamento hasta dejarlo brillante como una copa de cristal.

López tenía otros valores. Así lo comprobó cuando fueron a comer mariscos a medianoche y le dejó a ella pagar la cuenta. Durante quince días cenaron en los mejores restaurantes de París y él no gastó un centavo. La misma obstinación con la que había ahorrado franco tras franco la utilizó para darle regalos a López. Él no le pedía nada, pero ella no resistía la tentación de comprarle los objetos que lo dejaban embobado frente a las vitrinas: camisas, corbatas de seda, lapiceros, una cámara fotográfica y finalmente un juego de maletas Vuitton para que pudiera guardar los regalos. Al cabo de dos semanas no hacían el amor y el tiempo se les iba visitando almacenes. Aunque no le quedaba ya un centavo en su cuenta bancaria, se sintió muy orgullosa el día en que López metió en un saco de papel los miserables atavíos que había traído de Bogotá y los botó a la basura. López ganaba poco dinero porque nadie se atrevía a realizar sus osados proyectos arquitectónicos, pero le había dicho: «Envejeceremos juntos en Mallorca» y ella se había sentido tan conmovida como si le hubiera propuesto matrimonio. No tendría necesidad del dinero de Pierre y podría mandarlo al diablo cuando, dentro de unos años, López viniera a buscarla. Mientras tanto debía frecuentar a sus amigos, esos latinoamericanos reunidos ahora en un apartamento de la rue de l'Ancienne-Comédie.

Desde la llegada de Florence todo el mundo se puso a hablar en francés por cortesía y ella, Gaby, no entendía ni una palabra de la conversación. Así aislada podía recordar sus últimos meses en Colombia cuando el cuerpo le ardía de pasión en medio de remordimientos que le carcomían el alma. Eduardo, su última aventura, había sido un amante maravilloso y si no hubiera querido tanto a Luis se habría casado con él. Había un problema: Eduardo deseaba una familia y ella no buscaba vivir como una esposa rodeada de hijos. No quería ser la mujer de nadie ni tenía miedo de las zozobras inherentes a la libertad. Estaba dispuesta a pagar el precio de la independencia así le tocara trabajar como aya o como sirvienta. Lo importante era que le quedara un tiempo para la fotografía y pudiera dejar un testimonio del mundo en el cual vivía. Quería inmovilizar lo pasajero y darle consistencia a lo efímero. Había sentido muchas veces una tristeza infinita ante una imagen que veía un momento sabiendo que estaba condenada a desaparecer. Fijarla gracias a una cámara fotográfica era impedirle caer en el olvido, rescatarla de ese abismo sin fondo en el cual se perdían los recuerdos humanos.

De niña, contemplar los daguerrotipos de sus mayores la invadía de nostalgia. ¿Era su bisabuela esa jovencita encantadora con un vestido de encaje y una cinta alrededor de los bucles de sus cabellos? Y mucho después, en un medallón de oro, aparecían sus dos hijos ya adultos. Y treinta años más tarde, en una fotografía que Virginia guardaba como un tesoro, el retrato de su tío Eduardo, el donjuán, el cosmopolita que había viajado por el mundo entero seduciendo a las mujeres y escribiendo el diario de sus aventuras amorosas. Tres generaciones que por la magia de la fotografía se reunían borrando los límites del tiempo y permitiéndole a ella entrar en el pasado.

Sus ojos habían visto muchas cosas que su memoria olvidaba, ciertos atardeceres frente al mar, ciertos rostros de viejos pescadores cuyas miradas expresaban una infinita sabiduría. Ahora mismo le habría gustado fotografiar al grupo de amigos reunidos en aquella sala fijando una escena que nunca más se volvería a producir. Las paredes estaban recién pintadas y desnudas. Aparte de los vasos y ceniceros y de la botella de coñac no había más nada sobre la mesa, pero la atmósfera era cálida y dentro de una hora cada quien se iría por su lado olvidando aquel momento que ella recordaría para siempre.

Toda su vida le había sorprendido la ligereza de las personas que vivían el presente sin importarles que pudiera convertirse en pasado. Ella tenía un álbum en la cabeza que cada noche hojeaba antes de dormirse. Se acordaba de las tardes que había pasado con Isabel y Virginia en Puerto Colombia, cuando su padre las llevaba a bañarse en el mar. Entonces su padre era joven, al menos no tenía la expresión abatida de sus últimos años, resignado a soportar las injurias de su madre, que lo odiaba, y disminuido por ese enfisema que lo llevó a la tumba.

Su padre jamás le habló de su enfermedad. Una vez lo había sorprendido parado en el sardinel, respirando difícilmente, apoyando la mano en la paredilla con un resplandor de pánico en sus ojos habitualmente serenos. Quizás en ese instante había comprendido cuán cerca estaba de la muerte y ella, en lugar de deslizarse en su corazón haciéndole sentir que compartía su miedo, había fingido no darse cuenta de su desesperación y le hizo una pregunta banal que él, por pudor, respondió en el mismo tono desenfadado.

Desde entonces no podía desprenderse de un vago sentimiento de culpabilidad. Le parecía que había etapas en el dolor humano a partir de las cuales los hombres se hallaban completamente solos, sin que nadie intentara ayudarlos a cargar su cruz. Y eso se llamaba egoísmo. La gente se parapetaba detrás de frases y actitudes convencionales para preservar su tranquilidad y abstenerse de auxiliar a los otros en su sufrimiento. En parte por eso, para compensar su falta de solidaridad con su padre, había intentado darle a Luis todo cuanto podía querer, acallando sus propios deseos hasta sentirlo capaz de salir adelante por su cuenta. La reacción de Luis cuando ella le anunció su decisión de tener una aventura amorosa la dejó alelada. Luis la consideraba como su propiedad. A través de sus palabras buceó en su mente en busca de un sentimiento de amor, pero solo encontró vanidad pueril y un impulso de destrucción dirigido contra ella. De nada habían servido su paciencia y su ternura durante todos esos años de matrimonio. Como él mismo se lo dijo, prefería verla muerta. ¿Lo pensaba realmente? Sí, su muerte le habría permitido sentirse menos desdichado, poniendo a salvo su amor propio. En ningún momento había pensado en ella, en ese cuerpo que al cabo del tiempo se negaba a seguir siendo utilizado. Cada vez que Luis le hacía el amor se sentía humillada en lo más profundo de su intimidad, como si una parte de sí misma fuera rechazada con un secreto asco, condenada al exilio de los leprosos. Luis pensaba que la lectura de Marcuse y de Reich la había inducido a rebelarse, cuando esos autores no habían hecho más que permitirle formular una impresión que había sentido la primera noche de su matrimonio. Había creído entonces que todos los hombres se comportaban de manera análoga y en cierta forma se resignó acallando mal que bien las exigencias de su cuerpo. Pero cuando Virginia le prestó el diario de su tío Eduardo y, casi enseguida, conoció el placer en brazos de otro hombre descubrió que ella no era frígida, como lo había pensado durante años, pero que su deseo se despertaba lentamente y exigía una cierta actitud mental de parte del compañero, justamente la intención de darle placer. Solo así lograba liberarse de sus inhibiciones y palpitar al ritmo de la pasión recuperando la totalidad de su ser. Contra todo lo que le habían enseñado de niña, la voluptuosidad podía volverse una sensación casi metafísica, algo que en un ínfimo instante le permitía reconocerse y definirse de manera absoluta. ¿Cómo conciliar ese descubrimiento con el amor que sentía por Luis? Pues lo quería y sin él era desgraciada. Entre la emoción y el afecto había elegido el segundo y nunca más tendría relaciones con otro hombre aun si se quedaba en París para ejercer su oficio de fotógrafa.

Un poco mareada por el coñac, Virginia puso su copa sobre la mesa y decidió que dejaría de beber. Lina, una prima lejana que la había iniciado en el comercio del arte, le había enseñado también a comportarse en sociedad. Al llegar a París ignoraba las reglas del mundo en el cual le iba a tocar abrirse paso, un mundo en buena parte nocturno, donde el comienzo y el final de los negocios se trataban en un bar de lujo o a la mesa de un restaurante de moda con licores que era necesario beber sin jamás emborracharse. Conservar la mente lúcida era la divisa de Lina y ella la seguía al pie de la letra. Raúl y Gaby no habían bebido ni una copa y Luis parecía ebrio. Hablaba mucho, como de costumbre, contando historias divertidas sin darle tiempo a los otros de expresar sus opiniones. Acaparar la palabra formaba parte de sus defectos o era quizás la prolongación de una antigua manera de vencer su timidez. En todo caso resultaba imposible discutir con él y la conversación, al principio animada, se había convertido en un monólogo. Muchas veces había visto a Gaby como ahora, abrumada por esa falta de cortesía. Debía haber en el mundo dos o tres personas cuyas ideas interesaban a Luis, pero ella, Virginia, no las conocía. Solo una vez le había visto prestar atención al relato de un etnólogo, su excondiscípulo de ciencias políticas, que había llegado directamente de la selva amazónica a su casa de Barranquilla, todavía barbudo, feliz de haber encontrado una tribu de hombres tan primitivos que ni siquiera sabían utilizar el cuenco de la mano para llevarse el agua del río a la boca y bebían como los animales. Pero esos mismos hombres habían llorado de emoción cuando el etnólogo les hizo escuchar la grabación de un concierto de Mozart. Si para despertar el interés de Luis era necesario ir al fin del mundo y entrar en contacto con salvajes, Gaby estaba condenada a callarse el resto de su vida. En realidad todos los actos de Luis tendían a disminuirla, negarle el placer, alejarla de la fotografía, criticarla por comer, impedirle hablar, como si en el fondo intentara anularla y de cierto modo destruirla. Con ella e Isabel, Gaby era otra. Por lo pronto recuperaba su sentido del humor abandonando esa vaga tristeza a la cual la confinaba el comportamiento de Luis. Les hablaba de libros, de películas y de arte con verdadero entusiasmo. Su espíritu crítico solo se embotaba cuando se trataba de discutir sobre su situación. Entonces parecía perder su facultad de razonar y hablaba de su amor por Luis utilizando términos que ella e Isabel conocían de memoria. ¿Qué iba a hacer ahora que las cosas habían cambiado?

—Gaby —le dijo en voz alta—, ¿cuáles son tus planes?

—Quedarme en París —le contestó Gaby sin vacilar.

Hubo un silencio atónito. Luis se puso muy pálido y Virginia se quedó sin habla.

2

Desde hacía cuatro meses, ella, Gaby, tenía dificultades para conciliar el sueño. Iba por las mañanas a la Alianza Francesa y pasaba las tardes estudiando o leyendo los libros de la biblioteca del apartamento donde vivía. Era un apartamento que en París pasaba por elegante, con sus seis piezas cubiertas de tapices y su cielorraso adornado con molduras doradas, pero que a ella le parecía siniestro porque las paredes eran demasiado altas y ningún bombillo lograba iluminar del todo las habitaciones. Había retratos de las mayores del propietario, mujeres descotadas, de talla fina y aire insolente, que Rastignac habría admirado. Pese a sus pretensiones, los pesados muebles tenían un aspecto basto y la tela de las cortinas estaba un poco amarillenta. Una capa de mugre cubría las maderas del piso y ella había pasado muchos días frotándolas con un estropajo antes de encerarlas. El baño, no muy grande, le servía de laboratorio y, a cambio de un cuarto situado en el último piso del edificio y que era alquilado junto con el apartamento, había conseguido los servicios de una muchacha latinoamericana para la limpieza y la preparación de la cena. Con el dinero que Virginia le envió desde Barranquilla por la venta de su automóvil había obtenido un poco de independencia. Visitó todos los museos de París, fue a teatro y a exposiciones, pasó un fin de semana en Versailles y se acostumbró a ir hacia las seis de la tarde al Barrio Latino a tomar un café en el Deux Magots en compañía de su nueva amiga Anne, esposa de un escritor chileno.

A ella le parecía que Anne conocía todos los secretos de la vida. Era fea, inteligente y conversaba con desparpajo. Vestida siempre a la última moda, trabajaba como directora de compras en uno de los grandes almacenes del boulevard Haussmann. En una ocasión su marido, Octavio, le dijo que su sicoanálisis, entablado desde hacía cuatro años, no avanzaba porque ella no se sicoanalizaba. Anne fue a ver a una analista que después de interrogarla durante una hora le dijo: «Mire, señora, yo paso el tiempo tratando de romper la estructura mental de mis pacientes para darles justamente una personalidad parecida a la suya». Pero Anne tenía un aspecto frágil, la inútil y desesperada búsqueda de su padre, un diplomático del consulado mexicano en Barcelona que, cuando los franquistas tomaron la zona, huyó a pie hacia París y en Perpignan embarazó a la madre de Anne, una señorita de la burguesía local. Ella logró ponerse en contacto con él y le anunció el nacimiento de su hija, pero el mexicano, ya fuera porque estaba casado, ya porque en el fondo no le importaba, nunca más dio señales de vida. Cuando Anne cumplió dieciocho años supo que su padre era diplomático acreditado en Nicaragua y le envió una carta seguida de muchas otras que no obtuvieron respuesta. Y todavía ahora seguía escribiéndole en vano. Seguramente su aprendizaje del español y su matrimonio con Octavio se explicaban por el deseo de acercarse a ese padre un poco mítico y siempre ausente. Aparte de eso, Anne se las arreglaba muy bien en la vida. Era una amazona que devoraba hombres como los niños comen caramelos. Tenía un bonito apartamento en la rue de la Montagne-Sainte-Geneviève, adornado con ruanas u objetos precolombinos, situado en un quinto piso sin ascensor.

Fue por ese apartamento que Gaby advirtió cómo su resistencia disminuía. Al principio subía los cinco pisos a las carreras, saltando de dos en dos los escalones, después, gradualmente, empezó a cansarse. Al cuarto piso quedaba rendida, luego al tercero y por fin un día tuvo problemas para subir las escaleras del metro y limitó sus visitas a Saint-Germain. Para entonces comenzó a sentir fiebre al atardecer. Anne no era persona dispuesta a sacrificar su cacería de hombres visitando a una amiga enferma, Virginia estaba de viaje, Isabel no había llegado a París y ella se quedó muy sola. Había comprado un equipo fotográfico con lo que le quedaba del dinero del automóvil para realizar un juego de fotos de París que debían exponerse en una pequeña galería, cuya propietaria, amiga de Florence, se lo había encargado después de haber visto su trabajo, pero el cansancio y la cercanía del invierno, con su frío y sus vientos helados, la confinaban en el apartamento porque no tenía abrigo. Además los dedos de las manos se le habían inflamado y sentía un dolor terrible en las articulaciones de las rodillas y los tobillos. A veces recibía la visita de Florence, que le contaba en francés los pormenores de su vida. Aunque ella no comprendía del todo lo que decía, había deducido que Florence estaba harta de su marido y soñaba con pasar sus días en compañía de López. Le tenía cariño a Florence. Había pasado un fin de semana en su casa de Normandía, una mansión antigua que Pierre, su esposo, hizo transportar piedra a piedra al terreno que había comprado. Pierre la despreciaba porque era latinoamericana y se lo hizo sentir. Fingía no verla, no le dirigía la palabra y la presentó con reticencia a unos amigos que fueron a comer una noche, Eve, una mujer más allá de la cincuentena, y dos hombres, su marido y su amante. Formaban un grupo patético. El marido había perdido su puesto de director de una empresa y el amante le había conseguido un trabajo de segundo orden. Para conservar su nivel de vida, le había contado Florence, Eve utilizaba el dinero de su amante, copropietario de uno de los laboratorios más importantes de Francia. De él venían las joyas y los abrigos de piel y era él probablemente quien se encargaba de evitarles hipotecar su apartamento en Passy. Por la manera obsequiosa como el marido lo trataba, ella comprendió que estaba al corriente de la situación. Él y Eve se miraron con inquietud cuando el amante, bastante guapo y de unos cuarenta años, pareció interesarse en ella. Aunque la barrera del idioma lo disuadió al cabo de una hora, a ella, Gaby, no le cupo la menor duda de que el destino de Eve sería el de verse abandonada y descender de nivel social. Seguramente había sido muy linda en su juventud, pero no obstante la cirugía plástica que le había conservado la belleza del rostro, sus ojos reflejaban el resignado cansancio de las personas para quienes la vida quedó ya atrás.

Hubo una época en la que Eve recibía en sus salones a la flor y nata de la burguesía parisiense, los ricos y nuevos ricos, los políticos y diplomáticos, los aristócratas que habían logrado mantenerse a flote, todo un mundo que le dio la espalda cuando su marido perdió su trabajo. Le había quedado ese último amante, fascinado por su personalidad y su clase, pero que podía irse en cualquier momento ahora que de reina social había pasado a ser querida mantenida. Gaby le oía contar esa y muchas historias parecidas a Florence, asombrada del materialismo que existía en las relaciones de la alta burguesía francesa. La propia Florence parecía creerse superior a ella porque su marido ganaba más dinero que Luis y vivía en un apartamento más lujoso que el suyo. Era una actitud subterránea que su sutileza advertía cuando, por ejemplo, Florence la invitaba a almorzar y le daba las sobras recalentadas de la comida de la noche anterior. A pesar de querer hacerse amiga de las personas que conocían a López, Florence no podía evitar un instintivo rechazo a su estrechez económica, sus pocos vestidos, su falta de joyas y el hecho de utilizar el metro para circular por París. De la miseria vivida cuando el piloto de Air France la botó a la calle le quedaba el confuso sentimiento de que la pobreza era contagiosa y resultaba más sano codearse con personas ricas. Pero a la par y de manera contradictoria trataba de ayudarla y fue ella la única en advertir que estaba enferma. En todo caso una tarde se presentó a su apartamento y le dijo que iba a llevarla a ver a un médico. Ella, Gaby, tenía cuarenta grados de fiebre y no podía caminar cincuenta metros sin sentir que las piernas le flaqueaban de cansancio. El médico le hizo muchas preguntas, algunas relacionadas con su vida sexual y, después de diagnosticar que sus problemas eran de origen nervioso, le dio un tratamiento de tranquilizantes que le quitó las pocas fuerzas que aún tenía. Pasó dos meses acostada en su cama, embrutecida por las drogas y la fiebre. Al cabo de ese tiempo, Florence decidió que aquel médico se había equivocado en su diagnóstico y la llevó a donde otro para quien su enfermedad se reducía a una infección en la garganta que debía combatirse con antibióticos. Le prescribió un examen de sangre y ella se lo hizo, pero no había podido volver a visitar al médico porque no tenía dinero para pagarle sus honorarios y Luis se negaba a dárselo.

Luis parecía un demonio enfurecido. Cuando llegaba al apartamento la insultaba por un sí o un no, les daba patadas a los muebles y gritaba profiriendo palabras groseras. La obligaba a recibir dos veces por semana a Olga, la hija de Raúl Pérez, una muchacha insolente que afirmaba odiar a su madre y estaba llena de animosidad contra todas las mujeres mayores de veinte años. Durante esas cenas, Luis y Olga hablaban entre ellos, fingían tener secretos en común y le dirigían a ella palabras cargadas de agresividad. Hasta Alicia, la muchacha que se encargaba de preparar la comida, era víctima de su descortesía. Comentaban las películas que habían visto juntos, mientras ella había permanecido sola en su apartamento, y se referían con desprecio a las mujeres casadas, verdaderos lastres para las ambiciones de sus maridos. Luis aguijoneaba la malacrianza de Olga y parecía feliz cuando la humillaba.

Los defectos de Luis se habían afianzado desde que recibió la noticia de la muerte de su padre. Contra todo lo esperado había sufrido mucho y después había empezado a imitarlo convirtiéndose en su caricatura. Álvaro Sotomayor bebía unos whiskeys antes de cenar, Luis se embriagaba. El sentido del humor de su padre era en él ferocidad y las discretas aventuras que el primero se permitía se convertían para el segundo en aspiración a una vida disoluta. Su padre recibía a sus amigos del Jockey una que otra noche, Luis tenía invitados a comer casi todos los días. Pero si quería salir con Olga y cortejar a las mujeres que el azar le hacía encontrar no podía darle a ella el dinero necesario para la preparación de aquellas cenas.

Durante los primeros meses ella zanjeó la dificultad pagando de su propio bolsillo los gastos de mercado, pero cuando no le quedó un centavo se encontró obligada a hacerle frente a la tacañería de Luis. Todas las mañanas, muy temprano, le explicaba que o bien le daba para comprar las botellas de whisky y de vino, la carne y las legumbres, los quesos y los postres, o bien anulaba la comida. Luis tenía un acceso de ira: la acusaba de robarle su plata, la amenazaba apretando los puños, la boca crispada de rabia y al fin tiraba sobre una mesa los francos que le pedía. Ella, Gaby, no sabía qué hacer: no disponía de los medios para regresar a Colombia porque Luis, después de haber escondido la chequera del banco de Miami donde estaban sus ahorros, le había prohibido inclusive abrir el correo que el banco les enviaba mensualmente. Además, la debilidad de su cuerpo le impedía reaccionar. ¿Cómo buscar un trabajo en esa ciudad de repente hostil y glacial cuando no podía caminar una cuadra sin arrastrar los pies de cansancio y sentir que iba a caerse al suelo? ¿Cómo adquirir un pasaje de avión si ni siquiera podía comprarse un billete de metro? Mientras Alicia iba a hacer el mercado y preparaba la cena, ella se vestía y maquillaba lentamente, ahorrando sus movimientos porque hasta el hecho de bañarse la dejaba rendida. Después, como ahora, se sentaba en una poltrona del salón y fingía interesarse en la conversación de los invitados.

Luciani, un excomandante de la revolución cubana en el exilio, que había venido esa noche acompañado de Felipe Altamira, médico de la OLP, sentía una viva simpatía por Gaby. Era burguesa, pensaba, sin lugar a dudas, pero no tenía la despectiva arrogancia de los miembros de su clase. Parecía haber superado muchos prejuicios y hablaba con verdadera indignación de las injusticias sociales de su país, pero Ochoa, un ideólogo del partido comunista en el exilio, le había hecho perder su virginidad política al confirmarle que los crímenes perpetrados en la Unión Soviética, las deportaciones masivas, el gulag y los falsos procesos eran verdad y no simples calumnias. Gaby se quedó aterrada. Además Julia, la esposa de Ochoa, que no era muy inteligente y podía perderse en las anécdotas sin sacar una sola conclusión, le había contado cómo la hija de su mejor amiga, una revolucionaria de la guerra civil española recuperada por los rusos antes de la hecatombe final, estaba encinta de un oficial del Ejército Rojo al que su familia impedía casarse con ella porque la consideraba socialmente inferior. Julia pensaba que la muchacha había cometido un error al dejarse embarazar sin haber pasado por el matrimonio, pero que las cosas podían arreglarse si el oficial la desposaba antes del nacimiento del bebé. En ese caso la muchacha debía llevar un amplio vestido de novia estilo Imperio, a fin de disimular la humillación infligida a su madre. Gaby, atónita, le preguntó: «¿Para qué entonces hicieron la revolución? Esas son historias de la burguesía barranquillera». Pero más grande fue su ofuscación el día en que él, Luciani, le reveló ciertos aspectos del castrismo: cuando en una miserable posada de México el Che Guevara y él discutían sobre el marxismo, Fidel los interrumpió diciéndoles que todo eso eran tonterías y solo contaba quién iba a tener el poder.

El asombro de Gaby no parecía tener límites: con emoción le oyó referir el episodio que lo había llevado a él a irse de Cuba y refugiarse en Europa: un amigo fotógrafo le contó cómo los oficiales del ejército torturaban a guerrilleros anticastristas que, viniendo de Miami, se habían organizado en la misma sierra donde ellos comenzaron la lucha revolucionaria y aquel amigo había fotografiado a escondidas escenas de sesiones de tortura. Él, Luciani, fue a ver a Fidel

Castro con las fotos en la mano creyendo que esos horrores se realizaban sin su consentimiento, pero le oyó decir: «Por un hombre que habla, diez de los nuestros son salvados». En vano intentó hacerle comprender que el mismo argumento lo utilizaban todos los verdugos del mundo y que la revolución cubana debía tener las manos limpias. Fidel se limitó a decirle que se fuera a Suiza porque su hijo necesitaba un buen oculista.

De esas cosas él, Luciani, no hablaba nunca, pero Gaby parecía tan decidida a conocer la verdad y mostraba tanta pasión por lo que la gente decía que, olvidando su reserva, había evocado delante de ella los temas de un libro sobre Cuba que se proponía escribir.

A todas luces Gaby estaba desorientada. Su idealismo se había esfumado ante las revelaciones de Ochoa y de él mismo, el racismo de los franceses la hería en su amor propio y su matrimonio iba a la deriva. Él había encontrado dos veces a Luis en compañía de una muchacha muy joven. Las infidelidades conyugales lo chocaban porque consideraba que la vida era un combate feroz y la esposa una compañera en las buenas y en las malas. Adelaida, su mujer, había estado a su lado cuando era un pobre revolucionario perseguido por la policía de Batista y había seguido su ascenso social cuando el triunfo de la revolución lo llevó al poder. Emisario de Fidel en las capitales europeas, conoció el lujo de los grandes hoteles y la mundanidad de las recepciones diplomáticas. Y ahora, que tenían apenas de qué vivir, Adelaida no le hacía reproches y se esforzaba por darle la impresión de ser feliz. Siempre se podía contar con ella. La última vez que había venido a ese apartamento, adivinó que Gaby estaba enferma, por el brillo excesivo de sus ojos. Comprendió, también, que nadie se ocupaba de ella y cuando llegó Felipe, de paso por París, insistió para que fuera a verla. Su visita esa noche tenía un objetivo preciso, descubrir cuáles eran los problemas de salud de Gaby.

A Florence no le parecía que un excomandante de la revolución pudiera ser amigo de López, pero Luciani frecuentaba a la colonia de latinoamericanos establecidos en París que ella se había propuesto conocer. Era la segunda vez que encontraba a Luciani en casa de Gaby y, como siempre que él estaba presente, los invitados hablaban en español. Aunque no comprendiera ni una palabra, se decía que así se familiarizaba con la lengua. Recibía clases de castellano a escondidas de Pierre y había empezado a tomar lecciones de guitarra. Conocía ya la primera estrofa de *La cucaracha* y se la cantaba a Gaby cuando iba a almorzar a su apartamento. Había decidido, también, aprender a enmarcar lienzos pues si López llegaba a París sin un centavo debía tener un oficio que le permitiera ganarse la vida. Esa última parte de sus proyectos le causaba un ligero malestar, volver a ser pobre, instalarse en un pequeño apartamento, utilizar el metro. Su marido no le daría nada y sin embargo ella contaba con un milagro y hasta jugaba a la lotería. Todos los días, mientras limpiaba su casa, contemplaba con tristeza los hermosos objetos que iba a perder, los muebles de cuero y la alfombra persa del salón, los candelabros de plata del comedor, las arañas de cristal, el Degas, los jarrones llenos de flores y, mirándolos, se preguntaba si valía la pena sacrificarle todo eso al amor. Pero entonces se acordaba de sí misma recorriendo por las tardes en su automóvil los primeros kilómetros de la autopista del sur para matar el aburrimiento y huir de la impresión de ser una prostituta de lujo que cada noche entregaba con repugnancia su cuerpo a la lujuria de un marido desposado por interés. Ese sentimiento, antes inhibido, se había afianzado en su alma al contacto de Gaby, que, sin decir una palabra, parecía censurarla. Los ojos de Gaby captaban su servilismo hacia Pierre, sus trampas y mentiras. Una mañana, en Normandía, la había acompañado a hacer su cama y en el momento de levantar la manta apareció la sábana manchada de semen, justo cuando empezaban a hablar de López. Gaby desvió la mirada y ella se sintió invadida de vergüenza. Eso no le ocurría con ninguna otra persona. A su alrededor las mujeres sabían que era necesario soportar ciertas cosas si se quería disfrutar de la fortuna de un hombre. Pero Gaby parecía no darle importancia a las casas de campo, a los apartamentos de lujo, a los objetos por los cuales ella se aguantaba a Pierre. Sus ojos expresaban una tranquila indiferencia ante el dinero. Observaba a los ricos con curiosidad, sin ofuscarse por las joyas o los automóviles deportivos. No le había prestado la menor atención a Paul Dumont, uno de los hombres más ricos de Francia, fingiendo que no comprendía el francés, lo que era falso, y granjeándose la gratitud de Eve para toda la eternidad.

Pero ese desapego por el dinero iba a perderla: desde hacía un mes aplazaba su cita con el médico porque no podía pagarle sus honorarios. Decía púdicamente que esperaba la venta de una casa en Barranquilla, en lugar de pedirle cien francos a Luis. ¿Cómo era posible que él la viera languidecer de fiebre sin ayudarla? Ni siquiera Pierre, que tenía el alma de un tiburón, habría permanecido insensible ante el espectáculo de una persona carcomida por la enfermedad, encaminándose lentamente hacia la muerte. Ella, Florence, se abstenía de ofrecerle pagar la consulta porque no quería sentar un mal precedente permitiéndole a Luis instalarse del todo en su egoísmo sin cumplir con sus deberes de esposo. Luis había sido contratado por una agencia de publicidad cuya sede estaba en Suiza y no tenía derecho a los seguros sociales, pero le pagaban bien y gastaba un dineral invitando a cenar a sus amigos. Con la plata de una de esas comidas, Gaby habría podido ir a ver al médico o comprarse al menos una gabardina para el invierno. Su indumentaria consistía en un par de botas, un blue jean y dos faldas. Alguien le había pasado un jersey y una ruana. Oscuramente ella, Florence, veía en aquella pobreza de Gaby un castigo que la vida le imponía por despreciar las convenciones sociales. No se podía existir en un mundo sin respetar sus reglas. Cuando ella se acostaba cada noche con Pierre ganaba el derecho de poseer un automóvil y un abrigo de visón.

Aquellas reuniones en el apartamento de Gaby aburrían soberanamente a Louise porque la sumergían de nuevo en el mundo de los latinoamericanos del cual intentaba escapar desde hacía diez años, cuando cometió el error de casarse con José Antonio e irse a vivir a Barranquilla. Entonces era una estudiante de Derecho llena de proyectos, pero maltratada por un amor imposible. Estaba enamorada de Michel de Reaunerville, amigo de su familia y vecino de la hermosa casa donde sus padres vivían, cerca de Cannes. Lo había amado en secreto desde niña porque era guapo, inteligente y digno de admiración. Había participado en la Resistencia y era amigo de De Gaulle, a quien le servía de consejero en los problemas del Medio Oriente. Michel tenía las manos suaves, la voz profunda y le había hecho el amor por primera vez con una infinita delicadeza. Sabía acariciarla y le murmuraba al oído frases que la obligaban a perder el control de sí misma conduciéndola al vértigo del placer. Habían pasado un verano maravilloso entre el clamor de las cigarras y a la sombra de un viejo pino real que protegía sus amores. Pero estaba casado y, en esa época, un divorcio habría podido perjudicar su carrera diplomática. Con el alma partida en dos regresó a París, conoció a José Antonio y, un poco por despecho, un poco porque quería huir de esa situación sin salida, aceptó desposarlo. Solo al llegar a Barranquilla se acostó con él y se volvió frígida. Su cuerpo se cerró como una ostra. Trató de interesarse en la maternidad y finalmente confió sus hijas al cuidado de la fiel Clementina. Para complacer a José Antonio se integró a la vida social de Barranquilla y muy pronto se aburrió de las fiestas y cócteles de aquella burguesía provinciana. Abrió un almacén de ropa para niños y ganó mucho dinero, pero le hacían falta sus amigas, su madre y esa Francia depurada por siglos de civilización, donde la gente no hablaba a gritos, ni afirmaba enfáticamente sus opiniones, ni relegaba a las mujeres a una situación de segundo orden convirtiéndolas en apéndices de sus maridos. Durante ese tiempo Michel se divorció y se volvió a casar con una alemana que no contaba mayor cosa para él, le había afirmado cuando ella se atrevió a llamarlo por teléfono y anunciarle su llegada a París. Michel quiso verla ese mismo día y se reunieron en el hotel George V. De nuevo conoció la dicha de existir como mujer. Esos diez años de aridez y silencio desaparecieron apenas se encontró entre sus brazos. Fue un despertar, una formidable sensación de plenitud que la hizo estremecerse de emoción como una hoja sacudida por el viento.

Al volver a su apartamento, José Antonio se le antojó más insignificante que nunca. De no ser por sus hijas lo habría abandonado ahí mismo. Michel quería dejar a la alemana y casarse con ella. Le ofrecía una vida maravillosa de recepciones en embajadas y vacaciones en su casa del sur de Francia, cerca de su madre, que no había digerido todavía su matrimonio con José Antonio. Y los amigos de alto copete, y los viajes y las facilidades económicas. En vez de eso le tocaba matarse vendiendo seguros de puerta en puerta porque José Antonio, que había terminado sus estudios de Derecho internacional en Francia, no conseguía trabajo. En realidad saboteaba todas las oportunidades que se le ofrecían para obligarla a regresar a Barranquilla. Entre ellos dos se había establecido un combate sordo y sin cuartel. José Antonio quería irse quejándose del frío del otoño, de la agresividad de los parisienses y de los largos trayectos en metro para desplazarse de un lugar a otro. Ella insistía en las ventajas de hacer estudiar a sus hijas en Francia, en la posibilidad de visitar exposiciones y museos, de ir a conciertos y a la ópera y de vivir en uno de los grandes centros de cultura del mundo.

Aunque ella hubiera preferido dejar ir a sus hijas a una escuela laica, José Antonio había decidido matricularlas en un colegio religioso, lo cual consumía el dinero de las ventas de seguros. Por fortuna su madre le pagaba el alquiler del apartamento en Neuilly, le había comprado los muebles y le pasaba todos los meses el salario de Clementina. Se había instalado con elegancia, pero sus amigas, que tenían buen olfato, le sacaban el cuerpo. Como su madre, desdeñaban a José Antonio, que hablaba con acento y desconocía las sutilezas de las conversaciones de la burguesía parisiense. Era demasiado categórico en sus afirmaciones y su machismo de latinoamericano caía como una gota helada sobre esas mujeres acostumbradas a contemporizar con las cosas de la vida. De todos modos, sus amigas advertían su estrechez económica —la falta de alfombras de calidad, de arañas en los salones, de una buena vajilla— y para ellas la pobreza constituía una prueba de mal gusto. De estar casada con Michel, otra sería la situación. Gaby y Florence la comprendían por diferentes razones. Florence aprobaba sus esfuerzos para mantenerse a flote y la convidaba a cenar cada vez que tenía invitados importantes. En una de esas comidas José Antonio conoció a Michel y quedó fascinado por su erudición y su simpatía. Desde entonces Michel iba a su apartamento una vez por semana y José Antonio parecía encantado de frecuentar a uno de los hombres que formaban parte del poder en Francia. Pero Florence no se limitaba a invitarla a su casa: le pasaba las direcciones de los almacenes que hacían rebajas, la acompañaba al Mercado de las Pulgas para comprar objetos a bajo precio, le daba ánimos cuando ella le hablaba de la deserción de sus amigas.

Sus relaciones con Gaby eran distintas. Marcada por el izquierdismo, a Gaby no le parecían importantes sus problemas de burguesa venida a menos, pero en cambio, aplaudía su secreta decisión de dejar a José Antonio. Para Gaby el amor debía imponerse a las convenciones sociales y la sexualidad les permitía a los hombres y a las mujeres afirmarse en el mundo, conquistar su independencia. «¿Por qué crees que castran a los caballos?», le había preguntado un día. «Para volverlos más dóciles y sumisos.» Gaby era la única persona en el mundo a quien ella se había atrevido a revelarle su aventura con Michel. Iba a buscarla al boulevard Raspail, donde estaba su oficina, y almorzaban juntas en un pequeño restaurante de los alrededores. Sin saber que tenía en Gaby su mejor aliada, Michel la encontraba inteligente y admiraba su cultura. Compartía con él la opinión de que el imperio soviético terminaría desmoronándose y de que, a la larga, los conflictos de guerra vendrían del Medio Oriente. De no conocer la lealtad de Gaby con sus amigas, ella se habría sentido celosa cuando los oía conversar animadamente mientras José Antonio, que solo se interesaba en su profesión, y Luis, que solo hablaba de política colombiana, guardaban silencio. Pero Gaby había dejado de salir a la calle desde hacía unos meses. Florence le contó que estaba enferma y que Luis no le daba dinero para ir al médico. Tenía los dedos inflamados y unas manchas marrones en la cara macilenta. La expresión brumosa y el brillo de sus ojos delataban la fiebre. No tomaba parte en la conversación como si el hecho de formular ideas le costara trabajo. Un día le había dicho por teléfono: «Tengo la impresión de que mi memoria se vacía». Y cuando le preguntó qué podía hacer por ella, Gaby le pidió que le comprara unos libritos en los cuales se resumían teorías sicoanalíticas, históricas y filosóficas. Esa noche le había traído varios ejemplares, pero aparte de eso no tenía manera de ayudarla. Le pasaba lo peor que podía ocurrirle a un extranjero en París, enfermarse sin disponer de dinero ni de seguros sociales.

Luis veía el aspecto de Gaby con un rencoroso enojo. Estaba tan flaca que parecía una araña de patas muy largas y delgadas inmovilizada por el golpe de una pedrada. Le habían salido manchas en la cara y el cabello se le caía por mechones. Su supuesta enfermedad era un chantaje para impedirle a él salir con Olga y divertirse un poco escapando de la asfixia de la vida conyugal. Ahora se sorprendía de haberla querido tanto y de haberla rodeado de ternura como si fuera una flor rara y muy frágil. Hubo una época en que habría dado la vida por ella. Su deseo de protegerla se había esfumado hacía unos meses, cuando Olga le hizo notar hasta qué punto Gaby lo castraba con su amor posesivo y excluyente. Después de sus aventuras en Colombia, Gaby había concluido que en la vida era necesario elegir asumiendo las frustraciones inherentes a toda elección, razonamiento que de repente había empezado a sacarlo de quicio. Él no soportaba ya regresar del trabajo a la casa o acompañar a Gaby a teatros y conciertos. Aunque no sabía muy bien lo que quería, Gaby le resultaba un peso y su sola presencia, un desagradable reproche. A veces, cuando volvía al apartamento a las tres de la madrugada y la encontraba sentada en un sillón esperándolo con los ojos febriles y la expresión angustiada, se sentía culpable y entonces descubría cuánto la amaba. Porque una parte de él mismo seguía queriendo a Gaby y otra no la podía soportar. La víspera había tocado por casualidad su espalda y fue como poner el dedo en un fogón: creyó que se había quemado. Pero Olga le decía que se trataba probablemente de una gripa mal cuidada y que Gaby no tomaba aspirinas adrede para despertar su compasión obligándolo a ocuparse de ella. No iba a caer en esa trampa. Olga tenía razón al afirmarle que las mujeres se valían de toda clase de artimañas con tal de conservar a sus maridos.

Quién le habría dicho a él que Gaby terminaría comportándose como una esposa convencional, inventándose enfermedades y dependiendo de su caridad en vez de buscar un trabajo. Se había gastado el dinero que le enviaron de Barranquilla en la compra de un sofisticado equipo fotográfico dizque para realizar una exposición, como si París no hubiera sido ya fotografiada un millón de veces. Pero una galerista encontró algo particular en el trabajo de Gaby y él mismo reconocía en el fondo que tenía talento: sabía enfocar, componer, captar en una fracción de segundo el detalle que le daba su interés a una imagen. Pese a su habilidad, el oficio de fotógrafa no le permitía ganarse la vida y él no estaba dispuesto a servirle de mecenas: había querido instalarse en París, que se las arreglara por su cuenta. Sin embargo la idea de perderla lo llenaba de pánico. Cada madrugada temía llegar al apartamento y encontrarlo vacío: encendía la luz del salón y con alivio veía a Gaby en el salón tiritando de fiebre o empapada en sudor: entonces, arrodillado frente a ella, colocando la cabeza sobre sus piernas le decía sinceramente que la amaba y hasta ofrecía darle dinero para que fuera a ver a un médico. Solo que al día siguiente, después de haberse despejado bajo el agua de la ducha, se arrepentía de sus promesas y negaba inclusive haberlas formulado. Mentía y odiaba a Gaby por obligarlo a mentir, por devolverle una imagen detestable de sí mismo, que su padre habría condenado.

Temblaba ante la idea de que sus amigos se dieran cuenta y cuando tenía invitados a comer le exigía a Gaby ponerse más colorete en las mejillas para disimular ese aire de animal enfermo que suscitaba lástima. Por fortuna Alicia se encargaba de preparar la cena y plancharle las camisas, pues Gaby le aseguraba que no tenía fuerzas para ocuparse de nada. Ni siquiera salía a comprar flores como antes, cuando se instalaron en aquel apartamento y Gaby lo limpiaba hasta dejarlo parecido a una taza de plata. Ahora, si iba del cuarto al baño, que estaba situado en el extremo opuesto, pasaba de silla en silla, primero al comedor, luego al vestíbulo y por último al cuarto de huéspedes. Todo eso le tomaba diez minutos y a veces caminaba apoyándose en las paredes para evitar caerse al suelo de puro cansancio. Otro subterfugio destinado a hacerlo sentir culpable, le afirmaba Olga con ferocidad.

Él se sentía encerrado en un callejón sin salida: si botaba a Gaby a la calle, enferma y sin recursos económicos, sus amigos lo criticarían y algunos, como Luciani, dejarían de verlo; además, él mismo se sentiría profundamente desdichado: si seguía con ella debería soportar la sofocación de una vida monótona, cuando el mundo se le ofrecía como una selva inexplorada llena de mujeres bonitas. Sin ir más lejos, Olga podía acostarse con él. No se lo había propuesto porque era la hija de uno de sus mejores amigos y Raúl Pérez jamás se lo perdonaría. Pero las cosas serían diferentes si se divorciaba de Gaby y se casaba con ella.

Hacía un tiempo, justo antes de que Gaby se enfermara, habían viajado juntos a Mallorca y alquilaron una casa en Lluch Alcari; bajaban al mar por un sendero rodeado de pinos y tomaban el sol sobre una roca grande y lisa, muy blanca. Olga se bañaba desnuda y sus bronceados senos se parecían a los melones que comían cuando les apretaba la sed; tenía los muslos fuertes y un mechón de pelos negros y cerriles en el pubis. A él le habría gustado tumbarla sobre la roca y hacerle el amor salvajemente. Su sexo debía estremecerse como los tentáculos de un pulpo. Ahora creía que todas las mujeres tenían entre las piernas animalitos cálidos, voraces, todas, salvo Gaby. El sexo de Gaby se le antojaba un lugar prohibido que cada amanecer penetraba con la molesta impresión de estar violando las puertas de un sagrario. Gaby era una virgen muy antigua en cuyos brazos se sentía protegido y le guardaba rencor por haber traicionado aquella imagen teniendo una aventura con otro hombre. Gaby debía dormir ascética y en silencio hasta su muerte. La enfermedad la empujaba hacia ese mundo de castidad en el cual él quería confinarla y los sufrimientos que padecía, si todo eso no era simple comedia, podían considerarse como una forma de redención. Enferma, quedaba preservada de la pasión de los hombres y volvía a ser esa Gaby tranquila que él había amado sin realmente desearla. Ningún médico debía intervenir para sacarla de una postración en la cual adquiría el aire majestuoso y solemne de una diosa afligida por la proximidad de la muerte. Secreta y desgraciada, había recuperado finalmente su dignidad.

Él se había angustiado mucho cuando Gaby decidió quedarse en París. Caminando por los Champs-Élysées los hombres se volteaban a su paso y algunos la miraban de hito en hito cuando hacían la cola delante de un cine, como si él no existiera. Observando a aquellos hombres, a veces apuestos y bien vestidos, se sentía como un usurpador, como un pobre diablo que no merecía llevar del brazo a una mujer tan bonita. Su viejo amigo Paul Lebard, que dirigía la agencia de publicidad en la cual trabajaba, se había mostrado muy sorprendido al conocer a Gaby y ese asombro lo había mortificado: se vio reflejado en sus pupilas: feo, pequeño, prematuramente calvo, el acceso a las mujeres como Gaby le estaba prohibido a menos de tener dinero y una importante posición social. Le parecía haber transgredido una ley penetrando subrepticiamente en un mundo que no era el suyo, gozar de una cosa a la que no tenía derecho y cuyo precio no había pagado. Ahora que se encontraba en una posición de fuerza todo era distinto. Aquella misma mañana se lo había gritado a Gaby en la cara: «Estás vieja y fea», le había dicho desde la puerta del cuarto. Y cuando sus ojos se llenaron de lágrimas no sintió el menor remordimiento, más bien una impresión de alivio. Le pareció romper uno de los hilos que lo ligaban a ella, darle a entender que a la larga iba a dejarla.

A veces creía haberse embarcado en un viaje cuya destinación era el divorcio. Quería liberarse de Gaby gradualmente, sin sufrir ni caer en la desesperación que había padecido cuando ella lo abandonó. En medio de su incoherencia, su espíritu intentaba elaborar una estrategia para salir de aquel atolladero obligando a Gaby a irse por su propia cuenta. Entonces nadie podría hacerle reproches y recuperaría su libertad. Pero Gaby se incrustaba y su supuesta enfermedad le servía de pretexto para quedarse en la casa en vez de encontrar un trabajo que la volviera independiente. Él se negaba a darle la parte del dinero que le correspondía en aquella cuenta que tenían en común en un banco norteamericano porque eso sería aplazar el problema: se lo gastaría realizando su exposición y luego volvería a las andadas. Gaby debía sacudirse un poco y abrirse paso en la vida, como Louise, que vendía seguros sin dejar de ser una perfecta ama de casa. La propia Florence, casada con un hombre rico, se encargaba de la gestión de apartamentos cuyos propietarios se habían ido de Francia por una razón u otra. A él le había alquilado el suyo y, como era amiga de López, se lo había dejado por cuatrocientos francos, cuando su sueldo en la agencia de publicidad era más de diez veces mayor.

Nunca pensó en sus años de estudiante que viviría en París con tantas facilidades económicas, comiendo en restaurantes de lujo y conduciendo un Porsche. Los maestresalas de la Tour d'Argent y de Lipp conocían su nombre y ciertas noches de la semana le reservaban una mesa. Iba a aquellos lugares en compañía de Olga y tenía la intención de llevar más tarde a otras mujeres que lucieran mejor que Gaby. Pues Gaby con sus atuendos pobres desentonaba en cualquier parte. Una vez lo había acompañado a una cena en casa de Paul Lebard y las invitadas, amigas de la nueva esposa de Paul, heredera de un agua mineral que se vendía desde los Estados Unidos hasta Japón, habían observado a Gaby como si fuera una sirvienta. A ella no le importó; él, en cambio, se sintió humillado. Gaby habría podido comprarse buena ropa con la plata que su prima Virginia le envió desde Barranquilla, pero solo pensaba en su exposición. Ahora que no le quedaba un centavo trataba de exprimirlo a él aumentando artificialmente el precio de las compras que Alicia hacía para preparar las comidas. Nada podía enfurecerlo tanto. Esa noche, apenas se fueran los invitados, le diría a Alicia que de ahí en adelante debería mostrarle los recibos del supermercado.

Hacía apenas media hora que Paul Lebard había llegado al apartamento de Luis y ya se arrepentía de haberle aceptado la invitación. Miraba sin simpatía a ese Luciani que acaparaba la atención e imponía el español. Gaby, con buen olfato de anfitriona, lo había llevado a un rincón de la sala donde Louise y Florence conversaban de pie junto a una mesa de ajedrez. Él nada tenía que decirles a esas mujeres y mucho menos a Louise, que era su empleada. Había venido solamente para hablar con Gaby y descubrir cómo razonaban las mujeres frígidas. Pues su vida se había vuelto terriblemente complicada. De joven frecuentaba a Luis y a otros latinoamericanos más o menos paupérrimos que le brindaban su amistad y le daban la cálida sensación de poder contar con alguien. Un día comprendió que si quería ser un hombre rico y adquirir una buena posición social debía alejarse de ellos. Reanudó sus relaciones con los condiscípulos del reputado colegio donde su padre lo había hecho estudiar, fue a fiestas, pasó fines de semana en castillos y suntuosas casas de campo y finalmente entró en aquella agencia de publicidad y se casó con Madeleine. No podía decir ahora si habían sido felices, nunca le había interesado saber lo que sentían las mujeres. Tuvo un hijo, fue nombrado director de la agencia y empezó a ganar uno de los más elevados sueldos de Francia. Su trabajo lo acaparaba hasta tal punto que no le quedaba tiempo para pensar en nada diferente. Ni siquiera se iba de vacaciones pues durante el verano preparaba las campañas publicitarias de septiembre. Solo en Pascua tenía un momento de respiro y partía con Madeleine y Charles a un chalé que habían comprado en los Alpes. En su vida corriente dormía poco porque todas las noches debía asistir a cenas o recibir invitados. Leía rápidamente revistas y periódicos para estar al corriente de lo que pasaba en el mundo y de lo que hacían sus competidores. Su apartamento en el boulevard des Invalides era enteramente blanco, con alfombras espesas y muebles de líneas muy puras, que él mismo había diseñado. Tenía un Chagall, un Ferrari y se vestía con trajes cortados por grandes costureros. A los cuarenta años podía decir que había triunfado realizando el destino que su padre, simple vendedor de telas, había soñado para él. Y, de pronto, como una oscura culebra, la pasión le había desbaratado la vida.

Todo empezó cuando Sébastien Roland, uno de sus mejores clientes, lo llamó por teléfono para pedirle que le diera a su hija un puesto en la agencia porque la muchacha, que había estudiado dos años en Bellas Artes, quería trabajar en la publicidad. ¿Cómo negarle ese favor? Marie-Andrée se presentó al día siguiente con un perfecto sastre de Chanel, bella, delgada y caminando como una modelo. Tenía en los ojos un resplandor de insolencia y parecía acostumbrada a salirse siempre con la suya. Su presencia lo deslumbró, lo dejó intimidado. Volvió a sentir ese pavor que le había resecado la boca la mañana en que su padre lo llevó por primera vez a aquel colegio de niños ricos y desdeñosos. Como entonces resolvió vencer su miedo e imponerse a fuerza de voluntad. No sería una muchacha de veinte años quien iría a someterlo a sus caprichos. La puso en el equipo de creadores y cuál fue su sorpresa al descubrir que tenía talento y sabía tomar iniciativas. Los más importantes clientes de la agencia eran amigos personales de su padre y Marie-Andrée entró en contacto con ellos llevándose de cuajo las jerarquías. Al cabo de un año les presentaba las campañas y le servía a él de intermediario. Sus sugestiones resultaban apropiadas y poseía el don de concebir temas certeros para cada producto. Los otros empleados que, bajo una aparente camaradería vivían en un nido de víboras, la detestaban; él, en cambio, estaba pasmado de admiración. Aunque trabajaba tanto como ellos, Marie-Andrée siempre parecía recién salida de un salón de belleza con sus hermosos cabellos dorados cortados a nivel de los hombros. A veces iban a buscarla a la salida muchachos jóvenes, de su mismo medio social, y él se sentía estrangulado por los celos. ¿Qué hacía Marie-Andrée durante los fines de semana? Para terminar con su inquietud resolvió que todos trabajarían los sábados hasta muy tarde. Y luego le exigió a Marie-Andrée que lo acompañara los domingos por la mañana para examinar en frío los planes de las campañas publicitarias. Ella adivinó sus intenciones. Un día le dijo: «Si lo que buscas es tenerme a tu lado día y noche, mejor te casas conmigo».

Contra todo lo esperado, Madeleine no opuso la menor resistencia; más aún, pareció feliz de recuperar su libertad. Se cortó los cabellos como un hombre, consiguió trabajo en una agencia de viajes y se puso a vivir con un muchacho muy apuesto, diez años menor que ella. Varias veces los había visto, al muchacho conduciendo una motocicleta y a Madeleine en la parte de atrás, rodeándole la cintura con los brazos mientras el aire le alborotaba los cabellos. Ni siquiera intentó utilizar a Charles para ejercer una presión sobre él; le dijo que podía ver a su hijo cuantas veces quisiera y aceptó sin discutir la pensión que él mismo fijó.

El matrimonio con Marie-Andrée fue todo un acontecimiento social: le tocó volverse católico y la fotografía de ambos saliendo de la iglesia apareció publicada en varias revistas de moda. Hasta entonces no se habían acostado juntos y cuando, exasperados de deseo, llegaron a Venecia para pasar la luna de miel, Marie-Andrée descubrió que no sentía nada a su lado y lo acusó de no saberle hacer el amor. Él se quedó estupefacto. ¿Qué significaba eso exactamente y por qué Madeleine nunca se había quejado? En aquel momento se dio cuenta de que en los últimos años de su matrimonio Madeleine pasaba la mayor parte del tiempo fuera de la casa. Probablemente lo engañaba ya y tenía relaciones con el muchacho de la moto. De todos modos sus celos retrospectivos no eran nada en comparación con la profunda sensación de angustia que ahora lo invadía. ¿Cómo aprender? Fue a ver un anochecer a Lou, una prostituta que frecuentaba en su juventud, retirada del oficio y propietaria de un salón de belleza, pero Lou no le sirvió de mayor cosa, limitándose a decirle que todo era cuestión de piel, de ritmo y de fantasmas. Otra vez entró a hurtadillas en una sala de cine pornográfico y descubrió despistado que los galanes podían pasar horas con el sexo erguido, mientras que el suyo, en la vida real, se vaciaba de su sustancia apenas penetraba el de una mujer. ¿Sería pues un problema de ritmo? Trató de hacerle el amor a Marie-Andrée pensando para calmarse en los bloques de hielo del Ártico y solo consiguió exasperarla. En todo eso había un misterio cuyas claves debía descubrir. Se propuso conocer la intimidad de Marie-Andrée y a las cuatro de la mañana, cuando estaba bien dormida, alzaba la sábana y con una lamparilla de pila le examinaba el sexo. Veía pliegues rosados entre los rubios pelos del pubis, uno de ellos más oscuro y protuberante que los otros, y luego nada. Parecía envuelto en un gran silencio protegiendo la entrada de una gruta. Era como la cicatriz de una antigua herida, como los pétalos de una flor cerrada para pasar la noche. Le daba miedo y jamás se habría atrevido a tocarlo.

Había empezado a tener pesadillas en las cuales veía, no el sexo de Marie-Andrée, sino un orificio del cual salían rebenques con ojos en los extremos que se le enroscaban en el cuerpo hasta asfixiarlo. Se despertaba en sudor aspirando una gran bocanada de aire y veía a su lado a Marie-Andrée durmiendo plácidamente y conservando, aun en su sueño, la expresión altanera que tenía cuando le aseguraba con cólera que no sabía hacerla gozar. A él le sorprendía que una jovencita educada en un colegio religioso pudiera sentir tales deseos, aunque Marie-Andrée nunca le había ocultado que había tenido aventuras amorosas antes de conocerlo. Podía, pues, compararlo con los otros y juzgarlo. Y sin embargo era ella quien lo había seducido: desde el momento en que entró en su despacho y lo miró con su aire impertinente se juró, le había confesado, que sería su mujer. ¿Por qué no lo había puesto a prueba entonces si tanta importancia le daba a la sexualidad? Él no sabía ni lo que pasaba en su cuerpo ni lo que urdía en su cerebro. Desesperado, sin tener a quién dirigirse, le había contado sus problemas a Luis, a pesar de que este era su subalterno, en nombre de la amistad que los había unido desde jóvenes. Y Luis le había dicho: «Habla con Gaby, ella también es frígida». Pero Gaby permanecía distante y como entontecida. Después de dejarlo en compañía de sus amigas, se había sentado entre el grupo de latinoamericanos sin participar en la conversación. Había cambiado desde su llegada a París: flaca y ojerosa, parecía abrumada por la tristeza. Él sabía reconocer ahora a las personas que sufrían: los desdichados del mundo entero tenían el mismo aire desolado, la misma expresión abatida. A él no le gustaba formar parte de los vencidos. De niño había visto llegar a París a sus parientes que vivían en Europa Central, la espalda curvada como si esperaran recibir un fuetazo, los ojos huidizos como si temieran ser reconocidos y denunciados. Se juró que nunca sería como ellos y fue con humillación como se instaló a vivir en casa de su tía Sara, esposa de un francés. De todas esas renuncias, alejarse de su familia, de los latinoamericanos, de Madeleine, le había quedado un gusto amargo y una terrible sensación de soledad. Pero al menos sacrificaba una cosa para conquistar otra, mientras que ahora perdía con cara y sello. ¿De qué modo hablarle de eso a Gaby? Luis la consideraba inteligente y a lo mejor estaba menos crispada que Marie- Andrée. La llamaría por teléfono al día siguiente pues había tanta gente en el salón que resultaba imposible tener una conversación aparte con ella.

En el momento en que Paul salía del apartamento Olga entró sabiendo que imponía su presencia como una diosa acostumbrada a recibir los homenajes de sus admiradores. Se unió al grupo de latinoamericanos porque junto a Luciani había un hombre tan guapo que parecía salido de un cuento de hadas. Luciani debía mirarla mal: dos veces los había encontrado a Luis y a ella por la calle y había fingido no verlos. Aquella reacción molestaba a Luis para quien Luciani era un paradigma de virtud. Al parecer no había querido disfrutar de las ventajas materiales que le ofrecía el triunfo de la revolución. Una vez Fidel Castro le dio una hermosa casa con jardines y piscina y Luciani, que no se atrevía a desairarlo abiertamente, convocó a todos los empleados del periódico cuya dirección asumía para anunciarles que Fidel les había dado la casa en cuestión. Ese y dos o tres actos semejantes lo obligaron a huir de Cuba. A ella se le antojaba un perfecto idiota. ¿De qué servía luchar en el monte contra un ejército si al ganar el combate no podía uno disfrutar de los bienes de sus enemigos? Pero Luis y los amigos de Luciani pensaban de otra manera y ella no osaba expresar su opinión. Esas ideas generosas formaban parte del universo intelectual de Gaby, de su mundo honrado y pulcro que a ella le parecía cargado de hipocresía. La izquierda tenía el don de exasperarla: había un abismo de orgullo en la honestidad. Gaby a su manera, y su madre a la suya condenaban la frivolidad y la pereza. Para su madre las mujeres estaban destinadas a reproducirse y a convertirse en esposas adorables. Gaby por su parte creía que si se tenía la suerte de ser una rica heredera se debía estudiar y obtener un diploma a fin de hacer obras altruistas. A ella no le interesaban ni lo uno ni lo otro. Su padre le pasaba mensualmente el dinero necesario para permitirse el lujo de no hacer nada. En teoría recibía las clases de un liceo francés, pero ni en sueños podría pasar los exámenes de bachillerato. A los diecisiete años sabía lo esencial, cómo funcionaban los hombres y las mujeres. Todas las empresas humanas eran dictadas por la codicia, la vanidad y los imperativos sexuales. Bastaba con alzar los velos de la abnegación para encontrar las garras del egoísmo.

Luis era un buen ejemplo de ello. Los primeros días, cuando su padre la confió a su cuidado en París, no hacía más que hablarle de su amor por Gaby. Decidió ponerlo a prueba pidiéndole que la llevara a ver una película pues había comprendido que para Luis y Gaby ir juntos al cine era uno de los ritos sagrados de su intimidad. Al principio Luis resistió llamando por teléfono a Gaby para que se reuniera con ellos; luego dejó de hacerlo. En el fondo Luis estaba muy contento de encontrarse en compañía de una mujer joven y bonita que se vestía bien y atraía la atención de los hombres. Quería ir más lejos y llegar a ser su amante, pero ella jamás lo consentiría porque sabía por experiencia que acostarse con un hombre era perder cierta forma de poder que se ejercía sobre él. Las vacaciones en Mallorca le habían permitido evaluar su influencia. Haciendo caso omiso de Gaby, invitaba a Luis a las reuniones de sus amigos hippies. Luis se ponía de mal humor, acusaba a Gaby de hacer o de no haber hecho cualquier tontería y la rabia le servía de pretexto para dejarla en la casa mientras se iba de fiesta con ella a punta de mucho vino y marihuana. Así, uno tras otro fueron cayendo sus escrúpulos y, de esposa amada, Gaby se convirtió para él en un estorbo. Obtener aquel triunfo había sido más fácil de lo que pensaba, pero la guerra solo se terminaría el día que Luis la abandonara del todo.

Había emprendido el mismo trabajo de comején con Antonio del Corral, otro amigo de su padre, y fue un fracaso. Constanza, su mujer, se dio cuenta y le cerró groseramente la puerta de su casa diciéndole que a su edad se chupaban colombinas y no hombres casados. Algún comentario le hizo a su marido porque Antonio cambió de la noche a la mañana. Un día fue a verla a hurtadillas en el café donde solían reunirse y la trató de calentadora cuando ella se negó a acompañarlo a un hotel. Lo peor fue que Constanza llamó por teléfono a su madre en Bogotá y la puso al corriente de sus andanzas. Furioso, su padre la amenazó con hacerla regresar a Colombia y ella se vio obligada a mentir asegurándole que Constanza se había equivocado. Una vez más su madre había sembrado la cizaña.

Porque una lucha mortal se había establecido entre su madre y ella desde que tuvo uso de razón, más aún, desde que empezó a existir. Esa mujer delicada, como salida de un camafeo, se había apoderado de su padre sin dejarle ninguna libertad. Lo había embrujado con sus tretas de esposa enamorada. Vivían en un estado de simbiosis perfecto y ella, Olga, había llegado al mundo por casualidad. Su madre no tenía necesidad de hijos para ser feliz. Le bastaba con pasar el día entero ocupándose de la casa, ir al salón de belleza y maquillarse a fin de estar bonita y deseable para cuando llegara su marido. Sus noches eran verdaderas orgías conyugales. De niña fingía dormirse y, apenas se acostaban, iba en puntillas a su cuarto, entreabría la puerta y, gracias a un espejo colocado frente a la cama, veía sus retozos amorosos con una desesperación que fue aumentando a medida que crecía y podía nombrar la indecencia. Ella jamás se entregaría a un hombre de ese modo, sudando, jadeando, perdiendo el control de sí misma. Sin embargo le gustaba coleccionar aventuras y esa noche se acostaría con el guapísimo amigo de Luciani, de quien solo sabía que se llamaba Felipe.

Oyendo hablar a Luciani, él, José Antonio, sentía que su vida carecía de interés. Había estudiado Derecho Internacional para complacer a su padre, pero no tenía el más mínimo espíritu aventurero. Le gustaba Barranquilla, sus calores y sus brisas, y le bastaba con servirle de consejero jurídico a las empresas extranjeras que poseían sucursales en Colombia. Entonces ganaba mucho dinero y Louise no carecía de nada. Con sus dos hijas tenía la impresión de formar una verdadera familia encontrando de nuevo ese cálido ambiente que lo había rodeado hasta los veinte años, cuando su madre murió: un pino en diciembre, el baile de Año Nuevo en el Country Club, la batalla de flores el sábado de Carnaval. Pero, sobre todo, la sensación de una presencia femenina en la casa creando una atmósfera acogedora que lo protegía del mundo exterior. Él había sido un niño enfermizo y, como detestaba los juegos violentos, sus condiscípulos lo miraban con desconfianza. Su padre lo había enviado a París a fin de endurecerle el carácter y se refugió en los estudios tan intensamente que se convirtió en el mejor alumno de su clase. Un profesor le sugirió que pidiera la nacionalidad francesa para poder ejercer su profesión en París. No quiso hacerlo: deseaba volver a Barranquilla lo más pronto posible e instalarse en su vieja casa del Prado, donde Clementina reemplazaba a su madre preparándole los platos que su delicado estómago lograba tolerar. Odiaba el frío de París y la arrogancia de los franceses, pero Louise se había empeñado en vivir en Francia alegando que si ella había aceptado pasar diez años en Colombia, él podía concederle otros tantos en su país. Y allí estaba, solo y sin empleo, después de haber perdido todos sus bienes. Le tocó vender precipitadamente la hermosa casa que López había construido para ellos, la vajilla, mal empacada, se había hecho trizas, y hasta el servicio de cubiertos de plata se había extraviado en la mudanza. Debía empezar a vivir, como si fuera un estudiante, pero con esposa y dos hijas a cuestas. No soportaba el discurso feminista porque sabía de sobra que las mujeres se salían siempre con la suya. Luis también abandonó su trabajo cediendo al capricho de Gaby, después de haber sido, si no engañado, al menos humillado en su amor propio. Él fue una de las primeras personas en enterarse de los problemas conyugales de Luis y desde entonces condenó el comportamiento de Gaby. No le encontraba excusas. Ni el enamoramiento, ni mucho menos el deseo sexual debían permitir la infidelidad. Gaby lo había decepcionado. Se acordaba de ella en Puerto Colombia, cuando tenía quince años y montaba un caballo resabiado galopando locamente por la playa. Veía sus siluetas contra la luz del sol poniente, el caballo arisco torciendo la cabeza de un lado a otro, relinchando, levantando la arena con las patas traseras, y Gaby pegada a la silla, adaptando su cuerpo a los movimientos de aquel animal salvaje, acariciándole el cuello mientras le hablaba en voz baja.

Gaby entonces se le antojaba pura. Cuando lograba calmar la agitación del caballo y lo hacía galopar sobre la espuma de las olas tenía el aire magnífico de una amazona rebelde, indiferente a los hombres y a su concupiscencia.

Casta le siguió pareciendo incluso después de su matrimonio con Luis, como si nada pudiera alterar su imagen de virgen inaccesible. Y de pronto, una mañana, Luis le dio cita en el Club de Ejecutivos y entre sollozos le contó su desdicha. Gaby ponía en práctica un derecho que se habían concedido mutuamente antes de casarse, llevándose de cuajo las convenciones morales. El hecho de que le hubiera pedido a Luis el permiso de acostarse con otro hombre y de que él se lo hubiera concedido no cambiaba mayor cosa. El adulterio era en sí condenable porque ponía en tela de juicio los fundamentos de la sociedad.

A él, José Antonio, le gustaba el orden, que cada cosa estuviera en su sitio, que cada acto repitiera el anterior. Todos los días, cuando salía de su casa a buscar trabajo, solía ir a un café y se sentaba a tomar una taza de té y a fumar un cigarrillo. Esa pequeña ceremonia le daba coraje para pasar entrevistas y defender su curriculum vitae. De la misma manera esperaba cada noche la llamada de su padre: oír su voz por el teléfono le procuraba una sensación de paz como si el mundo, hasta entonces desarticulado, se ordenara de repente. Sí, Louise tenía derecho a pasar unos años en París, sí, resultaba formidable que sus hijas se impregnaran de la civilización francesa. Su padre lo pensaba así. Él, que de pura vejez estaba al borde de la muerte, renunciaba a todo egoísmo y solo se interesaba en la educación de sus nietas.

Las niñas se habían adaptado perfectamente: a los seis meses de haber llegado hablaban el francés sin acento. La madre de Louise venía a verlas de vez en cuando y las vestía de la cabeza a los pies. Aunque él le estaba profundamente agradecido, le daba vergüenza carecer de los medios necesarios para sostener a sus hijas. Su suegra pagaba hasta las cuentas de teléfono y electricidad.

Todo era diferente cuando vivía en Barranquilla: así se lo decía a Luis las pocas veces que conversaban a solas y evocaban el pasado. Sentados a una mesa en el café Cluny recordaban los amigos que tenían en común, las fiestas donde se habían encontrado, las largas conversaciones sobre política local sostenidas alrededor de una botella de whisky en el Club de Ejecutivos. Entonces ambos tenían la impresión de estar en una vía real: ganaban dinero y suscitaban el respeto de la gente, podían caminar con la cabeza erguida en lugar de perderse entre la masa anónima de parisienses de clase media. Pero Luis había cambiado: ahora lo escuchaba hablar de Barranquilla disimulando apenas su aburrimiento y se había apropiado el discurso de Gaby sobre la liberación sexual. Echaba pestes contra el matrimonio y un día le había preguntado si podía llevar a su casa a Olga, la hija de Raúl Pérez. Como era de esperarse, Louise se opuso rotundamente, pero Luis la seguía viendo y tenía la frescura de invitarla, como ahora, a su apartamento. Eso, y su resistencia a darle dinero a Gaby para ver a un médico, constituía su manera de vengarse. Pero era una venganza mezquina, propia de un hombre sin escrúpulos. Pese a tenerle afecto y a tomar siempre su defensa, le reprochaba en su fuero interno su comportamiento: no debía dejar a Gaby en semejante estado. Por ahí se asomaba la falta de clase de Luis. Él, José Antonio, y sus amigos de la burguesía barranquillera jamás se habrían permitido tratar de ese modo a una mujer. Dijeran lo que dijeran, la religión daba las pautas adecuadas para actuar en la vida y, aunque era ateo, había rechazado que sus hijas estudiaran en colegios laicos.

A Enrique Soria le interesaba oír hablar a Luciani, que le confirmaba su desconfianza hacia el comunismo. Los hombres tendían a correr detrás de cualquier ilusión, la experiencia los confinaba a los límites de la realidad. A partir del momento en el cual se establecía una dictadura consolidada por una burocracia, el absurdo no conocía límites. Prueba de ello esa fábrica en la Unión Soviética donde los obreros producían clavos inmensos y sin ninguna relación con las necesidades del mercado para cubrir la cantidad que el plan les había asignado. O los edificios de balcones sin ventanas porque los equipos que habían recibido la orden de construir ventanas no se ponían de acuerdo con los arquitectos. Y ahí estaba Luciani contando una historia que revelaba una vez más la ineficacia de las sociedades comunistas. Fidel Castro había sugerido que los verdaderos revolucionarios debían consagrar los domingos al trabajo gratuito para recoger la cosecha de tomates. Debían presentarse a las siete de la mañana a varios lugares de La Habana, donde un bus los llevaría al campo. No solo el bus llegó a mediodía, sino además, a la semana siguiente descubrieron que los tomates, guardados en sus cajas, se habían podrido porque nadie había pasado a recogerlos.

Luciani había comprendido que no se podía suprimir la iniciativa personal. Su estadía en China le había enseñado más de cuatro cosas: en una comuna agrícola los responsables decidieron crear un día algo parecido a un restaurante para que los campesinos almorzaran sobre el propio terreno en vez de ir a sus casas. La medida suscitó tanta cólera que fue necesario anularla. Es normal, explicaba Luciani, los ingredientes de la comida son los mismos, soja, arroz, pescado salado, pero cada quien tiene su manera de prepararla y privarlo de ese derecho es pisotear lo único que le queda de libertad.

Un amigo izquierdista le había referido a él, Enrique Soria, uno de los incidentes que obligaron a Luciani a huir de Cuba: una noche iba a cerrar el periódico que dirigía cuando llegó al telex la noticia de que Khrouchtchev había concluido un pacto con los norteamericanos y retiraba los misiles instalados en la isla; Luciani llamó por teléfono a Fidel Castro para contárselo y le oyó lanzar palabrotas de ira y patear los muebles que tenía a su alcance, pero cuando le preguntó si publicaba la noticia, Castro le dijo que le dejaba la decisión. Al día siguiente el pueblo de La Habana organizó una manifestación espontánea gritando: «Nikita, mariquita, lo que se da no se quita». Furiosos, los comunistas le echaron la culpa a Luciani y exigieron su dimisión. Luciani era un hombre de acción y de reflexión, pero no de poder.

Él mismo, Enrique Soria, tenía ambiciones políticas y a la hora actual habría sido ministro si Sonia, su esposa, se hubiera mostrado más razonable. Se había casado con ella porque era la heredera de una gran fortuna. El día de su matrimonio su suegro le había regalado una hermosa casa en el norte de Bogotá y los miembros de la antigua aristocracia santafereña asistieron a la boda. Sonia vivió la primera noche y las que siguieron como un fracaso porque él se limitaba a penetrarla y a sacar su miembro lo más rápidamente posible para impedirle conocer el placer siguiendo el consejo de sus condiscípulos de Harvard, quienes aseguraban que una esposa no debía entusiasmarse en el lecho conyugal a fin de que nunca tuviera el deseo de acostarse con otros hombres. Les nacieron dos hijos de seguido y luego Sonia le negó el acceso a su intimidad. Se ocupaba de sus hijos durante el día y apenas los acostaba empezaba a beber: al principio una botella de ginebra, después dos y tres. La bonita muchacha que él había conocido diez años antes, sana y de tez transparente, campeona de equitación, se había convertido en una mujer abotagada que caminaba como un zombi y no se interesaba en nada. Si él le escondía las botellas se fugaba de la casa y bebía en bares de mala vida. A veces los policías la encontraban tirada en una cuneta y como ya conocían su nombre y su dirección la traían a la casa. Sonia se desplomaba en la cama el día entero y solo resurgía cuando sus hijos regresaban del colegio.

Su suegro le echaba a él la culpa porque había mantenido sus relaciones con la querida que tenía antes de casarse. Pero no podía prescindir de Lucila ni lo quería tampoco. Pese al tiempo transcurrido hacían el amor como príncipes: Lucila lo obligaba a retenerse hasta lograr su placer. Lo que lo enardecía con ella, lo paralizaba con Sonia. Ahora mismo se sentía atraído por Gaby a pesar de su aspecto enfermo, o quizás a causa de él. Había conocido a Gaby en Barranquilla, la víspera de su presentación en sociedad, y le había pedido ser su parejo en la fiesta de Año Nuevo. Se acordaba de ella descendiendo las gradas que conducían a la pista de baile, muy bonita con su vestido ajustado al talle y abierto en una amplia falda de encajes y de tul. El presidente del Country le había colocado una orquídea en la enguantada muñeca y luego había bailado con su padre el vals del Emperador antes de tomar asiento a su lado alrededor de una mesa. En ese momento estaba perfectamente enamorado de ella, pero un instante después se fijó en una muchacha sentada junto a él, fea y vestida de verde perico, y decidió conquistarla abandonando a Gaby que, posiblemente resentida, se puso a bailar con sus amigos. Lucila también era chabacana. Él conocía su propia contradicción: le encantaban las mujeres lindas y distinguidas, pero solo lo excitaban las vulgares. Si ahora se interesaba en Gaby era porque la enfermedad la volvía marginal: parecía envuelta en un velo húmedo y espeso, impenetrable.

Felipe Altamira examinaba a Gaby con ojo atento. Veía sus dedos inflamados, las manchas de su cara y esa expresión abatida de persona que arrastra una enfermedad. Pese a todo la encontraba bonita y le habría gustado pasar el resto de la noche con ella. Su donjuanismo molestaba a Luciani, defensor convencido de la monogamia, pero él se reía del puritanismo en el cual había caído el marxismo. Era todavía un muchacho cuando su madre, refugiada en la Unión Soviética desde el triunfo de Franco en España, le hizo llegar un mensaje para que él y su hermana se dejaran llevar clandestinamente a Francia y desde París tomaran un avión que los conduciría a La Habana. Todo eso debía realizarse con sigilo y precaución porque su padre, Grande de España y amigo del príncipe heredero, podía provocar un escándalo diplomático.

Fidel Castro los acogió como si fueran sus hijos y los llevaba en su jeep a recorrer la isla de un lado a otro. Decidió que ambos serían médicos para ayudar a los revolucionarios del mundo entero, pero cuando su hermana, demasiado idealista, descubrió las realidades del nuevo orden social, no pudo soportarlo y se suicidó. Él, en cambio, se había adaptado muy bien: le encantaba el Caribe, sus aguas azules y sus cocoteros agitados por los alisios. Su trabajo le permitía conocer otros países. Ahora era médico de los palestinos y había entrado en Francia con un falso pasaporte para descansar. Luciani quiso que viera a Gaby para saber si estaba enferma y, en ese caso, hacia quién debía dirigirla. Sin lugar a dudas tenía una enfermedad del colágeno y el hombre indicado era el doctor Labeux, que ejercía en el hospital Saint-Louis. De todos modos, aquellos síntomas no aparecían de la noche a la mañana y mucho debía haber soportado Gaby antes de caer en ese estado. Ya Adelaida la había descubierto afiebrada hacía unos meses. A él le parecía el colmo que el marido, ese hombrecito gesticulante, no moviera un dedo para ayudarla. Ni en los círculos de la aristocracia madrileña, donde habían transcurrido los primeros años de su vida, ni entre los pobres que conoció más tarde, había encontrado tanta negligencia. Dejar a una mujer hundirse en la enfermedad sin prestarle ayuda era en cierta forma asesinarla. Los franceses utilizaban una fórmula jurídica para esos casos: delito de no asistencia a persona en peligro. Observó que las piernas de Gaby estaban cubiertas de minúsculos puntos rojos. La vio pasarse los dedos por la nuca y proferir un ligero quejido.

—¿Qué tienes? —le preguntó levantándose.

—Unas bolas acaban de salirme —dijo Gaby un poco avergonzada de haber llamado su atención.

Felipe Altamira se acercó a ella y le tocó la nuca. Los ganglios estaban terriblemente inflamados.

—¿Te han hecho un examen de sangre?

Gaby asintió y Felipe le pidió que se lo mostrara. Al leer los resultados del análisis comprendió que Gaby estaba gravemente enferma.

—Debes ver a un médico con urgencia —le dijo, y cogiendo la bocina del teléfono que se hallaba sobre una mesa llamó al doctor Labeux para que recibiera a Gaby en el hospital Saint-Louis al día siguiente.

Luciani tomó la hoja del análisis de sangre y notó que había sido realizado hacía mes y medio. La indignación le enrojeció las mejillas. Con esa intuición enervada de los que han sido maltratados por la vida comprendió que Gaby carecía del dinero necesario para hacerse asistir por un médico.

—¿Necesita un tratamiento? —le preguntó a Felipe.

—Largo y costoso —le oyó responder—, pero Labeux no le cobrará nada.

Luciani pensó en los trescientos francos que le quedaban en el bolsillo por la venta de una litografía de su amigo Miró. Adelaida y él los necesitaban para pasar el mes, pero si se apretaban el cinturón podrían prescindir de la tercera parte. Además Felipe había traído unos dólares destinados a pagar su estadía en París. Entre ambos le darían a Gaby la posibilidad de someterse a un tratamiento durante un tiempo. Parecía absurdo que dos marginales como ellos se vieran obligados a ayudar económicamente a la esposa de un hombre que se ganaba muy bien la vida. Mucho podía Luis enarbolar ideas revolucionarias, a la hora de la verdad le salían las pezuñas del burgués que abandonaba a su mujer apenas dejaba de aprovecharse de ella. Luciani se acordó de la pobre ruana con que Gaby se cubría la última vez que la vio en la calle. A lo mejor no tenía un abrigo conveniente. Le hizo un gesto a Felipe y entraron juntos en el comedor.

El diagnóstico de Felipe había caído sobre Gaby como una lápida. Se había sentido mal desde su regreso de Mallorca, pero a pesar del insomnio, la fiebre, la caída de cabellos y la inflamación de las articulaciones, conservaba secretamente la esperanza de curarse con unos antibióticos. No le daba importancia a las manchas de las mejillas ni a los puntos rojos de las piernas creyendo que se trataba de una alergia. Lo único que la inquietaba era el increíble cansancio que le hacía considerar el atravesar un salón como el ascenso de una montaña. Pero había observado la expresión de Felipe mientras leía el resultado del examen de sangre y comprendió que estaba realmente enferma. Un viento de pánico le recorría ahora el alma. Tenía miedo de morir y de las congojas que precedían la muerte. Temía sobre todo ir al día siguiente a aquel hospital arrastrándose de fatiga, subir y bajar escaleras: pensaba que no tendría la fuerza para hacerlo y por nada en el mundo Luis la llevaría en su automóvil; ni siquiera le daría con qué comprar los billetes del metro. Pensaba en eso cuando Luciani se asomó por la puerta y la llamó.

Al entrar en el comedor Luciani se acercó a ella y sin darle tiempo de reaccionar le metió unos billetes en el bolsillo del bluyín.

—Apenas comiences a trabajar me los devuelves —le dijo como la cosa más natural del mundo. Y añadió—: Felipe va a decirte algo.

Ella creyó que Felipe iba a hablarle de su enfermedad, pero contra todo lo esperado, le preguntó:

—¿Es verdad eso que dice Luciani, que no tienes abrigo?

Asintió, sintiendo a pesar de la fiebre que la cara se le encendía.

—He participado en acciones de comando —dijo Felipe—, y sé que para sobrevivir es menester a veces robar. Róbate el abrigo y dite que estás en plena guerra.

3

Recorrer los largos corredores del metro y subir el último tramo de la escalera que conducía a la place de la République dejaba a Gaby exhausta. Haciendo un gran esfuerzo caminaba hasta un café y pedía un agua mineral que no tomaba porque debía estar en ayunas para los exámenes de sangre. Luego, difícilmente, caminaba por las calles parándose delante de cada vitrina a fin de recuperar un poco de fuerza, atravesaba un puente luchando contra el viento helado que le fustigaba la ruana y la hacía estremecerse de frío, dejaba atrás otras calles y por último llegaba al hospital Saint-Louis. Era un edificio viejo, de paredes altas y piezas mal iluminadas. En el salón de espera se amontonaban personas afligidas, de pelo ralo y caras desfiguradas por alguna enfermedad. A veces el mal les carcomía la nariz, a veces la boca, dejando las encías al aire, en todo caso parecían máscaras destinadas a provocar miedo.

También el aspecto de ella, Gaby, producía inquietud: bastaba con que tomara asiento en el metro para que las personas sentadas a su lado o frente a ella cambiaran de puesto o prefirieran continuar el viaje de pie. Hubiera querido ser invisible: creía que su enfermedad seguiría avanzando hasta hacerla parecerse a los infelices que estaban en el salón de espera. Para no verlos, aguardaba su turno instalada en una silla que sacaba al corredor. Las enfermeras la miraban con curiosidad, pero no le hacían reproches. Sabían ya que era la protegida del doctor Labeux y algunas le habían tomado afecto. Las primeras visitas al hospital habían aumentado su angustia. El doctor Labeux, un hombre muy bello, con ojos dorados y cuya cara parecía la de un busto romano, no quiso decirle el nombre de su enfermedad. En la segunda entrevista le comentó a su ayudante que se trataba de algo relacionado con el colágeno y que la mayoría de los enfermos se morían porque no seguían al pie de la letra sus instrucciones abandonando el tratamiento de cortisona apenas empezaban a sentirse mejor. Cuando ella le mostró el resultado del examen de la garganta que le había ordenado hacerse el médico amigo de Florence, el doctor Labeux le devolvió la hoja sin leerla y lanzó un escupitajo al lavamanos de su despacho. «Ahí», le dijo, «están todos los microbios de la garganta, los suyos y los míos».

Sin embargo la fiebre no cedía; más aún, se agravaba. A las seis de la tarde ella podía tomarse todavía la temperatura, pero cuando el termómetro marcaba cuarenta y un grados y la calentura seguía aumentando, perdía el control de sus movimientos. Muchas veces derramaba el vaso de agua que había colocado al atardecer en la mesa de noche y, desesperada por la sed, sollozaba viendo correr el agua sobre las maderas del piso. Aunque la fiebre la embrutecía hasta el punto de causarle alucinaciones, no lograba dormir.

Esperaba todas las madrugadas la llegada de Luis a fin de tener un contacto humano, escapando de ese mundo de difuntos en el cual se sentía encerrada. Pero Luis vivía una gran pasión con una mujer cuya identidad no quería revelarle, limitándose a describirla como una argentina abandonada por su marido. Debía quererla mucho porque, a veces, al entrar en el cuarto donde ella creía estar agonizando, le preguntaba entre indignado y adolorido: «¿No te has muerto todavía?». Y le ocurría echarse a llorar apiadado de sí mismo porque ella estaba aún en vida. Lo consolaba acariciándole la cabeza con sus dedos inflamados, sin saber cómo disculparse por ser un obstáculo para él. Con los fragmentos de frases que Luis dejaba escapar, había reconstituido la trama de sus relaciones amorosas. Luis estaba enamorado de Olga y el día que supo que Olga tenía un amante, fue a casa de todas las mujeres que conocía hasta encontrar una que quiso acostarse con él.

Ella, Gaby, sabía en el fondo de sí misma que era la responsable de todo eso. La víspera de lo ocurrido, Luis la había llevado a ver una película de Losey, *Accidente*. A la salida del cine, Luis le comentó que no lograba comprender lo que Losey había querido decir al poner al final de la película el ruido del accidente de automóvil, cuando el actor principal entra en su casa con su mujer y sus hijos, después de haber dejado partir a la estudiante de la cual estaba enamorado. Ella vaciló un segundo, luego, un poco para ponerlo a prueba, le dio su versión: el ruido se oía al final porque Losey quería explicar que era justamente cuando el personaje aceptaba su vida de pequeño profesor burgués que el accidente ocurría. Luis la miró con aire despistado mientras ella se decía: «Ahora me será infiel».

En realidad quería que Luis tuviera relaciones con otra mujer para llevarlo a minimizar las aventuras extraconyugales, pero nunca había imaginado lo mucho que la haría sufrir su infidelidad, quizás porque venía acompañada de una feroz ausencia de piedad hacia ella. A Luis le importaba un comino verla morirse poco a poco, afiebrada y sin fuerzas, perdiendo el cabello, con aquella máscara de manchas marrones en la cara. Y eso le producía a ella un gran dolor. Ahora conocía todos los matices de la tristeza. A veces, caminando por la calle, no podía controlarse y estallaba en sollozos. Le ocurrían encuentros extraños: un día, regresando del hospital, una mujer de cierta edad, todavía bonita y envuelta en un amplio abrigo de visón, se acercó a ella y en un idioma probablemente eslavo le acarició la cara murmurando frases afectuosas por el tono de la voz; en otra ocasión, una anciana hizo sobre ella la cruz ortodoxa con los dedos unidos. Se había hecho amiga de Alfred, un vagabundo que frecuentaba la estación de metro République y tenía los modales de un caballero. La primera mañana que se vieron, Alfred le pidió un cigarrillo. Ella le tendió su paquete de Camel y al cabo de un rato de conversación ambos descubrieron con asombro que salían del mismo medio social.

Alfred, antiguo ejecutivo belga, estaba tan aburrido de la burguesía, de su familia y de su mujer que un día había desaparecido para convertirse en uno de los vagabundos de París. Aunque era alcohólico, bebía con decoro y conservaba un aire de dignidad. Al segundo encuentro había comprado un paquete de Camel y fue él quien le ofreció un cigarrillo. Conmovida, sintió que las lágrimas le rodaban por las mejillas: al fin alguien se interesaba en ella. Le refirió a Alfred los pormenores de su vida y a medida que hablaba, las cosas parecían ordenarse en su mente. Alfred intervenía para sacar conclusiones que la ayudaban a aclarar lo que pasaba. Así, por ejemplo, le había dicho una vez: «Usted se halla perdida en una relación de fuerza» y ella comprendió en el acto que Luis no se habría atrevido a comportarse así con ella en Barranquilla, donde tenía amigos y podía contar con su familia. Otra vez Alfred le preguntó a boca de jarro: «¿Por qué siempre se enamora de hombres débiles?». La respuesta se impuso por sí sola y se oyó a sí misma decir: «Porque mi padre me parecía débil».

Alfred era para ella como un salvavidas en un mar de desesperación. Iba al hospital dos veces por semana y cuando, rendida de cansancio, lograba arrastrarse hasta el corredor que le correspondía en la estación République la llenaba de alegría verlo sentado en un banco, esperándola. Todos los amigos de Alfred lo creían muerto y él prefería que las cosas continuaran así, pero, un día, al descubrir unos tumores en la cara de ella, le dio el nombre y la dirección de una dermatóloga prometiéndole que él mismo la llamaría por teléfono para que la recibiera a su nombre. De ese modo ella entró en contacto con la persona que jugaría un papel decisivo en el transcurso de su enfermedad.

La doctora Beirstein, de origen judío, se había refugiado con sus padres en Norteamérica antes de la Segunda Guerra Mundial, donde estudió Medicina especializándose en enfermedades de la piel. Al regresar a París abrió su consultorio en la rue du Faubourg Saint-Honoré, muy cerca de la place des Ternes. Era una mujercita decidida, con la energía de quienes saben lo que quieren. Quedó espantada al conocer la situación de Gaby. Le quitó con un bisturí los tumores más grandes de la cara y, al día siguiente se tomó el trabajo de irla a buscar en su automóvil para llevarla al hospital. Delante de un doctor Labeux alelado sacó la hoja del examen de la garganta y, en vez de escupir en el lavamanos, el doctor Labeux le hizo una prescripción de antibióticos y somníferos. Enseguida la doctora Beirstein la acompañó a una farmacia y ella misma le pagó los remedios. Luego le compró en un almacén medias, guantes y jerseys de lana. Ella, Gaby, no sabía cómo manifestarle su agradecimiento y hasta le parecía inadecuado darle simplemente las gracias. Como Luciani y Felipe, como Labeux y Alfred, la doctora Beirstein consideraba normal ayudar a la gente. Sentadas a la mesa de un café, hablaron del extraño destino de Alfred, cuyo verdadero nombre la doctora no quiso revelar: «Fue la alegría de mi vejez», le dijo a ella, «créame, una mujer nunca olvida ni su primer ni su último amor».

Quince días después, gracias a los antibióticos y los somníferos, empezó a sentirse mejor: se le fue la fiebre y al menos podía dormir olvidando las angustias de las noches en vela. Le quedaba por resolver el problema del abrigo y Alfred aceptó la sugerencia de Felipe haciendo un plan de batalla. Irían temprano, cada uno por su lado, a uno de los grandes almacenes del boulevard Haussmann; juntos entrarían en el departamento de los abrigos y mientras Alfred atraía la atención de las vendedoras ella se robaba el que hubiera elegido.

Se dieron cita al día siguiente. Cuando ella entró en el almacén y vio a Alfred con sus atavíos de vagabundo creyó que el proyecto se iría al agua. Subió en el ascensor mientras Alfred lo hacía por las escaleras, entró en el departamento de abrigos y encontró una larga chaqueta de cuero forrada con piel: se la puso fingiendo probarla y cuando Alfred apareció captando las indignadas miradas de las vendedoras, dio media vuelta y regresó al ascensor. El trayecto hasta la salida le pareció infinitamente largo: el corazón le latía de miedo, tenía la boca reseca y las manos heladas entre los guantes.

Ya en la calle estuvo a punto de bailar de alegría: aquella chaqueta la protegía muy bien del frío. Con los antibióticos y el abrigo, el círculo de la maldición se había resquebrajado. Esa misma tarde fue a la escuela de idiomas Berlitz y presentó su candidatura para trabajar a medio tiempo como profesora de español. Era un trabajo agotador porque le tocaba desplazarse a los varios centros de la escuela, pero al menos ganaba lo indispensable: podía devolverle su préstamo a Luciani y llevarle una rosa a la doctora Beirstein cuando iba a verla para que le sacara los pequeños tumores de la cara; también le compraba botellas de vino a Alfred. Un día el doctor Labeux le pidió el número de teléfono de Luis en su trabajo: quería conocer los estragos que la enfermedad había provocado en su cuerpo, especialmente en los pulmones y el corazón, pero esos exámenes no podían realizarse en su propio servicio y alguien debía pagarlos. La llamada del doctor Labeux suscitó en Luis una crisis de cólera. Sin embargo, el miedo a ser desenmascarado lo llevó al hospital Saint-Louis, donde el doctor Labeux le explicó que ella estaba gravemente enferma y tenía necesidad de dinero para pasar a otros servicios. Luis terminó por darle a ella trescientos francos acusándola a gritos de quererle hacer perder su trabajo proyectando una imagen de marido desalmado.

Al poco tiempo, Florence, que seguía estudiando guitarra y cantaba varias estrofas de *La cucaracha,* le propuso acompañarla al hospital. Fueron juntas al consultorio del doctor Labeux y Florence comprobó que ella no tenía una enfermedad mental, como Luis se lo había hecho creer a sus amigos, especialmente a Raúl Pérez, quien había encargado a Florence descubrir si la versión de Luis correspondía o no a la realidad. A ella, Gaby, le dio mucha tristeza saber que Luis propagaba esos rumores pese a haber conversado con el doctor Labeux, pero la maniobra de Florence sirvió al menos para dos cosas: primero, le indicó que había una línea de metro directa desde su casa hasta el hospital; segundo, ofreció hablarle a su amiga Eve con el fin de obtener gratuitamente los remedios que tomaba, fabricados en el laboratorio de su amante. Desde entonces Florence se puso a llevarle cajas de cartón repletas de cortisona y de calcio, potasio y sodio para compensar la falta de sales que acompañaba el tratamiento. Alfred aceptó reunirse con ella en la nueva estación de metro, Colonel Fabien, pero un día cualquiera dejó de venir. La radiografía de los pulmones reveló unas manchas blancas que desaparecieron al cabo de unos meses.

Aquel servicio estaba mal organizado. Los enfermos hacían cola de pie y podían esperar su turno una hora. En ayunas, ella tenía la impresión de que iba a caerse al suelo. En una ocasión, todavía afiebrada, el hombre que estaba detrás de ella, un extranjero, le metió la mano debajo de la ruana y ella solo se dio cuenta de lo que ocurría cuando le oprimió un seno; se salió de la fila y se colocó de última, vejada y furiosa por no haberle dado al hombre una bofetada. Poco después la cortisona empezó a cambiarle, si no el carácter, al menos su manera de reaccionar ante los problemas de la vida. Sentía que la agresividad le corría por la sangre. Había vuelto a visitar a Anne en Saint-Germain y de regreso a su casa se subía en el mismo vagón que tomaban los hombres vestidos con blusones negros: sola entre ellos se ponía a mirarlos fijamente con ganas de que la atacaran para poder romperles la cabeza: al final, eran ellos quienes cambiaban de vagón. Otra vez, en un corredor del metro, un desconocido se le acercó por detrás y le dijo una frase obscena tocándole un hombro: se volteó a mirarlo y el hombre debió advertir un resplandor peligroso en sus ojos porque echó a correr como si lo persiguiera el diablo.

Lo único que ella temía era la muerte. Iba a una librería especializada en obras de medicina y recorría con los ojos los libros que trataban de enfermedades como la suya. Eran demasiado costosos para que pudiera comprarlos, pero en una colección divulgativa encontró un ejemplar dedicado a su enfermedad y empezó a leerlo en un café. Desde las primeras líneas reconoció los síntomas de su dolencia y, cuando llegó al capítulo de las formas graves de su mal, reconoció descubrió con espanto lo que tenía. Las manos le temblaban y por su frente corrían gotas de sudor; con la boca reseca alzó los ojos y vio en la mesa del frente a un desconocido que le hacía señas para que fuera a sentarse a su lado; le pareció tan irrisorio que estuvo a punto de estallar en una carcajada histérica. Se acordó de María Piedad, su vecina y madre de su mejor amiga, que había muerto de lo mismo a los cincuenta años. Además el librito trataba a esos enfermos de infelices condenados a la larga a la muerte. Sintió que iba a echarse a gritar de un momento a otro, que si regresaba sola a su apartamento se rompería la cabeza contra las paredes y con el fin de calmarse un poco resolvió entrar en la sala de cine Odéon.

Apenas apareció la primera imagen la pantalla se convirtió para ella en un fondo rojo sobre el cual empezaron a proyectarse los acontecimientos más importantes de su vida. Vio a su padre empujándola en los columpios del Country, enseñándole a nadar en una playa de Puerto Colombia, descubriéndole los secretos del abecedario y su alegría cuando ella pudo alinear su nombre, Gabriela; fueron a celebrar juntos el acontecimiento en la Heladería Americana. Con su padre había aprendido, también, a jugar ajedrez: se mostraba muy contento observándola calcular tres jugadas de antemano. Y luego había su madre, crispada, colérica: le contaba historias terribles al acostarla. Durante años se había dormido sintiendo la almohada humedecida por sus propias lágrimas. Su madre le mostraba una tarjeta postal en la cual aparecía una hermosa mujer agonizante abrazada a una niña, y debajo, en letras góticas, una pregunta: «¿Te acordarás de mí?». Le repetía la historia del hombre cuya amante le pidió, como prueba de amor, el corazón de su madre y que después de arrancárselo echó a correr por la calle, tropezó con una piedra y oyó que el corazón le preguntaba: «¿Te has hecho daño, hijo mío?». Y aquella manera que tenía de aterrarla hablándole de su muerte: se creía aquejada de una enfermedad misteriosa cuyos primeros síntomas aparecerían de un momento a otro; pero, también, el techo podía caerle sobre la cabeza o podía atropellarla un automóvil: en todo caso ella quedaría a merced de una madrastra.

Durante su infancia su madre la había atormentado y más tarde se había convertido en un inquisidor maniático al acecho de los lascivos hombres dispuestos a atentar contra su virtud. Fue con alivio como partió a estudiar a Bogotá. La Historia la fascinaba porque, no obstante la diversidad de interpretaciones que se le diera, estaba constituida de hechos precisos cuya realidad ningún cerebro perturbado podía negar. En el pensamiento riguroso de sus estudios universitarios no había cabida para las elucubraciones de su madre. Veía llegar las vacaciones de diciembre con un inconfesado espanto: allí, en Barranquilla, su madre la esperaba después de nueve meses de rencor, elaborando pensamientos sagaces sobre su supuesta vida libertina. Pero allí, también, estaba su padre, bondadoso y tímido, paladeando con emoción las notas que ella había obtenido en los exámenes. De noche, cuando toda la casa dormía, iba en puntas de pie a su cuarto y se ponían a conversar. Su padre le tendía trampas haciéndole preguntas y comentarios, en apariencia anodinos, para saber si había aprendido correctamente los temas estudiados durante el año. Él sabía en qué momento habían sido elegidos los últimos emperadores romanos y el día y la hora en que habían comenzado las batallas de Lepanto, Borodino o Waterloo. No había pregunta que no supiera responder, pero su erudición solo la mostraba delante de ella, y eso, como si se tratara de un juego. Le parecía inútil escribir libros exponiendo sus teorías, muchas y novedosas, porque creía que la humanidad estaba destinada a perecer y que su paso por el planeta no tenía ninguna importancia: algún día la Tierra no podría suministrar más las materias primas necesarias para la agricultura y la industria y la especie humana se extinguiría. Donde había comienzo, había final, le gustaba repetir.

Pese a estar marcadas por el pesimismo, las conversaciones con su padre la llenaban de felicidad. Veía, ahora, sobre la pantalla, el rápido amanecer que avanzaba con tonos azules empujando las sombras de la noche. Era entonces cuando se separaban para que su madre no se diera cuenta de que habían estado hablando juntos. Se acordaba del deceso de su padre: entró en su cuarto como de costumbre y, en vez de encontrarlo esperándola en su mecedora de mimbre, lo halló muerto en su cama con la expresión aterrada de alguien a quien le falta aire para respirar. Le cerró los ojos y, solo cuando su pobre cadáver pareció descrisparse un poco, dio la alarma. Su madre ni siquiera derramó una lágrima. Más lo sintieron sus tías, las madres de Isabel y Virginia. Ellas la ayudaron a amortajarlo y la acompañaron a su entierro, que atrajo a mucha gente. Ricos y pobres siguieron el cortejo fúnebre, sus amigos y familiares, pero también todos esos hombres y mujeres que él había atendido gratuitamente en el hospital de caridad. Y ahora ella, que era atea, lo invocaba suplicándole con las uñas de los dedos clavadas en las palmas de la mano que la ayudara a soportar el sufrimiento de saberse condenada a muerte. Todo lo que le pedía era aprender a resistir la angustia manteniendo a salvo su dignidad. Cuando la película terminó, respiró aliviada: tenía sangre en las manos, pero su miedo había desaparecido. Decidió asistir a la reunión que Florence había organizado para sus amigos latinoamericanos aprovechando la ausencia de Pierre, que se había ido de viaje.

La fiesta estaba en pleno apogeo. Desde el ascensor se oía una música de salsa y ruido de risas y conversaciones. Ella, Gaby, se deslizó al baño para limpiarse con un algodón empapado en alcohol la sangre de las manos. Al entrar en el salón observó que Raúl Pérez y su mujer la miraban con inquietud. Se sentó en un gran cojín tratando de adivinar el origen de aquella reticencia. Entonces la vio: una mujer de treinta años vestida como las prostitutas de Pigalle, aunque cada uno de sus atuendos le hubiera costado una fortuna: un vestido de seda rojo que le llegaba hasta el comienzo de los muslos y unas botas de cuero, rojas también; el descote corría entre los senos y solo se cerraba en la cintura. Los oxigenados cabellos dejaban ver las raíces negras y lo mismo ocurría con los vellos del pubis, que mostraba generosamente pues estaba sentada sobre la mesa del comedor con las piernas abiertas de par en par. Aquello era tan escandaloso que la gente evitaba mirarla. Ella se estaba preguntando quién habría traído semejante mamarracho, cuando vio a Luis ofrecerle una copa de champaña. La mujer le pasó un brazo por la espalda mientras Luis le introducía un dedo entre los senos. Rieron ambos a carcajadas, parecían borrachos. Ella, Gaby, no podía creerlo: de modo que esa era la pobre argentina abandonada por su marido, con un hijito a cuestas, esa, la mujer que sin conocerla suscitaba su compasión. Pese a querer pasar por una persona mundana, Florence se acercó a ella con un aire consternado. «No la conocía», dijo, «Luis la trajo sin pedirme permiso; se llama Malta, como la isla». A ella le parecía el colmo que por esa mujer Luis llorara al amanecer reprochándole el no haberse muerto. Su gran pasión se volvía irrisoria pues era evidente que Malta intentaba excitar a todos los hombres allí presentes. Su rostro excesivamente maquillado, su mirada insinuante y la procacidad de sus gestos lo confirmaban. Hacía pensar en una esclava exhibida en plena subasta: hasta sus joyas resultaban chabacanas como si fuera el rey Midas de la vulgaridad.

Por su parte ella, Florence, estaba indignada. A causa de la presencia de Malta su apartamento tenía el aspecto de un burdel. Al principio los invitados parecían correctos, pero cuando Luis entró con aquella putilla, perdieron toda moderación y empezaron a beber como cosacos. Tirados en el suelo hablaban en voz alta contando chistes cuyo sentido no comprendía. Sin embargo, había captado una frase grosera: «Vamos a beberle su whisky al francés». Ella temía que dejaran caer el contenido de un vaso sobre su hermoso tapiz. Había un cantante de moda rodeado de sus admiradores que vaciaba las botellas con el expreso fin de emborracharse y un guitarrista que ella había llevado a las carreras al baño. Solo había invitado a diez personas, pero cuando corrió la voz de que había una fiesta en su casa, cada quien trajo a sus amigos multiplicando por cinco el número de convidados. Ella se preguntaba qué diría Pierre si entrara de repente y viera aquel desbarajuste: su inmaculado apartamento mancillado por personas vulgares que se expresaban a gritos con la boca llena de picadas. No veía el momento de que se fueran. Entonces limpiaría los ceniceros, lavaría los vasos y pasaría la aspiradora para encontrar de nuevo esa sensación de orden que tanto le gustaba. ¿Sería así su vida con López? Tendrían que llegar a un compromiso: invitar a sus amigos dos veces por semana le parecía suficiente. De todas maneras estarían en un pueblecito de Mallorca, donde la mayoría de los habitantes eran ingleses y no latinoamericanos estruendosos. Exceptuando ocho o nueve de los allí presentes, los otros se le antojaban salidos de una alcantarilla: una española cuyo único mérito consistía en haber sido de joven la amante de un pintor célebre; una libanesa ajamonada que pretendía ser vidente y le había leído las líneas de la mano prediciéndole un montón de infortunios porque seguramente le tenía envidia: perdería, le había dicho, todo cuanto poseía y pasaría el resto de su vida haciendo trabajos insignificantes para subsistir. Esa era la razón por la cual bebía ahora un sólido vaso de ginebra.

Raúl Pérez no lograba calmar su enojo. La amante de Luis, Malta, le habían dicho que se llamaba, se comportaba como si buscara atraer la atención de los automovilistas del Bois de Boulogne. Con el descote hasta el ombligo y las piernas abiertas se parecía a las protagonistas de las películas pornográficas. Al traerla a la fiesta, Luis había abusado de la confianza de todos ellos. Las mujeres así se llevaban a un hotel a escondidas, en lugar de exhibirlas y acariciarlas en público. Luis le había metido la mano a través de la seda de la blusa y le frotaba un pezón con los dedos. Nadie podía separar los ojos de aquel espectáculo. Las conversaciones se habían ido apagando y empezaba a reinar un silencio incómodo.

Sobre el tapiz, rombos y círculos se repetían hasta el infinito. Jaime Peralta intentaba contarlos mientras su esposa Malta se dejaba apelotonar por su nuevo amante. ¿Qué había hecho él para merecer semejante ultraje? Cuando la conoció era una muchachita encantadora entre la nueva cosecha de estudiantes de Literatura que llegaba al quinto año de bachillerato. Como profesor estaba acostumbrado a que una u otra se enamorara de él, pero Malta puso tanto empeño en conquistarlo que al cabo de seis meses se habían casado. Malta era la hija única de uno de los hombres más ricos de La Paz. Su madre había muerto al darla a luz y Malta se convirtió en la niña-esposa de su padre. Lo acompañaba en sus viajes, dormía en su cuarto y a la hora de cenar se sentaba frente a él. Todo cambió cuando su padre se casó de nuevo y Malta se encontró relegada al rango de hija a los quince años. Su matrimonio con él, Jaime Peralta, un mestizo que gracias a los jesuitas había sido arrancado a la miseria hasta volverse profesor de literatura, era una venganza contra su padre.

Para justificar su conducta, Malta decidió que él era un escritor de talento y que solo en París podía escribir. Él mismo se tragó el cuento y dejó su país natal para instalarse en un apartamento de la rue d'Alésia comprado por su suegro. Sentado todos los días frente a la máquina de escribir intentaba recordar episodios que le dieran materia narrativa para una novela. Trataba de copiar el estilo de otros escritores, pero la inspiración no le alcanzaba ni para redactar el primer párrafo de un cuento. Conoció a Neruda y se volvió poeta, es decir, ponía una tras otra en un papel frases sin ninguna trascendencia, que distribuía entre sus relaciones gracias a la fotocopia, del estilo de «Rosa, oscuro abismo de mi memoria, batir de alas sobre la playa, verde espejismo de algas». Por misericordia sus amigos comentaban aquellos lamentables versos diciendo que tenían varias lecturas y no había que quedarse en la superficie. Él, a veces, se tomaba en serio, sobre todo cuando escribía poemas para celebrar la Revolución: «Del monte, como un ángel, surgió el comandante, su espada de fuego liberó a los campesinos oprimidos, su verbo encendido trajo palabras de alivio». Pero no perdía el tiempo: con el dinero enviado por el padre de Malta podían sobreaguar mientras él estudiaba Literatura francesa en una universidad. El medio en el cual vivía le permitía conocer escritores y poetas. Su problema era que cada vez que se conseguía un amigo, Malta terminaba acostándose con él. No comprendía por qué no buscaba sus amantes en otra parte cuando estaba en una de las grandes capitales del mundo y podía elegir a sus enamorados entre miles de hombres. Era como si él le sirviera de filtro.

Había frecuentado a Luis Sotomayor durante meses sin presentárselo y una noche lo invitó a cenar a su apartamento aprovechando que ella se había ido a pasar el fin de semana en Avignon con su última conquista. Pero a medianoche, cuando bebían un coñac, Malta apareció con su maleta declarando que había cometido un error partiendo en compañía de un boludo reaccionario. Ahí mismo se puso a coquetearle a Luis y él prefirió encerrarse en su despacho con el pretexto de estudiar un texto de Choderlos de Laclos. Seducir a Luis le llevó a Malta varios meses, pero, en vez de dejarlo al cabo de un tiempo como hacía con los otros, se había encaprichado de él hasta el punto de exhibir en público su pasión. Una cosa era imaginar a Malta entre los brazos de un extraño, incluso cuando le pedía a él que se fuera a pasar la noche a un hotel para disponer libremente de su apartamento, y otra verla allí, con las piernas entreabiertas y el sexo humedecido por el deseo. A duras penas lograba separar los ojos de su cara lasciva y extasiada como si estuviera al borde de un orgasmo.

Malta se puso de pie para bailar un bolero con Luis. La excitación le recorría cada poro de la piel. El corazón le latía a un ritmo rápido y se sentía lánguida y exigente al mismo tiempo. Luis era tan perfectamente animal que a su lado podía dejarse llevar por la emoción. En él había encontrado el amante ideal. Carecía de sutileza y sus caricias le parecían torpes y breves, pero su fuerte deseo, la pasión que ella le inspiraba reemplazaban su falta de experiencia. Casi por instinto, Luis había adivinado su fantasma más secreto: ser acariciada en público, como ahora, provocando la indignación de la gente. Le gustaba sentir el calor de su piel y su miembro endurecido bajo el pantalón. Entre más se restregaba contra su cuerpo, más el deseo le subía por la sangre y más crispada se volvía la expresión de los espectadores. En el fondo deseaban hacer lo mismo, pero no todo el mundo podía ser Malta y llevarse de cuajo las convenciones sociales. Su padre le había enseñado a reírse de lo que la gente pensara. ¿No habían vivido juntos compartiendo, si no la misma cama, al menos el mismo cuarto? Los miembros de su familia criticaban aquella intimidad, pero a su padre le importaba un comino.

Tampoco le había importado a su padre sacrificarla a ella cuando su nueva esposa se lo exigió. María Clara no la quería ver ni en pintura y hasta quitó sus retratos de las paredes para reemplazarlos por unas miserables acuarelas que compró en Montmartre durante su luna de miel. Botó, además, a su vieja nodriza y a todo el personal de la casa, las sirvientas y jardineros que la habían visto crecer. Finalmente la combatió a ella misma sugiriéndole a su padre que la metiera en un internado de monjas. Fue entonces cuando ella encontró a Jaime y se casó con él. Contenta de alejarla de la casa, María Clara no opuso la menor resistencia y organizó una gran fiesta a la cual asistió la flor y nata de La Paz. ¿Cómo su padre aceptó que su Malta, una quinceañera de buena familia, desposara a un mestizo que le llevaba quince años de edad? Fue la mejor manera de desembarazarse de ella aplacando definitivamente los celos de María Clara.

Desde entonces, casi tres lustros ya, su padre le enviaba cada mes un cheque, pero ella nunca le había escrito. Jaime se encargaba de mandarle una tarjeta de Navidad y otra el día de su cumpleaños. Ella, Malta, sabía que con sus amantes intentaba llenar el vacío de soledad que le había causado el abandono de su padre. Y no le importaba la pena de las otras mujeres porque ella había sufrido hasta creer morirse. Ver a su padre enamorado, saber que María Clara ocupaba su lugar durmiendo en aquella cama a la que ella nunca había tenido acceso a pesar de desearlo con todas sus fuerzas desde niña; cada noche, antes de dormirse, le rogaba a una divinidad, fruto de su imaginación, para que convenciera a su padre que le pidiese acostarse junto a él. Había imaginado más de mil veces el momento y la manera como eso ocurriría, pero nunca previó que otra mujer vendría a interponerse entre ambos hasta cerrarle la puerta de aquel cuarto, sacar de allí su cama y confinarla en una habitación donde debía dormir sola y desdichada por la eternidad. En el fondo le había hecho un favor porque jamás, ni siquiera en estado de incesto, le habría pedido a su padre las caricias que les exigía a sus amantes. Tampoco habría realizado con él su obsesión de hacer el amor delante de la gente o en lugares donde en cualquier momento alguien podía entrar y sorprenderla entre los brazos de un hombre.

El bolero había terminado y Luis y Malta seguían abrazados. Luis no lograba separarse de ese cuerpo que como una ventosa se pegaba al suyo. Para disminuir el escándalo, Florence puso un blues en el tocadiscos. Malta tomó entre sus manos la cabeza de Luis y se puso a chuparle el lóbulo de una oreja. El deseo la enloquecía, la envolvía en vientos de locura. Tenía el cuerpo sudoroso y su sexo, húmedo, se volvía apremiante. Pensó en la cama donde Florence había colocado los abrigos de los invitados. «Vamos al cuarto», le dijo a Luis, y cogidos de la mano salieron del salón.

Un oscuro dolor se había instalado en el pecho de Gaby. Lo sentía cada vez que aspiraba el aire. Su dificultad para respirar le parecía una crisis de asma. Se fue a la cocina para evitar las miradas apiadadas de la gente. Sentada en un banco trató en vano de controlar la respiración. Pasó un cuarto de hora ahogándose mientras sus brazos se tetanizaban y las manos se le torcían para adentro, atiesadas como garras. Tenía la impresión de que las paredes se le acercaban consumiendo el aire de la cocina. Abrió una ventana como pudo y la sensación de sofoco empezó a calmarse. De su cartera sacó un tranquilizante y se lo tomó. Lo que hasta entonces había sido como una pesadilla asociada a noches en vela y a la fiebre se volvía realidad. Luis tenía una amante, Luis iba a dejarla. La crispación que sentía en el pecho aumentó. Se acordaba de Barranquilla en la época en que Luis le afirmaba que siempre la amaría. Entonces era feliz: tenía un trabajo, López le estaba construyendo una casa y su salud la trataba bien. Si no hubiera reivindicado su derecho al placer habría vivido dichosa o al menos tranquila hasta su muerte. Y, sin embargo, aún ahora consideraba intolerable la insatisfacción, ese estado de letargo sexual al cual la condenaba el matrimonio con Luis. La libertad tenía un precio y ella lo estaba pagando, duramente, de la peor manera que habría imaginado, pero después las puertas del mundo se le abrirían de par en par. Haría su exposición y se ganaría la vida como fotógrafa si la enfermedad no la mataba antes. Aún en el tiempo que le quedaba de vida podía comenzar pidiéndole un adelanto a la galerista que se interesaba en su trabajo para comprar los rollos y otros materiales que le faltaban. Uno de sus discípulos de español era periodista y le había ofrecido cubrir un reportaje en el sur de Francia. Solo reaccionando lograría liberarse de la angustia que ahora le desgarraba el corazón.

Así que esa era Gaby, pensó Thérèse viéndola entrar en el salón donde Luis y su querida habían regresado con una expresión triunfante después de haber hecho el amor. Le parecía un pajarito herido, pero debía reconocer que tenía clase y dignidad. En la misma circunstancia ella habría provocado un escándalo abofeteando a Malta y obligando a Luis a regresar a la casa. Gracias a los malos consejos de Luis, había cometido el gran error de su vida. Ocurrió en la primavera del año pasado. Luis acababa de llegar a París y ella tenía dos pretendientes, un médico que le ofrecía seguridad, y Martin, un muchacho de dieciocho años por quien sentía una gran pasión. Había consultado el tarot de todas las maneras posibles y las cartas la incitaban a elegir al médico, pero un día encontró a Luis en la calle y en nombre de la antigua amistad de su juventud se fueron de juerga y se pegaron la gran borrachera. A eso de la madrugada ella le habló de su dilema y, después de escucharla, Luis le dijo: «El amor, Thérèse, eso es lo único que debe contar». Ahí mismo tomó la decisión de partir con Martin a Mónaco, donde le habían ofrecido un trabajo. Pasó seis meses maravillosos, aun si en los últimos días Martin se mostrara un poco distante y como aburrido de sus caricias. Cuando se terminó su contrato en Mónaco regresaron a París y al cabo de una semana Martin le hizo la mala jugada de desaparecer con el pretexto de salir a comprar cigarrillos. Nunca más volvió a verlo y creyó enloquecerse de tristeza. Llamó por teléfono a Luis y se dieron cita en un pequeño restaurante italiano. En lugar de consolarla, Luis pareció indignarse por su pena. «Qué quieres, le dijo, estás vieja y a los viejos nos ocurren esas cosas.» De pura rabia, ella le dio un tirón al mantel y cayó al suelo una fuente de espaguetis con salsa de tomate que desparramados así parecían gusanos rojos.

Luis tenía el egoísmo de un tiburón, pero aparte de eso resultaba un tipo formidable: inteligente, divertido, encontraba siempre anécdotas que referir y que contaba bien sacando a luz el aspecto humorístico de las cosas. Era él quien la había invitado esa noche a la fiesta diciéndole que a lo mejor encontraba a un hombre capaz de hacerle olvidar su tristeza por haber perdido a Martin. Pero la historia le había servido de lección. Jamás volvería a enamorarse de muchachos menores que ella. Buscaría a un hombre parecido al médico que había perdido, alguien que tuviera una buena posición social, con trabajo y una jubilación atractiva: casa en el sur de Francia, piscina y poder dorarse al sol el día entero. Ahora echaba las cartas y leía las líneas de la mano para ganarse la vida. Una tía suya le había enseñado a hacerlo. La mayoría de las veces inventaba, pero había momentos en que lograba adivinar el futuro. Así, tres días antes de la muerte de su padre le leyó la mano y descubrió con espanto que la línea de la vida se había desvanecido. Su padre, que creía en esas cosas, le había exigido la verdad y ella le dijo: «En realidad ya estás muerto». Entonces su padre hizo un testamento legándole el pequeño apartamento donde se había instalado desde su regreso de Mónaco. También había examinado esa noche las manos de Florence, su anfitriona, y presintió que muy pronto iba a perder todo cuanto poseía.

Si había alguien que no compadecía a Gaby era Juana. Gaby pertenecía al mismo medio social de la mujer con la que Héctor se había casado apenas sus pinturas empezaron a venderse y los críticos de arte lo consagraron como una celebridad. La dejó embarazada y a ella le tocó acostarse a las carreras con Daniel, un ejecutivo adinerado, para persuadirlo de que el bebé era suyo. Ya por entonces había renunciado a su sueño de convertirse en una gran actriz. Un poeta español la había traído de Zaragoza, la inscribió en unos cursos de arte dramático y en una escuela donde aprendió a hablar el francés sin acento. Se sabía de memoria todos los papeles del repertorio de moda cuando el poeta la abandonó y debió trabajar como sirvienta. Conoció a Héctor y a su lado descubrió el placer del amor, un deseo salvaje que los mantuvo unidos durante años. Él pintaba mientras ella trabajaba para pagar el alquiler del cuartico donde vivían. También le servía de modelo en sus horas libres.

Aunque era de buena familia, Héctor podía ser obsceno y su vulgaridad la desinhibía. Su cola, como él la llamaba, permanecía erguida hasta que ella estallaba en un orgasmo. Lo que más la excitaba era su voz ronca, insinuante, enervada por la pasión. A veces, mientras limpiaba un apartamento, aprovechaba la ausencia de la patrona para llamarlo por teléfono y masturbarse siguiendo sus instrucciones. Habrían debido permanecer juntos hasta el final de sus vidas, pero Héctor tenía un lado calculador y la abandonó cuando una hija de ricos se encaprichó de él. La dejó sin siquiera decirle adiós, dejándole en aquel cuartucho un cuadro suyo con una tarjeta en la que le deseaba mucha suerte. Conservó el cuadro porque intuía que muy pronto Héctor sería famoso, pero con ningún otro hombre logró sentir la misma pasión. Ahora debía recurrir a camioneros. Dejaba su automóvil aparcado en una estación de gasolina y hacía autostop en una carretera hasta dar con un hombre capaz de satisfacer su deseo. Un camionero a la ida, otro al regreso y su sed de placer quedaba aplacada durante una semana.

Malta le hacía pensar en ella misma diez años atrás, decidida a obtener satisfacción a cualquier precio. En principio Gaby era su amiga o al menos Gaby lo creía. Iba a su apartamento todos los sábados por la noche y se replegaba en un rincón, muy seria, mientras sus otros invitados se divertían. Tenía un lado de niña adorable que ha complacido siempre a su mamá y que a ella la sacaba de quicio. No le hacía confidencias, pero bastaba con ver su expresión angustiada para saber que estaba pasando un momento difícil. Una mañana la acompañó al hospital y el doctor Labeux le dijo con una especie de lasitud en la voz que la vida o la muerte de Gaby le importaban un comino a Luis, a quien había visto la víspera. Esa vulnerabilidad de Gaby la hacía a ella superar sus prejuicios invitándola a su casa, a pesar de que su presencia desentonaba en medio de sus amigos izquierdistas.

Pero Gaby no era realmente burguesa: no se preocupaba por el aspecto material de las cosas y ninguna importancia le daba al qué dirán. Lo más curioso era que solo a ella se habría atrevido a hablarle de sus aventuras con los camioneros. Como un gato distinguido Gaby miraría hacia la izquierda, luego hacia la derecha y después de comprobar que su conducta no perjudicaba a nadie le preguntaría con su desconcertante franqueza: «¿Y sientes placer con ellos?». Ni la criticaría, ni la traicionaría contándole a otra persona lo que ella le había revelado. Gaby era como un bloque de granito y resultaba extraño verla vacilar ante el comportamiento de Luis. Ningún arma podía esgrimir contra el feroz egoísmo del deseo sexual: no tenía nada de coqueta ni de calculadora y, si resistía, ignoraba el arte de combatir. Ella también había sido una tonta cuando aquel poeta español la trajo a Francia: sus infidelidades la hacían sufrir y se asfixiaba como un pez boqueando en una playa. Se arrancó la piel y se quedó en carne viva hasta que una corteza impenetrable le cubrió el alma. Fue la Juana atrevida a la que amó Héctor, la misma que supo encontrar una solución adecuada cuando Héctor la dejó. Seguramente que un proceso similar había vivido Malta para ser tan insolente y burlarse de todos ellos.

Entre aquellos latinoamericanos entusiasmados por la música y el trago, Margarita se sentía a gusto. Había llegado a París hacía dos meses y se alojaba en casa de Juana. Tenía el propósito de escribir un libro para reconciliar el marxismo con la democracia. Era necesario anular la teoría de la dictadura del proletariado eliminando a esos burócratas de la nomenclatura que le habían impedido a Boris reunirse con ella en Leningrado cuando viajó a la Unión

Soviética como miembro de las juventudes comunistas venezolanas. Lo que vio durante su visita le quitó más de una ilusión. La clase dirigente se comportaba como una élite con sus privilegios y sus principios de burgueses. Pero, de todos modos, los niños iban al colegio y, a pesar de las colas, la gente podía comer. El problema residía en la concepción misma del marxismo con su noción de partido único que impedía el contrapoder. Y quien decía dictadura, decía arbitrariedad e injusticia.

De aquellas ideas suyas quería hablarle a Ochoa, el ideólogo del partido comunista en el exilio, pero solo a través de Gaby podía entrar en contacto con él. Gaby se había granjeado la simpatía de Ochoa y de Luciani quizás porque era pura y creía en la revolución como en los reyes magos. Debían ver en ella un reflejo de lo que ellos mismos habían sido a los treinta años de edad. Por su parte ella no sabía si quererla o detestarla. Gaby le inspiraba sentimientos contradictorios: tenía los modales de una burguesa, pero su corazón palpitaba por el socialismo. A pesar de eso a nadie se le habría ocurrido tratarla de compañera. Su elegancia natural se imponía a través del viejo bluyín y del jersey lavado muchas veces. El marido de Juana estaba encaprichado con ella; se embobaba mirándola toda la noche mientras Juana repartía picadas y vasos de vino. Gaby no le prestaba atención. Permanecía sentada como ahora en un rincón conversando con las pocas personas que se acercaban a hablarle. Nunca mencionaba su enfermedad ni sus problemas amorosos, quizás porque consideraba de mal gusto revelarle su intimidad a la gente.

Luis había intentado llevarla a ella a la cama el día que descubrió que Olga tenía un amante: lo despidió con un par de besos en la mejilla pues no le inspiraba el menor deseo. Y esa misma noche, Luis se acostó por primera vez con Malta. Desde entonces se les veía juntos por todas partes, en los cafés de Saint-Germain, en las salas de cine, en los restaurantes, pero su conducta de ahora era tan exhibicionista que solo podía explicarse como una manera de hacer sufrir a Gaby. Ella no lo condenaba: de estar con Boris habría hecho la misma cosa, amarlo locamente sin pensar en nadie. Ya bastante había sufrido del puritanismo que reinaba en Moscú, en aquella residencia para estudiantes controlada en cada piso por una mujerona agria que miraba de hito en hito los corredores como si esperara ver surgir en ellos al mismo diablo. Le había tocado encontrarse con Boris en el apartamento de un amigo temiendo que los agentes de la KGB abrieran a patadas la puerta en cualquier momento y mandaran a Boris a Siberia por desobediencia a las consignas del Partido, que prohibían el trato de extranjeros. En un convenio cultural con Francia, Boris debía venir a Europa y ella había movido cielo y tierra para que su universidad la mandara a París durante seis meses. Mientras tanto se sentía atraída por Daniel, que tenía el encanto de los hombres maduros y necesitaba demostrar su poder de seducción. Juana no parecía ver en ello el menor inconveniente y hasta hablaba de hacer un viaje por España confiándole a ella el cuidado de su hijo y de Daniel. Gozaba de antemano imaginando las posibilidades eróticas de esa situación.

¿Y quién se ocupaba de Gaby?, se preguntaba Louise viéndola hundida en un cojín. Sola y angustiada, guardaba su pena para ella misma. Seguía encontrándola de vez en cuando en el mismo restaurante del boulevard Raspail, pero nunca le hablaba de sus problemas. Al contrario, era ella, Louise, quien le contaba sus dificultades con José Antonio y la doble vida que le tocaba llevar. La habían nombrado directora de ventas en una editorial y de ese modo podía pagar el alquiler del apartamento donde vivían, aunque el salario de Clementina y la pensión del colegio de sus hijas seguían corriendo por cuenta de su madre. José Antonio había conseguido empleo en una oficina de Derecho internacional, pero seguía con su idea de regresar a Barranquilla y durante las comidas, el único momento en que la familia se reunía, discutían sobre el tema con aspereza. Pasara lo que pasara, ella no iba a separarse nuevamente de Michel abandonando el amor por las necias convenciones de una ciudad de provincia. Matilde se había adaptado muy bien; solo Clarisa, la menor, apoyaba a José Antonio y se revolvía como una víbora contra ella. La verdad era que Clarisa se parecía mucho a su padre, tanto que a ella le costaba un esfuerzo enorme quererla. Cuando Michel las invitaba a pasear se negaba a acompañarlos. Parecía haber adivinado sus relaciones con él pese al cuidado que ambos ponían en ocultarlas. Quizás había advertido la felicidad que ella sentía cuando Michel venía a visitarlos, esa alegría que la presencia de ningún otro hombre le producía. Michel y ella no se cansaban de verse, corriendo el riesgo de que algún día los descubrieran juntos. Pero nadie, aparte de Gaby, conocía la verdad y Gaby era como un pozo sin fondo. Había renunciado a convencerla de abandonar a José Antonio cuando supo la intransigencia de Clarisa. Gaby tomaba esas cosas muy en serio. Y además, ¿no era cierto que si se separaba de él, José Antonio armaría el gran escándalo tratando de llevarse las niñas a Barranquilla? Quien tenía niños le daba rehenes al marido, había leído alguna vez.

No era el caso de Gaby, que en uno de sus pocos momentos de confidencias, le había asegurado que si la enfermedad no la mataba se separaría de Luis. En el momento actual, con su pobreza y su cansancio, no podía buscar un pequeño apartamento y salir adelante por su cuenta. ¿Qué pensaría ahora viendo la escena que acababa de pasar? Pues parecía evidente que Luis y Malta habían hecho el amor en el cuarto de Florence. Con tal de que Luis no le hubiera manchado de semen el abrigo que su madre le había regalado. Recordó aliviada que había llegado de primera y que su abrigo debía estar bajo muchos otros. Luis y Malta se presentaron una noche a su casa sin advertirla y a ella le había tocado recibirlos sintiendo que de la indignación se le enrojecía la cara. Al quitarse la chaqueta de visón, Malta dio la impresión de estar desnuda. Cada una de sus prendas salía del almacén de un gran costurero, pero mucho trabajo se habría dado para encontrar las más provocadoras, las que envolvían como un papel transparente sus senos y sus caderas. Esa vez llevaba unas botas de mosquetero, color blanco, y lucía joyas de una gran calidad que sobre ella, curiosamente, parecían abalorios. Hizo el mismo juego que esta noche, sentarse en un sofá con las piernas abiertas dejando ver su intimidad. José Antonio, que tanto la molestaba a ella por la estrechez de sus faldas, la encontró fascinante. La secreta antipatía que sentía por Gaby a causa de aquella aventura amorosa que se permitió en Barranquilla lo indujo a admirar la personalidad de Malta. No se molestó cuando ella lo trató de burgués con desprecio, ella, justamente, que había nacido rica y, aparte de su vida sexual, seguía viviendo en París como una gran burguesa, todo lo contrario de Gaby.

Ella, Louise, le había regalado a Gaby un jersey muy bonito el día que por primera vez pudo salir de su casa y aceptarle una invitación al cine. Antes de la película pasaron un documental sobre la vida de los elefantes; hacia el final, una hembra enferma caía al suelo para morir y los otros elefantes se afanaban a su alrededor tratando de levantarla con sus trompas y hasta fingiendo hacerle el amor con el desesperado propósito de arrancarla de su agonía. En ese momento notó que Gaby sacaba discretamente un pañuelo de papel de su cartera y se secaba las lágrimas. Debía de pensar que incluso los animales compadecían a los enfermos. Al menos los elefantes conocían algo parecido a la caridad, sentimiento del cual Luis estaba enteramente desprovisto. De no ser por aquel médico que la atendía gratuitamente y por Eve y Florence que le daban los remedios, Gaby estaría ahora muerta y enterrada. Pensando en eso se decía que jamás perdería su independencia económica, así debiera pasar ocho horas en el trabajo y dos en el metro.

Sin saber por qué, Luis se sentía secretamente halagado. La obsesión de Malta por hacer el amor a la luz del día le procuraba una extraña excitación. Sin embargo evitaba mirar hacia el rincón donde Gaby se había recogido. De pronto se arrepentía ahora de haberla hecho sufrir y le daba miedo de que siguiera su ejemplo con ese Felipe Altamira que de vez en cuando Luciani llevaba a su casa. Curiosamente, Gaby, enferma e inflamada por la cortisona, no había perdido su poder de atracción. Él tampoco se privaba de acostarse con ella cuando regresaba al apartamento al amanecer. Entre su esposa y su amante descubría las ventajas de la poligamia sin deber asumir las consecuencias económicas de aquel estado. Seducir era la cosa más fácil del mundo pues la mayoría de las mujeres se aburrían con sus maridos y esperaban encontrar al amante de sus sueños. Algunas lo ocultaban, otras, como Malta, lo lanzaban a los cuatro vientos. Por eso él debía tener cuidado y desconfiar de cuanto hombre apareciera en el horizonte. Malta, la amazona, era capaz de serle infiel. Varios posibles amantes daban vueltas a su alrededor, especialmente un peruano que esperaba toda la noche abajo recorriendo la calle a paso largo, al acecho de su partida para subir a verla. A él, Luis, le tocaba aguardar la llegada del marido hacia las cinco de la madrugada, escondido cerca de la puerta para no infligirle a Jaime Peralta la humillación de encontrarlo en su casa a semejante hora de la noche.

Malta elegía explicaciones complicadas a fin de justificar su conducta amorosa. ¿Y si solo quería vengarse del propio Jaime Peralta, no del padre, sino del hombre que había abusado de su desamparo de adolescente para subir en la escala social? Sus amantes eran siempre amigos o conocidos de su marido. Ella misma lo aceptaba y se acordaba con rencor de los primeros años de su matrimonio, cuando Jaime Peralta le hacía el amor sin tener en cuenta las exigencias de su deseo. Ahora dirigía las operaciones como un general, impidiéndole venirse pronto y obligándolo a murmurar las frases que la excitaban hasta conseguir el orgasmo. Él se sentía como envuelto en una ola que se agitaba frenéticamente antes de reventar en una playa. ¿Cómo resistir a ese erotismo? Sus relaciones con Gaby tenían algo de cosa conocida y prevista desde hacía mucho tiempo. Y, sin embargo, no lograba prescindir de ella, quizás porque a su lado vivía el placer de manera menos angustiosa. Si con Malta tenía miedo de fallar, Gaby le resultaba una laguna de aguas tranquilas. ¿Qué pensaría ahora que sabía quién era su amante? A través de sus ojos, Malta aparecía como una vampiresa de mal gusto. Demasiado maquillada, con los cabellos teñidos y aquellas botas rojas, tenía el aire de una prostituta. Mujeres como ella se encontraban por montones en Pigalle. Ni siquiera podía argüir que la amaba porque en el fondo de sí mismo sentía un profundo desprecio por ella. Pero lo enloquecía de pasión y no toleraba la idea de imaginarla en brazos de otro hombre. Estar con Malta era como correr en un automóvil a gran velocidad sin tener acceso al volante ni al freno, como rodar sobre una inmensa montaña de arena, algo perfectamente excitante y al mismo tiempo peligroso. Pensaba en eso con furia, cuando esperaba la llegada de Jaime Peralta sentado a oscuras en un peldaño de la escalera para impedirle a Malta recibir a aquel peruano. Entonces, vejado, se decía que de estar libre podría casarse con Malta y liberarse para siempre de la humillación.

Regresaba a su casa acariciando la esperanza de que Gaby se hubiera muerto y al verla viva, con las sombrías ojeras de la fiebre, no podía contenerse y se echaba a llorar de desesperación. Ahora Gaby ni siquiera lo esperaba: tomaba un somnífero que la hacía dormir seis horas de corrido y solo podía expresar su agresividad hacia ella cuando se despertaba, a las siete de la mañana. A veces se sentía víctima de una conspiración: entre aquel médico que la atendía gratuitamente, la persona que le había regalado un abrigo y los cajones de remedios que Florence le llevaba,

Gaby escapaba a su destino: morir lo más pronto posible dejándole a él el campo libre. Empeñarse en salvarla era luchar contra la naturaleza, que sus razones tenía para eliminar a los débiles. Esa frase le había valido ser tratado de nazi por el médico del hospital Saint-Louis. Había tanto desprecio en sus ojos que él se sintió enrojecer de indignación. Fue peor que si le hubiera dado una bofetada, fue el más injurioso ultraje que había podido recibir. Tuvo miedo de que el incidente se supiera y llegara a los oídos de sus amigos. Le dio trescientos francos a Gaby y el asunto no pasó de ahí.

Ángela de Alvarado se apiadaba de Gaby porque le parecía desprovista de toda forma de agresividad y, no obstante, comprendía a Malta porque la veía como un reflejo de lo que ella misma había sido cuando conoció a Gustavo y sintió que el cuerpo se le encendía como una hoguera. Dejó a su marido, que tenía una de las fortunas más importantes de América del Sur, y su apartamento en Río de Janeiro a orillas del mar y siguió a Gustavo sin importarle un comino el qué dirán. Fue una sucesión de hoteles de lujo y mansiones suntuosas, de Nueva York a París, de Londres a Roma. Gustavo viajaba mucho a causa de su trabajo y ella iba con él a donde fuera. Debía estar siempre disponible porque él era capaz de buscarla durante la pausa de una reunión de negocios para hacerle el amor. Se amaban en los ascensores y en los automóviles de vidrios oscuros que un chofer conducía a cualquier aeropuerto. Se habían buscado locamente en una humilde barca de Hong Kong y en una hermosa piscina de Cannes.

Gustavo era seductor y ella celosa. A veces, en Barranquilla, se le escapaba a Nueva York con una secretaria y ella lo seguía, lo encontraba en uno de los bares que solía frecuentar y le armaba trifulcas monumentales. Pero eso era un juego, una manera que habían encontrado para impedir que la monotonía de la vida conyugal se instalara entre ellos. Conocieron todos los placeres de la pasión y de pronto, un día, ella, que se creía estéril y tenía ya sus años, quedó embarazada. Sus sentidos parecieron recogerse para la protección del bebé. Cuando nació su hijo se le extinguió en el acto aquel endiablado deseo por Gustavo, que por su parte empezó a engañarla seriamente para castigarla por su relativa indiferencia. Pues ella lo seguía amando, pero de otro modo, con más ternura. La pasión no se podía fingir y Gustavo tenía necesidad de ser amado hasta la enajenación. Su madre lo había adorado porque le nació dos años después de la muerte de su primer hijo. El niño, como lo llamaban las sirvientas de su casa, creció rodeado de personas que lo veneraban. Nada le estaba prohibido. Virginia le contó que el día del matrimonio de una de sus tías, Gustavo, que en ese entonces contaba tres años de edad, metió la mano en el pudín de la novia desbaratando la decoración sin que su madre intentara impedírselo. Ese amor ciego y total que había conocido en su infancia seguía buscándolo en las mujeres. Durante un tiempo ella se lo había brindado y luego le fue ofrecido por María Concepción Silva, una aristocrática heredera bogotana que solo veía por sus ojos y lo idolatraba sin reservas.

Ella había oído hablar de esa muchacha encerrada en su casa como una monja esperando la llamada telefónica de Gustavo para entonces maquillarse, ir al salón de belleza y recibir al príncipe del cuento de hadas. ¿Cómo luchar contra tanta devoción? Así, no se sorprendió cuando Gustavo le pidió el divorcio para casarse con María Concepción, pero no por ello sufrió todas las penas del mundo. Creyó que iba a morirse de tristeza apenas empezaron los preparativos del divorcio, ver juntos a un abogado, hablar con el juez, discutir sobre la pensión y la custodia de su hijo. Gustavo se mostró de una gran generosidad ofreciéndole el triple del dinero que el abogado de ella había pedido. Al menos pudo conservar su amistad. Cada vez que venía a París iba a visitarla al apartamento que le había regalado en la avenue Montaigne y salían a almorzar en el último restaurante de moda. Si olvidaba la existencia de María Concepción era como si nada hubiera cambiado entre ellos. Hasta les ocurría hacer el amor y, aunque no llegaban a los extremos de pasión de antes, ambos reconocían que tenían una relación privilegiada. Cuando sus amigas la incitaban a buscar otros amantes ella no podía explicarles cómo el amor de Gustavo le había aspirado todas las vibraciones del corazón. No obstante las infidelidades del último periodo de su matrimonio, Gustavo nunca había intentado realmente hacerla sufrir. Ella sabía de manera abstracta que se divertía, pero jamás había visto una cara ni escuchado un nombre. Gustavo tenía demasiada clase como para prestarse al exhibicionismo de Luis.

Anne acababa de llegar al apartamento de Florence. Su marido Octavio la había llamado por teléfono diciéndole que viniera a ayudar a Gaby. La conversación fue breve y no comprendió lo que había pasado, pero le bastó con entrar y mirar a su alrededor para saber que Gaby había descubierto quién era la amante de Luis. Él y Malta estaban tomados de la mano y tenían una expresión de desafío, mientras Gaby, en un rincón, parecía abrumada como si le hubieran caído veinte años encima. Se sentó a su lado y la interrogó con los ojos. «Hace un instante hicieron el amor», le oyó murmurar. Así, pues, el secreto había sido revelado. Se acordaba de la primera vez que Octavio la engañó, allá en Santiago, en el fin del mundo. Se sintió tan desgraciada que había pensado seriamente en el suicidio. Y luego Octavio tuvo otra aventura y diez más hasta que su madre logró reunir el dinero necesario para comprarle a ella el pasaje de avión que le permitió regresar a Francia. Lo primero que hizo al volver a París fue buscarse un amante como manera de exorcismo. Octavio, que la había seguido y era el más enfático apóstol de la liberación sexual, no pudo soportarlo e inició un sicoanálisis.

Formaban una pareja maldita, teniendo cada uno relaciones amorosas por su lado y sin poder separarse. A ella le convenía mantener a salvo la apariencia de su matrimonio, pues la dirección de su empresa miraba mal los divorcios. Así, trabajaba durante el día y por las noches iba a los bares de moda para buscar aventuras. Le ocurría llegar a su casa rendida de cansancio, bañarse y meterse en la cama. Y luego, mientras el sueño le llegaba, decirse: «Esto fue lo que hizo mi madre durante toda su vida». Entonces se levantaba de un salto, volvía a vestirse y recorría las calles de París hasta encontrar un hombre con quien pasar la noche. Tenía tantos amantes como días tiene el año, pero pocas veces sentía placer. Los hombres que conocía eran por lo general especímenes curiosos, impotentes, perversos, toda la gama de los marginales de la sociedad. Venían a París del mundo entero con el inconfesado fin de realizar sus fantasmas eróticos. Se pasaban la dirección de ciertos bares frecuentados por mujeres como ella, que hacían el amor gratuitamente buscando tan solo la emoción de lo imprevisto o de lo que podía suceder. Pero casi nunca pasaba nada. Todos, desde Las Vegas hasta Hong Kong, parecían fabricados en el mismo molde. Hacían el amor ciegamente, sin preocuparse por lo que deseaban las mujeres. Más aún, se diría que el placer femenino los irritaba, quizás porque en el fondo les producía miedo.

A propósito de eso, Gaby le había contado una historia que resumía muy bien la cosa. A los quince años había comenzado a trabajar en un hospital de caridad durante las vacaciones, en la sala operatoria, pasándole los instrumentos al cirujano de turno, desde las siete de la mañana hasta el mediodía. Luego tomaba un café, encendía un cigarrillo y se ponía a esperar a que su padre terminara su trabajo para regresar a casa. Durante esa hora visitaba a veces las diferentes salas del hospital con el fin de darle ánimo a los enfermos ofreciéndoles un cigarrillo o un bombón. Un día entró por casualidad en un pabellón y vio que las mujeres que iban a dar a luz estaban amarradas a las camas de alumbramiento y yacían con las piernas abiertas sobre excrementos y orinas.

Nadie venía a verlas, nadie las limpiaba ni les daba un vaso de agua; conversando con ellas descubrió que se encontraban allí desde hacía una o dos noches sin haber comido ni bebido. Indignada, Gaby fue a protestar ante el director del pabellón, que se limitó a decirle: «Gozaron, ahora que sufran». Solo cuando Gaby lo amenazó con armar un escándalo escribiendo un artículo en un periódico local para denunciar su crueldad, el médico aquel tuvo miedo y le ordenó a sus dos enfermeras limpiar a esas desdichadas y desatarles las muñecas y los tobillos.

Pero lo que aparecía en una ciudad latinoamericana amplificado hasta la caricatura, ella lo encontraba de cierta manera en la mayoría de sus amantes: la reticencia ante el placer de las mujeres. En vez de concederlo, los hombres preferían dar regalos o dinero. Por supuesto había excepciones, como ese japonés que solo empezaba a excitarse desgarrándole sus prendas íntimas: se venía cuando estaba seguro de haberla hecho gozar, pero ella había renunciado a verlo porque no podía perder tanto dinero en pantalones y sostenes. Ahora salía con Vishnouadan, un hindú que la enloquecía de placer por su manera de hacerle el amor manteniendo su miembro erguido hasta que ella se dilataba en sucesivos orgasmos. Había un problema: Vishnouadan creía en la superioridad del sexo masculino y pretendía que ella aceptara sus opiniones. No se atrevía a contradecirlo abiertamente por miedo de perderlo. Los razonamientos de Vishnouadan eran tan sólidos que un día ella había puesto en duda sus creencias feministas, pero Gaby le dijo que más valía perder un hombre que los ideales de su juventud. Había muchas cosas que Gaby ignoraba pese a su cultura y a su inteligencia. La compadecía ahora por haber descubierto de un modo salvaje quién era la querida de Luis, pero a la larga la sorpresa de esa noche iba a servirle para desenmascarar a su marido y analizar fríamente su comportamiento. Nadie podía ayudarla, como decían los sicoanalistas, debía hacer sola su duelo. Gracias a su experiencia podía darle el consejo de separarse de Luis amputando el dedo podrido antes de que la infección le carcomiera la mano.

No creía en el destino ni en fechas fatales, pero allí, sentada en un rincón, Gaby se decía que estaba padeciendo uno de los peores momentos de su existencia: en un solo día se había enterado de la gravedad de su enfermedad y había visto a Luis manosear a su querida delante de sus propios ojos. El dolor en el pecho se había atenuado, pero lo sentía vagamente cada vez que aspiraba el aire. Le daba miedo volver a tener una crisis de claustrofobia revelándole a todo el mundo su desdicha. Se preguntaba qué habría hecho su padre en la misma situación y la respuesta se imponía por sí sola: resistir, mantener una apariencia serena y no darle a nadie el placer de verla sufrir. Pues una voz interior le decía que Luis había mostrado aquella conducta escandalosa adrede y por nada del mundo ella caería en su juego. Su padre decía que la vida debía vivirse día a día como un libro se lee página tras página. Pero qué difícil era seguir aquel consejo cuando hacía un esfuerzo enorme para no echarse a llorar. Ahora debía quedarse en París, pues en Barranquilla no había especialistas en su enfermedad. Le tocaba abrirse paso por su cuenta encontrando un empleo que le diera su independencia económica. Podía trabajar el día completo en Berlitz o convertirse en reportera gráfica para una agencia de prensa. Esta última perspectiva le parecía más interesante. Si Virginia le vendía una de sus casitas en Barranquilla lograría mantenerse a flote mientras se familiarizaba con su nueva actividad.

Sabía que tarde o temprano dejaría a Luis. No lo veía ya como un niño en peligro, demasiado vehemente para controlar las borrascas de la vida, sino como un hombre desprovisto de compasión, insensible a su sufrimiento. Ese Luis, que la pisoteaba como un caballo salvaje, no era el mismo que ella había querido durante ocho años. Advertía con alivio que al pensar en él utilizaba el pasado. Atrás quedaban los recuerdos de Barranquilla, cuando aparcaban el automóvil frente a un solar para cubrirse de besos y de caricias. En esa época lo deseaba, pero una noche, cuando le estaba acariciando el sexo, Luis la empujó y le dijo con una nota de repugnancia en la voz: «Déjame, me haces sentir como un gato». En ese mismo momento la pasión que Luis le inspiraba se extinguió para siempre. Había sido herida en lo más profundo de su intimidad, en el rincón donde anidaba el deseo. Pensó: «He vivido sin conocer el amor durante veintidós años, viviré sin placer el resto de mi vida». Pero ya sentía por Luis un profundo afecto como para romper sus relaciones un mes antes de la boda.

Aquel amor era también un signo de rebelión contra la burguesía de la ciudad y los prejuicios de su madre que rechazaban a Luis por sus opiniones izquierdistas. Parecía absurdo decir que, en cierta forma, su matrimonio con Luis asemejaba a un acto político. Y sin embargo, de haber sido Luis uno de los muchachos que frecuentaban el Country, lo habría mandado al diablo si se hubiera atrevido a decirle que lo hacía sentir como un gato. Su falta de experiencia la llevó a casarse con él haciendo caso omiso de su sexualidad. Si su mente aceptaba aquella situación, su cuerpo se sublevaba contra el sudario de un matrimonio en el cual cada noche de frigidez era un ultraje. De todos modos le parecía intolerable que un hombre fuera perseguido por sus ideas políticas. Quizás, inconscientemente, como miembro de esa burguesía que lo rechazaba, había intentado reparar la falta sin comprender que estaba encunando una víbora. Luis le había prohibido abrir las cartas que le enviaba el banco norteamericano donde tenían una cuenta en común. Y, ella, por miedo a un nuevo escándalo, había aceptado. Pero una mañana hizo caer al suelo por descuido unos papeles que Luis había colocado sobre la mesa de noche y, al recogerlos, descubrió que se trataba de facturas de la tarjeta de crédito del Diners. Quedó muy sorprendida al ver la suma de las cuentas de restaurantes a los cuales Luis llevaba a su querida: la invitaba como un príncipe mientras ella debía calcular sus salidas en función de los billetes de metro que podía comprar. Cuando iba a almorzar con Louise o a comer con Anne eran ellas quienes pagaban la cuenta. En el fondo no había comprendido todavía que su matrimonio se iba al agua. Tal vez por temor a quedarse sola, pero también porque una parte de Luis la seguía queriendo: a veces la llevaba al cine y veían la película tomados de la mano; o le hablaba de su trabajo y de sus problemas y era como si nada hubiera cambiado desde su llegada a París; cuando Luis quería, le hacía el amor y, aunque ella nada sentía, aquel acto creaba una ilusión de intimidad. Debía cortar por lo sano con todo eso abandonando la esperanza de que algún día Luis volviera a ella.

Olga se sentía invadida por la ira. Ese Luis, que antes le comía en las manos como un pajarito, se negaba ahora a verla para no desatar los celos de Malta. Celos era mucho decir, se trataba más bien de impedirle justificar una aventura. Malta se había mostrado categórica: podía seguir viviendo con Gaby, pero de ninguna manera debía volver a encontrar a sus amigas, particularmente a ella. Eso le había contado Luis antes de desaparecer del todo de su vida. Se quedó sola con Roger, un excelente amante, pero que arrastraba consigo una cadena de problemas sin solución. Roger seguía un sicoanálisis y a su lado había aprendido nuevos conceptos expresados a través de un vocabulario para ella desconocido. Lo que más la sorprendía era que Roger poseyera las claves capaces de arreglarle la existencia y no supiera utilizarlas. Había la cuestión del fantasma de la mala madre, que lo empujaba, sin que al parecer se diera cuenta, a convertir a las mujeres en odiosos personajes dispuestos a hacerlo sufrir. Su compañera, Agnès, le era infiel cada fin de semana y a él le tocaba quedarse en la casa para ocuparse del niño que la había obligado a tener so pena de abandonarla. Al principio Agnès aspiraba a una vida más o menos convencional, pero Roger le hacía tantas preguntas sobre sus supuestas aventuras que ella había terminado teniéndolas quizás para conservarlo. En aquella relación, Agnès era la víctima de la neurosis de Roger y se plegaba a su masoquismo encarnando a la madre que según él no lo había querido. A ella, Olga, le había salido con el mismo juego. Cuando se reunían su primera pregunta era: «¿Cuántos hombres se acostaron contigo desde la última vez que nos vimos?». Resultaba un problema decirle que lo amaba demasiado como para desear una aventura: se irritaba y no lograba hacerle el amor. Debía hablarle de amantes imaginarios y relaciones rocambolescas hasta lograr sacarlo de su postración. Entonces se convertía en un hombre maravilloso, acariciándola y adaptándose a su ritmo hasta conducirla al placer.

A veces se preguntaba si Roger no sería un homosexual inhibido que a través del cuerpo de ella buscaba entrar en contacto con otros hombres. A ese tipo de reflexiones la llevaba el escaso conocimiento que tenía del sicoanálisis. Pero ella quería un hombre de verdad, que durmiera como un tronco, comiera cuando tuviera hambre y amara por placer. Roger tenía problemas de digestión, se despertaba a medianoche para escribir sus sueños y por un sí o un no se volvía impotente. Además, tendía a reducirla al papel de querida, negándose a verla más de dos días por semana, de cuatro a seis de la tarde. Hacía eso adrede, para vengarse de sus supuestas infidelidades, creando así el vínculo sadomasoquista cuya teoría conocía muy bien sin ser capaz de reconocerlo en la realidad de su conducta. Ella habría debido conservar a Luis, que tenía la energía de un animal salvaje y jamás pondría los pies en el consultorio de un sicoanalista. El problema era que no estaba ni había estado nunca enamorada de él.

Luis había notado que Gaby se había ido a hurtadillas, sin despedirse de nadie, y una hora después Jaime Peralta salió del apartamento. De haberse llevado consigo a Malta, él, Luis, se habría ido, si no a consolar a Gaby, al menos a conversar con ella disminuyendo el impacto de lo que había ocurrido. Ahora sentía una rabia sorda contra Malta que lo había conducido a comportarse de aquel modo. Sus amigos desviaban los ojos cuando él los miraba y a su alrededor había una atmósfera de hostilidad. Pero no podía dejar sola a Malta, pues era capaz de irse a acostar con el peruano o con cualquiera de esos hombres que la buscaban como perros hambrientos. Estaba en una situación odiosa, encadenado a una mujer que en el fondo se burlaba de él. No debía ni quería separarse de ella y al mismo tiempo temía que Gaby lo abandonara. ¿Qué sentiría si al llegar a su apartamento lo encontrara vacío? Gaby había sido la luz en un mundo de tinieblas, donde no podía confiar en nadie y, aparte de su padre, nadie lo quería. Amigos y relaciones pasaban, los ideales se perdían; el amor de Gaby, en cambio, le daba una impresión de plenitud y le hacía sentirse contento de sí mismo. Añoraba de repente aquellos calurosos días de Barranquilla, cuando Gaby compartía su vida y sus problemas. Entonces iban juntos al cine, leían los mismos libros y trabajaban en la agencia de seguros que ella le había comprado. Sus sentimientos eran claros y su amor por Gaby no conocía límites. Salían a caminar por las calles desiertas en noches de luna llena; hablaban de instalarse en la isla de San Andrés para vivir rodeados por el mar; tenían el proyecto de venirse unos meses a Europa y conocer la Inglaterra de Shakespeare, la Francia de Baudelaire y la Grecia de Homero. Pero el tiempo pasaba y no hacían nada. A lo mejor Gaby le reprochaba en secreto su fascinación por la vida burguesa y no se equivocaba. Él nunca había visto pasar tanto dinero por entre sus manos y estaba feliz de poder comprarse todas las cosas que quería, muebles, alfombras, vestidos; el mundo se le antojaba un inmenso mercado. Gaby observaba con reticencia aquellos derroches sin comprender que el lujo formaba parte de una existencia agradable y bien proporcionada. Su padre le daba la razón: había ido a visitarlo una vez en Barranquilla y quedó muy contento de ver el marco en el cual vivía.

Pero Gaby quería ante todo ser fotógrafa y la molestaba que el tiempo se le fuera en la venta de seguros. En su tiempo libre trabajaba gratuitamente como reportera en un periódico local y se proponía hacer exposiciones en galerías nacionales y extranjeras. Sin saber por qué, la idea de que Gaby pudiera realizar una exposición le producía una sensación desagradable. Temía perder su influencia sobre ella si Gaby reanudaba sus relaciones con sus antiguos condiscípulos y profesores de la universidad, lo cual era inevitable si se volvía célebre. En Barranquilla, con su indolencia tropical, él resultaba el único intelectual al corriente de los movimientos de ideas que circulaban por el mundo. Gaby necesitaba la presencia de alguien que tuviera su mismo nivel intelectual y le diera la réplica adecuada. Ahora era diferente: la enfermedad la embrutecía y se expresaba con dificultad, aunque seguía deseando exponer sus fotos en una galería. ¿Qué podía importarle a él que realizara o no aquel proyecto? Sabía, con una certeza casi dolorosa, que después de lo pasado esa noche Gaby lo dejaría. Un amanecer, al regresar al apartamento, vería un papel sobre la mesa del salón, junto al florero: eran las líneas que Gaby le habría escrito para decirle adiós.

4

Los días se alargaban. Una dorada claridad en el cielo muy azul y sin nubes sugería la presencia de la primavera. De repente los árboles de París aparecían cubiertos de hojas. La brisa levantaba en el aire granos amarillos y blancos de polen y testarudas palomas se arrullaban por los parques y las calles. De noche, con sus luces, la ciudad parecía un dédalo de plata. Isabel no la veía. Había ido al Drugstore de los Champs-Élysées a comprar bujías perfumadas para llevarle un regalo a Louise y ahora bajaba por la avenida buscando con los ojos un café donde pudiera sentarse a reflexionar. Maurice, su marido, la había abandonado de la noche a la mañana sin darle explicaciones, diciéndole tan solo que iba a vivir con Hélène. De haber sido más astuta habría adivinado que algo pasaba entre ellos. Diez años de matrimonio echados al suelo de un manotazo. Se preguntaba si Maurice la había amado un solo instante o si apenas había sido para él un escalón en su ascenso social.

Cuando se conocieron, ella trabajaba en la Unesco, donde había llegado como protegida de un influyente hombre político amigo de su difunta madre. Maurice comenzaba a cursar el primer año de ciencias políticas y para pagarse sus estudios trabajaba de camarero en el tren azul de París a Ventimille. Una ambición feroz lo había llevado a conducirse como los muchachos de la alta burguesía y a saber que los vestidos se compraban en el almacén de Saint-Laurent y las gabardinas en el de Louis Féraud. A ella misma, que frecuentaba lo más granado de la sociedad parisiense, la había engatusado. La primera vez que lo vio, en una conferencia, con su bufanda anudada al estilo ascot y su agudo paraguas negro que parecía un bastón, lo creyó salido de un castillo. Al instante lo amó. Dos meses después se habían casado y al año de su matrimonio les habían nacido Anastasia y Marlène. Ella hizo venir de Colombia a una sobrina de su antigua niñera y siguió viviendo al ritmo de Maurice, que le exigía viajes costosos por el mundo entero. Visitaron Egipto, India, África del Sur y varios países latinoamericanos. A ella le daba lástima abandonar a las gemelas durante tanto tiempo, pero Maurice no parecía advertir que esas niñas eran sus hijas. En realidad las rechazaba a su manera, sin agresividad, ocupándose de ellas lo menos posible con el pretexto de que debía preparar el concurso de la Escuela Nacional de Administración. Tres veces se presentó al examen y solo la última logró pasar el escrito, pero lo rajaron en el oral. Había apuntado demasiado alto: le faltaba más cultura, más relaciones y clase. Los examinadores adivinaron a través de su aspecto y sus respuestas el bisabuelo campesino y el abuelo zapatero remendón, a pesar de que su padre era rector de Academia.

Pero a Maurice el deseo de poder le había llegado demasiado tarde: pasó la infancia y la adolescencia divirtiéndose con amigos un poco al margen de la sociedad, sin abrir un periódico y leyendo apenas los libros recomendados para los cursos de literatura del año escolar. Solo cuando salió primero de su clase en los exámenes de bachillerato descubrió que podía ser alguien más que un sinvergüenza. Estudió Derecho antes de inscribirse en Ciencias Políticas y conocerla a ella, Isabel. No pareció importarle que fuera siete años mayor que él. Ese matrimonio le permitió circular en el mundo diplomático y conocer personajes que, de no ser ahí, solo podía ver en la televisión. Tenían muchas parejas de amigos, entre ellas, Gilbert y Hélène, a quienes recibían una vez por semana. Hélène era autoritaria, monopolizaba la conversación y poseía el don de hacerla sentir miserable: si ella había visto jirafas y elefantes en África del Sur, Hélène había estado en la reserva, cuyo hotel costaba cinco mil francos por noche, donde al atardecer un sirviente llevaba a los clientes a visitar el riachuelo en el que bebían los leones. Siempre hacía lo necesario para desvalorizarla ante los ojos de Maurice. Era tan caricaturesca su actitud que ella dejó de prestarle atención. Además estaba segura del amor de su marido: cuando llovía iba a buscarla a la Unesco, cuando se enfermaba la llevaba a ver al médico y le compraba los remedios necesarios. Maurice era muy galante: le abría la puerta del automóvil y le cedía el paso en el ascensor. Ella lo adoraba. Le ocurría despertarse a medianoche si Maurice tenía una gripa y viéndolo dormido a su lado echarse a llorar de miedo de que pudiera morirse. Delante de él se abstenía de acariciar mucho tiempo a las gemelas para no darle la impresión de venir en segundo lugar como se lo reprochó una vez en uno de sus pocos pero feroces e imprevisibles momentos de cólera.

Durante todos esos años fue ella quien pagó los gastos de la casa pues Maurice pasaba los días preparándose para los exámenes del concurso y las cosas siguieron así después, cuando debió renunciar a su sueño de convertirse en enarca y se puso a trabajar en el bufete de un abogado. Él gastaba y ella pagaba hasta que perdió su empleo en la Unesco por haber muerto su protector. Gracias a sus amistades y a un diploma de traductora que había obtenido en Colombia antes de venirse a París pudo sobreaguar, pero las relaciones con Maurice cambiaron del día a la noche: sus traducciones, siempre aleatorias, servían apenas para lo superfluo y Maurice se moría de rabia de encargarse del alquiler, la comida y el salario de la niñera. En parte por eso había decidido abandonarla. Desesperada, fue a ver a una abogada y consiguió que Maurice le diera mensualmente mil francos de pensión para las gemelas y tres meses de alquiler mientras ella conseguía un apartamento más modesto. En esas andaba cuando conoció a Claude y de modo inesperado se enamoró de él: le pareció que a su lado podría encontrar el placer que nunca había conocido en brazos de Maurice.

Claude no hacía nada o mejor dicho trabajaba como agente permanente de los comunistas. Iba a la escuela del partido para perfeccionar su marxismo, voceaba en las calles el periódico *L'Humanité-Dimanche* y llevaba la buena palabra a domicilio sin amilanarse porque la mayoría de las veces la gente le tiraba la puerta en la cara. Su padre, millonario, lo consideraba un caso perdido; su madre, desconsolada, le pasaba sin embargo dos mil francos por mes. Desde el principio ella, Isabel, descubrió que Claude tenía problemas sexuales: lograba la erección, pero no podía venirse. Hacer el amor con él le resultaba un martirio. El miembro de Claude entraba una y otra vez en su intimidad provocándole irritaciones que se volvían dolorosas; al cabo de un cuarto de hora gemía y Claude creía que eran quejidos de placer: los contaba y al final, con la cara enrojecida y los músculos del cuello tensos por el esfuerzo, le decía: «Tuviste treinta orgasmos». Ella no lo sacaba de su error para darle confianza en sí mismo porque estaba convencida que su discreción lograría sacarlo de la impotencia. Del mismo modo pensaba que con el tiempo Claude aceptaría a sus amigas, principalmente a sus primas Virginia y Gaby, a quienes consideraba burguesas insoportables. Él, que circulaba en uno de los Mercedes abandonados en el garaje de la mansión de su familia en Saint-Germain-en-Laye, también hacía huecos a propósito en los jerseys que su madre le regalaba para parecer un obrero, aunque los obreros franceses no tuvieran necesariamente agujereados los codos de sus jerseys. Pero era un hombre decidido que se encargaba de resolver los problemas. Sin ir más lejos la había declarado a ella, Isabel, como sirvienta suya, lo que le permitía tener acceso a la seguridad social.

Sentada ahora en un café de los Champs-Élysées, Isabel se decía que lo que realmente la retenía en París era la posibilidad de darles a sus hijas una educación laica. Ella había sufrido mucho en el Lourdes, donde pasó los años de primaria, porque las monjas intentaron inculcarle la fe a fuerza de miedo. Se había rebelado también contra una disciplina de caserna que buscaba quebrantar su voluntad, y el espíritu de delación que favorecían las monjas le parecía un atentado a su propia dignidad. En Colombia la religión estaba en el programa de estudios como materia obligatoria y ella era atea. Quedarse en París le permitía ofrecerles a sus hijas el poder elegir, pasar la infancia sin traumas emocionales y crearse una personalidad basada en la objetividad y el razonamiento. Además, en Francia, las gemelas no perderían del todo el contacto con su padre. Se había preocupado mucho por ellas cuando Maurice la dejó. Fue lo primero que le dijo: «¿Y las niñas?». Pero él se había limitado a comentarle con aspereza: «No irás a utilizarlas como rehenes», una frase que seguramente le había sugerido Hélène.

Aquel fue el día más triste de su vida; aún ahora, enamorada de Claude, lo seguía pensando así. Había llevado a las gemelas al Bois de Boulogne y al regresar a su apartamento encontró a Maurice cerrando sus maletas. Nada permitía presagiar lo que iba a ocurrir. Era cierto que desde hacía un mes Maurice parecía menos afectuoso, exactamente desde que supo que Hélène había recibido una herencia gracias a la muerte de su abuela. Maurice la había conocido en la facultad de Derecho y pese a sus avances no le prestó atención. No pertenecía a la clase social a la cual él aspiraba entrar, pero siguieron viéndose quizás porque el interés que despertaba en ella halagaba su narcisismo. Apenas Maurice perdió definitivamente la posibilidad de entrar en la Escuela Nacional de Administración, Hélène le consiguió el trabajo aquel en la firma de abogados donde trabajaba, saliéndose al cabo de unos meses con la suya. La herencia había sido el elemento decisivo. A Isabel le dolía que su historia de amor se terminara con los ingredientes de una novela de Balzac. Si un año antes le hubieran preguntado si era feliz habría respondido afirmativamente: tenía a Maurice, a sus hijas y su trabajo. Para sus amigos formaban una pareja ideal, aunque en el fondo, escondido, enterrado como un niño muerto, yacía el problema de su insatisfacción sexual. Maurice se venía muy rápido, desdeñando los preliminares amorosos, y ella no se atrevía a descorrerle los velos de su deseo. Había conocido el placer con el primer hombre que le hizo el amor, un funcionario norteamericano de paso por Barranquilla, que desdichadamente estaba casado. A Bob no se vio obligada a explicarle nada pues parecía adivinar lo que ella quería, los gestos y frases que la excitaban. Aunque breve, aquella relación la marcó para siempre y le servía de punto de referencia cuando juzgaba el torpe comportamiento de Maurice. Pero era algo que pensaba a hurtadillas, en un estado de semiinconsciencia, como si fuera un sordo quejido que venía de la parte más oscura y vital de sí misma. Trataba de mantener esa frustración en la sombra porque sabía que era el talón de Aquiles en su relación con Maurice. Y sin embargo lo quería hasta el punto de que si hubiera debido escoger entre su vida y la de él habría preferido entregar la suya. De solo pensar en eso sentía que las lágrimas le subían a los ojos. Para no ponerse a llorar en el café pagó la cuenta y se dirigió hacia la estación de metro más cercana.

Gaby había sido la primera en llegar al apartamento de Louise y se había instalado en el balcón para mirar aquel magnífico atardecer de primavera. Desde allí podía verse el Panthéon, Notre-Dame y, al fondo, recortada sobre el cielo muy puro, la blanca silueta del Sacré-Coeur. Después de realizar dos exposiciones acogidas favorablemente por los críticos, había conseguido trabajo en una agencia de prensa como reportera gráfica y pudo alquilar el bonito estudio donde vivía con su gato Rasputín. Podía partir el tiempo que fuera dejándole una ventana abierta, pues Rasputín tenía una protectora desconocida, como pudo comprobarlo el día que lo vio entrar de la calle con un collar contra las pulgas. Colgada del collar había una especie de cápsula que, una vez abierta, permitía meter en ella un papelito con el nombre del animal y la dirección de su propietario. Un día ella intentó entrar en contacto con la protectora y a través de la cápsula le anunció que iba a permanecer dos meses fuera de Francia. Cuando Rasputín volvió de una de sus correrías nocturnas encontró la respuesta: «Mensaje recibido, no se preocupe». Por la letra supo que se trataba de una mujer.

La curación de ella, Gaby, tuvo algo de milagroso. Habiendo oído hablar de un médico jubilado especialista de las enfermedades del sistema inmunitario, logró que la embajada colombiana le consiguiera una cita con él. Era un hombre de aspecto severo, cuyos labios carnosos sugerían una sensualidad contra la cual había debido luchar mucho tiempo. Miró a Gaby un momento y luego bajó los ojos y le hizo exactamente ochenta preguntas sobre ella, su infancia, su adolescencia, sus padres, sus abuelos, a las cuales se vio obligada a responder afirmativamente para su gran asombro. Parecía estar armando un rompecabezas cuyas piezas conocía de memoria. Al terminar, escribió una receta que debía ser preparada por un farmacólogo, y le cobró quinientos francos, lo que la obligó a comer tan solo pan y leche condensada durante dos semanas. Pero aquel remedio, compuesto de polvos que tomaba en ayunas, la sanó. Una noche se estaba preparando unos huevos pericos cuando de pronto sintió que la enfermedad se le iba del cuerpo. Al día siguiente fue a ver al doctor Labeux y le anunció que estaba curada. El doctor Labeux sonrió con indulgencia y le dijo que aprovechara la venida al hospital para hacerse un examen de sangre. Quince días después su secretaria llamó a Gaby por teléfono pidiéndole que se presentara de inmediato al hospital. El resultado del examen era negativo y el doctor Labeux estaba furioso contra los ayudantes de laboratorio químico que en su opinión habían confundido las hojas de los resultados. Cosa inusitada, él mismo la acompañó al laboratorio y ordenó con un tono destemplado que hicieran la toma de sangre en su presencia. A las tres semanas tuvo que aceptar lo que consideraba imposible: la enfermedad había desaparecido.

Para entonces ella, separada de Luis desde hacía unos años, estaba acostumbrada a una relativa soledad, pues sus primas Isabel y Virginia la sacaban de su estudio por las noches para asistir a reuniones y fiestas. Se había vuelto muy desconfiada. Desde el principio advirtió que Maurice era un arribista y si no se lo dijo a Isabel fue para no hacerla sufrir. Lo veía llegar a los cócteles vestido como un maniquí, sin la nota de desenvoltura que tenían los verdaderos ricos. Lo observaba acercarse cautelosamente a los hombres importantes y hacerles la corte. Las pocas veces que Virginia y ella iban a su casa ponía un disco de Beethoven en el momento de sentarse a la mesa, lo que le quitaba a la cena toda espontaneidad. Seguramente encontraba muy distinguido impedirles hablar para escuchar la Novena sinfonía. Pero Isabel había pasado de lo mal a lo peor: Claude, ese hombre esquelético, con ojos de loco, no le convenía ni a ella ni a nadie. Siempre estaba dando órdenes. Su expresión favorita, «Es menester hacer esto o lo otro», le producía urticaria.

La primera vez que Isabel habló de Claude se hallaban todas reunidas en el apartamento de Anne y su marido Octavio, buen poeta y excelente astrólogo. Cuando Isabel le dio la fecha, la hora y el lugar de nacimiento de Claude, Octavio se retiró a su cuarto y al cabo de una hora regresó con la carta astral de Claude. Sin haberlo visto nunca supo describirlo físicamente: dijo que tenía el pecho hundido en las costillas, que era alto, flaco y sufría de problemas digestivos. Descubrió, además, la realidad sicológica del personaje: autoritario, fanático, paranoico e impotente. «Ahora estás enamorada», le dijo a una Isabel atónita, «pero nunca te casarás con él». En verdad, Claude era muy guapo y, por lo pronto, Isabel solo veía por sus ojos. Le había arreglado el problema de los documentos declarándola como su sirvienta, pero el corazón humano resultaba tan curioso que esa situación completamente artificial desvalorizaba a Isabel ante Claude, que imaginaba hacerle un gran favor olvidando que ella había llegado a París en calidad de diplomática. El padre de Claude, más inteligente, se apresuró a comprar para su hijo un apartamento que tenía mármol negro en el baño y paredes cubiertas de seda blanca. Claude despidió a la niñera y a Isabel le tocaba llevar a las gemelas al colegio por las mañanas, recogerlas al atardecer y pasar el día entero haciendo traducciones. El dinero que ganaba por ellas, así como la pensión de mil francos que le daba Maurice, Claude se los embolsillaba con el pretexto de que tenía un descubierto en su banco y le dejaba a Isabel una suma ridícula para hacer el mercado, que a duras penas le permitía alimentar correctamente a las gemelas. Virginia y ella les llevaban caramelos y habían comprado para Isabel un televisor de segunda mano para que pudiera distraerse por las noches, que no debían ser muy alegres. En época de Maurice, la televisión, juzgada fuente de empobrecimiento intelectual, les estaba prohibida a Isabel y a sus hijas. Gaby no se sorprendía de la pasividad de su prima porque ella misma había soportado el infierno de vivir en compañía de Luis antes de tomar la decisión de dejarlo. Claro que para entonces podía subsistir con sus propias fuerzas gracias a la fotografía, pero le había llevado mucho tiempo asumir la soledad. En la ruptura con Luis había perdido a varios amigos: Luciani, a quien nunca más volvió a ver, así como a Felipe Altamira y Enrique Soria.

Además se peleó con Florence. Esa disputa ocurrió antes de su separación y vino precedida de un acto bastante humillante. En ese tiempo seguía viendo a Florence dos veces por semana para almorzar las sobras de los invitados de la noche anterior, oírla cantar *La cucaracha* acompañándose de cualquier modo con su guitarra y hablar de su vejez en Mallorca en compañía de López. No realizaba su vago proyecto de estudiar para aprender a enmarcar cuadros y abrir así su propio negocio. Una noche la invitó a comer en Lipp más bien tarde y, mientras les servían, le hizo notar la presencia de hombres muy viejos acompañados de jovencitas y, para su gran sorpresa, le aconsejó que siguiera el ejemplo, en otras palabras, que buscara en la prostitución la solución de sus problemas. Ella hizo como si no la entendiera. Pasó el tiempo y un día llegó a París Carmen, la amante que López tenía en Bogotá. Carmen estaba en un estado de agitación interior que solo hablando parecía poder controlar. Invitada por ella, Gaby, a tomar el té se puso a contarle los sinsabores de su vida y, en medio de un torrente de palabras, le dijo que López le había propuesto pasar su vejez con ella en Mallorca. Ella quedó estupefacta: no sabía de qué manera prevenir a Florence y solo se le ocurrió incitarla a realizar sus estudios de marquetería.

Una tarde, después de almorzar y mientras Florence afinaba su guitarra, se puso a hablarle de las ventajas de aprender un oficio y volverse independiente. Algo debía haber en el tono de su voz porque, de repente, Florence se levantó de un salto y se acercó a ella como si fuera a pegarle tratándola de envidiosa y diciéndole a gritos que quería hacerle perder su posición social y verla circulando en metro como cualquier secretaria. «Te gustaría saberme en la miseria», vociferaba golpeando con la mano la mesa del comedor donde ella se había refugiado espantada, sin comprender su reacción. «Eres mala», gritaba mientras la perseguía dando vueltas alrededor de la mesa, hasta que ella pudo agarrar su cartera y salir corriendo al ascensor. En plena ira, Florence llamó a Luis por teléfono y le dio su versión de lo sucedido, anunciándole que le duplicaba el alquiler del apartamento.

Luis regresó a la casa furioso y secretamente contento de tener un pretexto para humillarla, pero esa vez ella reaccionó con ferocidad. Apenas Luis empezó a insultarla fue a la cocina y regresó con el cuchillo de la carne. «Una palabra más y eres hombre muerto», le dijo sin alzar la voz. Luis la miró espantado. «No irás a matarme», balbuceó. «Sí, y te haré sangrar como si fueras un puerco», respondió ella perfectamente consciente de que lo haría. Unos minutos después botaba a Luis del apartamento y le puso cerrojo a la puerta de entrada.

Gracias a la amabilidad de uno de sus alumnos de español consiguió aquel estudio y arregló los documentos para obtener el permiso de residencia en Francia. La ayudó el hecho de trabajar el día completo en Berlitz. Ahora que se encontraba en buena salud podía regresar a Barranquilla, pero sus primas Isabel y Virginia, sus mejores amigas, estaban en París y además la ciudad la seducía. Asistía a conciertos y óperas, visitaba exposiciones y museos, iba a conferencias y teatro. Su trabajo de reportera la obligaba a viajar de un lado a otro, pero siempre que regresaba a París tenía la impresión de volver a casa.

Apenas llegaba a su estudio, mientras Rasputín se frotaba contra sus piernas, recorría con un sentimiento de felicidad las páginas de los periódicos dedicadas a los espectáculos y a la aparición de nuevos libros. La ciudad hostil y dura que la había hecho padecer los primeros años se había convertido para ella en fuente de cultura y goce intelectual. Pese a su soledad, salía a la calle el día entero y no le quedaba un momento libre. Siempre había algo que ver, algo que fotografiar. Y por las noches solía reunirse con sus amigas como ahora.

Caminando por los corredores del metro, Virginia no lograba olvidar lo que hacía un momento había ocurrido. Asistía a un almuerzo con sus amigas lesbianas en casa de Toti, cuando de pronto apareció por la puerta del salón una muchacha austera que les lanzó una mirada despreciativa. «Se llama Adelaida y es comunista, pero no la he invitado», le oyó murmurar a Toti. Sin prestarle atención, las hijas de Lesbos siguieron divirtiéndose a punta de whisky, cigarrillos de marihuana y una cocaína muy pura que Toti había guardado en un tetero. Un homosexual venezolano punteaba el cuatro y algunas muchachas se habían reunido a su alrededor para cantar rancheras y boleros. Poco a poco la fiesta se fue deslizando hacia la orgía y a eso de las cinco de la tarde todo el mundo hacía el amor, salvo ella, Virginia, que se limitaba a conversar con las personas que tomaban un momento de respiro en el salón antes de lanzarse a un nuevo asalto amoroso. De repente apareció Adelaida, muy pálida: tenía todavía abierta la corredera del bluyín y respiraba con dificultad. Lanzando un grito se abalanzó sobre la mesa y empezó a tirar contra la pared ceniceros, vasos y adornos de porcelana. Corrió hacia el balcón y echó a la calle las materas que lo adornaban. Siempre gritando como una poseída volvió al salón y se puso a romper los muebles hasta desbaratar una silla y utilizar una de sus patas a manera de garrote para agredir a las personas que la rodeaban. Por fortuna, Inés, la nueva novia de Toti, la pudo dominar mientras alguien rasgaba una sábana y hacía tiras a fin de amarrar a Adelaida hasta la llegada de su compañero. «Pasó del otro lado del espejo», comentó Toti filosóficamente, sin hacerle caso a los alaridos de Adelaida, que los trataba a todos de burgueses corrompidos.

Ella, Virginia, estaba convencida de que los fanáticos de cualquier ideología o religión eran personas desequilibradas, incapaces de advertir las complejidades de la realidad y de conocerse a sí mismos: la locura se había apoderado de Adelaida cuando tuvo que admitir que era lesbiana. Sin ir más lejos, la madre de Claude le había contado a Isabel que cuando su hijo tenía doce años se había visto obligada a encerrarlo en su casa a la fuerza para alejarlo de ciertas frecuentaciones. A guisa de explicación dijo que se había vuelto amigo de unos ladrones. Pero dado el nivel social de Claude y la estructura burguesa de la pequeña ciudad en la cual vivía, donde todo el mundo se conocía y no había almacenes que robar, era difícil concebir una pandilla de muchachos ladrones y aquel encierro de dos años solo lograba comprenderse si Claude había dado señales de ser homosexual. Su familia debía de haber acogido aliviada su relación con Isabel, de ahí el apartamento que su padre se había precipitado a comprarle y la manera amistosa como recibían a las gemelas. Por su parte, la madre de Claude le había dicho a Isabel una frase curiosa en labios de una católica practicante: una mujer podía hacer lo que quisiera con tal de que su marido lo ignorara, como si adivinase los problemas que su hijo le plantearía a Isabel, sugiriéndole de paso el modo de resolverlos.

Gaby y ella habían pasado a visitarlos un domingo después de almuerzo y quedaron desalentadas ante tanto convencionalismo. Había una mesa de bridge, una jovencita tocaba el piano y el resto de las personas hablaban con desgano de temas perfectamente aburridos. Como las hermanas de Claude no tomaban la píldora anticonceptiva, había un enjambre de muchachitos corriendo por el jardín. ¿Qué podía hacer Isabel en aquel mundo? Al menos con Maurice se iba a viajar y asistía a teatro y a conciertos. Claude era la austeridad misma y parecía más papista que el papa: en su casa no se comía carne, símbolo de los privilegios de la antigua aristocracia, aunque ese alimento constituyera actualmente uno de los ingredientes de la comida de los obreros franceses; tampoco se bebía vino, licor utilizado por la burguesía para embrutecer a la clase trabajadora; iba hasta el extremo de afirmar que el gobierno había instalado la salida de las autopistas en medio de los barrios pobres con el expreso fin de atormentar a sus ocupantes. E Isabel le había contado que repetía lleno de furor la misma frase cada domingo, cuando se dirigían hacia la casa de su familia. Esa obstinación de Claude tenía algo de inquietante. Sus ojos azules resplandecían de cólera ante la menor oposición que se le hiciera a sus ideas. No toleraba la discusión ni el diálogo e Isabel debía someterse a sus opiniones como si fuera una niña sin personalidad.

A ella, Virginia, le molestaba ver a Isabel, la más brillante de sus primas, inclinar la cabeza y convertirse en ama de casa sumisa. Isabel había estudiado Derecho y trabajaba en un ministerio antes de ser enviada a la Unesco. Su madre, tía Anita, debía estremecerse en su tumba. Se había encargado de su educación apenas murió su marido Alberto, un reaccionario criticado por el resto de la familia, que se empeñó en mandar a Isabel a un colegio religioso y decía cosas terribles sobre las mujeres. Tía Anita lo había desposado para tratar de olvidar su amor por un aristócrata bogotano desdichadamente casado y que con el tiempo se convertiría en el protector de Isabel. Pero aquel matrimonio no arregló nada, antes bien reforzó la pasión de tía Anita por el bogotano y la volvió frígida. Con Alberto resultaba imposible tener relaciones amorosas normales, cuando afirmaba que en ciertos países africanos los negros habían encontrado la solución arrancándoles el clítoris a las mujeres. La primera vez que se lo oyó decir, ella, Virginia, que solo contaba cinco años de edad y no sabía qué era el clítoris, sintió un dolor terrible entre las piernas. Desde entonces, Alberto le produjo miedo. Nunca pudo llamarlo tío y fue sin emoción como acogió la noticia de su deceso. Nadie lloró su muerte, ni tía Anita, ni Isabel, muy seria con su vestidito blanco recibiendo el pésame de las pocas personas que asistieron al velorio.

Alberto era abogado y su especialización consistía en defender a los hombres que no querían pagarles una pensión a sus mujeres. Sus clientes venían de la clase baja y, según tía Anita, tenían rostros patibularios. En cuanto a las queridas de Alberto, vivían aterrorizadas por él. La última, una muchacha de veinticinco años que quería casarse y fundar un hogar, terminó llamando por teléfono a tía Anita para suplicarle que le pidiera a Alberto dejarla en paz y cesar sus amenazas de impedirle a su novio encontrar un trabajo valiéndose de sus influencias.

Sin lugar a dudas la muerte de Alberto fue un descanso para todo el mundo. Tía Anita abrió un almacén y matriculó a Isabel en un colegio laico. Madre e hija eran muy unidas e Isabel prefirió estudiar Derecho en Barranquilla para no dejar sola a tía Anita. Después ingresó en el mejor estudio de abogados de la ciudad y comenzó a hacer política. A la muerte de su madre, Isabel había logrado entrar en el Ministerio de Cultura, promovida por aquel mítico enamorado de tía Anita. Nombrada delegada ante la Unesco, su vida estaba llena de promesas cuando conoció a Maurice. Aunque diferentes en su aspecto físico, Maurice y Claude tenían en común un carácter autoritario y una gran torpeza en las relaciones amorosas, pero Isabel se negaba a admitir el parecido de ambos con su padre. La posición de los dos frente a la sexualidad era la misma, aunque Maurice sufriera de eyaculación precoz y Claude de impotencia. Al elegirlos, Isabel reproducía la situación de tía Anita, privándose del placer. Esos problemas sicológicos la dejaban perpleja a ella, Virginia, y se preguntaba si su deseo de mantenerse soltera y multiplicar las aventuras amorosas correspondía menos a una posición filosófica que a un enigma cuya explicación se encontraba en otra parte. Sonó el timbre del apartamento de Louise y al entrar observó que Isabel y Gaby ya habían llegado.

Louise estaba muy contenta de su fiesta a pesar de que solo la había organizado para darle a su marido la sensación de llevar una vida social. Con el tiempo, la nostalgia que José Antonio sentía de Barranquilla se había vuelto insoportable. Siete años antes ella había intentado poner en claro la situación diciéndole que tenía un amante, pero José Antonio no le dejó pronunciar una palabra: dijo que no quería saber nada y llorando como un niño se fue del apartamento. Pasó cuatro días caminando por las calles de París, sin comer ni afeitarse. Cuando lo vio regresar, muy pálido y con la cara que tendría el día de su muerte, sintió lástima y lo dejó instalarse en el cuarto de Clementina, alquilando para esta una pieza en el edificio donde vivían.

A ella, Louise, le iba muy bien en su trabajo: había sido nombrada directora comercial y podía prescindir de la ayuda económica de su madre. Su amor por Michel se había ido extinguiendo como un cirio. Envejecido, seguía viéndolo una vez por semana para mantener las apariencias de la intimidad, pero ella encontraba sus amantes durante sus viajes profesionales, que eran muchos y le permitían alejarse de su casa el mayor tiempo posible.

Como los marineros, tenía una relación amorosa en muchas ciudades de Francia y del extranjero. Había aprendido a distinguir de un vistazo a los pocos hombres inclinados al amor, pero ya no se enamoraba de ninguno y solo se acostaba con ellos para sentir placer. Ponía mucha atención al elegirlos porque no quería tener problemas en su trabajo: el menor escándalo podía causar su pérdida. Los llamaba por teléfono desde una cabina pública y a veces pasaba seis o siete comunicaciones de seguido para mantener el contacto con ellos. Pese a sus aventuras, se ocupaba muy bien de su trabajo y salía a fiestas o recibía invitados en su apartamento cuando no estaba de viaje. Aquel ajetreo la rendía de cansancio y ya le habían salido alrededor de los ojos las primeras arrugas. No obstante, prefería vivir con intensidad en lugar de quedarse en su casa como una burguesa. Su hija Matilde era la primera alumna de la clase; Clarisa, en cambio, obtenía las peores notas. Ella intentaba solucionar el problema pagándole clases particulares. En vano: Clementina le contaba cómo el profesor de matemáticas se dormía sobre el escritorio mientras Clarisa contemplaba la ventana, perdida en uno de esos sueños que le permitían existir sin hacer el menor esfuerzo. El fracaso de Clarisa era quizás el precio que pagaba por su libertad.

Pues pocas mujeres podían jactarse de vivir como les diera la gana. Vivían prisioneras de los hijos, de las convenciones sociales o del amor. El estado amoroso era una invención para contrariar la sexualidad femenina, que tendía a ser múltiple e inconstante. En cualquier momento el deseo podía surgir borrando de cuajo todos los amores anteriores. Y eso los hombres no querían aceptarlo. De los harenes al derecho de matar a la esposa adúltera, del cinturón de castidad a la pasión de los tiempos modernos, los hombres, que finalmente creaban los mitos y valores de la sociedad, se oponían al deseo secreto de las mujeres: estar disponibles para cualquier aventura, pasar de un amante a otro sumergiéndose en ese lago de sexualidad que guardaban sus cuerpos. Los hombres no lograban desembarazarse del recuerdo positivo o negativo de sus madres y por todos los medios posibles trataban de recrear la infancia con una esposa que limpiara la casa, preparara las comidas y negara la realidad de su deseo en el lecho conyugal. Eran pocos los que buscaban viajar hacia horizontes desconocidos, deslizarse al mundo de las sombras y entrar en la cueva donde dormitaba oscuro y cerril el placer femenino. Ella les dejaba a otras la denuncia del patriarcado y hacía lo que estaba a su alcance encontrando su satisfacción al margen de doctrinas y corrientes intelectuales de moda. Víctimas del sistema, las mujeres se volvían sus cómplices. La mayoría de ellas buscaba la seguridad así les tocara tragar culebras. Hacía un mes había conocido a Claude, el nuevo amor de Isabel, y apenas lo vio comprendió que estaba frente a un inquisidor. Esquelético, con una mirada alucinada, parecía dispuesto a disparar contra las personas que no compartieran sus ideas. Ese mismo engendro había existido en todas las épocas de la humanidad para ofrecerles a los dioses sacrificios humanos, torturar a los infieles, cortarles la mano a los ladrones o convertirse en comisarios políticos. Su configuración física y mental era genética, como la de esos perros incapaces de adaptarse a la compañía del hombre y que los criadores sagaces mataban en el momento de nacer. Nadie más alejado del amor y de la sexualidad que Claude y a su lado Isabel se instalaba de nuevo en la abstinencia que había conocido con Maurice.

Con un vaso de whisky en la mano, Ángela de Alvarado intentaba controlar su tristeza. Su hijo Alejandro, que apenas contaba diecisiete años de edad, la había acusado de utilizarlo a él para obtener dinero de Gustavo. Ella le había sacrificado todo, su vida amorosa y los pocos años que le quedaban de juventud. Lo protegía y no le hacía reproches por sus malos resultados escolares. Había sido un niño frágil y tímido que vivía pegado a su falda. La acompañaba a donde fuera, a recepciones y la Ópera; ya a los doce años le había mandado hacer su primer smoking. Alejandro tenía miedo de quedarse solo y en las fiestas se dormía en la cama de la anfitriona; a ella le tocaba despertarlo para regresar a su apartamento y acostarlo en el lecho donde pasaban la noche juntos. Juntos se desayunaban y solo estaban separados durante las horas de colegio. Iba a buscarlo a la salida para tomar el té y recorrer los almacenes o visitar exposiciones y galerías de arte. La coquetería que le negaba a los hombres la desplegaba ante él. Por su hijo iba al salón de belleza casi todos los días y se vestía con elegancia. Nada podía darle más alegría que oírle decir: «Qué bella estás, Ángela». Jamás la había llamado mamá y parecía muy orgulloso de ella. Pero de pronto, un día, le pidió que no fuera a recogerlo al colegio ni mandara el chofer a buscarlo. Quería hacer como sus condiscípulos, ir a un café, discutir con ellos, fumar cigarrillos y regresar a su casa en metro. Se volvió hosco: rechazaba sus caricias y no respondía a sus preguntas. Sus caprichos de niño se transformaron en groserías de muchacho malcriado. Si la comida no le gustaba tiraba el plato al suelo, si una camisa le parecía mal planchada la deshacía en jirones. Ella debió aumentarles el sueldo a sus dos sirvientes para que soportaran aquel comportamiento. Lo que antes le brindaba como un favor, Alejandro lo exigía ahora como prerrogativa. Ay de ella si no adivinaba a tiempo que debía prepararle la bañera o si olvidaba comprarle su crema de afeitar preferida. De madre amante se volvió su esclava. Alejandro le reprochaba que se quedara en casa esperándolo y al mismo tiempo se enfurecía si al llegar al apartamento lo encontraba vacío. Le chocaba verla con un vestido ya conocido, pero se indignaba cuando salía a comprar ropa en los almacenes de lujo.

Finalmente se había puesto a injuriarla por recibir dinero de Gustavo como si ella, a su edad y sin profesión, pudiera encontrar trabajo.

Lo que más enfurecía a Alejandro era saber que Gustavo y ella hacían el amor de vez en cuando. Una tarde se salió del colegio a la hora del recreo y entró subrepticiamente en el cuarto para sorprenderlos en plena intimidad. Gustavo le dio la primera bofetada de su vida, pero cuando se fue, Alejandro le armó a ella el gran escándalo tratándola de puta sin dignidad que aceptaba acostarse con el hombre que la había abandonado. ¿Cómo explicarle a un muchacho las contradicciones del deseo amoroso? ¿De qué manera decirle, sin crearle un complejo de culpabilidad, que la pasión que sentía por su padre se había extinguido apenas quedó embarazada de él? En alguna parte estaba escrito que Alejandro la dejaría y ella se quedaría sola después de haberle sacrificado su vida.

Se acordaba ahora de aquel abogado a punto de jubilarse que le había pedido casarse con él e instalarse juntos en una hermosa casa de Niza. A su lado habría sido feliz. Lo sabía porque poco después de rechazarlo había comenzado a sentir los primeros signos de la menopausia: no volvió a tener la regla y la abrumaban oleadas de calor. Todo eso en menos de tres meses, desde que rechazó la propuesta del abogado. Esa noche buscaría el momento de decirle a Isabel que no debía soportar a un hombre como Claude para darles a las gemelas el privilegio de educarse en París. La abnegación con los hijos no valía la pena y Claude, a quien había conocido en casa de Virginia, le pareció harto desagradable. Si Isabel era la vida, Claude representaba la muerte. Arrogante y despótico, le hacía pagar a todo el mundo su supuesto sacrificio por la revolución. Había oído hablar de su familia, una verdadera tribu, porque desde su madre hasta su hermana menor, todas rechazaban la contracepción. Contaba once hermanos y casi sesenta sobrinos que se reunían cada domingo en casa de sus padres después de haber asistido a misa. Isabel, feminista y atea, nada tenía que hacer allí. Se aburriría a muerte y terminaría como Gaby, fabricando una enfermedad.

Si no fuera porque se sentía sola como un perro abandonado, Florence se habría abstenido de venir al apartamento de Louise. En su segundo divorcio le había ocurrido lo mismo que en el primero: perdió a todos sus amigos. La gente se quedaba donde estaba el dinero y Pierre, presidente y director general de una de las grandes empresas de Francia, pesaba mil veces más que ella en los salones de la alta burguesía. Contra todo lo esperado Pierre la dejó, no por López, a quien nunca más había vuelto a ver, sino para casarse con la hija de Eve, su mejor amiga. Se mostró prudente como un gato. Pidió y obtuvo el divorcio asesorado por uno de los mejores abogados de París y solo seis meses después se celebró el matrimonio. Nadie, ni siquiera Eve, estaba al corriente de sus relaciones con Pauline. No hubo, como en su caso, cláusulas humillantes ni condiciones de ninguna clase. A la muerte de Pierre, la nueva esposa recibiría la mitad de su fortuna y el resto se repartiría entre los hijos. El abogado de ella, Florence, solo pudo conseguirle una minúscula pensión que apenas le permitía pagar el alquiler de un apartamento de una sola pieza. Se vio obligada a vender sus joyas para cubrir los gastos del abogado y con el dinero de Jérôme, un amante encontrado a las carreras, abrió un diminuto almacén para enmarcar lienzos. Estaba bien situado y no les faltaban clientes, pero Jérôme era homosexual y su vida se había vuelto un infierno. Al principio, utilizando sus fantasmas, había sentido placer con él; luego, una noche descubrió la verdad. Salían de un cine de Montparnasse y Jérôme quiso comer panqueques. Ella se quedó esperándolo en el sardinel y de pronto, a través del vidrio de la ventana, vio a un Jérôme transformado, coqueteándole al vendedor: sonreía como una mujer y en sus ojos lánguidos se asomaban los signos de la seducción femenina: era tan excesiva su actitud, tan meliflua, que resultaba grotesca. Sintió vergüenza de él y cuando llegaron a la casa trató de poner las cosas en claro. Para su gran sorpresa, Jérôme no intentó defenderse; dijo que su amor por los hombres no era incompatible con su amor por las mujeres y estaba contento de que hubiera descubierto la otra cara de su personalidad, pues así podría presentarle a sus amantes y servirse de sus artículos de maquillaje. Abrumada, se echó a llorar, pero él la consoló afirmándole que la quería y que sus aventuras eran pasajeras y sin importancia desde el punto de vista afectivo.

Así comenzó la nueva existencia de ella, Florence. No podía dejar a Jérôme porque eso significaba perder el almacén que le permitía vivir. Debía soportar a sus novios y verlo maquillarse cuando salía con alguno de ellos. Desde aquella revelación, Jérôme inició una intensa actividad homosexual y muy pocas veces la buscaba. Ella lo prefería así pues había vuelto a caer en la frigidez. También la tristeza se había deslizado en su corazón. Tenía pensamientos amargos y no le encontraba placer a la vida. La homosexualidad de Jérôme la hacía sentirse despreciable, una cosa sin valor que podía desaparecer sin que nadie la echara de menos. Su madre había muerto y su hermana, casada y con hijos, no tenía tiempo para ocuparse de ella. Maldecía en secreto a López, responsable de su aborto y de su esterilidad. Desde su padre, que le pasaba películas de horror, hasta Jérôme, que rechazaba su cuerpo, todos los hombres le parecían sus enemigos, pero no adhería a las teorías feministas porque desconfiaba más aún de las mujeres, incapaces de solidaridad entre ellas. Había visto crecer a Pauline, le compraba regalos en navidades y asistía a las fiestas que Eve preparaba para celebrar su cumpleaños. Y esa niña le había quitado a hurtadillas a su marido. No podía hablarse de amor: Pierre, calvo y barrigón, nada tenía del amante con el cual sueñan las jovencitas. A través de ese matrimonio, Pauline reconstituía el mundo dorado de su infancia, antes de que su padre quebrara y cayera como una uva podrida al fondo de la escala social; recuperaba los automóviles de lujo, el apartamento en un barrio elegante, la hermosa casa de campo con su piscina; iría a recepciones mundanas y a las carreras de caballos en Auteuil; compraría sus vestidos en los almacenes de los grandes costureros y haría que Pierre le diera joyas y abrigos de piel; tendría un hijo para consolidar su situación y, con el tiempo, amantes que la distrajeran. Su vida estaba escrita como un libro. En cambio a ella, que solo aspiraba a la comodidad y a una relación amorosa feliz, le ocurrían las peores cosas. No envejecería con López y su existencia material dependía de Jérôme, que podía enamorarse de un hombre y abandonarla en cualquier momento.

Lo primero que hizo Jérôme fue presentarla a sus padres para darles la impresión de ser como todo el mundo. Aquellos pequeños comerciantes de Lyon toleraban mal la idea de que su hijo permaneciera soltero y no diera señales de querer fundar una familia. A ella la acogieron muy bien, con un almuerzo que duró cuatro horas y al cual asistieron todos sus amigos y parientes. Jérôme les hizo creer que estaban casados y los llenaron de regalos de mal gusto que ella botó a la basura cuando regresaron a París. Pese a sus modestos orígenes, Jérôme poseía la clase de un señor. Se vestía bien, tenía excelentes modales y de no ser por su homosexualidad habría vivido contenta a su lado, aunque descendiera de nivel social. De los tiempos de Pierre solo le quedaba la amistad de Louise e iba a sus fiestas para tener la impresión de que no lo había perdido todo y a sabiendas de que en su casa encontraría a Gaby, a quien odiaba por razones desconocidas. A veces pensaba que Gaby había intentado ponerla en guardia con respecto a López aconsejándole buscar un trabajo y volverse independiente, como si previera lo que iba a ocurrir, pero ella no soportaba que una persona tan indigente se permitiera darle consejos.

Gaby le había resultado un pájaro de mal agüero, más aún, después de aquella terrible pelea en la cual la injurió persiguiéndola alrededor de la mesa del comedor, su propio comportamiento con Pierre empezó a cambiar. Ya no toleraba seguir siendo su objeto de placer nocturno, una cosa pasiva que él tomaba y dejaba según su deseo. Quiso existir de otro modo y, a falta de satisfacción sexual, ser respetada. Pierre no le perdonó que pusiera en duda sus derechos. Hosco y sombrío empezó a alejarse de ella y al cabo de dos años le pidió el divorcio. De haber permanecido entre los pliegues de la sumisión conyugal habría conservado su marido, su apartamento y su posición social. Gaby nunca le dijo nada claramente, pero su silencio y su reserva la habían obligado a sacar a flote lo que escondía en lo más profundo de su corazón, su rechazo a ser una esposa-puta que cada noche ofrecía su cuerpo a un hombre a quien no amaba y por quien sentía un rabioso asco. A causa de las ideas que Gaby había hecho germinar en su mente perdió su situación y solo pudo atrapar a un homosexual al que no se atrevía a llevar a casa de Louise por miedo de que la dejara en ridículo coqueteándole a cualquiera de los invitados.

Si Anne iba a las fiestas de Louise era porque de vez en cuando pescaba en ellas una aventura para pasar la noche. Ahora formaba parte del grupo de mujeres que Christiane de Vigny reunía en su suntuoso apartamento del boulevard Raspail a fin de cenar con los socios del Diners club que estaban de paso en París. Por cada invitación aceptada le pagaban quinientos francos, lo que le permitía recibir al mes el equivalente de su sueldo, pero sin impuestos. Christiane, divorciada, le pagaba a su marido una suma para poder utilizar el De Vigny en su vida social. No había en todo París nada más elegante que sus cenas. Candelabros de oro y vajilla de Limoges se asociaban perfectamente a los muebles del siglo XVIII y a los dos sirvientes con librea que atendían a la gente. El nombre de cada invitado estaba escrito en una tarjeta frente a su puesto en la mesa del comedor. Había que vestirse bien y evitar todo signo de coquetería. «Los miembros del Diners no deben tener la impresión de estar en un burdel de lujo», les decía Christiane a cada rato.

Ninguna relación se exhibía durante las cenas, pero nada les impedía a ellas nueve irse en compañía de algunos de los invitados. Con esas aventuras servidas en bandeja de plata tenía aseguradas al menos diez noches al mes.

Mucho tiempo había transcurrido desde la época de Vishnouadan, cuando pasó un año entero esperándolo. Se compró un televisor para distraerse por las noches y le fue fiel como una virgen. A su regreso, Vishnouadan le dijo que, siguiendo los consejos de su preceptor espiritual, se mantendría al margen de toda vida sexual para consagrarse a la pintura que lo volvería célebre y le permitiría difundir un mensaje de paz a la humanidad. En otras palabras, Vishnouadan se había convertido en un místico y ella había perdido un año de su vida. Trató de darle un hijo a Octavio y descubrió que era estéril. Se lanzó de nuevo a la zarabanda de los amantes sin porvenir descubriendo otra vez la felicidad de tener un cuerpo lúdico, no destinado a la maternidad ni a la satisfacción avergonzada de los deseos masculinos. A los hombres con problemas los dejaba caer como garrapatas. No era ella quien decidiría irse a vivir con un tipo como Claude, más monje que otra cosa, y así se lo dijo a Isabel. Claude y sus ojos febriles, su expresión rígida y sus movimientos de autómata, no podía hacer feliz a ninguna mujer. Lo había conocido cuando ayudó a Isabel a empaquetar sus objetos la víspera de la mudanza al nuevo apartamento comprado por su suegro. Claude iba de un lado a otro dando órdenes, severamente, como si se preparara a librar una batalla. Solo se mostraba amable con las gemelas, pero parecía odiar a las primas de Isabel. También a ella la había mirado de mala manera presintiendo que por fuerza de cosas era su enemiga mortal. Pero las traducciones de Isabel no le permitían salir adelante y además quería educar a sus hijas en el país más civilizado del planeta. Eso le había dicho y ella la creía. Sin embargo el precio que debía pagar era demasiado alto. Soportar a Claude, un hombre que se arrodillaba junto a la puerta del cuartico donde estaba el inodoro para calcular la cantidad de papel higiénico que ella gastaba. Cuando lo descubrió, Isabel le armó una bronca y él se tiró al suelo pidiéndole perdón.

Todo eso era poco en comparación con su conducta sexual. Octavio lo había pronosticado a través de su carta astral y la propia Isabel se lo confió en secreto: las venas del cuello se le inflamaban por el esfuerzo, la cara se le empapaba en sudor, iba al asalto una y otra vez en vano. Eso se llamaba impotencia. Con la promesa de un matrimonio flotando en el aire y su inconmovible honestidad, Isabel se abstenía de acostarse con otros hombres y encontrar así un compañero más adecuado a sus exigencias amorosas. Ella conocía al menos cinco hombres susceptibles de interesarse en Isabel y hacerla feliz. Habría sido muy fácil ponerlos en contacto, pero Isabel se encaminaba hacia su desdicha como si la habitara un demonio de autodestrucción. También había en su comportamiento algo de culpabilidad. Tal vez se arrepentía de no haber querido a su padre, ese hombre que hablaba de arrancarles el clítoris a las mujeres y cuya actividad profesional consistía en evitarles pagar a sus clientes una pensión a sus compañeras. O quizás temía de manera inconsciente engañarlo con un marido normal, que le permitiera encontrar el placer como su primer amante, que justamente estaba casado y solo pudo ser una aventura de paso. Mucho tiempo tendría que correr para que Isabel abriera los ojos y arreglara de una vez por todas los problemas de su pasado. Octavio creía en el sicoanálisis, ella prefería la experiencia que de pronto llevaba a buscar la razón de un determinado comportamiento. Así, ella se había preguntado un día por qué buscaba amantes raros y la respuesta la dejó estupefacta: trataba de encontrar en ellos al padre extranjero que nunca dio señales de vida. Al instante dejó de escribirle y de averiguar noticias sobre su suerte. Se quitó un peso del corazón, se sintió libre.

Desde su matrimonio con Daniel, Juana había creído envejecer de golpe. Su hijo, ya de quince años, idéntico a

Héctor, no quería almorzar en el colegio y a ella le tocaba permanecer todo el día en la casa. La artritis le impedía salir a las autopistas a buscar camioneros. Con los senos caídos y la piel de las nalgas arrugada no despertaba el deseo de los hombres. La sorprendía todavía que Gaby no le guardara el menor rencor. Hacía unos diez años, cuando Daniel se interesó en Margarita, una venezolana alojada en su casa, había vivido unos meses de pánico. Margarita, que era marxista y tenía una habilidad asombrosa para trampear en sus razonamientos, decía que su aventura con Daniel le servía a ella, Juana, porque si este se sentía más contento llevaría la felicidad a su casa. Eso le había dicho a Luis, pero naturalmente ocurría todo lo contrario. Daniel llegaba del trabajo al apartamento furioso de encontrarla allí. Como ella había limpiado los salones de arriba a abajo, como había planchado sus camisas y preparado la cena y hasta el último cenicero se encontraba en su sitio, Daniel no tenía reproches que hacerle y solo le quedaba burlarse de ella haciendo comentarios sarcásticos sobre su antiguo deseo de volverse una actriz célebre. En general se abstenía de humillarla cuando había invitados, pero una vez lo hizo delante de Gaby y ese fue el principio del final de sus relaciones con Margarita. Gaby no solía discutir y nunca se inmiscuía en la vida de la gente, pero su intervención, directa y feroz, le ofreció a Margarita un espejo delante del cual se veía como era, una persona desleal que aprovechaba la hospitalidad de sus amigas para seducir a sus compañeros. Finalmente Margarita regresó a Venezuela y Daniel volvió al redil.

Fue entonces cuando Gaby le aconsejó que se casara con él, una solución que pocas veces había considerado. La verdad era que el matrimonio le aseguraba una vejez tranquila. Pasada la cincuentena no podía permitirse el lujo de abandonar a Daniel y perder de golpe sus ventajas materiales. Sin trabajo ni capacidad de ganarse la vida arriesgaría su propio futuro y el de su hijo. «Cásate con él», le repetía Gaby cada sábado por la noche mientras la ayudaba a preparar las picadas antes de que llegaran los primeros invitados. Y de tanto oírselo decir terminó aceptando la idea y al cabo de un año se celebró el matrimonio. Héctor, por su parte, había convencido a Daniel de que se casara con ella. No tuvo que insistir mucho pues su celebridad y sus millones deslumbraban tanto a Daniel que este seguía sus consejos al pie de la letra. Había un problema, sin embargo: Héctor era amigo íntimo de Luis y Luis le hizo saber que solo asistiría a la boda en compañía de Malta. No podía pues invitar a Gaby. Aún ahora se acordaba de la voz de Gaby por el teléfono cuando ella le anunció la cosa. No le hizo reproches, se limitó a murmurar que comprendía la situación y, a través de su serenidad, ella tuvo la amarga medida de su propia cobardía. Dejaron de verse durante dos años y luego un día se encontraron en la calle por casualidad y reanudaron sus relaciones.

De nuevo Gaby empezó a ir a su apartamento los sábados por la noche si no estaba de viaje, pero ella, Juana, no podía olvidar su traición y seguía sorprendida de aquella ausencia de rencor. Hacía dos meses Gaby se había presentado en su casa con su prima Isabel, que esa misma semana había sido abandonada por su marido. La casualidad quiso que Claude viniera a visitarla y terminaron la noche juntos. Lo que habría podido ser una simple aventura sin consecuencias se había transformado en idilio. Ella no se atrevía a poner en guardia a Gaby e Isabel, a decirles hasta qué punto Claude tenía un carácter perturbado. Lo había conocido hacía mucho tiempo, cuando era un muchacho de ojos alucinados que había roto relaciones con su familia y erraba por las calles de París sin saber muy bien qué hacer. Escribía cuentos magníficos y se sentía atraído por Latinoamérica, un mundo de dictadores y de pueblos explotados, decía. Ella lo llevó una vez a la cama, pero Claude tenía problemas sexuales y no repitió la experiencia. Quedaron de amigos. Él venía a verla cuando se le antojaba trayéndole sus cuentos y ella le daba su opinión después de leerlos.

Claude no tenía la menor idea de lo bien que escribía y andaba con sus manuscritos metidos de cualquier modo en su chompa de aviador. Esquelético, asustado y nervioso, habría podido convertirse en un gran escritor si el partido comunista no lo hubiera enrolado. Claude necesitaba la autoridad a la cual había estado sometido en su niñez y el partido se la ofrecía en cantidades. Parecía un monje entrado en una congregación de fanáticos austeros y decididos a llevar la buena palabra al resto del mundo. Presentó sus cuentos a la sección de censura del partido, que los condenó alegando que reflejaban inquietudes burguesas. Y en vez de protestar, de defenderse, Claude aceptó el veredicto y desgarró sus cuentos antes de echarlos a la basura. A partir de ese momento perdió el gusto de vivir. «Quemé mis naves como Cortés», le dijo a ella y cayó en una curiosa melancolía que se expresaba ora en crisis de astenia, ora en momentos de exaltación revolucionaria. Por haber sacrificado su carrera de escritor se sentía con derecho de dominar a todas las personas que cruzaban su camino. Había tenido una mujer, luego otra y, antes de abandonarlo, ambas habían intentado suicidarse.

Su obsesión por imponer sus opiniones le granjeaba la antipatía de la gente. Ella se abstenía de invitarlo los sábados por la noche, cuando recibía a sus amigos. Más de una vez Claude le había dañado la fiesta atacando en voz alta a los comunistas españoles en el exilio que no le parecían sostener la causa con suficiente fervor. Una noche se permitió decirles que, en lugar de divertirse en Francia, debían combatir el régimen franquista en su propio país. Pedro, un miembro de la dirección del partido, que se introducía ilegalmente en España para mantener el contacto con la base arriesgando su vida o la tortura si era capturado, se puso de pie y sin decir una palabra le dio una bofetada. Para qué fue aquello: Claude se fue en el acto, pero a la semana vino a verla con sigilo asegurándole que los comunistas españoles habían creado una conspiración contra él.

Después de introducirse en su apartamento, le habrían envenenado la comida y por eso él había encontrado una rata muerta en su cuarto. Ella lo calmó como pudo, pero el miedo por los españoles le duró y nunca más volvió a poner los pies en su casa los fines de semana. Su encuentro con Isabel parecía, pues, cosa del destino y ella deseaba de todo corazón que esas relaciones le trajeran un poco de sosiego.

Luis entró en el apartamento y sus ojos buscaron automáticamente a Gaby. La vio sentada junto a Isabel, vestida con un sastre negro que la hacía parecer muy elegante. Llevaba el collar de perlas que su padre, Álvaro Sotomayor, le había regalado el día de su matrimonio. Ninguna huella le quedaba de su enfermedad ni del tratamiento que le daban para combatirla: no tenía la cara inflamada y, al saludarla, observó que sus dedos eran tan finos como cuando la conoció. Gaby no le guardaba el menor resentimiento. Le dijo que estaba feliz de verlo y al instante él se sintió reconciliado con la vida. Hacía años que se habían separado y muchas cosas habían pasado desde entonces. Su pasión por Malta se esfumó apenas ella le anunció que se hallaba embarazada. Tuvo un sin fin de aventuras amorosas que no lograron hacerle olvidar a Gaby. La veía muy poco pues siempre estaba viajando de aquí para allá como fotógrafa de prensa. Su trabajo era de excelente calidad y a veces corría riesgos adentrándose en zonas de guerra o de guerrilla. Le había contado que en ciertos países se vestía de hombre a fin de pasar desapercibida. Llevaba los cabellos cortos y echados hacia atrás, no se pintaba las uñas y su delgada silueta la hacía parecerse a un muchacho. Él se abstenía ahora de presentarle a sus conquistas. Sin ir más lejos, esa misma noche se había peleado con Elvira, que quería acompañarlo a casa de Louise, pero él sabía que Gaby se encontraría allí y prefería verla solo. Ella representaba la luz de sus ojos, la única persona que lo comprendía y a quien podía confiarle sus preocupaciones. Se arrepentía de haberle causado tanto dolor. Recordaba avergonzado la noche que le hizo el amor a Malta en el apartamento de Florence. Aquel mismo día Gaby había descubierto el nombre de su enfermedad y se creía condenada a muerte. Cuán irrisorio debió parecerle su comportamiento ante el drama de prepararse a morir. Y él, en vez de consolarla, de ofrecerle compasión o solidaridad, había actuado como un cretino. Decir que en medio de su embriaguez se había sentido orgulloso como si fuera un triunfo acostarse con Malta, a quien hasta los trenes le habían pasado por encima.

Ahora trataba de ayudar a Gaby con todos los medios posibles. Gracias a sus relaciones le había abierto las puertas de las tres revistas para las cuales trabajaba. El talento de Gaby había hecho el resto. Como le preocupaba verla tan flaca, le compraba chocolates cada vez que iba a reunirse con ella. También la invitaba a restaurantes, pero Gaby comía como un pájaro. No sabía de dónde sacaba la energía para viajar de un lado para otro cargada de aparatos fotográficos. A veces le dejaba a él la llave de su estudio para que le diera de comer a su gato Rasputín, un vagabundo que recorría los tejados de París y entraba por una ventana siempre abierta. Así descubría los libros que Gaby estaba leyendo. Había pilas de revistas en un rincón del cuarto y, al frente, montones de cassettes de música clásica. En el baño reposaban cubetas y frascos de líquidos destinados a revelar fotografías. El silencio de aquel estudio resultaba casi doloroso y su carácter austero reflejaba la personalidad de Gaby, que no tenía necesidad de muchas cosas para vivir. A él le habría gustado compartir como antes su existencia con ella, ir juntos al cine, sentarse en la terraza de un café a ver pasar a la gente, discutir sobre esto o aquello.

Sin Gaby, y a pesar de estar rodeado de amigos, se sentía a veces muy solo. Nadie lo había amado tanto y todo el mundo, hasta sus amantes, le decía que seguía enamorado de ella. Pero no estaba enamorado, simplemente la quería. ¿Quién podría comprenderlo? La abandonó cuando estuvo enferma, se gastó sus economías saliendo con Malta, la humilló en público. Y sin embargo era la persona que más contaba para él. Ahora que estaban separados no sentía a su lado la menor irritación, ni tenía ganas de insultarla y decirle cosas hirientes. Sus últimos años de matrimonio debían de haberle resultado una pesadilla. Él le gritaba por un sí o un no, le daba patadas a los muebles y entraba en crisis de rabia. Hasta que Gaby no pudo soportarlo más y lo amenazó con el cuchillo de la cocina. Se acordaba aún del miedo que le produjo verla aparecer en el salón, muy pálida y con una feroz resolución en los ojos, esgrimiendo aquel cuchillo. Supo al instante que iba a matarlo y espantado retrocedió hacia la puerta. Después se fue a un parque y sentado en un banco se echó a llorar. Había deseado tanto separarse de ella y ahora que el momento llegaba se sentía como un niño privado de su madre. Ni Malta, ni Olga, ni las otras mujeres que conocía podían brindarle el amor de Gaby. Tenía la impresión de haber perdido una parte de su propio ser. Se arrepentía de su egoísmo, de ese demonio escondido en su corazón que lo había llevado a maltratar a Gaby. Creyó que alejaría la tristeza con unos tragos en compañía de Malta, pero su lenguaje crudo, tan diferente del de Gaby, su incapacidad de comprenderlo y su creencia de que la sexualidad resolvía todos los problemas le dieron la dimensión de su soledad. Le quedaba por delante un universo de mujeres con el alma de un tiburón, incapaces de querer, de mostrarse solidarias en la adversidad, de compartir las alegrías y las tristezas de la vida, todas las Maltas del mundo para quienes el amor era un instrumento destinado a utilizar a los hombres.

Había sentido la misma desolación en su infancia, cuando sus tías lo separaron de su abuela con el pretexto de que esta última tenía cáncer y de que el cáncer era contagioso. Solo la veía en el bus que lo conducía al colegio. Abrazado a su falda le suplicaba llorando que se fueran juntos, que se escondieran en un lugar donde nadie pudiera encontrarlos.

Ya de por sí la muerte de su madre le había desgarrado el corazón. La necesitaba tanto que ella debía llevarlo a la fábrica de cemento y lo metía en un corralito mientras se ocupaba de revisar la contabilidad. Un día dejó de verla y alguien le dijo que se había ido al cielo. Y luego perdió a su abuela. Gaby le había dado la impresión de ser amado por sí mismo aceptándolo tal como era. A veces le parecía que él mismo había cavado su propia tumba por una razón que aún entonces se le escapaba. La explicación de Gaby —según la cual a la muerte de su padre él se había apoderado de su personalidad imitando su comportamiento y, como Álvaro Sotomayor, se había mostrado negligente con ella repitiendo el escenario original de la esposa enferma y abandonada— no le parecía del todo convincente. Era verdad que había cambiado: se sentía más contento y seguro de sí mismo, tenía grandes ambiciones y se proponía desposar a una mujer de elevado rango social. Hasta allí podía llegar la comparación con su padre, pero su capacidad de trabajo la había heredado probablemente de su madre porque Álvaro Sotomayor había vivido siempre como un parásito dependiendo primero de su tío y luego de sus dos esposas sucesivas. De todos modos Gaby seguiría pensando lo mismo. Cuando ella y sus primas se aferraban a una idea no había manera de hacerlas cambiar de opinión. Él había sido juzgado y condenado, ahora le tocaba el turno a ese Claude, de quien solo sabía que era un comunista medio loco.

A través del comportamiento de Luis, su manera de mirar y de hablarle a Gaby, Olga se decía que nunca terminaría definitivamente con ella. Le habría gustado ser amada de ese modo, sin reticencia ni cálculo. Su relación con Roger la había sumido en un infierno de intrigas, donde debía dar cada paso con la prudencia de un trapecista. Pese a su obstinación, Roger seguía casado y había tenido un segundo hijo con Agnès mientras le escribía a ella poemas y cartas apasionadas. Más de mil veces había intentado dejarlo, pero añoraba su voz, su olor, la protección de sus brazos y los pocos momentos en que le hacía el amor venciendo su impotencia. Solo se veían los lunes y los viernes y siempre de cinco a seis de la tarde. Pasaba el resto del tiempo pegada al teléfono esperando una llamada que a lo mejor no llegaba, con el vano deseo de que la invitara a pasar a su apartamento, situado justo frente al edificio donde vivía su mujer. Agnès iba al campo los fines de semana en compañía de su amante de turno y Roger se ocupaba de los niños. Preparar teteros y cambiar pañales parecía resultarle un placer. Atendía a sus hijos con la perseverancia de una gallina clueca, como ella pudo advertir la única vez que la invitó a encontrarlos en un parque. Estaban tan mimados que a duras penas pudo soportarlos. Le parecía un escándalo que Roger prefiriera la compañía de esos críos a la suya. De pura rabia se acostó esa noche con un inglés que la perseguía desde hacía tiempo. Sus amantes ficticios se habían vuelto reales, aunque a Roger no le hablaba de ellos, sino de los inventados. Aquel juego la chocaba: Roger sacaba su inspiración erótica de los relatos de amor que ella debía referirle cuando se veían. Tal una Scherezade tenía que construir historias rocambolescas en las cuales pasaba de un hombre a otro como si fuera ninfómana.

Pero Roger representaba lo más importante de su vida. Había fracasado en sus estudios: ni siquiera pudo terminar el bachillerato, lo que le cerró las puertas de la universidad. Durante años tomó clases privadas de francés, inglés y ruso pues quería ser intérprete más tarde, cuando regresara a Colombia, aunque la idea de abandonar a Roger y París la llenaba de una infinita tristeza. Ahora que conocía las penas del corazón comprendía mejor a Gaby. Cuánto habría debido de sufrir durante los días en que ella le decía a Luis que su enfermedad era tan solo un pretexto para impedirle que la abandonara. Gaby tuvo el coraje de partir mientras que ella se aferraba a Roger soportando toda clase de humillaciones. A veces le ocurría salir del apartamento de él y echarse a llorar en plena calle. Su fuerza de muchacha independiente se había esfumado. Antes conquistaba a los hombres como si recortara las margaritas de un campo interminable, con la ligereza de las personas que se sienten ajenas a las penas de este mundo. Ahora estaba sujeta a los caprichos de Roger y a sus cambios de humor determinados por su eterno sicoanálisis. Ay de ella si Roger soñaba que se ahogaba en el mar, símbolo de la opresión ejercida sobre él por las mujeres que lo rodeaban. Dejaba de verla casi dos meses y no respondía a sus llamadas telefónicas. Y justo cuando ella empezaba a recobrar su libertad descubriendo de nuevo los colores de la vida, una aventura en Roma, un museo desconocido, sus progresos en equitación, Roger aparecía y otra vez su horizonte se ensombrecía como un cielo de nubes espesas y muy bajas. Su amor era apasionado, pero triste y desprovisto de futuro.

¿Y si en verdad estuviera repitiendo el comportamiento de su madre?, se preguntaba Isabel bebiendo a pequeños sorbos un vaso de ginebra con jugo de naranja. Su madre se había casado para decirle adiós a la soledad, a pesar de estar enamorada de otro hombre, y había soportado diez años de desdicha y probablemente de frigidez. Pasaba el tiempo leyendo, pero las novelas de su época la exhortaban a admitir la sumisión conyugal. De todos modos salía vencedora en las discusiones con su padre, quien a fuerza de lugares comunes y pereza intelectual no tenía argumentos que oponerle. Él adhería al patriarcado y a sus valores, ella enunciaba las ideas que más tarde servirían de armas de batalla al feminismo. Todas las noches los oía discutir y aunque no comprendía muy bien lo que decían tomaba el partido de su madre. Sus razonamientos le parecían más sólidos, sus afirmaciones más honestas. Nunca alzaba la voz, mientras que su padre golpeaba la mesa con el puño, exasperado por no poder replicarle. Trataba de prostitutas a todas las amigas de su madre y de haber habido en la ciudad un detective privado lo habría contratado para tener una prueba que confirmara sus afirmaciones. Era un hombre vulgar: su abuelo había desposado a las carreras a su abuela, simple institutriz, a fin de no verse obligado a casarse con una muchacha de su mismo medio social, pero desflorada y encinta de otro hombre. Le hizo un hijo a la institutriz y luego se refugió en casa de su familia, de donde nunca más volvió a salir. Cada seis meses iba a ver a su hijo y le daba a su esposa el dinero necesario para vivir, pero jamás intervino en la educación de ese muchacho, a quien consideraba un poco como su retoño natural. Bajo la influencia de aquella mujer de clase media, su padre no aprendió el arte de vivir en sociedad.

Al principio de su matrimonio su madre intentó integrarlo al grupo de sus amigos. Inútil, metía la pata en cada ocasión. Una noche fueron a un baile en el Country Club y en el momento de repartir la cuenta entre los hombres sentados a la mesa, su padre se negó a pagar su parte alegando que no había bebido un solo trago. Era verdad, pero esas cosas no se hacían y nunca más volvieron a invitarlo a salir con ellos. Desde entonces su madre prefirió recibir a sus amigas por las tardes, cuando su marido estaba en la oficina organizando pleitos para que sus clientes no tuvieran que pasarles una pensión a sus mujeres. Recurría a las estratagemas más bajas con tal de ganar y se jactaba de ello: les pagaba a hombres para que juraran haber tenido relaciones sexuales con las esposas o compañeras de sus clientes. Su fama de tramposo corría en los tribunales y hasta en esa sociedad patriarcal, donde los hombres hacían las leyes que les convenían, se le miraba mal. Ella descubrió quién había sido realmente su padre cuando hizo sus estudios de Derecho: había procedimientos infames que llevaban su nombre y que los profesores analizaban con desagrado sin saber que era ella la hija del hombre cuyos métodos criticaban. Le habría gustado tener como padre a tío Julián, que durante toda su vida hizo el bien trabajando gratuitamente en un hospital de caridad, o a José Vicente, el amor de su madre, que era bondadoso y nunca le causó mal a nadie.

Su padre se gastaba el dinero que ganaba con sus queridas colocándolas a su madre y a ella en una situación que rozaba el hambre. Todas las noches se acostaba con una garra en el estómago después de haber lamido el plato donde Aurora, la fiel sirvienta de su casa, le había servido una minúscula porción de arroz. Para suplir la mantequilla, su madre batía la nata de la única botella de leche que compraban junto con un pan tan duro que solo podía comerse si se mojaba en la taza de café. Hasta el azúcar estaba racionado. Ella sospechaba que Aurora robaba cuando hacía el mercado pues a veces llegaba cargando un saco de provisiones que evidentemente no era el suyo. Entonces aparecían trozos de buena carne y los ingredientes necesarios para hacer un gran sancocho. Por fortuna su padre estaba asegurado y a su muerte terminaron las privaciones. Con el dinero del seguro su madre compró un almacén, Aurora pasó de sirvienta a cajera y ella entró en un colegio laico. A partir de ese momento las tres fueron felices. También por esa época empezó a ir a cenar en compañía de Virginia en casa de Gaby porque tío Julián había descubierto que solo así contenía la agresividad de Alicia Zabaraín, pero cuando regresaba a su casa encontraba en la nevera tortas y helados de chocolate que Aurora le preparaba. Mirándolo bien aquellos habían sido los mejores años de su existencia. Pudo terminar el bachillerato, estudiar Derecho y comenzar una carrera política. Si Aurora o su madre estuvieran con vida regresaría a Colombia sin pensarlo más. Pero Gaby y Virginia se encontraban en París y a sus hijas les convenía educarse allí.

5

Isabel no lograba superar su dolor por la pérdida de Maurice. El primer mes había sido un tiempo destinado a afrontar el desorden que provocó la separación, hablar con la abogada, mudarse al nuevo apartamento, cambiar de escuela a las gemelas y encontrarle un trabajo a la niñera que las cuidaba. Cuando todo estuvo arreglado se encontró a solas con Claude y comprobó cuán difícil le sería vivir alejada de Maurice. Le hacía falta su inteligencia para comentar películas y libros. En todas las calles del Quartier Latin tenía un recuerdo de él, en las cafeterías, los restaurantes y las salas de cine. Caminando con Claude por los bulevares Saint-Germain y Saint-Michel se echaba a llorar casi siempre; a veces las lágrimas le impedían seguir el hilo de una película. Ahora llevaba lentes negros y tenía pañuelos de papel en su cartera. Claude intentaba consolarla, pero sus palabras no la hacían salir de la tristeza, de esa melancolía que buscaba en su memoria con precisión fatal, hasta encontrar el día, la hora, el momento en que había estado con Maurice en aquel lugar y de qué habían hablado, y cómo se hallaba vestido y cuáles habían sido los sentimientos de ella. En aquel café Maurice le había dicho que la quería, en ese otro habían hecho planes para el porvenir. Tenían tantos proyectos en común: comprar una casa de campo, visitar el Oriente, recorrer Francia navegando por sus ríos en una chalana. Nunca, ni en sus peores previsiones, había imaginado que Maurice la dejaría. Podía representárselo enfermo, envejecido o muerto, pero jamás viviendo con otra mujer. Lo había amado de manera absoluta, sin tomar precauciones afectivas y económicas de ninguna clase. No cultivó relaciones privilegiadas con los hombres que frecuentaba como diplomática y se gastó todo su dinero complaciendo los caprichos de Maurice, que eran muchos y costosos. Saber que había sido abandonada le provocaba una gran tristeza. Mientras fue su esposa le parecía normal darle regalos; ahora, abandonada por él, comprendía hasta qué punto Maurice se había aprovechado de ella. Una semana antes de dejarla le había hecho comprar cinco vestidos y diez camisas de seda obligándola a desprenderse de sus últimos ahorros y a sabiendas de que iba a partir con la otra. Pero esos detalles no le impedían quererlo y llorar su ausencia.

A veces le parecía que todo sería distinto si en lugar de estar con Claude viviera con un hombre diferente, más amable, más experimentado en las cosas del amor. Aunque Claude gozaba de los privilegios de los ricos —su papá le pagaba hasta la gasolina del Mercedes— aborrecía febrilmente a la burguesía y ese odio se había enquistado en él, volviéndolo colérico y trastornando su mente. Estaba convencido de que en alguna parte se tramaba una conspiración contra él y saltaba cuando sonaba el timbre de la puerta. Ella, Isabel, se aislaba durante el día con el pretexto de hacer sus traducciones pero cuando volvía del colegio con las niñas le tocaba aguantarse a un Claude enfurecido por las razones más insignificantes y siempre asociadas a la explotación de la cual eran víctimas los obreros. Ella no sabía de qué manera apaciguarlo. Debía eludir los hechos políticos del momento que ponían a Claude fuera de sí pues veía en ellos las artimañas del imperialismo contra la clase trabajadora y sus grandes defensores, los países comunistas. Estaba obligada a elegir temas de conversación en principio anodinos, que no despertaran su agresividad, pero aun así Claude encontraba razones para ponerse furioso.

Un día, al leer *Le Monde,* ella encontró una gacetilla que se refería al rapto de un niño. Como ese tema no tenía nada que ver con la política, resolvió comentarlo durante la cena. Para qué fue aquello. Claude empezó a tratar a los periodistas de aves de rapiña que se abalanzaban sobre la desgracia ajena con el fin de explotar una noticia. Como de costumbre, se expresaba con los ojos llenos de odio, las venas del cuello inflamadas y en la voz el tono alto y perentorio de un cura fustigando el pecado delante de sus feligreses. Desesperada, ella se echó a llorar. Entonces Claude debió de darse cuenta de que había ido demasiado lejos, de que su reacción resultaba excesiva ante su comentario y para justificarse trajo un cassette y se lo hizo escuchar. Él mismo entrevistaba hacía muchos años a una anciana que había perdido su casa y sus bienes durante una inundación. La pobre mujer gritaba: «Y ahora qué voy a hacer, solo me queda por delante el asilo de caridad», y Claude insistía: «Pero dígame qué se siente cuando uno se sabe arruinado». Al terminar el cassette, Claude le explicó que también él había sido un periodista miserable, en busca de sensacionalismo y que solo trabajando para *L'Humanité-Dimanche* se había enmendado.

A partir de entonces Isabel comprendió que debía callarse si quería evitar el frenetismo de Claude. Después de hacer sus traducciones iba a buscar a las gemelas y se encerraba con ellas en su cuarto pretextando que debía ayudarlas a hacer sus tareas. Luego preparaba la cena, comía en silencio mientras Claude monologaba en su papel de redentor de la humanidad, y se ponía a ver la televisión. Un médico, a quien había consultado porque no podía dormir, le había prescrito tranquilizantes y somníferos y con unas cuantas pastillas lograba descansar hasta el día siguiente. Pero entre la televisión y el sueño quedaba el momento en el cual Claude intentaba en vano hacerle el amor contando sus orgasmos imaginarios. Ella, Isabel, esperaba: cuando Claude hubiera encontrado su satisfacción podría pedirle que la acariciara como le gustaba para al fin sentir placer. Esa necesidad de goce sexual empezó a experimentarla apenas dejó a Maurice y empezó a vivir con Claude, quizás, pensaba, porque había llegado a una edad en la cual podía asumirse aceptando sus contradicciones. Quería mantenerse libre durante el día y ser sometida al hacer el amor, un juego que exigía de Claude una gran capacidad de adaptación para pasar del diurno caballero respetuoso al nocturno amante dominador.

Hacía seis meses que esperaba cuando una noche Claude pudo al fin vencer su impotencia. Lloró de felicidad y le dijo que le quedaba para siempre agradecido por haberle permitido volver a ser un hombre. Tímidamente ella le confió lo que aguardaba de él, pero Claude reaccionó con extrema violencia declarándole que no estaba dispuesto a entrar en relaciones degradantes. Al día siguiente ella tuvo su primera crisis de depresión aunque por entonces ignorara el nombre de ese insidioso mal del espíritu que la incitaba a pensar que la vida no tenía sentido y todo cuanto deseaba era acostarse a dormir y nunca más despertarse. Además, hacía un mes, Maurice había reivindicado su derecho de pasar con las gemelas el fin de semana. Apenas quedó comprobado que Hélène era estéril sacó a relucir un instinto paternal que jamás antes había dado señales de existencia, mortificando de paso a Claude para quien las gemelas eran sus propias hijas.

Claude debía estar desorientado: de protector de niñas desamparadas se convirtió en simple padrastro, de amante capaz de llevar a una mujer a las cumbres del placer, en hombre torpe a quien ella le había dejado creer lo contrario para darle confianza en sí mismo. Le gustaba ir con las gemelas a casa de sus padres y pasar, como sus hermanos, por un hombre adulto que tenía su propia familia. Ahora Maurice lo privaba de esa satisfacción e Isabel no hacía el menor esfuerzo para disimularle que no sentía nada a su lado. Ella adivinaba muy bien los sentimientos de Claude, pero estaba cansada de dar sin recibir y una incierta lasitud se había instalado en su corazón. Si las gemelas salían con Maurice los fines de semana, a veces desde el viernes por la noche, le tocaba soportar la presencia de Claude todo el día, muerto de rabia porque no podía escribir el artículo que *L'Humanité-Dimanche* le había encargado, anónimo, lo más didáctico posible y sobre temas perfectamente soporíferos. Una carilla podía tomarle un mes y como era incapaz de permanecer sentado frente a la máquina de escribir daba vueltas por el salón, iba al apartamento de al lado —que su padre le compró también a fin de que tuviera una renta cuando estuviese arreglado—, escudriñaba con ojos feroces de propietario el trabajo de los obreros y bajaba los cuatro pisos hasta el jardín para matar palomas. Había decidido que esos pobres animales ensuciaban la fachada de sus apartamentos, así que bajaba, las atrapaba y les reventaba la cabeza contra el suelo. Subía muy contento con los cadáveres de tres o cuatro palomas que ni siquiera habían intentado huir porque estaban familiarizadas con los hombres. Ella, Isabel, no podía soportarlo. No lo aguantó ese viernes por la noche en que, después de arreglarle una maletica a las gemelas para que se fueran con Maurice, pensó en los días que la esperaban y se tomó veinte pastillas a fin de dormir cuarenta y ocho horas de corrido. Claude no le dio importancia; en cambio sus primas Gaby y Virginia se alarmaron. Fueron a verla y quedaron aterradas de su lenguaje depresivo: morir o vivir era igual, su existencia no alteraba en nada el orden de las cosas y Maurice podía ocuparse de sus hijas. De nada sirvieron las protestas de Virginia y Gaby. Ella parecía desdoblada en otra personalidad para quien la vida carecía de interés. Con el fin de sacarla de su postración, Virginia decidió organizar una fiesta el sábado siguiente en el apartamento de Claude pese a las reticencias de este. Ella misma compró botellas de whisky y vino y de qué preparar picadas para veinte personas.

La primera persona en llegar fue Geneviève, la hermana mayor de Claude, que estaba llena de curiosidad por conocer a los amigos de Isabel. No había podido traer consigo a su compañero, un médico de buena reputación que esa noche acompañaba a morir a una de sus pacientes, pero lo prefería así porque de ese modo tendría un motivo más para darle celos. Ella creía que la mejor manera de mantener despierto el interés de un hombre era colocarlo en situación de inseguridad. Benoît tenía su consultorio en la planta baja de una mansión de tres pisos heredada de su padre y, en lugar de irse a vivir con él, ella había conservado su propio apartamento. Solo los fines de semana iba a la casa de Benoît, donde se reunían los hijos de ambos. Lo ayudaba a hacer el mercado, a preparar la cena y a quitar las malas yerbas del jardín. Ahora, durante el invierno, encendían una gran chimenea en uno de los salones del primer piso y daban la impresión de formar una familia unida y feliz, pero apenas llegaba el lunes ella regresaba a su apartamento a pintar acuarelas, actividad a la cual se había dedicado desde que perdió su trabajo. Se interesaba, también, en la política y militaba en un movimiento ecológico. Se había presentado como candidata a las elecciones de su barrio y estuvo a punto de ser elegida, pero su partido no obtuvo el porcentaje de votos necesarios para acceder a los cargos municipales. No lo lamentó. Excepto su relación con Benoît, sus sentimientos y sus ideales estaban marcados por la tibieza de su condición de hija de ricos. Todo le había resultado siempre demasiado fácil. Su única aventura, casarse con un griego medio loco que la llevó a vivir a Ushuaia y le hizo tres niños en tres años, se terminó cuando ella así lo quiso, apenas le escribió a su madre pidiéndole que le enviara cuatro pasajes de avión para regresar a Francia. El griego se quedó perdido entre los vientos del Cabo de Hornos y nunca más volvió a manifestarse, su padre le compró un apartamento en París y ella consiguió empleo en una oficina donde trabajaba de diez de la mañana a cuatro de la tarde mientras una muchacha española se encargaba de limpiarle el apartamento y preparar la comida.

Tuvo amantes, muchos, pero no sentía nada. Su frigidez terminó cuando conoció a Benoît, hacía dos años. De repente su cuerpo comenzó a existir, se volvió voraz, apremiante. Ya no podía quedarse por las noches sola en su cama mientras sus hijos dormían en la habitación de al lado. Necesitaba la presencia de Benoît, el olor de sus axilas cuando la cubría con su cuerpo y en un diestro ir y venir le hacía el amor; lentamente, una y otra vez hasta que ella, rendida de cansancio, con el corazón latiéndole a un ritmo endemoniado, debía suplicarle que se viniera y la dejara recuperar un poco de fuerza para un nuevo asalto amoroso que ocurriría media hora después, porque Benoît no se cansaba jamás, o para acurrucarse entre sus brazos y dormir como una niña que ha jugado mucho en el recreo. Pero nunca, ni siquiera en sus mayores momentos de abandono, le confesaba la urgencia que sentía de estar con él, por miedo de perderlo. Más aún, le hacía creer que otros hombres la deseaban y que en cualquier instante podía tener una aventura.

Benoît vivía enfermo de celos: durante el día debía llamarlo por teléfono cada hora al consultorio o si no se desesperaba. Ahora, si ella dejaba pasar el tiempo sin darle noticias suyas, él se ponía en contacto con Isabel y le contaba sus pesares. Se había vuelto muy amigo de Isabel. Tenían en común el gusto por la familia y una cierta sinceridad, aunque Benoît podía mostrarse pérfido y sin escrúpulos. A ella misma, que creía haberle dado la vuelta al mundo, la sorprendió su mala fe cuando decidió abandonar a su mujer. Él y Claude inventaron una historia inverosímil según la cual la esposa era amante de su vecino. Benoît llevó el asunto al tribunal, Claude juró haber sido testigo del adulterio y la pobre mujer perdió la custodia de sus hijos y naturalmente no obtuvo ninguna pensión: le tocó volver a casa de sus padres mientras Benoît, feliz, volvía a su vida de soltero.

Al principio ella, Geneviève, creyó que la desposaría, pero cuando pasó el tiempo sin que Benoît diera señales de querer casarse con ella, comprendió que él se había instalado en el celibato para la eternidad. Entonces se agravaron sus crisis de esa cosa horrible que prefería no nombrar, aunque su siquiatra le asegurara que hablando de ello le iría mejor: náuseas, dolor de cabeza y la espantosa sensación de estarse diluyendo mientras otra persona ocupaba su lugar, era una, era dos, era tres, su mente estallaba en pedazos: una figura blanca e imprecisa venía a su encuentro y como una ventosa se le pegaba al cuerpo que empezaba a desintegrarse dejándole en la boca un sabor a cosa vieja y dulzona. Sí, detrás de la Geneviève amorosa y agradable, se escondía una mujer atormentada cuya personalidad podía desarticularse por un quítame allá esas pajas.

Benoît no sabía nada. Le había dicho que sufría de depresión nerviosa y que cuando estaba mal prefería no verlo y quedarse encerrada en la casa de su familia. En realidad guardaba reposo no muy lejos de allí, en la clínica privada donde su siquiatra la hacía entrar: dosis masivas de drogas, ningún contacto con el mundo exterior, hablar de corrido aferrándose a los pocos hilos que le quedaban de la realidad y, poco a poco, volvía a la vida, era de nuevo Geneviève, una, sola e indivisible. Pálida, más flaca, embrutecida por los remedios, regresaba a su apartamento y esperaba unos días antes de llamar a Benoît. Debía desearlo mucho porque a pesar de los tranquilizantes su cuerpo temblaba de emoción. Apenas oía su voz por el teléfono su sexo se volvía un tizón ardiente que reclamaba la presencia de Benoît con exasperación. Iba a su consultorio y entre las visitas de dos pacientes hacían el amor.

Esos destierros inesperados, esas locas reconciliaciones desconcertaban a Benoît y estimulaban su pasión. Pero nada sabía de sus problemas.

La única persona que conocía los secretos de su alma era Claude, que la idolatraba desde la niñez. Claude la llevaba a la clínica e iba a buscarla cuando ella se lo pedía por teléfono. Delante de él no le importaba mostrarse sin maquillaje, despelucada y con la triste figura de los enfermos mentales. Antes de dejarla en su apartamento la llevaba al salón de belleza y se sentaba a su lado mientras la peinadora y la manicurista se ocupaban de ella. Luego iban a un café, fumaban despacio viendo pasar a la gente por la calle y, oyendo hablar a Claude de los últimos ataques del Imperialismo contra la clase trabajadora, descubriendo de nuevo, detrás de su tono perentorio, su infinita puerilidad, ella se adaptaba lentamente a eso que su siquiatra llamaba la vida ordinaria, un estado de ánimo en el cual, al menos, no era devorada por el sufrimiento.

Le había gustado mucho que Claude encontrara a Isabel. Todo ocurrió muy rápidamente, como Claude así lo quiso. Un mes después de conocer a Isabel, su padre le compró aquel apartamento y se instalaron allí. Isabel debía tener el agua al cuello para aceptar vivir con Claude, que era un hermano encantador y, para las mujeres, un compañero insoportable: colérico, autoritario y alérgico a la sexualidad. Una vez, visitando con él el parque zoológico de Vincennes, vieron a un oso masturbándose y Claude la tiró del brazo murmurando: «No mires eso, qué indecencia». Si no toleraba el placer sexual en un pobre animal, mucho menos lo soportaría en una mujer. Quizás por eso sus dos únicas compañeras habían intentado suicidarse antes de abandonarlo. Ambas se habían confiado a ella revelándole que su hermano era impotente. No la sorprendía porque en cierta forma Claude la amaba a ella. Había sido un niño inquieto que difícilmente conciliaba el sueño y tenía miedo de la oscuridad. La disciplina feroz que su padre les infligía a los hijos varones no le convenía. Ella, Geneviève, lo protegía y su padre, que la adoraba, le permitía defender a ese niño esquelético y propenso a enfermarse, que solo se dormía si ella le leía en voz baja las fábulas de La Fontaine y, al irse, dejaba encendida una lámpara de petróleo sobre su mesa de noche. Después, entrando en la adolescencia, se enamoró de un muchacho homosexual cuya familia frecuentaban. Su madre no lo soportó y encerró a Claude en un cuarto durante dos años, sin preocuparse por las consecuencias que semejante acto podía provocar. Cuando salió de aquella reclusión, Claude era otro. Duro, fanático, se convirtió en la conciencia de todos ellos. Siguió estudiando por correspondencia y compró libros que condenaban a la burguesía. Los leía hasta aprendérselos de memoria y le daba la cantaleta a la familia a la hora de la cena: todos eran viles explotadores de los obreros que trabajaban en sus fábricas.

Al principio trataron de discutir con él, después cada uno de ellos llegó a la conclusión de que Claude había perdido el juicio. Esas reuniones resultaban insoportables. Mientras Claude peroraba, sus padres y sus hermanos guardaban un silencio cómplice. Sin él saberlo, pasaba por el loco de la familia. Inclusive su relación con Isabel, una latinoamericana, parecía una chifladura más, porque a ninguno de sus hermanos se le habría ocurrido elegir a una extranjera para fundar un hogar. Solo ella, que durante sus viajes por América Latina en compañía del griego había visto de lejos a las soberbias y presuntuosas herederas de la burguesía local, sabía que Isabel venía de una buena familia y que ni el apartamento de Claude ni la fortuna de sus padres la impresionaban. Isabel podría tal vez respetar un título de nobleza, pero el dinero de una progenie salida de la nada la dejaba indiferente. Más aún, la fertilidad de su madre y de sus hermanas debía producirle un secreto desprecio porque sin duda la asociaba a la de esas mujeres del pueblo que parían cada año. El día que Gaby y Virginia fueron a su casa, ella, Geneviève, captó entre ellas una mirada de asombrado desdén ante el espectáculo de los diez hijos y los cincuenta nietos que se asoleaban en el jardín. Y por primera vez ella se sintió chocada por la fecundidad de esas hermanas y cuñadas que solo a través de sus vientres parecían existir.

En el salón del apartamento había la biblioteca de Isabel, un escritorio donde Claude se sentaba a redactar difícilmente sus artículos para el semanario del partido comunista y nada más. Los invitados habían terminado sentándose en el suelo y Toti veía en aquella austeridad una falta de buen gusto. Cécile se adaptaba muy bien como siempre a la situación. Era permeable quizás porque venía de un medio social modesto. Cuando la conoció trabajaba como vendedora en un almacén de Saint-Germain y al instante quedó fascinada por ella. Era la mujer más linda que había visto en su vida. La llevó al Katmandú, le hizo la corte y finalmente la conquistó. No podía soportar que otros ojos la miraran. Con el pretexto de curarse de una gripa prolongada la encerró en un pueblito de Mallorca donde solo había jubilados y unos ingleses que no parecían interesarse en las mujeres. Allí la mantuvo enclaustrada seis meses, pero un día le tocó acompañar a su madre a Barcelona para que se operase de los ojos y cuando regresó encontró la casa desierta y una nota de Cécile que le anunciaba su partida para París. Creyó que la había abandonado y lloró como si hubiera recibido una patada en pleno estómago. En realidad sus aprensiones carecían de fundamento: Cécile quería solamente vivir como antes: trabajar, ver a sus amigos, ir a fiestas y conseguir con más facilidad la cocaína a la cual estaba acostumbrada. «Es un pájaro muy hermoso, pero si lo enjaulas se muere», le había dicho Gaby hablándole enseguida de los massai que preferían dejarse morir antes que permanecer encerrados en una prisión.

Con Gaby y sus primas había establecido relaciones afectuosas de una gran calidad. Al referirse a ella jamás habrían utilizado la palabra lesbiana pues las tenían sin cuidado las inclinaciones sexuales de sus amigas. La más reservada, Gaby, le servía de confidente. A ella había corrido a contarle desesperada su pérdida de Cécile y ella le había aconsejado buscarla en el almacén donde trabajaba antes de acompañarla a Mallorca y, sobre todo, no hacerle reproches. Tenía razón: se tragó la cólera de los celos amargos y Cécile aceptó volver a vivir con ella trayendo consigo sus dos bluyines, sus tres jerseys y el abrigo de alpaca que le había regalado una antigua amante. Como Gaby, Cécile no le daba ninguna importancia a los objetos materiales y solo le interesaban sus libros de Baudelaire, Verlaine y Rimbaud que transportaba a donde fuera.

Todo lo que Cécile poseía lo había adquirido por sí sola, sus buenas maneras, que había observado en los ricos a quienes su madre servía como cocinera, sus estudios de Literatura que se había pagado ella misma cuando su madre murió y ya no tuvo que mantenerla. Todo lo que ella, Toti, podía ofrecerle era la cocaína pues a Cécile le daba igual vivir en un apartamento suntuoso o en una caravana de gitanos. A su lado lamentaba no ser un hombre, poder penetrarla hasta el fondo de su intimidad y darle hijos, muchos, que la tuvieran ocupada el día entero. Había querido hacerse operar en Londres para tener un pene, pero Gaby la disuadió alegando que esa operación era peligrosa.

De todos modos sus relaciones con Cécile la habían cambiado: ya no le interesaba vivir como una amazona acumulando aventuras, sino fundar algo parecido a una familia. Antes, cuando terminaba de hacer el amor con una mujer sentía rabia contra ella y la insultaba invadida por la cólera y el desprecio. Cécile, en cambio, le inspiraba ternura y un curioso deseo de protegerla. Eso debía ser el amor porque no había nadie en el mundo menos desvalido que Cécile, cinturón negro de judo, viajera de todos los continentes, capaz de arreglárselas en cualquier parte hablando seis idiomas y manteniendo relaciones con extraños individuos que seguramente estaban en el fichero de la Interpol. En Benares había formado parte de una banda de ladrones de joyas. Como era bella y distinguida la invitaban a las fiestas de la alta sociedad y así localizaba las cajas de caudales y los sistemas de alarma. A veces, mientras sus anfitriones se divertían, abría una ventana por la cual entraban sus cómplices. En el Triángulo de Oro había traficado cocaína, vestida de hombre y acompañada de una pandilla de bandidos que tenían su sede en Hong Kong.

Cécile conocía todas las armas de fuego, pero fue a cuchillo como mató en un camino de Pakistán al desgraciado que intentó violarla. De eso y de otras cosas por el estilo se había enterado ella, Toti, oyéndola hablar lentamente, sin nunca jactarse y como si tanta barbaridad fuera el pan de cada día. Comparada con la experiencia de Cécile, la de ella era un remanso de paz. Su decisión de aceptar el lesbianismo para seguir sus inclinaciones y no parecerse en nada a su madre, una mujer achacada por enfermedades imaginarias a la que su padre había engañado más de mil veces, su deseo de quedarse sola en París sin poder contar con su familia, eran caprichos de heredera. Nunca le había tocado defenderse y ni siquiera sabía ganarse la vida; no debía, como Isabel, aguantar a un hombre para salir adelante.

Aunque había traído su tarot, Thérèse no tenía necesidad de echarle las cartas a Isabel para saber que su relación con Claude estaba condenada. Ese loco que las miraba a ellas sin el menor asomo de simpatía no podía conservar a ninguna mujer y mucho menos a Isabel, destinada por su belleza y su clase a frecuentar otros medios distintos del de la burguesía francesa venida a más. Ella, Thérèse, la veía mejor casada con un personaje del mundo de los negocios o de la diplomacia, alguien que la llevara a viajar, después de haber gastado un millón de francos en el almacén de un gran costurero. Muchas generaciones de mujeres bonitas y frágiles habían debido pasar antes de que Isabel apareciera como el suspiro de una orquídea. Por suerte las gemelas habían heredado su fineza aunque la sangre francesa de Maurice les había comunicado una fuerza oculta que las volvía menos vulnerables. Isabel podía quebrarse entre las manos si se ejercía sobre ella la menor presión y su crisis depresiva de la semana anterior indicaba que había llegado al límite de su resistencia.

Lucien era capaz de enamorarse en serio de Isabel. Por eso no lo había traído aunque estuviera destinada a perderlo. Ella, Thérèse, gorda, con los abundantes senos caídos y las nalgas cubiertas de celulitis se había convertido en la mujerona turca que había sido su madre. Siempre le gustó cocinar, pero ahora comía vorazmente y ninguna resolución, ninguna dieta lograba contener su apetito. Su hermano había decidido protegerla y venía a cenar en su apartamento casi todas las noches; con ese pretexto ella pasaba tres horas en la cocina preparándole los platos que le gustaban. Después, cuando su hermano se iba, le daba lástima botar las sobras y las devoraba a solas, en el silencio del comedor, consciente de que cada bocado la engordaba más, abotagándole la cara y volviéndola obesa. Pero, curiosamente, era feliz. Le gustaba comer y hacer el amor. Le gustaba salir a la calle y oír el ruido del tráfico, ver a la gente caminando por los corredores del metro, estar libre y dispuesta para cualquier aventura.

Era ya una de las videntes más célebres de París. Recibía a sus clientes desde las nueve de la mañana hasta las seis de la tarde. Ganaba tanto como un ejecutivo y, pensando en su vejez, guardaba en una cuenta de ahorros el dinero que su hermano le pasaba todos los meses. A su lado los hombres se sentían a gusto, quizás porque no tenían que recurrir a las artimañas de la seducción o tal vez porque una mujer gorda les inspiraba confianza. En todo caso, con ella le soltaban las bridas a su sexualidad y se volvían sus cómplices y al final sus amigos. Pero la dejaban para casarse con mujeres como Isabel y ella les daba la razón en secreto. No se hacía ilusiones: tenía el aspecto de una verdulera, pero el corazón, ay, de una colegiala. Se enamoraba de cada uno de sus amantes y sufría el martirio cuando la abandonaban. Lucien, tan fino, a quien le gustaba la música de Mozart, la pintura de Tiziano y las películas de Bergman no iba a pasar su vida junto a ella, que bostezaba de aburrimiento oyendo las melodías clásicas y se dormía en el cine. Además era cinco años mayor que él y le había comenzado la menopausia. En cambio, a Isabel, Lucien le venía como un guante. Lo intuía de manera casi física. Formaban parte de esas personas delicadas que trataban respetuosamente a la gente y cuidaban a los enfermos, ayudaban a los ciegos a cruzar la calle y protegían a los animales abandonados. En ese mundo, ella, Thérèse, aparecía como un rinoceronte o cualquier otra bestia grande y no muy inteligente. Lo sentía así cada vez que dejaba de masticar para responder una pregunta o un comentario de Lucien, o en la cama, después de hacer el amor ebria de orgasmos estruendosos y brutales. La vida le había prestado a Lucien por un tiempo y algún día lo vería partir.

Virginia miraba con malestar la austeridad de aquel salón. Hacía ya unos meses que Isabel se había mudado allí y Claude no daba señales de querer amueblarlo. Reflejaba una ausencia de placer por las cosas de la vida, confirmando lo que ella pensaba, que Claude tenía la secreta intención de encerrar a Isabel en un monasterio. No solo la aislaba de sus amigos y la privaba de su sexualidad con su impotencia de renacuajo, sino además, se apoderaba del fruto de su trabajo de traductora y de la miserable pensión que le pasaba Maurice, dándole apenas lo estrictamente necesario para no morirse de hambre. Por fortuna, no había descubierto que Isabel recibía mensualmente el subsidio familiar y así su prima podía ir al salón de belleza o al dentista. Gaby y ella le compraban los artículos de maquillaje que le hacían falta, un perfume de Chanel, una caja de polvos, un pintalabios, todas esas cosas necesarias para las mujeres. Pero semejante situación no iba a durar mucho tiempo: su prima jamás se casaría con Claude. Lo había adivinado el día que Isabel le contó cómo había perdido en el metro los documentos relativos a su divorcio después de haber olvidado tres veces la cita con la abogada. No era tanto que intentara retener a Maurice: buscaba inconscientemente alejarse de la amenaza del matrimonio con ese neurasténico que solo podía hacerla desgraciada. Ella, Virginia, había conocido muchos hombres, pero nunca había encontrado a un ejemplar tan curioso como Claude. Era el resultado de una sociedad puritana que condenaba la homosexualidad sin tener en cuenta las inclinaciones amorosas de sus miembros.

Claude habría podido darle rienda suelta a sus verdaderos deseos y ser feliz. En lugar de eso se imponía relaciones con mujeres a quienes no quería, utilizando la misma ambigüedad que lo llevaba a militar en el partido comunista sin renunciar a sus privilegios de hijo de millonario. La agresividad que Isabel le inspiraba se expresaba de diferentes maneras: así, aparcaba de modo violento su pequeño Seat abollándole las aletas: lo enfurecía verla con sus elegantes sastres que había comprado cuando era diplomática, sin saber que, aunque de buen corte, estaban ya pasados de moda: la insultaba tratándola de burguesa hasta que ella, consternada, se deshacía en lágrimas.

Isabel no había dejado de llorar desde el abandono de Maurice, pero no iba a pasar el resto de su vida como una Magdalena. Necesitaba un trabajo que le permitiera salir adelante con sus hijas. Su crisis de depresión de hacía siete días era una señal de alarma. Ella y Gaby sintieron miedo porque en su familia muchas personas se habían suicidado. Si Isabel se sentía realmente desdichada y si creía que Maurice podía ocuparse de las gemelas, era capaz de dar el salto irremediable. Eduardo, el tío de ellas tres, se había pegado un balazo en la sien después de haber escrito en la última página de su diario que existir no tenía sentido. Y, sin embargo, era un juerguista siempre alegre y dispuesto a disfrutar de las cosas de la vida, un seductor que había conquistado a todas las mujeres de su época, solteras o casadas, feas o bonitas, ricas o pobres. En su diario contaba paso a paso sus estrategias de hechicero y los resultados obtenidos. Como un mago adivinaba los resortes íntimos de cada mujer, venciendo pudores y reticencias. A ella la divertía ver a las madres de sus amigas convertidas en honorables señoronas que en el diario de tío Eduardo aparecían como muchachas desenvueltas, ávidas de placer. Su sensualidad y su alegría se habían consumido en un matrimonio decoroso. Por eso ella nunca había querido casarse, para mantener vivo el soplo de la juventud, sus espejismos y sus dudas, sus ardores y enamoramientos. Pero incluso tío Eduardo había sucumbido a un golpe de depresión. En la generación de su madre se habían visto ocho casos de suicidio e Isabel estaba desesperada. Le escribiría a un amigo que tenía influencia en el actual gobierno para ver si podía darle un puesto en la embajada o en el consulado de Colombia.

Gaby había notado que Claude solo salió de su cuarto cuando llegó su hermana dejándolas a ellas solas preparar la fiesta. Entre las tres subieron un pesado bloque de hielo que colocaron en la bañera sin que Claude ofreciera ayudarlas. Le dijo a Isabel en voz alta que sus invitados deberían irse antes de medianoche para no molestar a los vecinos. Vio aparecer con ojos rencorosos el tocadiscos alquilado por Virginia a fin de bailar y escuchar música. Parecía muy preocupado por la alfombra de su salón y hasta sugirió que sus amigos se quitaran los zapatos al entrar como si estuvieran en una mezquita. En fin, no había podido ser más desagradable. Ni siquiera saludaba a los invitados y parecía un inquisidor contemplando una misa negra: los ojos febriles, la boca contraída en una mueca de rabia, iba y venía por el salón vaciando los ceniceros y bajando el tono del tocadiscos que alguien subía un minuto después. Visiblemente las fiestas de los latinoamericanos con su bulla y su alegría lo ponían de mal humor y nada hacía para ocultarlo. Les lanzaba miradas iracundas a ellas tres e Isabel le había dicho en un rincón, muy pálida, que Claude estaba acumulando reproches y cantaletas para dos semanas.

Ella, Gaby, sabía lo que era vivir con un hombre de genio endiablado y soportar sus insultos. Como Luis, Claude estaba condenado a envejecer solo a menos de encontrar a una mujer tan desesperada por casarse que se aguantara su mal humor. Pero ella había aprendido la paciencia: cada cosa llegaba a su momento y de nada servía querer precipitar el destino. Isabel encontraría un trabajo, dejaría a Claude y probablemente haría su vida con otro hombre. Solo le deseaba que la ruptura no le trajera el sufrimiento que ella había padecido al abandonar a Luis. Aún ahora se acordaba con espanto de esos primeros meses de soledad, cuando recorría las calles de arriba abajo hasta quedar agotada y regresaba a su estudio para tomar un somnífero y olvidar sus pesares en el sueño. Cuántas veces luchó contra la tentación de llamar a Luis por teléfono y reanudar con él sus relaciones malsanas. Pero a fuerza de carácter construyó esa muralla de cortesía indiferente que le oponía cuando venía a verla trayéndole cajas de chocolate. Le oía hablar de sus conquistas sin inmutarse en lo más mínimo. Su manía de perorar sobre sí mismo se había acentuado con los años. No le interesaba conocer su opinión ni le pedía noticias de su vida. Se habría quedado estupefacto si supiera el número de aventuras que ella había tenido desde su separación. Un personaje curioso y hasta ridículo le había enseñado a reconciliarse con la sexualidad.

Era un hombrecito feo, con una boina marrón un poco sucia y deformada por el uso, que parecía la caricatura del francés ordinario. Esperando la llegada del metro vislumbró su impermeable barato, el pan debajo del brazo y la actitud de la persona acostumbrada a recibir órdenes. Cuando subieron al vagón vio su rostro de perro triste cubierto de huecos provocados seguramente por una antigua enfermedad de la piel y, en sus ojos, un deseo de ella, hambriento y deslumbrado, que la conmovió. Se bajó en la misma estación y la siguió cautelosamente hasta su estudio. Al día siguiente lo encontró parado frente al edificio con unas flores un poco marchitas en la mano. Se acercó a él y lo invitó a tomar un café. Sus ojos inconsolables parpadearon de asombro mientras ella cogía las flores que estaban a punto de caerse al suelo. La acompañó a hacer el mercado y regresaron juntos a su estudio. Entonces hablaron, o mejor dicho, él le contó los pormenores de su vida, que era de una mediocridad insostenible. Hijo de campesinos, había logrado terminar el bachillerato y obtener una beca para estudiar química. Pasó dos años en la universidad y consiguió un empleo en el laboratorio como ayudante para preparar los experimentos destinados a los alumnos. La beca se terminó, sus condiscípulos se graduaron y con el tiempo algunos se volvieron profesores y sus jefes. Ellos lo incitaban a continuar los estudios, pero él decía sentirse muy bien donde estaba, en el laboratorio. Su vida afectiva era otro gran fracaso. No le hablaba a su esposa desde hacía dieciocho años, pese a compartir ambos el mismo apartamento y si necesitaba dirigirse a ella lo hacía a través de su hija a la hora de la cena. La hija, por supuesto, había abandonado muy pronto los estudios y un día apareció embarazada de un desconocido. Él solo se ponía contento los fines de semana, cuando iba al caserío donde una tía solterona le había legado una casucha y un pequeño huerto en el cual pastaban seis ovejas alrededor de un manzano. Como ella tenía por principio no hacer el amor en su estudio, aceptó acompañarlo al campo una semana después, quizás porque en el momento de despedirse Félix, así se llamaba, le dio un beso que revelaba mucha sensualidad. Comprendió que Félix quería asear su casa, poner sábanas limpias, lavar el baño y la cocina, pero cuando a los tres días la llamó por teléfono a fin de contarle que se había caído de una escala mientras recogía sus manzanas rompiéndose una costilla no tuvo necesidad de mucho razonamiento sicoanalítico para comprender que Félix iba a hacer con ella lo mismo que con sus estudios de química, es decir, girar a su alrededor sin jamás comprometerse y le exigió, costilla rota o no, que se encontraran como lo habían convenido.

Con un vendaje en el pecho y tomando aspirinas cada dos horas, Félix la condujo a un rancho de piedra, donde, aparte del lecho, no había más nada. Ella esperó a calentarse frente a una gran chimenea y luego, sin decir una palabra, se desnudó y llevó al perturbado Félix a la cama. Y allí todo cambió, fue como un milagro: Félix sabía amarla cubriendo de besos su cuerpo de repente codicioso, penetrándola lentamente, tenaz y seguro de sí mismo, sin importarle el tiempo que a ella le tomaba salir de sus inhibiciones y perderse al fin en el torbellino de un espasmo que la lanzó para siempre al mundo de la vida, donde todo existía, desde el pétalo de una flor hasta el deseo de un hombre. En ese instante comprendió que nunca más sería la misma, tímida y acobardada, esperando un placer que no llegaba porque no sabía exigirlo. Como el tapón de una botella de champaña sus viejos pudores volaron en el aire y se disolvieron. Quiso ponerse a prueba y se acostó con un profesor de inglés que la perseguía desde hacía tiempo. La experiencia fue positiva y dejó a Félix que jamás había leído un libro, ni visto una película, ni puesto los pies en un avión. Él la acusó de haberlo utilizado y era verdad, pero una vez pasados los momentos de emoción no tenía nada que decirle y con su boina y su jersey tejido por su mamá, Félix resultaba completamente impresentable. A ella la esperaban otras aventuras. Su oficio de fotógrafa de prensa le permitía conocer hombres que, como Félix, sabían hacerle el amor sin pedirle, sin embargo, pasar los fines de semana en una choza infecta. De cierto modo todos los hombres del mundo estaban a su disposición porque ella los aceptaba tal como eran. Había conocido de manera bíblica a un chino, a un hindú, a un iraní, a un griego y le faltaban dedos para contar el número de amantes europeos encontrados en París, Londres y Roma. Aparte de Isabel y de Virginia nadie lo sabía, ni siquiera Louise, cuyas confidencias recogía cuando iban a almorzar juntas en un restaurante cerca del boulevard Raspail. Pasaba por Gaby la virginal, una mujer de cuarenta años dedicada a su trabajo y ajena a las peripecias de la seducción. Creía, y así se lo había dicho a Isabel, que las mujeres debían tener más experiencia antes de envolverse entre los velos de la vida conyugal. Pero Isabel, aterrada aún por el mal comportamiento de su padre, buscaba la seguridad a cualquier precio, así le tocara soportar a Claude.

Para Anne aquella fiesta parecía una velada fúnebre. Con un Claude fastidiado por la presencia de ellos, los latinoamericanos empezaban a perder su entusiasmo y tendían a agruparse en los rincones del salón. Por espíritu de contradicción ella subía el volumen del tocadiscos y los incitaba a bailar. Siguiendo su ejemplo Octavio, Gaby y Virginia bailaban alegremente mientras la expresión de Claude se volvía más hosca y un tic le hacía cerrar un ojo. Ella no se hacía ilusiones: la depresión de Isabel solo se terminaría cuando abandonara a aquel hombre, cambiando radicalmente la situación. Claude era muy guapo, pero no se vivía con la belleza, un don que su dueño no podía dar ni prestar y ni siquiera compartir. Había descubierto eso al lado de Danny, el hombre más hermoso que había conocido, un mestizo norteamericano de negro, indio y blanco, que tenía la cara de una escultura griega, la piel de un tutsi y el cabello de un apache. De noche, acostada junto a él, le daba lástima dormirse y dejar de contemplarlo. Danny no la tocaba y era capaz de pasar semanas sin dirigirle la palabra. La droga lo mantenía en otros mundos y solo le interesaba el clarinete. Estaba con ella porque así tenía un lugar donde vivir y lo perdió cuando una millonaria, también fascinada por su belleza, le ofreció una casa de campo en la cual podía tocar el clarinete día y noche sin molestar a los vecinos. Se sintió tan desgraciada que resolvió hacer el amor, después de seis meses de abstinencia, con el primer hombre que tropezara. Y lo que encontró fue un bandido, ni más ni menos, salido de la cárcel ese mismo día, por la mañana.

Caminaba por el andén hacia el metro cuando Eric —su nombre de guerra pues el verdadero hasta su madre había preferido olvidarlo— se acercó a preguntarle dónde había comprado su pantalón de cuero porque quería regalarle uno igual a su hermana. Entre el gentío de las seis de la tarde resultaba imposible mostrarle en un mapa de París el lugar del almacén y fue con inocencia como aceptó seguirlo a un café para hacerle un plano. Allí empezó a seducirla. Ella había notado el perfecto corte del vestido bajo el abrigo de piel, los guantes de cabritilla y los zapatos de buena clase. Creía estar en presencia de un gentilhombre y cuando, una hora más tarde, después de hacer el amor en un hotel, fue al baño para lavarse, dejó al pie de la cama su cartera. Eric la condujo en su automóvil deportivo a su apartamento. Quedaron en verse el día siguiente, pero al abrir su cartera descubrió que Eric le había robado quinientos francos, todo el dinero que contenía su billetera. Le comentó la cosa por teléfono a sus amigas y una de ellas, Bernadette, reconoció a Eric por su nombre y su apariencia aconsejándole huir de él como de la peste negra. A Bernadette, que había cometido el error de llevarlo a su casa, le robó una colección de estampillas muy valiosas y cuando ella fue a buscarlo al café que solía frecuentar y se las reclamó, la amenazó con degollarla en una estación de metro. Desde entonces Bernadette circulaba en bus y se las había ingeniado para hacerle creer a su tío, ministro de la república, que el ladrón había entrado en su casa rompiendo el vidrio de una ventana. Con tal de no volverlo a encontrar, ella, Anne, salía por una de las puertas traseras del almacén, caminaba hasta la Ópera, donde tomaba el metro y regresaba a su apartamento a medianoche. En uno de esos deambulares conoció a René, el producto más refinado que la alta burguesía francesa podía germinar. Hijo de millonarios, René había renovado un viejo café situado frente a Les Halles, donde solo servía vino y que rápidamente se había convertido en uno de los lugares de moda de la ciudad. Virginia lo conocía, pero decía que lo mantenía en reserva para cuando Isabel dejara a Claude. Y ella debía reconocer que René le iba a Isabel como anillo al dedo. Ambos tenían la misma clase, la misma delicadeza. Ambos pertenecían al mundo de los privilegiados de la vida, de los que nacían y se mantenían bellos como si el tiempo no los tocara. Formarían una bonita pareja si el destino los ponía en contacto.

Hacía meses que Luis no veía a Gaby y cuando al fin pudo encontrarla por teléfono y ella le contó que iba a casa de Isabel le pidió la dirección y ahora entraba en aquel apartamento que tenía la sobriedad de una celda de monje. Al saludar a Isabel notó su aire deprimido como si hubiera estado recibiendo golpes sin poder defenderse. Eso fue lo que le pareció: un animalito maltratado, como le había dicho Gaby. De pura indignación pasó delante de Claude sin dirigirle la palabra y fue a servirse un vaso de whisky. De todas las primas de Gaby, Isabel era la única que le guardaba simpatía. A ella le habría podido contar sus problemas con Ester, que le estaban envenenando el alma. El día que la conoció enmudeció de susto: era la mujer más bonita que sus ojos habían visto. Llegaba a París como directora de relaciones públicas de una federación colombiana después de haber escapado de la patanería de un segundo marido que la abofeteaba en público. En realidad nunca estuvo casada con él porque en Colombia el divorcio no existía, pero vivieron juntos llevándose de cuajo las convenciones sociales y durante ese tiempo, un año, Ester fue la mujer más ultrajada de Bogotá.

Alfonso Ensaba, de cuyo origen y fortuna no se sabía nada, se despertaba a las seis de la mañana y le hacía el amor con astucia sacándola cada día de su letargo amoroso, fruto de una educación de monjas, y luego, de nuevo volvía a las andadas a las seis de la tarde, cuando regresaba del trabajo. Por la noche iban a cenar en los restaurantes de moda. Alfonso Ensaba bebía una botella de whisky antes de pedir el menú y terminaba de emborracharse con el vino de la comida. Entonces se transformaba: de verdes, sus ojos pasaban a un inquietante gris oscuro, y sus modales de playboy eran reemplazados por una expresión de cuchillero. Era en esos momentos cuando se ponía a insultar a Ester en voz baja y glacial acusándola de coquetearle hasta a los meseros. Le daba una bofetada si ella intentaba defenderse y otra si no lo hacía. Un amigo de Ester le consiguió aquel trabajo en París aconsejándole buscarse un hombre conveniente y casarse por la ley francesa. En principio, pues, intentaba encontrar marido y en nombre de ese proyecto salía con cuanto hombre conocía. No se sabía si pasaba o no al acto, pero a él lo estaba cocinando a fuego lento desde hacía tres meses. Después de encerrar a los hijos en un internado en Suiza, se mudó a un apartamento de dos piezas que comunicaban entre sí por una puerta siempre abierta, un salón desde el cual podía verse la gran cama del cuarto.

Todo en Ester era equívoco. Como Malta, compraba su ropa en los almacenes del Faubourg Saint-Honoré, pero sus vestidos, demasiado descotados y pegados al cuerpo, resultaban insinuantes, pese a su elegancia. Ofrecía con los ojos un océano de voluptuosidades y a la hora de la verdad se escurría diciéndole que solo quería ser su amiga. Luis no sabía a qué atenerse cuando un buen día desembarcó Ensaba. Se instaló en el apartamento de las promesas no cumplidas y durante las dos semanas que duró su visita Ester descolgó el teléfono.

Al irse Alfonso Ensaba, Ester apareció con un abrigo de piel y dos collares de oro que nunca antes le había visto. Entonces comprendió que era una mujer de conducta ligera y le exigió explicaciones. Ester no se dejó intimidar: su teléfono había estado dañado y el abrigo y los collares eran los regalos de su marido. «Pero nunca te casaste con él», le gritaba temblando de cólera. «Alfonso piensa lo contrario», le respondía imperturbable. Dentro de la mentalidad de Ester resultaba normal recibir presentes del hombre con quien se acostaba. Lo comprobó cuando Ester fue a cenar al apartamento de Héctor Aparicio que, divorciado de su esposa, llevaba la gran vida y le echaba mano a cuanta mujer bonita pasara a su alcance. Al día siguiente, alertado por un mal presentimiento, se instaló desde temprano en la oficina de Ester hasta que llegó Héctor Aparicio. Con una expresión de niña consentida, Ester le dijo que había perdido su reloj la noche anterior en su apartamento mientras luchaba para escapar de sus garras de león. Experto en mujeres, Héctor ni siquiera puso en duda su afirmación y se limitó a invitarla ahí mismo a Cartier. Él, Luis, los siguió y como el automóvil de Héctor era deportivo le tocó sentarse atrás, en el asiento del perro. Aguantando un cólico de rabia los oyó hablar entre ellos sin hacer caso de su presencia y luego los vio bajarse, entrar en el almacén y regresar. Héctor sonreía con buen humor y Ester enarbolaba en la muñeca un reloj que era una verdadera joya. «Costó diez mil francos», le oyó decir al subir al automóvil.

Esa misma noche la violó en la cama que tantas veces había visto con anhelo desde el salón y para su gran sorpresa aquel acto brutal desató en ella el placer. Ester le confió que solo lograba liberarse de sus pudores en situaciones extremas. Desde entonces le hacía el amor en los lugares más peligrosos, donde podía armarse un escándalo si los descubrían, el ascensor, el automóvil o detrás de la puerta de su oficina. Pese a aquel festival amoroso, Ester seguía saliendo con otros hombres y él sentía que el alma le hervía de celos. Había pensado inclusive en pedirle a Gaby la separación de cuerpos —cosa que cualquier abogado podía hacer en Bogotá con el consentimiento de ambos—, pero tenía miedo de quedar en ridículo delante de ella si Ester lo dejaba. De todos modos le hablaría de sus dificultades a Gaby y le pediría su opinión, así le oyera decir que volvía a colocarse en la situación de niño abandonado cuya madrastra, representada por una mujer bella y de alto rango social, lo hacía necesariamente sufrir.

Aurora no comprendía por qué su tía Isabel soportaba a un hombre tan antipático como Claude. Ella no tenía marido y vivía feliz y contenta. Había venido a París para convalidar su diploma en Derecho internacional antes de empezar a trabajar en la oficina de José Antonio Ortega, otro tío lejano casado con una francesa. Matilde, la hija mayor de José Antonio, estudiaba en Bellas Artes y allí había conocido a Doris, una mujer un poco aindiada, amante de un sobrino de Picasso que desconfiaba hasta de su sombra. Pedro y Doris formaban una pareja triste y estéril. Vivían en un pequeño apartamento mal iluminado gastando con parsimonia el dinero obtenido por la última venta de un cuadro del tío. Justamente se les había acabado la plata y ella, pensando en las relaciones de Virginia, ofreció servirles de agente por el dos por ciento del valor del nuevo cuadro que se disponían a vender. Pero Virginia estaba en Tokio y ella no tenía experiencia. Hacía un mes que trabajaba cuando Doris le presentó a Andrea, que aseguró conocer a los hombres más ricos de París.

Andrea era muy bonita, pero su vida parecía marcada por la tragedia. De niña su padrastro la había violado, se fugó de su casa a los quince años y llegó a París sin saber qué hacer. Como sirvienta descubrió al hombre que sería su Pigmalión. Le pagó clases de solfeo y la puso a cantar en un cabaret. Pasó diez años cantando en las grandes ciudades de Europa y llegó a Toulouse en la época en que se abría la fábrica aeroespacial. Allí se enamoró, por primera vez en su vida, de Guillaume, un ingeniero, y conocieron un amor feliz hasta que una muchachita de la burguesía local se encaprichó de él. La jovencita iba a esperarlo todas las mañanas a la parada del bus que lo llevaba al trabajo y escribía poemas para él. Al anochecer lo seguía hasta el apartamento, ubicado en la planta baja de un edificio. Una tarde tocó el timbre de la puerta y, muy pálida, le preguntó a ella si podía entrar. Quería ver las cosas de Guillaume: palpó como una reliquia su cepillo de dientes, olió sus vestidos y luego estalló en sollozos. Ella no sabía cómo consolarla, pero no estaba dispuesta a perder a Guillaume. Esa noche hicieron el amor con la pasión de siempre, sobre el sofá del salón porque el deseo les impidió ir hasta el cuarto. Ninguno de ellos advirtió que la muchachita los espiaba desde una ventana que habían olvidado cerrar porque estaban en verano, y al día siguiente, cuando salían muy contentos a comprar pan fresco para el desayuno, la encontraron tirada en el suelo al pie de la puerta en un charco de sangre. Se había cortado las venas y había muerto mientras ellos se amaban y dormían. Aquella desdichada historia produjo un escándalo y los padres de la jovencita se las arreglaron para que Guillaume perdiera su empleo. Las cosas no fueron nunca más como antes. Lo que no pudo obtener en vida, la muchachita lo consiguió con su muerte. Guillaume la abandonó y se fue a Canadá. Instalada en Lille, ella abrió un bar con su nuevo amante, Didier el milagroso, llamado así porque había sobrevivido a tres atentados, pero la mafia local les exigía tantos impuestos que tuvieron que cerrar el negocio. Ahora Didier estaba en la cárcel por tráfico de armas robadas y la policía la acusaba a ella de ser su cómplice. Debía presentarse a la comisaría una vez por semana y tenía urgente necesidad de ganar dinero para poder pagar el alquiler de un diminuto apartamento situado muy cerca de los Champs-Élysées.

Ella, Aurora, conoció aquella habitación y quedó muy sorprendida al ver que solo contenía una cama y un pequeño tocador con perfumes y objetos de maquillaje. Nadie parecía habitarla y Andrea le explicó que comía sánduches en cualquier café porque detestaba cocinar. No le había presentado a sus amigos millonarios, pero mostraba tanto empeño en trabajar que aceptaba con agrado su compañía. En esas llegó Virginia, conoció a Andrea y al instante descubrió quién era. «Cómo», le dijo cuando quedaron solas, «cantante de cabarets, aventurera en Toulouse, batillera en Lille, amante de gángster y un apartamento cerca de los

Champs-Élysées, suma todo eso y tienes una puta como resultado. No venderás un solo cuadro con ella porque los hombres son tan extraños que le impedirán ganar sesenta mil francos a una mujer que pueden obtener por doscientos». Y así ocurrió. El día que Andrea encontró al cliente ideal, un galerista cuyo socio norteamericano buscaba un Picasso, ella le suplicó que no se acostara con él. Pero la fuerza de la costumbre fue más fuerte. Ella, Aurora, lo comprobó al llegar al restaurante donde se habían dado cita, cuando el galerista la miró como si viera una aparición. «¿De dónde sale usted?», le preguntó a boca de jarro. Y mientras el hombre aquel y Andrea discutían ferozmente sobre el derecho de hacerle esa pregunta, el norteamericano, menos hábil en materia de mujeres, le dijo que el cuadro no le gustaba, pero que si quería ganar sesenta mil francos no tenía más que acompañarlo a Londres el próximo fin de semana. Ella estaba pensando a qué hotel lo llevaría, porque le parecía atractivo, pero al oírle formular aquella pregunta se levantó indignada de su silla, tiró el menú sobre la mesa y se fue del restaurante. Nunca más volvió a ver a Andrea. Su tía Virginia le había advertido que tarde o temprano intentaría prostituirla. Pero cuando un mes después vendió el cuadro a un coleccionista venezolano por intermedio de su tía, quiso darle a Andrea el cuarto de su comisión y fue a buscarla al apartamentico cerca de los Champs-Élysées. Le abrió la puerta la propietaria, una mujer de ojos duros, que le aseguró que jamás lo había alquilado a ninguna Andrea Colmitoni. «Esta es una casa respetable», añadió un segundo antes de botarle la puerta en la cara. Después de haber entrevisto lo que debía ser el infierno, ella se retiró prudentemente a sus lares y se asoció al proyecto de su tía Virginia, encontrarle un trabajo a Isabel.

Invitada por Ángela de Alvarado, Helena Gómez comprobaba que nada tenía que hacer en ese mundo. De qué manera explicarle a la gente su cansancio, su irremediable falta de interés hacia los amores y su aburrimiento frente a las pasiones de la vida. Cuando cumplió cincuenta y cinco años sus hijas reunieron dinero para que se hiciera una cirugía estética. Aquella operación le devolvió el bonito rostro de su juventud y le transformó el cuerpo. De caídos, sus senos se irguieron, de aflojadas, sus nalgas fueron recogidas como las de una jovencita. Con una inclemente dieta sin azúcar perdió doce kilos y al cabo de un tiempo su visión de la realidad empezó a cambiar. No se sentía a gusto entre sus viejas amigas para quienes la aventura estaba terminada y esperaban en secreto la muerte. Quería vivir. Jairo, un hombre de cuarenta y cinco años, se enamoró de ella y tuvieron un largo y apasionado noviazgo antes de casarse. Pero la noche de boda, cuando él hizo valer sus derechos conyugales, se sintió agraviada en lo más profundo de su ser. Cómo soportar que su cuerpo recibiera caricias y su viejo sexo fuera penetrado. Al día siguiente hizo cama aparte y al mismo tiempo, sin saber por qué, contrató los servicios de un detective privado para tener pruebas de que su marido le era infiel. Cuando, cansado de tanta aridez marital, Jairo volvió a sus amores de soltero le armó el gran escándalo, pidió el divorcio y obtuvo la mitad de su fortuna. Con esa plata se había venido a París a visitar a su amiga Ángela de Alvarado, pero no era el dinero lo que quería, sino algo que en el fondo ignoraba, algo más etéreo que la pasión, ese sentimiento oscuro que hacía mover a todas las mujeres a su alrededor. Estaban allí para sostener moralmente a Isabel, le había contado Ángela, e Isabel quería salvar su relación con Claude, ese hombre de aire perturbado que ni siquiera la saludó al entrar. De nada servía establecer ese tipo de compromiso. Ella lo había comprobado durante los veinte años de su primer matrimonio con un marido a quien no amaba, pero de quien no se atrevía a separarse para respetar las convenciones sociales y pese a estar enamorada hasta la locura de Jerónimo. De él eran sus dos últimas hijas. Mientras fueron pequeñas pudo ocultarlo, pero apenas comenzaron a crecer con sus cabellos dorados como el resplandor del sol y sus ojos azules que parecían reflejar el mar, todo el mundo supo de qué padre habían nacido.

Para entonces, cansado de esperarla, Jerónimo se había casado y había fundado una familia. Después de diez años de separación no podía pedirle que abandonara todo y se fuera a vivir con ella. Además, ya no lo quería y empezaba a deslizarse en su alma ese desafecto hacia las cosas del corazón. Ni sus viejas amigas desalentadas, ni esas mujeres que veía ahora inquietas por los alborotos del amor podían darle la réplica adecuada. Quería contemplar cuadros, escuchar música, estudiar filosofía. Tenía la intención de inscribirse en la Sorbona y cada noche, al abrir un libro, le daba silenciosamente las gracias a su autor por haberlo escrito. Por las mañanas visitaba el Louvre y pensaba ir unos días a Italia para visitar los museos de Roma, Florencia y Venecia. Ángela no la acompañaba en sus excursiones artísticas, pero había conocido a un hombre que tenía los mismos intereses que ella. Se llamaba Enrique y era tan reservado que habría resultado indiscreto preguntarle dónde había nacido y cuántos años tenía. Trabajaba como profesor de castellano y su minúsculo sueldo apenas le permitía pagar el alquiler de un apartamento en el cual solo había un sofá cama, un tocadiscos y multitud de libros de ediciones baratas. La había invitado a tomar el té y se lo sirvió en una taza desportillada, pero muy limpia. Enrique creía que los pintores, escritores y compositores trabajaban para él ofreciéndole sus obras. Estaba al tanto de todo lo que ocurría en el mundo del arte. Iba a las iglesias donde presentaban conciertos gratuitos y no tomaba vacaciones, sino que durante los días feriados viajaba a las diferentes ciudades de Europa a visitar museos y castillos. Entre erudito y asceta, ella habría aceptado vivir a su lado si se lo hubiera pedido. Pero a Enrique le gustaba la soledad. Pasaba a buscarlo a la salida de la escuela donde dictaba sus cursos de español y lo llevaba al cine y después a un restaurante, lujos que él no podía permitirse. Le regaló una gabardina forrada con piel para que no tiritara por las calles de París y él, agradecido, le hizo la lista de los libros que era imprescindible leer, desde los griegos hasta los autores contemporáneos, con el fin de salir de la ignorancia. Ella los compró casi todos metiéndolos en tres baúles que pensaba mandar por barco a su regreso.

A eso aspiraba, a una vida de lecturas y reflexión. Levantarse temprano, tomar una taza de té sin azúcar, limpiar la enorme casa que había heredado de sus padres y, por la tarde, ponerse a leer hasta el momento de salir a recoger a sus nietos del colegio porque sus cuatro hijas trabajaban y ella no quería dejarlos en manos de sirvientas obtusas que podían malearles el carácter. Tenía por delante muchas lecturas para intentar descubrir el cómo y el porqué de las cosas. En la Sorbona pensaba permanecer un tiempo para iniciarse en la filosofía y volvería unos años después con su diploma de bachillerato a fin de inscribirse como Dios manda. A esas alturas sus nietos estarían ya formados y no tendrían necesidad de su protección. La sola idea de que iba a dejar atrás sus compromisos de esposa, madre y abuela la hacía sentir liberada. En su familia las mujeres envejecían lentamente y morían muy viejas conservando una buena salud física y mental. Por primera vez en su vida era libre y podía hacer lo que quería. Pero la experiencia tenía algo de insidioso: casi siempre llegaba demasiado tarde y resultaba imposible comunicársela a los demás. ¿La escucharía Isabel, esa mujer de ojos vencidos que según le contó Ángela de Alvarado había hecho estudios de Derecho y había llegado a París como diplomática? No, seguramente se aferraría a Claude con tal de darles a sus hijas una educación laica. Eso le había dicho Virginia añadiendo que su prima creía estar enamorada de ese mequetrefe.

Los latinoamericanos llegaban como hordas, pensaba Claude sintiendo que se enloquecía de rabia, ponían el tocadiscos a todo volumen y bailaban al ritmo de danzas salvajes. Por suerte él no había gastado un franco en whisky y picadas, pero aquel apartamento le pertenecía y los invitados de Isabel parecían ignorarlo. Si al menos fueran obreros y no burgueses incapaces de un gesto de solidaridad hacia la miseria humana. Sin saber por qué, odiaba especialmente a los favorecidos del tercer mundo, que desde la Conquista habían torturado y esclavizado a los indios y a los negros. Isabel venía de ese medio, descendía de hombres y mujeres altaneros y acostumbrados a imponer su voluntad. Bastaba verle su porte y sus maneras, a pesar de que era amable con la gente. Casi le había dado un ataque el día que sus compañeros de estudios en la escuela del partido tuvieron la calamitosa idea de pasar a recogerlo en su casa. Isabel les abrió la puerta y los invitó a entrar sin reparar aparentemente en su aspecto de hombres salidos del pueblo. Ellos, en cambio, se dieron cuenta de su elegancia y del cuadro en el cual vivían. En el trayecto hacia la escuela le hicieron preguntas cautelosas y él se vio obligado a inventar que Isabel era una exguerrillera refugiada en Francia. De regreso al apartamento tuvo una crisis de cólera y le prohibió volver a abrir la puerta entre las ocho y las diez de la mañana, horas durante las cuales sus condiscípulos podían venir a buscarlo. La dejaba ir sola a hacer el mercado por miedo a que los miembros del partido que vivían en su barrio la conocieran.

A Isabel no tenía manera de ubicarla: desentonaba en su familia a causa de sus ideas liberales que exponía con desenfado y tampoco podía presentarla a sus compañeros, que verían en ella a una burguesa. Quería guardarla para él solo y su necesidad de hacer traducciones la mantenía encerrada en la casa. Solo sus amigas y sus primas se obstinaban en visitarla rompiendo la alambrada que él había puesto a su alrededor. Desconfiaba de los latinoamericanos porque con ellos podían llegar los españoles que años atrás habían intentado envenenarlo. Juana decía que esa historia era fruto de su imaginación, pero los hechos no podían negarse.

Fue abofeteado en público y al día siguiente encontró la puerta de su apartamento forzada y dos ratas muertas junto al mueble que le servía de despensa; más aún, en la nevera encontró un huevo agujereado. Tuvo tanto miedo que botó todos los alimentos junto con toallas y sábanas y se instaló en casa de sus padres durante nueve meses. Donde ellos se sentía protegido como si en esa mansión que tanto odió en su niñez no pudiera ocurrirle nada. Le contó todo a su madre, que se mostró comprensiva y llena de generosidad. En ningún momento puso en duda sus temores. Le compró ropa para la casa y ella misma bordó sus iniciales en las toallas y servilletas. Un día le dijo: «Claude, creo que tus enemigos se fueron de Francia y puedes regresar a tu apartamento». Y en efecto comprobó que nadie lo seguía y encontró intacta la nueva cerradura colocada antes de partir. Volvió a visitar a Juana en la semana. El sábado que conoció a Isabel fue para probarse a sí mismo que no temía a los españoles. Estaban en todas partes, en casa de Juana, pero también en los grupos de Testigos de Jehová que empezaron a acosar a Isabel apenas vieron su nombre en el buzón del correo. Los españoles, a pesar de lo que decía su madre, no le perdonaban el haberlos insultado. De noche, cuando después de aparcar el automóvil regresaba a su casa, oía sus voces cuchicheando en la oscuridad. Fingían salir del cine para espiarlo. Curiosamente, la impresión de ser seguido se había acentuado desde que conoció a Isabel, como si a los españoles les disgustara verlo en compañía de uno de ellos, pues Isabel nada tenía de mestiza, pese a la historia que contaba según la cual una de sus bisabuelas se había enamorado de un indio y de esos amores habría nacido la madre de su padre, algo perfectamente escandaloso a ojos de su familia, católica y conservadora. Solo su hermana Geneviève, que había viajado mucho por América Latina, decía que podía ser verdad, dada la fisonomía de Isabel. En todo caso los españoles no lo perdían de vista y Virginia, amiga de ellos, había encontrado la manera de

181

introducirse en su casa con el pretexto de organizar una fiesta para darle ánimos a su prima. Esa situación jamás se volvería a repetir.

Como se atrapa a alguien a punto de ahogarse, pensaba Florence, Virginia la había ido a buscar a su cuarto para traerla a aquella reunión. Nunca pensó que caería tan bajo. Jérôme la dejó por un hombre botándola de paso del almacén y le tocó recurrir a la caridad de sus antiguas amigas ofreciéndose a planchar las camisas de sus maridos. Iba al trabajo con su abrigo de visón, lo único que le había quedado de su naufragio, y planchaba cuatro horas por las mañanas y otras cuatro por las tardes, ganando lo estrictamente necesario para sobrevivir. Ahora comprendía por qué los obreros hacían huelgas y veía como un escándalo las diferencias de salario. Al principio sus amigas iban a la pieza donde planchaba y le ofrecían un café, luego dejaron de hacerlo y sin darse cuenta se volvieron sus patronas.

También ella había cambiado. Lo descubrió un día frente a la vitrina de un gran almacén cuando vio venir a su encuentro una mujer mal peinada, de hombros caídos y expresión abatida que se le parecía confusamente. Al comprender que era su reflejo pensó: «Dios mío, qué vieja estoy». En ese momento una gitana quiso leerle las líneas de la mano, pero la rechazó con un ademán de disgusto. Su porvenir había sido trazado desde que Pierre le pidió el divorcio. Jérôme representaba apenas una piedra a la cual se había asido un momento antes de caer al fondo del precipicio. Y pensar que Isabel, con ese apartamento, se permitía el lujo de tener una depresión nerviosa. Se lo diría en la primera oportunidad, que se dejara de necedades y conservara al hombre que quería ser su marido aunque no lo soportara sexualmente. Los hombres pedían muy poco: media hora por la noche y el resto del tiempo la dejaban a una en paz, permitiéndole disfrutar de las cosas buenas de la vida: vestirse bien, disponer de un automóvil y pagarle a una muchacha para que hiciera el oficio. Ahora que había descendido al nivel de una sirvienta recordaba con nostalgia sus años al lado de Pierre, añorando rabiosamente sus ventajas materiales, el apartamento, la mansión de Normandía y el hecho de poder comprarse un sastre elegante e ir dos veces por semana al salón de belleza. Pierre era tacaño, pero le daba los medios de lucir bien. Además le entregaba cada mes una suma de dinero destinado a cubrir los gastos de la casa y como se las sabía arreglar podía hacer ahorros a pesar de recibir perfectamente a los invitados. Era el ama de casa ideal: se levantaba muy temprano a pasar el aspirador, meter la ropa en la lavadora e ir al mercado para comprar los ingredientes de las recetas de cocina que le permitían preparar sus cenas maravillosas. Aunque no hubiera invitados le servía a Pierre unos platos que parecían salidos del horno de un gran cocinero. Avaro en sus alabanzas, Pierre se veía obligado a afirmar que no tenía necesidad de ir a restaurantes para comer como un rey.

¿De qué servía seguir pensando en eso? Y sin embargo la memoria del pasado le permitía seguir de pie. A su alrededor había personas que la miraban como si fuera una pobre mujer arrastrándose por las calles de París. Solo delante de Virginia y Louise podía evocar aquellos años de riqueza, cuando recibía a lo más granado de la sociedad parisiense. Sus recuerdos tendían a confundirse, pero había uno grabado en su memoria con sorprendente nitidez: la fiesta en casa de la marquesa de Epineuseval. Entre los invitados circulaban los adultos de la familia y el resto, los viejos y los niños, estaban sentados en unas gradas instaladas para la ocasión, como en un estadio, y todos parecían vestidos de la misma manera y tenían un aire etéreo de enfermos. Fue Gaby la primera en advertirlo y añadió: «Se imaginan que les servimos de bufones». De inmediato se presentó a ellos diciéndoles: «Mucho gusto, soy la princesa del Putumayo». Lo más cómico fue que se creyeron el cuento y se pusieron de pie haciéndole una reverencia. Muy pronto se propagó la noticia de que ella, Florence, había venido en compañía de una aristócrata latinoamericana y sus amigos le reprochaban el haberlo ocultado. La marquesa de Epineuseval parecía desconcertada. «Si es princesa, es hija de rey», le oyó decir, «pero ¿dónde está el Putumayo?». «Debe ser un reino fundado por uno de los conquistadores», comentó un presuntuoso. Total se armó el gran desorden, la gente inclinaba la cabeza al paso de Gaby y ella, Florence, no sabían cómo aguantar las ganas de reír. Además las dos copas de champaña que había bebido se acumulaban en su vejiga siempre estrecha y se moría por ir al baño, pero no se atrevía a dejar sola a Gaby, pese a que la veía interpretar muy bien su papel. Finalmente venció el miedo del escándalo que podía estallar de un momento a otro y aprovechó un instante en que estuvieron alejadas de los invitados para suplicarle partir cuanto antes. «Tienes razón», le dijo Gaby, «en una situación como esta Napoleón habría asegurado que la mejor estrategia es la huida».

Ya en la calle soltaron la risa y ella no pudo retenerse y se escondió detrás de un automóvil para orinar. Gaby decía: «La princesa del Putumayo tiene una amiga incontinente» y ambas estallaron en una gran carcajada. Era luna llena y por una vez el cielo de París estaba despejado. Caminaron una cuadra hasta el automóvil, pero la brisa de la calle la embriagó y Gaby tuvo que manejar. La condujo a su casa y luego tomó un taxi para regresar a la suya. En esa época Gaby era encantadora. Alegre y desenfadada, se burlaba del mundo entero. En una ocasión fueron al museo Rodin y como estaban haciendo reformas habían suspendido el sistema de alarma. En el tercer piso Gaby descolgó un dibujo del escultor y mientras ella temblaba de pánico bajaron la escalera y Gaby, con el dibujo en la mano, se acercó a la oficina de la dirección del museo y le dijo a una secretaria lívida de espanto que era escandaloso dejar las obras de Rodin a la merced de cualquier ratero. La secretaria le dio las gracias prometiéndole que pondrían guardias en todos los salones del museo. Esa era la Gaby que ella quería.

¿Cómo pudo tratarla tan mal la última vez que fue a su apartamento? Le hizo lo mismo que sus antiguas amigas le hacían a ella ahora, despreciarla porque carecía de dinero. Quería decirle que se arrepentía, pero Gaby no le guardaba el menor rencor, le había explicado Louise; más aún, le estaba profundamente agradecida por haberle procurado, gracias a Eve, los remedios durante los primeros meses de su enfermedad.

¿Y si aceptaba la propuesta de López?, se preguntaba Olga indecisa. López había llegado de incógnito a París con su dirección y una caja de bocadillos que su madre le mandó. Se había envejecido, pero conservaba su buen humor y su capacidad de hacerla reír. Quería ir a visitar los castillos del Loire. Ella lo acompañó y de viaje en viaje López dejó de ser el amigo de su padre que le contaba cuentos infantiles para convertirse en un hombre de ojos apremiantes que le declaraba su amor en cada etapa. Al regresar a París le prometió darle los hijos que quisiera tener. Ese detalle tan banal la conmovió. En todos esos años de relaciones amorosas, Roger no había dejado de usar preservativos dizque para no crearles traumas a los hijos nacidos del vientre de su esposa. Y ella, en resumidas cuentas, quería fundar una familia. Entre ser la amante de un Roger todavía en sicoanálisis, frágil como una doncella, y volverse la esposa de López no cabía la menor vacilación. Quedaban, sin embargo, dos problemas: pensar en instalarse en Bogotá la deprimía y no sabía cómo era el comportamiento sexual de López, que no quería hacer el amor antes del matrimonio, lo cual significaba de dos cosas una, o estaba enamorado de ella de manera romántica o tenía miedo de decepcionarla. Empezó a amarlo en un restaurante, cuando por broma tomó sus manos y López le acarició la yema de los dedos. No pudo contenerse y poniendo la otra mano en su nuca le acercó la cara a la suya y lo besó, ante el indignado asombro de sus vecinos de mesa, que seguramente los creían padre e hija. López le confió que la había amado locamente cuando ella tenía doce años, pero que no se atrevió a decirle nada. Solo le habló de eso a Juan Velázquez, su compañero de fiestas, en cuyo hombro lloraba de desesperación. Luego su padre la había traído a Europa y él nunca más había vuelto a verla. Su encuentro de ahora era una segunda oportunidad que le ofrecía la vida.

López le decía cosas muy bellas, pero no pasaba al acto, ni siquiera la noche que lo llevó a su apartamento y lentamente se desnudó en su presencia. Porque hacía frío conservó sus medias, de lana, con líneas de colores fuertes, que habían estado de moda hacía unos años. López las miró con horror. «Pareces una futbolista», comentó sin moverse de su puesto. Ella se las quitó, se acercó a él y lo hizo desvestirse. Se acostaron juntos sobre la alfombra de la sala. Quería ver su miembro inerte en erección, ser penetrada por él una y otra vez y se excitaba pensando en los orgasmos que la esperaban. En vano, López no reaccionó. Por lo demás, ¿cómo podía hacer el amor si había bebido una botella de ginebra y una de whisky antes de acompañarla a su casa? Le dijo francamente que no quería tener hijos de un alcohólico, pero él se limitó a responder que los encargarían a las seis de la mañana, cuando le hubieran pasado los efectos de los tragos de la noche anterior y antes de comenzar una nueva fiesta. En medio de su desorden, López tenía una afilada lógica que la inquietaba. Así, había llegado a París un mes después de la muerte de su padre, de quien era gran amigo, pero en vida de Raúl Pérez jamás se habría atrevido a solicitarla en matrimonio. Eso ella lo intuía como sabía que López estaba al corriente de la importante fortuna que su padre le había legado. Sin embargo, aquel tipo de reflexiones podía volverla paranoica y dañarle la existencia. Virginia decía que en la vida había que hacer «como si» y los problemas se arreglaban. No lo pensaría más: haría como si López la amara, se casaría con él y tendría varios hijos.

6

Después de meses de depresiones, sicoanálisis y somníferos, Isabel había decidido abandonar a Claude. No soportaba su presencia. De noche fingía dormirse de inmediato y se alejaba lo más posible del centro de la cama a fin de no rozar su piel. Oírlo hablar durante las cenas la sumía en un estado de cólera silenciosa que le provocaba crisis de sofoco. Debía ir al salón, abrir una ventana y con el aire de la noche recuperar poco a poco su respiración. Había extraviado cinco veces los documentos del divorcio, ora los dejaba en su casa, ora los perdía en el metro. Lloraba tanto y se sentía tan desdichada que un día había ido a ver a la siquiatra de Geneviève y entre lágrimas le dijo que estaba loca porque, pese a tenerlo todo para ser feliz, era profundamente desgraciada. La mujer, en cuyas tranquilas pupilas parecían reflejarse las pálidas flores del equilibrio, le preguntó quién le había dado su dirección y cuando ella empezó a explicarle las cosas la interrumpió: «Así que vive con Claude, el hermano de Geneviève», dijo. «Usted no tiene nada de loca, pero necesita un sicoanálisis.» Y ahí mismo cogió la bocina del teléfono y llamó a un médico amigo suyo en el hospital Saint-Jean pidiéndole que la recibiera cuanto antes.

Ella, Isabel, había leído varios libros de Freud, pero nunca pensó que la perspectiva de hablarle de su vida a un sicoanalista la angustiaría tanto. La víspera de la cita no pudo dormir a pesar de los somníferos y cuando subió al metro para ir al hospital el corazón le latía de espanto. En la sala de espera había personas de expresión abatida y mirada ya inquieta, ya febril. Una enfermera vino a buscarla y le anunció que el doctor Gral la atendería en el consultorio número tres. Al entrar vio a un hombre tan hermoso que no pudo contenerse y le dijo de sopetón: «Qué bello es, estoy segura de que me voy a enamorar de usted». La cara del doctor Gral se contrajo como si hubiera recibido un balde de agua hirviente, pero un segundo después recuperaba su expresión impávida y el sicoanálisis comenzó. Ella se acordaba que de niña, cuando tendría dos años de edad, deseaba a su padre, o más bien, deseaba que la mano de su padre acariciara su sexo. Eso ocurría todos los días hacia las seis de la tarde, antes de cenar. Su padre regresaba del trabajo y se acostaban juntos en su cama de lona. Entonces se ponía a contarle cuentos inventados para ella en los cuales aparecían cantidades de animales feroces, tío tigre, tío león, tío oso, que eran ridiculizados por la astucia de Buny, el conejo, personaje con el que ella se identificaba. Buny era pequeño y frágil, pero tenía suficiente inteligencia para ganar todos los combates. Mientras le refería aquellos cuentos, su padre le acariciaba una pierna y ella anhelaba con desesperación que su mano subiera un poco más, hasta su intimidad. Después se enamoró del padre de Gaby, tío Julián, que la hacía saltar sobre sus rodillas y esa misma capacidad de deseo la había ido desplazando hacia otros hombres hasta encontrarlo a él, el doctor Gral. Tuvo que vencer una montaña de escrúpulos antes de hablarle de Claude. Al referirse a él, decía: «El hombre con quien me voy a casar», y cuando el doctor Gral le preguntó cuál era su nombre descubrió asombrada que había pasado dos meses sin decir cómo se llamaba.

Mientras más avanzaba en su sicoanálisis, más se alejaba de Claude. Le parecía infantil su ambición de cambiar el mundo llevándose de cuajo los deseos de la mayoría de los hombres, le chocaba verlo aparecer trayendo en las manos palomas asesinadas y odiaba su hipocresía de echar pestes contra los burgueses gozando al mismo tiempo de la fortuna de su familia. En otras palabras, el sicoanálisis le había permitido descubrir la realidad: no lo amaba y ni siquiera estaba enamorada de él. Pero no podía abandonarlo sin conseguir un trabajo que le permitiera salir a flote con las gemelas. Utilizando sus influencias, Virginia le encontró un empleo de traductora en la Unesco y ella vio al fin el camino de la liberación.

Por esos días Claude se había engarzado en una pelea con un policía a quien le reprochaba el perseguirlo poniéndole multas porque aparcaba su Mercedes en el paso de peatones, lo que era verdad, pero Claude no quería reconocerlo y había buscado un abogado para entablarle un pleito. De ese modo conoció al policía en cuestión y una noche lo siguió hasta el metro con el propósito de explicarle la teoría marxista y cómo era utilizado por los enemigos del proletariado. El pobre policía lo creyó loco y aterrado echó a correr por las galerías del metro mientras Claude lo perseguía cantándole *La Internacional*. Regresó al apartamento con la cara roja y feliz de su hazaña. «He sembrado la duda en su conciencia», le comentó a ella. En realidad había sembrado el pánico porque el policía no volvió a aparecer y fue reemplazado por otro más experimentado, que apenas encontró el Mercedes en el paso de peatones hizo venir una grúa y a Claude le tocó ir a un depósito y pagar una multa para recuperarlo.

En esa crisis estaba cuando ella, Isabel, le anunció su decisión de partir con las gemelas. Claude se precipitó a ver a un médico comunista y quién sabe qué le dijo, el hecho fue que consiguió una prescripción con remedios para los locos furiosos y esa misma noche la despertó a ella, que tenía gripa, diciéndole que había olvidado tomar la aspirina antes de acostarse. Embrutecida por los somníferos se tragó aquella pastilla que de inmediato le paralizó el cuerpo desde la cintura hasta los pies. Una de las gemelas, también agripada, dormía a su lado y cuál no sería su horror al ver que Claude le metía algo en la boca. Alcanzó a decirle que no tomara nada antes de que Claude la tirara al suelo de un manotazo. Allí pasó la noche, tendida al pie de la cama y, al amanecer, cuando se arrastraba hacia el otro extremo de la habitación tratando de alcanzar el teléfono para alertar a sus primas, dos hombres le pusieron una camisa de fuerza y la llevaron en ambulancia al hospital Saint-Jean. La dejaron en un cuartico mientras el interno de guardia intentaba desenhebrar los hilos de aquella insólita situación pues ningún médico había ordenado su reclusión y el hombre que la exigía parecía mil veces más loco que ella. Entre tanto uno de los camilleros de la ambulancia entró en el cuartico y la violó diciéndole: «Denúnciame si quieres, será una prueba más de tu locura». Eso ella lo comprendió muy bien: no podía caminar, no lograba ni siquiera articular una palabra, pero su mente permanecía lúcida. Finalmente el interno llamó por teléfono al doctor Gral, jefe de siquiatría del hospital Saint-Jean, y este le ordenó recibirla en el acto y hacerla entrar en su consultorio para protegerla de Claude. Al menos esa fue la explicación que le dio después, cuando vino a verla hacia las seis de la mañana acompañado de un perro.

Era uno de esos domingos de verano en los cuales el calor perseveraba de día y de noche. Muchas de las pacientes del doctor Gral estaban desnudas y las enfermeras no daban abasto para cuidarlas. Ella, Isabel, se quedó en la cama donde la habían depositado y esperó a que se le pasaran los efectos de la droga que Claude la había obligado a tragar. Solo al día siguiente pudo llamar por teléfono a Virginia para que viniera a buscarla. Juntas fueron al apartamento de Claude y ella, Isabel, le exigió entregarle las llaves de la casa y lo botó a la calle amenazándolo con ponerle un pleito por haberle dado aquellos remedios y encerrarla luego en un manicomio. Al principio asombrado y furioso de verla liberada, Claude se desmoronó ante el peligro de verse en la cárcel. Mientras ella entraba en el baño para bañarse, abrió muy grandes sus ojos enloquecidos y como si comprendiera por primera vez lo que estaba ocurriendo le dijo a Virginia: «Ahora sí que la perdí». Pero Virginia no se dejó conmover y sacando una maleta de un armario le ordenó meter sus cosas en ella y largarse cuanto antes hasta que su prima encontrara un apartamento. Así se lo contó a ella, Isabel, más tarde, mientras bebían un té caliente y encendían un cigarrillo. Después Virginia la convenció de que la acompañara a la casa de campo donde Thérèse pasaba vacaciones en su compañía. La casa, propiedad del primer marido de Thérèse, tenía tres pisos, jardín, piscina y estaba muy cerca de París. Maurice había recuperado a las gemelas y a ella le parecía tétrico pasar la noche en el mismo apartamento donde dos días antes Claude la había profanado pues se sentía ultrajada en lo más profundo de su integridad. La noticia de su internamiento en un manicomio se había regado por todas partes y el teléfono no cesaba de repicar. Virginia respondía y les daba a sus amigas la dirección de Thérèse. Al fin se fueron y antes de salir de París hicieron compras en un mercado para no abusar de la hospitalidad de su anfitriona.

Thérèse las vio llegar con una secreta angustia. Pese a lo ocurrido, Isabel estaba muy bonita y a Lucien le gustó de inmediato: se echó hacia atrás los cabellos y le lanzó una mirada inquisidora a la punta de sus mocasines de cuero, signo de que le interesaba una mujer. Lucien había sido su amante y ahora que se había casado y su esposa esperaba un hijo le tocó a ella valerse de toda clase de artimañas para convencerlo de pasar una noche en su casa, segura de que solo esa vez volvería a hacer el amor con él. Lucien era un mago que conocía de sobra los secretos de su cuerpo y ella había pasado todo el verano esperando aquel instante. Pero Isabel aparecía ahora y podía llevarse sus planes al agua. La historia de su encierro en un hospital siquiátrico había despertado la indignación de Lucien y su aspecto fino, de mujer de buena estirpe, suscitaba su deseo. Alguna vez había pensado que Lucien e Isabel estaban hechos el uno para el otro. Tenían la misma sensibilidad y venían del mismo medio social. Si los hubiera presentado vivirían juntos y ella no lo habría perdido del todo, gracias a sus relaciones con Virginia. La esposa de Lucien era una arpía celosa que se apresuró a quedar embarazada para ponerle la argolla en la nariz, como a los osos amaestrados, y le prohibió ver a sus antiguas amantes. Ella no pedía mayor cosa, pasar una noche con él de vez en cuando y conservar su amistad. Lucien la aceptaba tal como era, gorda y vulgar, aun si no podía amarla. Pero apreciaba su cocina, su sentido del humor y su capacidad de comprender a la gente.

Mucho había aprendido desde hacía unos meses. Echar el tarot le enseñaba más que cualquier clase de sicología en una universidad: bastaba con sugerir dos o tres ideas y escuchar a sus clientes. La ambición y el amor eran los temas que les interesaban. A ella le parecía enternecedor oírles preguntar si ganarían las elecciones u obtendrían un ascenso en la empresa o lograrían conquistar a una mujer. Daba por sentado que eran buenos: los hombres malos no vacilaban consultando a una vidente. Lo mismo pensaba Octavio, su profesor de astrología, a quien le pagaba dos mil francos mensuales por ocho horas de lecciones durante los fines de semana. Dejando de lado su mal carácter, Octavio era un amante excelente y ella no comprendía por qué su esposa Anne lo rechazaba. Formaban una pareja maldita pues pese a sus múltiples aventuras seguían viéndose y salían juntos. Se había vuelto muy amiga de Anne y esperaba recibirla esa noche, sin temor, porque no pertenecía a la clase de mujeres que interesaban a Lucien. Como Anne era fea formaban parte del mismo equipo. Les tocaba seducir a los hombres a fuerza de inteligencia. También de generosidad: había que minimizar sus defectos y exaltar sus cualidades agradeciéndoles en su interior el haber reparado en ellas. Las mujeres bonitas podían permitirse el lujo de mostrarse reticentes y seguramente eran más comedidas en la cama. Pero hasta eso excitaba a los hombres, que veían en cada paso atrás del pudor una conquista, en cada renuncia una batalla ganada. Anne y ella no podían contenerse y se venían de inmediato.

¿Qué hombre iba a aceptar acariciarlas hasta darles el placer? Ellas no podían permitirse tales remilgos, concluyeron el día que hablaron de eso.

Apenas Claude llegó a su apartamento y le contó sus desventuras, ella, Geneviève, decidió seguir a Isabel para recuperar las llaves y mantenerse enterada del curso de las cosas. Al entrar en aquel salón, comprendió cuán desatinada era su empresa pues las primas de Isabel la protegían como escoltas. Además era evidente que Virginia desconfiaba de ella pese a haberle dado la dirección de Thérèse. Y sin embargo pocas personas comprendían como ella lo que Isabel había debido sufrir drogada a la fuerza y encerrada en un manicomio con mujeres que daban alaridos y enfermeras que las trataban de cualquier modo. Para evitar eso justamente ella iba a una clínica privada. Reprendió a Claude con dureza hasta hacerle perder su aire impertinente de soy yo quien tiene la razón y a pesar de lo bien que se había comportado con ella cuando Benoît la abandonó. Claude fue un ángel. Pasaba a su lado el día entero temiendo la irrupción de una crisis, la llevaba al cine y le compraba chocolates porque había oído decir que estos contenían magnesio y ahuyentaban la depresión. Pero crisis hubo y por primera vez temió no salir nunca de ella. Estuvo mes y medio encerrada en la clínica tomando los remedios que probablemente Claude le había hecho beber a Isabel, hasta perder la noción del tiempo y olvidar la traición de Benoît.

Todo eso pasó tan rápidamente que no tuvo manera de defenderse. Una noche, cenando con Anne, Isabel y Gaby, hablaban de las conquistas del feminismo cuando de pronto Benoît se enfureció y salió de su apartamento dando un portazo. Al día siguiente ella fue a su casa para hacer las paces y encontró a una muchacha instalada allí con sus cosas metidas en una maleta barata. Muy joven, de unos veinticinco años, parecía tan determinada que a ella no le cupo la menor duda de que era la amante de Benoît desde hacía un tiempo. Después se enteró de que había ayudado a Benoît a redactar su libro. Aquello resultaba el colmo: ella le había permitido ordenar sus confusas ideas sobre el comportamiento de los jóvenes, la otra se las escribía y él firmaba el libro y aparecía en la televisión. Pero lo que más le dolía era saber que había sido la querida de Benoît durante meses sin que ella se enterara de nada. Ahora se explicaba sus silencios, sus comentarios irónicos, su exasperación. Debía verla como un obstáculo, a ella, Geneviève, que con un chasquido de dedos podía obtener al hombre que quisiera a pesar de sus cincuenta años. Esa idea le permitió sobrevivir.

Cuando por primera vez fue a un cóctel, después de cuatro meses de encierro, sedujo a Alain, un ingeniero que se ganaba muy bien la vida, sobrino de uno de los filósofos más conocidos de Francia y relacionado, gracias a su mujer, con el mundo de la prensa. Desde el principio le exigió el matrimonio porque no quería repetir la historia de Benoît. Y justamente Alain se había ido a pedirle el divorcio a su esposa en Bretaña, donde solían pasar juntos las vacaciones de verano. Le hizo prometer que le enviaría todos los días una carta y desde las siete de la mañana empezaba a esperar la llegada del correo. Sin embargo nada de eso le impedía tener amantes y mucho le gustaría conquistar ahora a Lucien, ese hombre tan guapo amigo de Thérèse.

Los propósitos de Geneviève eran tan evidentes que Gaby se sentía incómoda. Pensaba en la esposa de Alain, que debía estar sufriendo el infierno. Imaginaba a Alain, a quien había visto en compañía de Geneviève varias veces, obligado a romper treinta años de matrimonio feliz para complacer los caprichos de una mujer que ni siquiera en esos momentos difíciles le era fiel. Bonita manera de comenzar una relación amorosa. Como Claude, Geneviève creía que todo le estaba permitido. Ambos se escudaban detrás de vagas excusas, su sacrificio de escritor para Claude, la traición de Benoît para Geneviève. Con esos pretextos se llevaban el mundo por delante y que los demás se las arreglaran como pudieran. Lo que Claude le había hecho a Isabel era simplemente horrible: obligarla a tragar remedios destinados a locos, llevarla a un manicomio y dejarla sola permitiendo que un camillero la violara. Por suerte Isabel podía abandonarlo ahora que gracias a Virginia había conseguido un empleo. Trabajaría, educaría a las gemelas y haría su vida. Seguramente en su destino habría otros hombres, aunque no la imaginaba teniendo aventuras como ellas. Isabel era muy formal e inclinada a tomar en serio las cosas del amor. Se casaría de nuevo, a menos que su decisión de convertirse en escritora, revelada en buena parte por el sicoanálisis, le llenara del todo la existencia. En fin, el capítulo de Claude estaba terminado. De ahí a dos semanas Isabel empezaría a trabajar y entonces podría olvidar la conmoción de aquel atropello reduciendo poco a poco su consumo de somníferos a fin de tener la mente clara.

El trabajo poseía virtudes terapéuticas. Nada mejor que despertarse y saber que había que salir corriendo para cumplir una cita en lugar de quedarse en una cama removiendo las llagas de una pena. Y conocer gente e interesarse en las cosas. Ella tenía amigos en cada una de las grandes ciudades europeas y le bastaba con llamarlos por teléfono para ir a cenar en su compañía a los restaurantes de moda. A veces se trataba de antiguos amantes cuya amistad había conservado, pero con más frecuencia eran periodistas encontrados durante sus reportajes. Nada podía unir tanto a las personas como soportar juntos la adversidad y el miedo. Trabajando había encontrado a Sven, un sueco que desde los dieciocho hasta los veinticinco años había tenido relaciones incestuosas con su madre, liberándose para siempre de todas sus inhibiciones. Vivió a su lado una aventura apasionada y febril, que, como un alucinógeno, le permitió llegar al fondo de sí misma, pero tuvo la mala ocurrencia de presentárselo a Anne y Anne se lo quitó. Eso le produjo un malestar parecido al que sentía ahora viendo a Geneviève coquetearle a Lucien. Soportaba mal la falta de solidaridad. Las teorías feministas se iban a pique si las mujeres actuaban entre ellas como rapaces. A Geneviève parecía importarle un comino lo que la esposa de Alain estaba padeciendo y Anne no se había preguntado un minuto lo que ella sentiría al perder a Sven. En realidad sufrió poco porque ya no le apostaba al amor para ser feliz, pero le disgustó que una de sus amigas se comportara así. Cuando al cabo de un mes Sven la dejó, Anne se precipitó a reconciliarse con ella. Fueron juntas a un restaurante ruso y comieron caviar acompañado de cócteles de champaña. Al salir a la calle y recibir sobre la cara el viento frío de la noche se embriagó y se le dio por reír a carcajadas. Se reía de Anne, de ella misma y de aquella absurda historia de piratería amorosa que había amenazado una amistad de diez años. Mientras caminaban hacia los Champs-Élysées, Anne trataba de calmarla, pero solo recobró su sano juicio en el calor del taxi que la condujo a su estudio.

Aceptaban la frigidez, la mezquindad y los maltratos con tal de tener la ilusión de que formaban una pareja feliz, pensaba Aurora observando a Isabel que bebía a pequeños sorbos un jugo de naranja. Le indignaba que Isabel se hubiera colocado en tal situación de inferioridad que Claude se permitiera encerrarla en un manicomio. Pues mucho debía de despreciarla en su fuero interno para infligirle semejante trato. Esas cosas no ocurrían de un día para otro. Entre ellos se había establecido desde el principio una relación de fuerza y simbólicamente Claude había ganado. Pero ¿qué podía esperarse de un desequilibrado que mataba palomas y ahogaba gaticos? Cinco veces, le contó Isabel, se había quedado en la situación más incómoda esperando que una gata callejera diera a luz para ahogarle su cría. En una ocasión permaneció un mes sin calefacción ni electricidad en la casa de campo de Juana, cuando todo el mundo se había ido por la llegada del invierno, hasta que parió una gata que merodeaba por los alrededores. La encerró en un cuarto, cogió a los animalitos recién nacidos y los ahogó en un riachuelo cercano. Y con ese hombre Isabel pretendía compartir su vida. De haber estado en su lugar hubiera regresado a Barranquilla aunque las gemelas se vieran obligadas a estudiar religión. También ella había aprendido el catecismo y había olvidado todas esas tonterías al salir del colegio. Si al menos Isabel reconociera la verdad. París era una gran ciudad donde la pobreza no resultaba humillante y las aventuras amorosas se encontraban a montones. Eso las incitaba a quedarse allí. Gaby, su tía Virginia y todas las otras buscaban en París la libertad de hacer lo que quisieran, ahuyentando prejuicios y críticas. Pero Isabel, con sus aires de niña de primera comunión, se extraviaba en laberintos imposibles antes de reconocer la simplicidad de las cosas. Si había decidido abandonar a Claude era porque el doctor Gral andaba en los recovecos de su deseo. El día menos pensado les diría que estaba enamorada de él. Mientras tanto habría otros, como ese Lucien que parecía estar bajo el ala de gallina clueca de Thérèse y que Geneviève trataba en vano de seducir.

A Lucien no le gustaba hacer sufrir a Thérèse, pero aquel era su último día de vacaciones y quería cerrar la noche con broche de oro. Se sentía perfectamente enamorado de Isabel, esa mujer bonita que parecía estar en carne viva. Lo fascinaba su aire recatado y su frágil aspecto de porcelana que en cualquier momento podía romperse. Maldecía en secreto al hombre que la encerró en un manicomio y al miserable que la violó. Si los tuviera a su alcance les pegaría hasta fracturarles la cabeza. Porque Isabel despertaba en él el deseo de protegerla y, al mismo tiempo, las ganas de hacerle el amor, sin brusquedad, pero con la firme intención de darle placer. Diane lo había encerrado en el callejón sin salida del matrimonio, donde todos los días eran iguales y la vida dejaba de ser una aventura para convertirse en rutina. Le mintió haciéndole creer que seguía tomando la píldora anticonceptiva y un buen día le anunció que esperaba un bebé. Presionado por la familia de Diane, católica hasta el paroxismo, se vio obligado a casarse con ella. La ceremonia le pareció el entierro de su vida de soltero feliz, de seductor impenitente, de hombre libre que pasaba de una mujer a otra encontrando emociones y novedad. Ahora, cuando salía del trabajo, no podía divertirse buscando aventuras amorosas en los bares que solía frecuentar. No, debía ir al apartamento donde Diane lo esperaba, con los pies inflamados, como si él fuera el único ser que contaba en la existencia. Había dejado de trabajar y el tiempo se le iba entre limpiar la casa y preparar complicadas recetas de cocina. De soltero comía un sánduche antes de acostarse y le pagaba a una muchacha para que le planchara las camisas y le ordenara su estudio. Diane la había despedido y se empeñaba en planear aquellas cenas abundantes y difíciles de digerir que lo hacían sentir como un cerdo. Se había casado con un ama de casa, y sin embargo, antes del matrimonio, Diane era una mujer independiente que lo acompañaba a fiestas y contaba anécdotas divertidas. ¿Por qué la vida conyugal se volvía tan monótona? Él estaba seguro de seguir siendo el mismo, pero la personalidad de Diane había cambiado. Un día, al entrar en el apartamento, la sorprendió diciéndole a una amiga cuánto le gustaba ocuparse de las faenas domésticas; levantarse temprano para pasar el aspirador por el tapete, limpiar los baños y encerar los muebles. Y luego entrar en la cocina y como un hada sacar de la nada platos deliciosos.

Hasta su comportamiento sexual se había transformado. La cálida intimidad que los unía cedió el paso a un cansancio amoroso en el cual Diane parecía entregarse a él para cumplir un deber desprovisto de pasión. Hacer el mercado y estar embarazada la colmaba de satisfacción. Ella y el bebé formaban una entidad aparte, de la cual él estaba excluido. Por mucho que lo quisiera aquel niño solo le parecía un anzuelo y su suerte no le concernía. En los últimos meses, Diane y su vientre cada vez más inflado le producían aversión. Resultaba terrible reconocerlo, pero no le perdonaba el haberle impuesto el matrimonio. Isabel, en cambio, no le parecía el tipo de persona capaz de someterlo a esas manipulaciones. Muchas veces Thérèse le había hablado de ella y de sus relaciones con un hombre odioso que se arrodillaba en el piso junto a la puerta del baño para saber cuánto papel higiénico gastaba y que desnucaba a las palomas pretextando que le ensuciaban la fachada del edificio donde tenía sus apartamentos. Hombres así lo hacían sentir molesto de pertenecer al sexo masculino y ahora quería borrar de la mente de Isabel esas malas impresiones. Ella, que según decía Thérèse, no sabía defenderse, apreciaría su ternura de viejo zorro curtido por la experiencia, sin que en esa aventura hubiera un vencedor ni un vencido.

La única persona en advertir que Lucien estaba seriamente interesado en Isabel era Anne. Le parecían ridículos los intentos que hacía Geneviève para seducirlo. Le había hecho saber que su padre tenía una mansión con campo de tennis y piscina en Saint-Germain-en-Laye, un chalet en los Alpes y una isla en el golfo de Morbihan. Trataba de hacerlo hablar prestándole una exagerada atención a sus respuestas, que eran lacónicas y reservadas. Había mencionado, como de paso, que tres de sus hermanos poseían fábricas donde el talento de un economista podía ser apreciado. Lucien la escuchaba sin importarle mucho lo que decía. Había aprovechado una ida de Thérèse a la cocina para sentarse al lado de Isabel. Viéndolos así, uno junto al otro, se les habría podido tomar por primos como si formaran parte de una misma familia. ¿Qué sentirían los hombres guapos, las mujeres bonitas? En todo caso la vida debía resultarles más fácil. Había intentado superar desde niña su fealdad gracias al ballet, pero después de la adolescencia, mientras sus compañeras se afinaban, ella se volvió espesa y patona como lo eran probablemente las mujeres de la familia de su padre. Sus profesores nunca la invitaron a participar en las presentaciones públicas del ballet. A los dieciocho años decidió terminar con esas humillaciones y se vino a París para trabajar y olvidar el pasado. Empezó como vendedora y ahora era ella quien elegía los vestidos de cada estación. Su breve estadía en Santiago la había dejado curada de espanto. Fue entonces cuando descubrió los inconvenientes de depender de alguien. Los hombres establecían muy pronto relaciones de fuerza con las mujeres y podían llegar a los extremos que había alcanzado Claude al internar a Isabel en un manicomio, como le dijo Aurora al darle la noticia por teléfono.

Ella, Anne, se había vuelto despiadada. Así, mientras se gastaba el dinero que Hervé tenía para irse a los Estados Unidos, lo alojó en su apartamento. Hervé le regaló un elefante verde de porcelana, un tocadiscos y una gran televisión, pero cuando decidió quedarse en París alegando que ya no podía comprar el pasaje de avión, lo puso de patitas en la calle. Una cosa era vivir con un hombre que tenía proyectos y otra soportar la presencia de un inútil. Así se lo dijo y Hervé se fue llorando de su casa. Sus lágrimas no le provocaron la menor compasión. Se había aprovechado de él, de acuerdo, pero si era tan tonto como para dejarse desplumar, no valía la pena. A veces le parecía vivir en un mundo de rapaces. Eric le había robado quinientos francos y a su turno ella desvalijaba a Hervé. Sin embargo la honestidad suscitaba su respeto y la llevaba a acordarse de sí misma veinte años atrás, cuando conoció a Octavio y trató por todos los medios posibles de hacerlo feliz. Entonces era ingenua y capaz de mostrarse generosa. Cada vez que se amaban sentía un placer tan intenso que su corazón parecía a punto de estallar y no sabía cómo agradecerle aquello, pero Octavio tuvo una aventura, y luego otra, y su relación se fue al agua. Si le hubiera quedado un hijo sería menos dura. Isabel contaba con las gemelas y, de todos modos, era una persona bondadosa. Una vez le había oído decir que a cada paso se podía elegir entre el bien y el mal y que ella escogía puntualmente el primero para no caer en la terrible espiral del segundo. Tenía razón, la prueba, todas sus amigas habían acudido a sostenerla mientras que Claude estaba solo.

Louise acababa de llegar del campo cuando Gaby le anunció por teléfono la noticia y se apresuró a venir para mostrarle a Isabel su solidaridad aunque los últimos meses no la veía porque no soportaba a Claude. Aquel hombre le inspiraba desconfianza y lo que había hecho estaba en el orden natural de las cosas. Un día había criticado su situación en la empresa donde trabajaba, tratándola de cómplice de los enemigos del proletariado. Ella se abstuvo de explicarle que había sido simple vendedora los primeros años y que gracias a su labor y tenacidad había subido las gradas hasta convertirse en directora comercial. No tenía por qué justificarse ante ese mequetrefe que vivía del dinero de su padre y no sabía lo que era levantarse a las seis de la mañana y coger el metro a las carreras para estar a las ocho en punto en su oficina. Y estudiar los vaivenes del mercado y tomar las decisiones adecuadas. Un mal cálculo, un error de juicio y perdía de inmediato su posición amenazada por ese tropel de subdirectores que anhelaban ocupar su sillón y su oficina. De esa tensión nerviosa Claude nada sabía y en consecuencia no tenía lecciones que darle. Un zángano semejante debía quedarse callado y no reprocharle nada a nadie. El día que la insultó, Isabel salió en su defensa diciéndole a Claude que en su casa, si esa era su casa, no quería que sus amigas fueran agraviadas. Y Claude metió el rabo entre las piernas.

Con Claude la vida debía ser una lucha constante e Isabel no tenía suficiente agresividad para combatirlo. Venía de una familia de mujeres tenaces, pero dulces y bien educadas, que sabían elegir a sus compañeros y se casaban por amor. La madre de Isabel, enamorada de un hombre casado, había aceptado el matrimonio para no quedarse solterona y tener al menos un hijo, decía Virginia. A ella, Louise, le había pasado lo mismo y todavía ahora se arrepentía.

Pasaría la vejez al lado de José Antonio que con el tiempo se había vuelto más puritano que nunca y llamaba putas a Gaby y a Virginia porque habían hecho el amor con amigos de ella conocidos en su casa. Si supiera el número de sus amantes le daría un paro cardíaco. Pues ella quería beber de la vida hasta la última gota antes de que los años la confinaran al mundo de los ancianos. Por fortuna continuaba despertando el interés de los hombres y su trabajo seguía llevándola de un lado a otro. Veía con espanto acercarse la hora de su jubilación: permanecer en su apartamento todo el día y soportar la presencia de José Antonio por las noches era una perspectiva que le quitaba las ganas de vivir. Estaba ahorrando para poder comprarse entonces una pequeña librería que aunque no le dejara dinero la mantendría ocupada. José Antonio hablaba de instalarse en el Midi en la casa de su madre, cuando esta se hubiera muerto, y de vivir de sus rentas. Ella no lo contrariaba, pero jamás aceptaría esa situación. El Midi estaba bien para pasar vacaciones y nada más. El resto, la dificultad de encontrar servicio, el espíritu de provincia que reinaba entre sus habitantes y el convencionalismo de su vida social, la sacaba de quicio. Su madre se ponía muy contenta de ver aparecer las primeras hojas de la primavera y de preparar mermeladas para el invierno. Pasaba muchas horas podando el jardín, limpiando la casa y lustrando sus cubiertos y bandejas de plata. Justamente ella no era como su madre. Le gustaba trabajar y salir a la calle, viajar y tener aventuras amorosas. Hacía unos meses había conocido a un italiano por quien estuvo a punto de perder la razón.

Se llamaba Vittorio y con sus cabellos lisos, peinados hacia atrás, y sus ojos acerados parecía un halcón. Hubo un día, un instante o quizás un segundo durante el cual pensó que sería capaz de abandonarlo todo, hijas, amigas y trabajo si Vittorio le pedía quedarse con él en Roma. La violencia de su propia pasión la dejó aterrada. Así pues, ¿podía poner en duda sus teorías de libertad permanente y de eterno vagabundeo? Y si la respuesta era afirmativa, ¿había más allá del placer algo que no conocía? Entre los brazos de Vittorio sentía que el mundo entero era un acto de amor, que todas las empresas de la materia animada tendían a unir dos seres hasta la eternidad. A su lado comprendió el éxtasis de los místicos y la poesía de los locos de Dios. Habría aceptado seguirlo a una leprosería, pero el camino de Vittorio llevaba a una simple imprenta de la cual era el gerente. Mortal, su amor tuvo un principio y un final y ella conoció la amargura de someterse a los límites de la condición humana. Pero encontraría otros, le aseguró Gaby cuando le habló de eso. Si mantenía el corazón abierto y no se dejaba rodar hacia la mezquindad de espíritu conocería nuevos amores que se enriquecerían gracias a su experiencia con Vittorio. Gaby, siempre generosa, había querido darle una esperanza. En vano, la pérdida de Vittorio era una estocada fatal.

Acompañada de Ángela de Alvarado, Florence vino solamente para cenar bien. Cuando llegaba el verano sus clientes se iban de vacaciones y no tenía camisas que planchar. Vivía en un cuartico de sirvienta cuyo alquiler pagaba su hermana y gracias a sus ahorros mensuales podía cubrir los gastos de electricidad, agua y teléfono, pero le quedaba muy poco para comer. Debía contentarse con pan, arroz y espaguetis, alimentos que la engordaban. Nunca antes había estado tan mal nutrida y nunca había sido tan gorda. Ya no cabía en los vestidos que le quedaban de la época de Pierre y para pasar el verano había ido al Secours Catholique. Ahí le dieron dos trajes que seguramente habían pertenecido a mujeres ricas, pues aunque pasados de moda, eran de buen corte. Gracias a Ángela de Alvarado conoció a Helena Gómez y a la mejor amiga de esta última, Anaïs Fuentes, cuyo marido, director de la compañía de petróleo de su país, le había robado al Estado una verdadera fortuna, lo que le permitía a Anaïs vivir como una princesa. En realidad, el marido la había abandonado después de dejarle veinte millones de dólares y la custodia de su hijo. Anaïs quería reconquistarlo y, sobre todo, para ahogar su pena, bebía como un cosaco y hacía grandes fiestas.

Todo el verano ella, Florence, había aprovechado sus larguezas. Fueron juntas a Normandía y a Bretaña y aún le sorprendía estar en vida porque Anaïs manejaba a ciento ochenta kilómetros por hora con una mano en el volante y otra en una botella de vodka. Pero le pagaba todo, inclusive los paquetes de cigarrillos, y se había creído el cuento de que no disponía por lo pronto de dinero porque se hallaba en pleno divorcio. Junto a Anaïs volvió a frecuentar los restaurantes de lujo temblando de miedo de que algún antiguo amigo la reconociera. Resultaba más decoroso planchar camisas en el anonimato que andar con una mujer que hablaba a gritos, golpeaba la mesa para llamar al maestresala y comía abriendo la boca. Pero a su lado, por muy vulgar que fuera, podía almorzar, cenar y beber unos tragos al anochecer. Le servía de traductora a veces y casi siempre de confidente. Comprendía muy poco lo que decía, pero Anaïs repetía la misma historia y así entendió que su marido Jorge vivía con una mujer joven y desalmada que se lo aguantaba por su dinero y lo engañaba a diestra y siniestra. Anaïs no tenía el menor orgullo. Una mañana había ido a la casa de Jorge y al verlo salir a la calle se arrodilló en el sardinel delante de él suplicándole que volviera a su lado. Lo hacía seguir por un detective privado, lo acosaba llamándolo por teléfono y si la amante de Jorge respondía, la insultaba con ferocidad. Histérica, borracha y chabacana, Anaïs era lo que más podía despreciar en el mundo. Ser su amiga constituía un nuevo signo de decadencia, pero cuando Anaïs se fue a España siguiendo los pasos de Jorge, dos semanas atrás, ella volvió a encontrarse sola y hambrienta. Una vez Virginia se presentó a su cuartico con tres bolsas de comida pretextando que iban a cenar juntas y le arregló el problema por varios días. Sin embargo ya no tenía provisiones y olía los vapores que salían de la cocina de Thérèse con la boca hecha agua.

¿Y si en vez de llevar a Isabel al hospital donde trabajaba su sicoanalista, Claude la hubiera internado en otro lugar?, se preguntaba Virginia. Despelucada y en pijama, Isabel podía repetir que no estaba loca sin que nadie la creyera pues eso era lo que decían todos los enfermos mentales. No le habrían permitido llamarla a ella por teléfono y quién sabe cuánto tiempo se hubiera quedado en el manicomio. Todavía estaba traumatizada: las manos le temblaban ligeramente y en dos horas se había fumado un paquete de cigarrillos. Pobre Isabel, aunque su relación con Claude debiera terminarse tarde o temprano, jamás pensó que el final sería tan horrible. A ella, Virginia, casi le dio un síncope cuando oyó su voz por el teléfono, temblorosa como la de un fantasma, pidiéndole que le llevara una muda de ropa al hospital. La dejaron entrar mientras Isabel se vestía y vio un espectáculo que habría espantado al propio Goya: mujeres desnudas contorsionándose y gritando obscenidades en medio de una algarabía de infierno, o abatidas y llorando con una expresión de fatal melancolía. Por un instante tuvo miedo de que no las dejaran salir y fue a paso largo como arrastró a Isabel hasta su automóvil. Estacionó frente al primer café que encontraron abierto, pidió dos jugos de naranja y fue al baño mientras se los servían. Al regresar comprendió que no podía tomar aquel jugo y le encargó al mesero una taza de té. Entonces Isabel le contó cómo había sido violada por el camillero y su miedo se transformó en rabia. Sugirió ponerle pleito, pero la perspectiva de ir a la policía y embarcarse en un proceso angustiaba a su prima. En todo caso aquella cólera silenciosa le sirvió para enfrentarse con Claude, quitarle las llaves del apartamento y ponerlo en la calle.

Ahora se decía que de haber sido ella la víctima de aquellos ultrajes estaría en el despacho de una abogada, pero nada de eso le ocurriría jamás porque ella sabía elegir a los hombres. La guiaban su instinto y las reflexiones que encontraba en el diario de su tío, el seductor. Como él, se había quedado soltera para conservar su libertad y se abstuvo de tener hijos con el fin de no darle rehenes a la vida. Siempre que pensaba en su situación la invadía una oleada de alegría. Su trabajo le procuraba satisfacción. Hoy aquí, mañana allá, ella sola representaba una galería ambulante. Que se tratara de pintores o de coleccionistas, todos se habían vuelto con el tiempo sus amigos. Conocía a sus esposas y a sus amantes, cenaba en sus casas y les servía de confidente. Era de una honradez total: si un cuadro le parecía malo o terminado de cualquier modo se lo decía a su autor y no se daba la pena de venderlo. Prefería ganar menos dinero antes que traicionar la confianza de sus clientes. Hacía siete meses había conocido una intensa felicidad cuando vio el último cuadro pintado por Goya, un descendimiento en rojo, negro y blanco. Su propietario, un pequeño galerista, lo había encontrado veinte años atrás por casualidad al comprarle a un viejo hidalgo al borde de la muerte todos los objetos que se hallaban en su mansión. Como en todos esos casos corrió la voz de su descubrimiento y el galerista, asustado, guardó el cuadro en una caja fuerte de un banco suizo y solo cinco años después hizo venir al experto del Museo del Prado quien casi tuvo un ataque cuando comprobó que era realmente una obra de Goya, quizás la última.

Desde entonces el perito lo había acompañado más de doscientas veces a Suiza, pues ninguno de los dos se cansaba de mirar el cuadro. Si ahora estaba en venta era porque el propietario, enfermo de cáncer, quería dejarle a su mujer una suma importante de dinero. Aparte de algunos museos, y Virginia desconfiaba de ellos como de la peste, no había en Occidente nadie capaz de reunir la cantidad necesaria para comprar aquella tela. Provista de una fotografía, se fue a Toulouse para ver al amigo a través del cual entraba indirectamente en contacto con los príncipes árabes y al cabo de cinco meses el cuadro se vendió y su comisión le aseguró el porvenir para el resto de su vida. Podía sentarse y no hacer nada, pero tenía el trabajo en la sangre.

Seguía, pues, viajando de un lado a otro y haciendo negocios. Había descubierto un nuevo pintor, un místico obsesionado por la luz en la cual creía ver el reflejo de Dios. Una luminosidad blanca y brillante invadía sus lienzos desvaneciendo figuras pintadas con el estilo clásico de los renacentistas. Y Fred, su mejor cliente norteamericano, había comprado toda la obra. Más aún, la llamaba por teléfono cada semana pidiéndole nuevos cuadros, pero ella no quería zarandear a aquel muchacho tímido que trabajaba como un monje reza en su celda. Había que dejarlo pintar a su ritmo y respetar sus momentos de abandono. Eso era algo que había aprendido con los años: la supuesta pereza intelectual de los artistas significaba trabajo creador del inconsciente. Isabel le había mostrado los cuentos que había escrito esos últimos meses entre una traducción y otra. Estaban muy bien construidos y expresaban una total desesperanza. Diez relatos de quince páginas cada uno constituían un libro y ella había hablado ya con el director de una editorial bogotana para que se lo publicaran. Sin darse cuenta, Isabel se había convertido en escritora. Quizás experimentaba a fondo toda la miseria de su vida para tener material narrativo. El abandono de Maurice y el infierno con Claude la habían vuelto más sensible y humana. En buena parte por eso atraía la atención de Lucien, que sicológicamente era su hermano gemelo.

Apoyada en su bastón, Ángela de Alvarado entró en la casa de Thérèse y, después de saludar a todo el mundo, fue a sentarse en el sofá, a la derecha de Isabel. Le estrechó una mano entre las suyas para indicarle que podía contar con ella. Helena Gómez le había dado la noticia por teléfono y le resultó difícil creerlo. Claude le produjo siempre una impresión desagradable, pero de ahí a imaginarlo capaz de meter a Isabel en un asilo de locos era otra cosa. Ella solía llamar a Isabel para ayudarla a salir de sus crisis de depresión nerviosa y terminaba hablándole de sus propios problemas. Había perdido a su hijo, Alejandro la había abandonado.

Un día fue a pasar vacaciones con su padre en los Estados Unidos y no quiso regresar. De nada sirvió que Gustavo le ofreciera comprarle la motocicleta que le gustaba si volvía a Francia. Alejandro se ranchó: no soportaba, le dijo a Gustavo, vivir con su madre y estaba dispuesto a estudiar seriamente si lo matriculaba en un colegio norteamericano. Desesperada, ella viajó a Nueva York y, al día siguiente, Alejandro le hizo la maldad de desaparecer dejándole una carta en la cual le aconsejaba tener más dignidad y admitir de una vez por todas que el destino, o algo parecido, los había separado. Aquella carta le quemó los dedos. Lloró de rodillas en el suelo abrazada a las piernas de Gustavo. Bramó de dolor como si un animal antiguo y salvaje berreara desde el fondo de su vientre. Se echó a morir en una cama sin comer durante cinco días hasta que la policía le trajo a su hijo. Pero Alejandro la amenazó con volver a irse y cambiar de identidad para siempre. Entonces le tocó resignarse. Regresó sola a París y se instaló de nuevo en aquel apartamento ahora demasiado grande, donde lloraba cada anochecer. Desayunaba, almorzaba y comía una taza de té con galletas porque la comida se le atoraba en la garganta. Perdió peso y un día, de pura debilidad, se cayó al piso y se fracturó el hueso de una pierna. Todavía debía apoyarse en un bastón. Sus cabellos se volvieron blancos, su nuca se inclinó. Flaca y encorvada parecía más vieja de lo que era. Solo a Virginia y a sus primas les hablaba de su dolor. A veces, conversando por teléfono con Isabel, lloraba a rienda suelta y era Isabel quien le daba ánimos saliendo de las espesas nubes de su depresión. Ambas se consolaban mutuamente. Ella le decía que dejara a Claude pues de nada servía sacrificarse por los hijos. Isabel le aconsejaba continuar su vida mundana asistiendo, como antes, a las recepciones donde podía encontrar a un hombre con quien compartir su existencia. Aunque del todo imposible, esa idea le cruzaba entonces por la mente y tomaba una sopa con carne en lugar de su acostumbrada taza de té.

Una vez, bajo la influencia de las palabras de Isabel, salió a la calle y compró tres vestidos que la hacían parecer más joven; consiguió, también, un bastón elegante para dar la impresión de utilizarlo más por coquetería que por necesidad. Esa noche conoció Paul, un octogenario casado y divorciado seis veces que la pidió en matrimonio porque quería pasar el resto de su vida con una mujer. No lo rechazó acordándose de los consejos de Isabel.

Ahora eran novios y salían juntos. Para complacerlo se había hecho la cirugía plástica de los ojos, había engordado un poco y las cosas empezaban a parecerle diferentes. Paul le regaló un minúsculo perrito y, cosa extraordinaria, gracias al afecto de aquel animalito la separación de Alejandro le resultaba menos intolerable. Hizo lo que Isabel llamaba el duelo en su jeringonza sicoanalítica. Alejandro debía irse un día u otro y a ella le tocaba aceptarlo. Pero ¿cómo Isabel con su lucidez y su inteligencia había caído en aquella situación? No se atrevía a preguntarle nada porque a su izquierda había un hombre muy guapo que parecía interesarse en ella.

En ese momento Olga apareció en el salón envuelta en una túnica blanca y despidiendo un olor de perfume costoso fue a sentarse al lado de Virginia. Sabía que su presencia inquietaba a Thérèse —pues muy rápidamente comprendió lo que ocurría— y mortificaba a esa pobre Florence que había sido engañada por López. Pero Isabel le inspiraba simpatía y le parecía odioso que Claude la hubiera tratado de aquel modo. Ella, en su lugar, le habría puesto pleito sacándole una buena tajada de su fortuna. Comunistas o no, lo que más le dolía a los hombres era perder dinero. A López le daba lo estrictamente necesario para que se emborrachara durante el día. Había dejado de sermonearlo cuando comprendió que López era alcohólico. No podía prescindir de su botella de ginebra o de vodka y ella había decidido tener hijos, pero no de él. Eso explicaba su viaje a París. Con el pretexto de hacer compras se había traído a López y lo había dejado a rienda suelta a sabiendas de que iría a ver a sus antiguas amantes dejándole a ella el campo libre para buscar al hombre que sería el padre de su hijo.

Todas las tardes salía de su apartamento de la rue de l'Ancienne-Comédie a visitar los lugares frecuentados por los turistas. Quince días antes había encontrado a un danés de nombre incomprensible que correspondía al modelo que tenía en su mente. Dejándole creer que era él quien la seducía lo acompañó a su hotel y lo amó sin tomar precauciones. A la mañana siguiente, al levantarse, sintió bascas y mareo y tuvo que ir a vomitar al baño. Sin lugar a dudas estaba embarazada. Volvió a ponerse el anticonceptivo y despertó a López para que la amara y pensara más tarde que el bebé era suyo. Desde el punto de vista sexual vivir con un alcohólico resultaba intolerable. Pero López era ingenioso y divertido y, como Luis, tenía un montón de anécdotas que referir. Sabía juzgar a la gente y no se tomaba en serio. Sus amigos ocupaban puestos importantes en el gobierno y las fiestas que ella daba marcaban la pauta en la alta burguesía bogotana. Todo el mundo se moría de ganas de asistir a sus recepciones. La adulaban y la trataban con respeto, cosas que había olvidado mientras fue la amante de Roger y debía verlo en secreto y deprisa. Prefería ser cabeza de ratón a ser cola de león.

Además en Bogotá tenía una casa muy hermosa y sirvientas para mantenerla limpia. Ahora se asombraba de haber pasado tantos años en París soportando el frío de los largos inviernos, el metro de la desolación y un hombre que la hacía sentir desdichada. Cuando se fue de París le pareció que una bola de plomo colocada sobre su pecho estallaba en mil pedazos dejándola salir a la superficie y respirar el aire. En Bogotá quiso trabajar y se nombró a sí misma asistente de César, el hombre que administraba la gran fortuna de su padre. Le dio su palabra de honor de que nunca intentaría reemplazarlo y César le hizo estudiar contabilidad por correspondencia y empezó a ponerla al tanto de sus complejas transacciones especulativas. Su padre estaría orgulloso de saber todo lo que había aprendido. Se había inscrito en una escuela de administración de empresas y dentro de tres años sacaría su diploma. No era un título muy brillante que digamos, pero tenía la ventaja de permitirle estudiar lo que ponía en práctica gracias a los consejos de César. Le sorprendía haber encontrado en sí misma tanta vitalidad desde la muerte de su padre, como si de una manera oscura su inconsciente la condujera a ocupar su lugar. Atendía a su madre, se había hecho cargo de la casa y de ahí a unos años, apenas César se hubiera ido, tomaría las riendas de su fortuna. Estaba pensando en eso cuando de pronto sintió una oleada de mareo y salió corriendo al baño.

Helena Gómez la cruzó en la puerta del salón y viendo su cara verde bajo el maquillaje pensó que probablemente estaba encinta. Se alegró por López, a quien había conocido cuando era la amante de Jerónimo. Había venido a París para ocuparse de Enrique apenas supo, gracias a una llamada telefónica, que iba a ingresar en un hospital porque tenía una neumonía. A su llegada, Enrique había regresado ya a su apartamento, flaco y ojeroso, con el aspecto de un fantasma. Solo entonces descubrió cuánto lo quería. Los libros que él le había aconsejado leer y que en buena parte había leído le quedaban flotando en la mente pues expresaban ideas que solo con Enrique podía discutir. Nadie entre sus conocidos se interesaba en la filosofía de Platón o en la poesía de Milton. Si se refería a aquellas lecturas pasaba en el mejor de los casos por presumida. Enrique, en cambio, se mostró feliz de sus progresos y le explicó algunos conceptos cuyo contenido le resultaba difícil comprender. Ella había escrito sus dudas y reflexiones personales en un cuaderno de colegiala y se lo dio a leer. Sentado como un buda en su cama, pues no se había recuperado del todo, Enrique le explicó pacientemente las ideas que no comprendía y la felicitó por su trabajo. En esos momentos ella tenía la impresión de existir: dejaba de ser la madre, la abuela y la mujer envejecida para convertirse en inteligencia pura. Enrique la había iniciado en el ajedrez. Ella se llevó de regreso a Caracas cinco libros de problemas de ese juego y luego lo practicó con uno de sus nietos que era un genio en la materia, hasta aprenderlo a fondo. Ahora Enrique y ella jugaban largas partidas y no siempre era él quien ganaba. Tenían tantas cosas en común que más valía casarse para que ella pudiera obtener la nacionalidad francesa y permanecer a su lado en París. Hacía unos días se lo había dicho de sopetón venciendo la timidez que le impedía tomar la iniciativa. Enrique se puso muy pálido, tragó en seco y con una voz delgada, casi infantil, le explicó que nunca le habían interesado las cosas del amor. «A mí tampoco», le respondió feliz y contenta de saber que ese era tan solo el obstáculo. Trasladaría su fortuna a Francia, conseguiría un apartamento de tres piezas y vivirían juntos como hermanos. Nadie, ni siquiera sus hijas podrían comprenderla. ¿De qué manera explicarle a la gente que se casaba por afecto inmaterial, pero también por razones intelectuales? A su edad resultaba importante tener una persona con quien conversar, alguien que le diera la réplica precisa.

Toda su vida había ofrecido amor, a su marido, a su amante, a sus hijas y nietos sin obtener nada en cambio, una vaga gratitud un poco egoísta, como si le exigieran estar presente en los momentos difíciles y desaparecer cuando los problemas se resolvían. «Es tu deber», parecían decirle desde la eternidad las voces que oía, haz el amor sin placer, cuida a tu hija enferma pasando en vela la noche, encárgate de tus nietos durante los primeros meses, permanece sonriente y disponible. ¿Dónde había quedado aquella jovencita de dieciocho años que esperaba tanto de la vida? Entonces tenía ambiciones y el deseo secreto de volverse poetisa. Escribía versos en papeles perfumados sobre el amor y la muerte, sobre los pájaros y las flores y los mandaba con seudónimo al periódico que leía su padre. Un día le publicaron unos sonetos y por poco se murió de felicidad. Pero su marido, porque ya estaba casada, se enfureció diciéndole que no quería ser el hazmerreír de la gente y ella, encinta de su primera hija, se resignó. Por autodestrucción rasgó aquellos papeles que contenían al menos un libro de poesía y se dedicó a la maternidad. Pasados aquellos años insoportables de conformismo, volvía ahora a vivir gracias a Enrique, que la consideraba una persona en sí misma sin adjetivos ni definiciones, ni destinada a un papel determinado. Virginia y sus primas también la veían así porque la habían conocido sola y libre. Delante de ellas y de Enrique su propio comportamiento cambiaba: dejaba de ser la vieja implorando el amor de quienes la rodeaban para convertirse en una mujer al corriente de todo, capaz de dar consejos adecuados. A Isabel le anunció que su historia con Claude terminaría mal, aunque nunca pensó que llegaría a semejantes extremos.

Cuando Virginia le dio la noticia por teléfono, Marina de Casabianca sintió que una corriente de cólera le subía al pecho hasta cortarle la respiración. No soportaba imaginar a Isabel tan humillada, envuelta en una camisa de fuerza, transportada en ambulancia a un hospital y metida en el pabellón de los enfermos mentales. Durante la época en que trabajaba en la Unesco, Isabel era, no su amiga, porque verdaderos amigos no tenía, pero sí su cómplice y su confidente. Si en una recepción un hombre le gustaba, se lo hacía saber a Isabel, que de inmediato buscaba la manera de presentárselo. Siempre afable, Isabel tenía los buenos y rápidos reflejos del perfecto diplomático: suscitaba el diálogo, temperaba las discusiones y ponía en contacto a la gente según sus inclinaciones y su educación. Nunca la vio cometer un error de cálculo y más de una vez la observó resolver problemas con una sonrisa. Maurice no contaba a sus ojos, era tan solo el muñeco de los días de fiesta. Después apareció Claude trayéndole a Isabel la angustia de vivir con los hombres a los que no les gustan las mujeres.

A ella le bastó con conocerlo para saber que la haría desdichada. Tomó la costumbre de llamarla los fines de semana y así siguió paso a paso los altibajos de aquella relación. Un día oyó la voz de Isabel espesa, como si hablar le costara un esfuerzo enorme, y supo al instante que abusaba de los remedios que le daban para dormir. Poco después se enteró de que consultaba a un sicoanalista. Así pues, Isabel caía en todas las trampas creadas por la sociedad para las mujeres abandonadas: un amante impotente, depresión nerviosa, exceso de drogas y médico al final del camino. Ella, Marina de Casabianca, se abstenía de dar consejos porque su situación era muy distinta de la del resto de la gente. Noble, bella y millonaria, su único problema consistía en administrar su fortuna colocada en Suiza, ganando cada año mucho dinero y pagando lo menos posible de impuestos. Antes de morir, su abuelo materno había arreglado las cosas de tal manera que ningún marido pudiera captar su herencia. Aquel abuelo, medio indio latinoamericano, casado con una mujer muy hermosa pero que jamás se había puesto zapatos antes de viajar a Europa, se había enriquecido explotando minas de plata y cuando se convirtió en uno de los millonarios de su época trajo a su familia a París y decidió que sus tres hijas desposarían a aristócratas. Y así ocurrió: sus dos tías y su madre se casaron con nobles y el abuelo las cubrió de regalos, pero no le soltó a nadie las riendas de su fortuna. Su padre, Fernand de Casabianca, se murió de rabia, literalmente. El abuelo asistió a su entierro y triplicó la pensión que le pasaba a su madre, que desde entonces se lanzó a la vida mundana ofreciendo recepciones suntuosas en su mansión de la rue du Bac, donde se suicidó el día de sus cincuenta años después de dar una gran fiesta, porque no quería caer en las degradaciones de la vejez.

Ella estaba todavía en el colegio suizo donde su abuelo había querido hacerla estudiar. Dejó los libros, se enamoró de un banquero, lo desposó y tuvo dos hijos dorados como la luz del sol. Luego le pasó lo mismo que a su madre; su marido soportaba mal no poder disponer de su fortuna. Al principio tenía crisis de mal humor que se fueron transformando en estallidos de cólera hasta hacerle la vida conyugal imposible. Era una relación de fuerza pues él tenía un sueldo elevado y no gastaba un centavo en la casa. Vivían en la mansión de ella, cerca de Lausanne, y con sus rentas lo pagaba todo, hasta las vacaciones. Pero él se empeñaba en querer hacerle firmar documentos y todos los días llegaba del trabajo con una nueva idea para apropiarse la herencia del abuelo. Terminó dejándolo. Tuvo un segundo marido menos rapaz, y un tercero, André, más romántico. Durante los cinco años que duraron sus relaciones, André fue el padre de sus dos hijos: les enseñó a leer, los llevaba al parque, se ocupaba de ellos. Pero André se murió de un cáncer en el estómago y esa pena todavía le carcomía el alma. A pesar del tiempo transcurrido, se acordaba de él, de ese año de sufrimientos atroces, de ese tratamiento que lo vaciaba de sus fuerzas y convertía su agonía en un calvario. Hasta el final los médicos le hicieron creer que iba a curarse. En esa época se habían instalado en París porque André pensaba que los niños se educarían mejor en un colegio francés, público y laico. Cuando supo el nombre de su enfermedad, André le pidió que lo llevara al parque Montsouris. Era invierno, hacía mucho frío y no había nadie. André caminaba por una avenida y de pronto se detuvo y echó a bramar como un animal herido. Ella, que lo seguía a dos pasos, jamás había oído a alguien gritar de ese modo. Comprendió al instante que por mucho que lo amara nunca podría acompañarlo hasta el fondo de su dolor. Al día siguiente, André fue a ver a un especialista y le rogó que si el tratamiento no daba resultado lo ayudara a morir. El médico hizo como si aceptara la idea, pero ni siquiera a lo último, cuando ya no había la menor esperanza, intentó poner fin a sus sufrimientos. Ella les guardaba rencor a todos los médicos de Francia. Sabían diagnosticar y eran hábiles en cirugía, pero les importaba un comino la desdicha de sus pacientes. Si una enfermedad fatal la afectaba, seguiría el ejemplo de su madre.

Y decir que pese a lo ocurrido, Isabel parecía interesada en ese hombre sentado a su lado, pensaba Toti indignada. En su lugar estaría imaginando las maneras de vengarse de Claude. No iría a la policía ni buscaría un abogado, pero le pediría a sus amigos exguerrilleros que le pusieran una bomba en el automóvil. El tipo que le vendía cocaína conocía a más de un bandido que por veinte mil francos le pegaría a Claude un tiro. Isabel no disponía de ese dinero y aunque lo tuviera se negaría a emplear la violencia. Ese era su talón de Aquiles, el suyo y el de la mayoría de las mujeres. Si estuviera con Cécile iría a romper los vidrios del Mercedes de Claude y a pincharle las llantas. Además le darían una paliza a fin de que supiera lo que era meterse con latinoamericanas. Pero Cécile la había dejado para seguir a una arqueóloga y ella casi se había muerto de desolación. Lloró y pateó y rompió a puñetazos las porcelanas del salón. Desgarró las sábanas entre las cuales tantas veces se amaron. Fue a buscarla a la salida del trabajo y le pidió perdón por faltas imaginarias y ofreció ponerle el mundo a sus pies. Cécile la calmó como si ella fuera un niño y le explicó por enésima vez que nunca vivía mucho tiempo con la misma persona. Además su nueva amante se mostraba menos celosa y no trataba de encerrarla en una caja. La hubiera molido a golpes si no fuera porque Cécile era cinturón negro de judo. La veía en la discoteca que frecuentaba con su nuevo amor y se comía las uñas de rabia hasta que se fueron a África a hacer excavaciones arqueológicas.

Entonces decidió reaccionar y conquistó a Cristina, una neurótica que le hacía la vida imposible. Solo drogada con cocaína se prestaba a los juegos del amor y después se arrepentía y llorando vomitaba en el baño. Cristina era el producto típico de la burguesía. Su padre salía de la aristocracia bogotana y su familia lo había metido en el ejército para intentar curarlo del alcoholismo. Cuando se casó con la madre de Cristina volvió a la vida civil tan alocado como siempre y se fue dizque a dirigir una finca que ella poseía por los lados de Sabanalarga, donde pasaba el día entero tirado en una hamaca empinando botellas de aguardiente. Mientras tanto la madre, que había sido educada para no hacer nada porque descendía de una familia de sudistas de Atlanta refugiada en Cartagena de Indias después de la guerra de Secesión, se mataba trabajando como costurera para educar a Cristina inculcándole la idea de casarse con un hombre salido del mismo medio social de su padre. La envió a estudiar en el Mary Mount, un colegio de niñas ricas de Bogotá, y su tía paterna la alojaba en su casa los fines de semana. Allí conoció a Humberto Cerda de Uricochea, el heredero de un millonario brutal y de una lánguida mujer abrumada todavía veinte años después por la muerte de su primer hijo, cuyos juguetes y vestidos conservaba en un cuarto donde nadie podía entrar. Virginia le contó que al conocer a Humberto casi se cayó de espanto: era un hombre feo, con lagañas en los ojos y suciedades en la nariz; tenía los dientes amarillos porque nunca se los lavaba y un aliento capaz de matar a una fiera; cuando hablaba le salían babas por la boca y los tics que le recorrían la cara se convertían en muecas de loco. Como no podía seguir un diálogo, Humberto se perdía en un monólogo confuso a través del cual expresaba el odio contra su madre, que siempre había preferido a su hermano mayor inclusive después de su muerte, y su rabia hacia todas las mujeres. Amiga de infancia de Cristina, Virginia trató de ponerla en guardia. En vano: su madre la incitaba al matrimonio con un Cerda de Uricochea, aunque este fuera horrible, misógino y alcohólico.

Se casaron, pues, y Humberto resultó ser un verdadero maniático sexual que cada dos horas trataba de hacerle el amor y quería meterle insectos vivos en la vagina. Le pegaba por un sí o un no y ella no se atrevía a salir a la calle para que la gente no viera los moretones que le inflamaban los párpados. Tres veces quedó encinta y tres veces los golpes de Humberto la hicieron abortar. La gran diversión de su marido consistía en botarla por la escalera que unía los dos pisos de su casa. Así se había roto los huesos de una pierna y de un brazo. En ambas ocasiones el médico que la atendía había llamado a su suegra para exigirle que metiera a su hijo en una clínica siquiátrica. Con la inteligencia de los malvados, Humberto fingía adaptarse al tratamiento y al cabo de unas semanas el siquiatra lo consideraba restablecido. Entonces Cristina y su suegra iban a verlo. Delante de ellas Humberto actuaba correctamente, pero apenas quedaba a solas con Cristina tomaba una expresión de loco y la amenazaba con matarla apenas regresara a su casa. Cristina gritaba de espanto y, apenas se oían por el pasillo los pasos apresurados de su suegra y del médico, Humberto ponía una cara tranquila y le decía al siquiatra: «Dese cuenta, doctor, es ella la desequilibrada».

Para mantenerlo lejos de Bogotá e impedirle dilapidar la herencia de su padre, que entre tanto había fallecido, su suegra los mandó a una hacienda situada en Boyacá. Feliz de sentirse propietario, Humberto organizaba partidas de caza los fines de semana con perros feroces y amigos poco recomendables. Una noche despertó a Cristina y poniéndole el cañón del fusil sobre la frente la obligó a seguirlo descalza y en camisón de dormir al salón donde sus amigos se emborrachaban. Le dijo que se desnudara para hacer el amor con todos ellos. «Que se desnude, que se desnude», gritaban aquellos borrachos haciendo una algarabía de infierno. Cristina no pudo soportarlo y se puso a correr hacia afuera. Dejó atrás los sembrados oyendo el ladrido de los perros que Humberto había echado a perseguirla, cruzó el monte dejando en las matas tiras de su camisón y con los pies ensangrentados atravesó un riachuelo de aguas frías. Al llegar a la otra orilla, segura de haber despistado a los perros, tuvo un desmayo y cayó a tierra sofocada por la altura y rendida de miedo, dolor y cansancio. Al día siguiente un campesino la descubrió, montó su cuerpo en una mula y la llevó a la oficina del alcalde del pueblo más cercano. El alcalde hizo venir a un médico para que le curara los pies y luego la condujo a su casa, donde su esposa le prestó un vestido. Allí permaneció tres semanas enferma de pulmonía. Cuando al fin pudo ponerse de pie viajó en un bus a casa de su tía y llamó por teléfono a Virginia para que fuera a buscarla. En Miami consiguió trabajo y cinco años después tuvo su primera aventura con una mujer. Había venido a pasar vacaciones a París, cuando ella, Toti, la conoció. Era más bella que Cécile, pero le faltaba carácter y vivía obsesionada por el pasado. Todo lo que de cerca o de lejos pareciera penetración la sacaba de quicio. Le gustaban los largos preámbulos, ser acariciada de manera romántica y las declaraciones de amor. Ella debía tener cuidado para no asustarla porque ante la menor brusquedad se replegaba sobre sí misma echándose a llorar. En realidad no le agradaban las mujeres y se había quedado en París con el propósito inconsciente de conseguir un marido. La historia de Isabel, por muy triste que pareciera, tenía al menos la ventaja de hacerle comprender a Cristina que todos los hombres eran iguales, o mejor dicho, que las garras del poder se extendían hasta encontrar resistencia.

Sentado junto a Gaby, Luis le oía referir los atropellos que Isabel había padecido y, como Toti por su lado, comprobaba que la violencia no tenía nacionalidad. El problema consistía en que a algunas mujeres les gustaba ser ultrajadas y eso les servía de solapada justificación a los hombres. Si él no se mostraba truculento, Ester no aceptaría ser su amante. En cada ocasión debía violarla para suscitar su placer. El día anterior, después de una salvaje relación sexual, habían ido a un restaurante y se sentaron frente a la mesa de un hombre muy guapo y bien vestido, que saboreaba un coñac mientras leía *Le Monde*. En el acto Ester comenzó sus coqueteos lanzándole miradas lujuriantes y, al mismo tiempo, parpadeando como una colegiala deslumbrada delante de su primer amor. Durante una hora él sintió que la langosta que había pedido se le tetanizaba en el estómago hasta que el hombre se levantó: era un enano; tenía el tórax de un hombre y las piernas de un niñito; de pie solo llegaba a la altura de la mesa. Ester estaba tan contrariada que una lágrima de cólera le rodó sobre el maquillaje de la cara. Él hubiera lanzado un grito de júbilo, no por la desgracia de ese pobre tipo, sino por el despecho de Ester. Lo contuvo su sentido de las conveniencias y el hecho de pensar que al día siguiente Ester volvería a las andadas. Ester no podía dejar de seducir a los hombres y ello solo por el placer de cautivarlos. Ni siquiera le interesaba hacer el amor, le bastaba la conquista. Una vez la había visto en plena acción. Su empresa patrocinaba una exposición de jóvenes pintores latinoamericanos y Ester estaba encargada de organizarla. A su oficina llegó un muchacho que había venido a París hacía un mes, después de haberse casado en Bogotá con la novia de toda su vida. Ester empezó a hablarle como si fuera soltero insinuándole que podía presentarlo a periodistas y a hombres influyentes. Lo miraba y sus pestañas parecían mariposas aleteando sobre una flor. Desconcertado, el muchacho seguía empleando el plural al referirse a su pareja, pero Ester le hizo saber con habilidad que únicamente él tendría acceso a las maravillas que le ofrecía. Al final y sin darse cuenta de que traicionaba a su esposa, el muchacho utilizó el singular y, para recompensarlo de su felonía, Ester le dijo que podía presentar un cuadro en la exposición. En veinte minutos desgarró los lazos de solidaridad que unían a aquella pareja. El muchacho no sabía probablemente lo que había ocurrido, pero al despedirse y caminar hacia la puerta de salida tenía lágrimas en los ojos. Él mismo, Luis, sentía un nudo en la garganta porque le parecía verse a sí mismo diez años atrás enredado entre las telarañas de Malta y sacrificándole a su vanidad su amor por Gaby.

Ester no cambiaría jamás. Había vuelto a recibir en el apartamento a Alfonso Ensaba, que desde hacía un año se dedicaba al tráfico de drogas, pero a quien el dinero y el poder habían modificado su comportamiento sexual. Ya no se adaptaba a los fantasmas que le daban placer a Ester, ya no buscaba hacerla gozar: la penetraba de cualquier modo, dejándola frustrada. En ese nuevo marco sus gritos y golpes le resultaban a ella intolerables. Ester le contaba a él todas aquellas cosas porque había resuelto que eran hermanos. Mentía con descaro cuando tenía un nuevo amante y le decía la verdad apenas terminaba su relación amorosa. Aunque creyera lo contrario, los hombres se aprovechaban de ella. La invitaban a cenar, le hacían el amor y luego desaparecían. Ester se apresuraba a buscar nuevas aventuras que taparan los huecos de decepción dejados por las anteriores.

Al lado de Ester experimentaba, aunque por motivos diferentes, lo que alguna vez sintió con Gaby, que no la merecía, que era demasiado feo para obtener el amor de mujeres bonitas. Pero Ester le aceptaba sus invitaciones con tal de no quedarse sola en su apartamento, pensaba en sus momentos de depresión. Toda aquella cantidad de vestidos, de productos de maquillaje y de perfumes debía lucirlos en los restaurantes y discotecas de moda y estaban destinados a la conquista de nuevas aventuras. Él le servía de acompañante y la introducía en lugares donde no podía ir sola. La sensación de ser utilizado no lo abandonaba un instante, pero se sentía incapaz de dejarla. Como decían los franceses, la tenía en la sangre. Gaby seguía afirmando que buscaba mujeres parecidas a su madrastra, bellas, frías y calculadoras, para usurpar la personalidad de su padre. ¿Y si al fin de cuentas tuviera la razón? Desde Malta hasta Ester, todas las mujeres de las cuales se había enamorado poseían aquellas características. Pero comprobarlo no servía de nada porque estaba hipnotizado por Ester. De niño había visto una vez a unos burros cuyos propietarios les hacían una herida en el cuello y luego les hundían un palo en la llaga para hacerlos caminar. Él se sentía así, como un animal obligado a andar por miedo y dolor. Si dejaba sola a Ester un minuto perdía su posición de acompañante privilegiado.

Esa situación de enamorarse de mujeres bonitas e indiferentes la tenía desde la infancia, cuando, parado bajo el dintel de la puerta de la casa de su padre, oyó que su madrastra le ordenaba a la sirvienta decirle que no podía entrar porque no había nadie para recibirlo. Sintió su cara afiebrada por la humillación. Pero ¿cómo ese y otros ultrajes lo conducían a mujeres que lo hacían sufrir? Antes de Gaby había sido amante de Eunice en Bogotá, que también le era infiel. Una noche que no quiso acompañarlo con el pretexto de una jaqueca, fue al edificio donde vivía y camufló su automóvil entre los árboles de un parque cercano. Desde allí la vio salir en compañía de un mequetrefe que había venido a buscarla y cuatro horas más tarde regresaron y él esperó en el frío de la madrugada hasta que el hombre salió a la calle hacia el amanecer. Ese mismo día se fue a Barranquilla, aceptando el empleo ofrecido por un amigo suyo y una semana después conoció a Gaby. Si hubiera rechazado el pacto de tener relaciones sexuales cada uno por su lado seguiría junto a ella y sería feliz. Ahora que se había vuelto maduro comprendía que la aventura de Gaby era poca cosa, un desliz sin importancia. Solo contaba el amor y Gaby lo amaba. Su manera de comportarse con ella cuando se enfermó era un escándalo. La había abandonado en su dolor y hasta le había pedido que se muriera. Como Claude con Isabel, había llevado a Gaby a la desesperación.

Pese a la terrible experiencia que había vivido, Isabel se sentía renacer, al menos había escapado de las garras de un demente. Recordaba la maligna expresión de la cara de Claude cuando le anunció que iba a dejarlo. Pero no lo creyó capaz de semejante reacción, ir a ver a un médico comunista y sonsacarle una prescripción de drogas para locos furiosos, como le explicó su sicoanalista. No imaginaba a Claude tan malvado. Así como desnucaba palomas y ahogaba gaticos intentó hacerla desaparecer entre los muros de un manicomio. Los últimos meses con él habían sido execrables. Ni siquiera le prestaba atención a lo que decía. Lo dejaba hablar solo en sus monólogos de histérico respondiendo sí o no cuando por casualidad quería que confirmara o negara sus aseveraciones. Él no advirtió su silencio, tan enredado estaba en los delirios que ocupaban su mente. La historia del policía que le ponía multas porque aparcaba mal su Mercedes fue todo un sicodrama en el cual intervinieron varias personas, su padre, que le dio dinero para abrir el juicio, y el abogado de su familia, que hizo comparecer al pobre policía ante las autoridades competentes. Escondido detrás de un árbol, Claude esperaba al policía la noche entera, decidido a armarle una trifulca, pero se dormía rendido de frío y de cansancio. Al despertarse la multa estaba bajo el limpiavidrios y otro era el agente que se ocupaba del sector. Ella oía las recriminaciones de Claude, advirtiendo que se deslizaba cada día más hacia la paranoia: lo perseguían porque era comunista e hijo de millonario. En ningún instante se le ocurrió aparcar su automóvil en el lugar correcto.

A veces Claude le daba la impresión de tener fiebre como si su demencia pudiera medirse con un termómetro. Tranquilo por las mañanas, la calentura le empezaba apenas caía la tarde. De igual manera, su agresividad se volvía más aguda los fines de semana, cuando Maurice venía a buscar a las gemelas privándolo de lo que confusamente creía ser su paternidad. Cada día más le gustaba ir a casa de sus padres acompañado por ella y sus hijas para darle a los suyos la impresión de tener una familia, como si la marginalidad empezara a resultarle un fardo. Pero a las gemelas les encantaba salir con Maurice y ella prefería dormir para no soportar el mal humor de Claude. Entorpecida por los somníferos se había roto una costilla y quemado un dedo. En ambas ocasiones Virginia la había llevado a un hospital suplicándole que dejara de tomar aquellas drogas, aunque

223

sabía, pues se lo había explicado, que la vida con Claude le resultaba intolerable. Un maniático que peroraba el día entero embriagado por sus propias palabras o guardaba un silencio acusador y rencoroso si ella se permitía salir con Virginia o recibir a sus amigas, un enfermo mental que leía todos los periódicos con el fin de descubrir los nuevos atentados de la burguesía contra la clase obrera, un amante de pacotilla incapaz de darle placer. ¿Qué podía hacer a su lado? Morirse de aburrimiento o de exasperación o huir de él mediante los somníferos. Pero a partir de ahora todo sería diferente. Trabajaría como traductora en la Unesco conquistando su independencia y conocería a otros hombres. Sentado a su lado, Lucien acababa de acariciarle furtivamente una mano. «¿Subo esta noche?», oyó que le preguntaba en voz muy baja. Y ella sintió que una ráfaga de calor envolvía su cuerpo y se dijo que todo lo vivido con Claude no tenía importancia y hasta valía la pena haberlo soportado si al final del camino encontraba los brazos de Lucien.

7

Virginia veía llegar las primeras sombras de la vejez con una secreta serenidad. Pensaba que había vivido a fondo sin hacerle mal a nadie y sin permitirle a nadie hacerla sufrir. Había conocido a muchos hombres, se había enamorado de algunos y se había retirado siempre a tiempo antes de que la relación se volviera monótona o agresiva. Había tenido, también, cantidades de amigos por todos los confines del mundo, que la seguían queriendo y a quienes visitaba con regularidad. Para ella las fronteras no existían y hasta le chocaba pedir una visa a fin de entrar en cualquier país. El sida empezaba a causar estragos entre sus amigos pintores y eso le producía una gran pena. La muerte en sí no tenía mucha importancia, pero le parecía terrible la imposibilidad de terminar una obra. Iba a verlos a sus casas y luego al hospital y terminaba asistiendo a su entierro. A veces tomaba el avión nada más que para poner flores en sus tumbas. Felizmente sus primas habían salido adelante. Gaby acababa de publicar un álbum de fotografías y, después de muchos problemas, Isabel se puso a escribir una novela. El libro de Gaby fue acogido muy bien por la crítica.

Su amiga Cristina, en cambio, había muerto. Se le dio por regresar a Barranquilla y su madre le hizo la vida tan imposible que se le reventó un aneurisma que tenía en el cerebro. Desesperada por el dolor, Cristina se apretaba la cabeza entre las manos y decía que su mente se desgarraba, que una bola de fuego ardía en su frente. Los médicos no pudieron hacer gran cosa. Cuando, ya muerta, la sacaron del pabellón de cirugía vio su cara deformada por una mueca de sufrimiento, con los ojos desorbitados. Durante el servicio fúnebre debió contenerse para no abofetear a su madre, esa mujer estúpida que hasta el final le reprochó a Cristina el haberse separado del loco de su marido. Ella, Virginia, había pasado tres meses en Barranquilla, en la vieja casa de sus padres. Cristina iba a verla cada anochecer y lo primero que hacía al entrar era pedirle una aspirina y un vaso de whisky. Bebía mientras picoteaba la comida y después de la cena. Se había enamorado de un aristócrata bogotano, Jaime Velázquez de los Llanos, recién nombrado director de una empresa cuya sede principal estaba en Barranquilla. Jaime la adoraba y aceptó un año de relaciones platónicas. A Cristina le gustaba ir a su casa atendida por un sirviente en librea y cenar a la luz de la luna frente a la piscina. Recibía sus declaraciones de amor como un bálsamo y se dejaba besar y acariciar con emoción. Pero una noche, después de doce meses de abstinencia, Jaime la penetró y cuál no sería su sorpresa al oírla gritar de horror y verla correr al baño para vomitar. Jaime repitió la experiencia varias veces sin que la reacción de Cristina cambiara y al final le dijo que debían separarse. Ella aceptó el veredicto sin siquiera defenderse, esperando en su ingenuidad que Jaime volvería a llamarla. No la llamó; más aún, después de un viaje a Bogotá, regresó en compañía de una prima suya y Cristina cayó en la desesperación.

Fue en esa época que ella, Virginia, llegó a Barranquilla y Cristina empezó a visitarla todos los atardeceres. El día de su muerte le hizo notar que el esmalte de sus uñas se desprendía. Se las había pintado varias veces y siempre con el mismo resultado: el esmalte se resquebrajaba en diminutos trozos como si las uñas no lo soportaran. Eso empezó a mediodía; a las seis de la tarde la llamó para que la llevara a la clínica y una hora después había muerto. Frente a ese cadáver de expresión desesperada sintió horror y se juró a sí misma no luchar contra la muerte. Ahora tenía problemas cardíacos, pero no veía a ningún especialista. Su tío, el seductor, habría aprobado su decisión. Él, que se había suicidado cuando dejó de encontrarle gusto a la existencia, habría considerado de mal tono aferrarse de cualquier modo a la vida. Su diario la había guiado desde que lo encontró a la edad de doce años, perdido entre los recuerdos de familia que su madre guardaba en un armario. Apenas leyó las primeras páginas la sorprendió su ironía y su lucidez. Juzgaba con ferocidad los prejuicios de Barranquilla y, más tarde, las convenciones sociales de todas las ciudades del Caribe que visitó hasta llegar a México. No se entendía con su padre, a quien consideraba un déspota estúpido, pero sentía mucho cariño por su madre y sus hermanas. La mamá de ella, Virginia, era apenas una jovencita cuando él decidió irse a viajar por el Caribe en un buque de carga.

Ya entonces había seducido a casi todas las muchachas de la alta sociedad barranquillera, las mujeres que ella veía en las iglesias dándose golpes de pecho e imponiéndoles a sus hijas, sus amigas, una moral de puritanos. Tío Eduardo contaba con terrible minuciosidad las mañas de las cuales se había valido para conquistarlas, sus caprichos íntimos y la manera como sobornaba a sus hermanos a fin de que le sirvieran de mensajeros o de vigías. Había un fondo de filosofía en sus acciones: seducir era transgredir las leyes de la sociedad y darles placer a las mujeres significaba desgarrar los velos de su sumisión, volviéndolas libres así fuera apenas una noche. Para ellas, creía tío Eduardo, no había nada más mórbido que la frustración sexual: se enfermaban, languidecían y terminaban convertidas en neuróticas insoportables. Tío Eduardo había sacado de sus inhibiciones a varias mujeres casadas. En su diario describía de qué manera se volvían luminosas como flores cubiertas de telarañas que de pronto reciben un rayo de sol. Tenía varias relaciones al mismo tiempo, pero, cuestión de caballerosidad, le permitía a cada una la iniciativa de dejarlo. Ella, Virginia, veía en ese juego de yo te conquisto y tú te vas cuando quieras un poco de perversión. Tío Eduardo las manipulaba desde el principio hasta el final. Quizás todos los seductores del mundo actuaban de igual manera, pero sin la misma honestidad.

Aparte de eso, el diario estaba lleno de reflexiones sobre la manera de comportarse en la vida, de decocciones de ciertas plantas y su utilización y del análisis de las infinitas conjugaciones del tarot. Se notaba bien que había sido un buen discípulo de Leontina, la vieja ama de llaves de su abuela. Hasta donde ella, Virginia, sabía, Leontina llegó a la casa cubierta de abalorios, con un turbante en la cabeza y un montón de hierbas medicinales en un talego, ofreciendo sus servicios de curandera pues había oído hablar de los problemas de salud de tío Eduardo, para entonces un niño frágil que se negaba a comer. Su abuelo, que pese a sus ideas conservadoras creía en los progresos de la medicina, tuvo un acceso de ira y quiso ponerla de patitas en la calle, pero su esposa no le hizo caso y Leontina se quedó.

Sus menjurjes le abrieron el apetito a tío Eduardo, ahuyentaron las ratas y fortificaron las plantas del jardín. Poco a poco Leontina se hizo cargo de la casa. Cuando nació la madre de ella, Virginia, su abuela quedó tan maltratada que debió guardar cama durante dos años y Leontina acabó por tomar las riendas de la mansión. En su posición de ama de llaves, que para la época no quería decir gran cosa, solo las sirvientas se quejaban: con Leontina a la cabeza no podían robarse ni siquiera un huevo y debían trabajar la totalidad del tiempo convenido o si no eran reemplazadas por otras más competentes. Durante esos años había cautivado completamente a tío Eduardo y lo inició en la vida amorosa. Quizás por eso a su tío le fascinaban las mujeres maduras, capaces, según escribía en su diario, de entregarse completamente a la pasión rompiendo los diques del convencionalismo. También le gustaban las mujeres del pueblo, que desconocían las reticencias de las burguesas, y las negras como Leontina, que tenían la sangre hirviente.

En realidad, tío Eduardo quería a todas las mujeres y durante años ella, Virginia, había esperado encontrar a un hombre que la amara con la misma generosidad y desenroscara los pudores de su cuerpo. Pero no lo halló y tuvo que resignarse con vivir pasiones de caricatura en las cuales el menor gesto estaba previsto de antemano y, vacías de emoción, las palabras resonaban como el viento en el desierto. Se preparaba, pues, a irse de este mundo sin haber conocido el amor cuando Isabel le presentó a Henri, un periodista político cuya firma era apreciada en las revistas de opinión, amante de Julia, una mujer extraña que daba la impresión de haber vivido todas las penas del mundo. Geneviève se enamoró de él y lo llevaba a cenar a su apartamento con el pretexto de ver películas de veleros y barcos de guerra, que había comprado apenas supo que el tema le interesaba. Para disimular un poco sus intenciones invitaba también a sus primas y a ella, Virginia, pero Henri no se daba por enterado. En una ocasión les había dicho que no soportaba la traición y el engaño y que detestaba vivir con dos mujeres al mismo tiempo. Estaba claro, pues, que mientras anduviera con la otra no les prestaría atención. Sin embargo, Geneviève insistía en presionarlo a fin de que dejara a Julia.

Una noche ocurrió algo que despertó la atención de Virginia. Acababan de cenar cuando Geneviève encendió la chimenea del salón. Todo parecía muy bien arreglado: había flores en los jarrones, el gato dormía sobre un cojín y en las copas el coñac tenía reflejos dorados. Ella, Virginia, pensó que estaba de más y con el primer pretexto se despidió. Pero Henri la siguió por la escalera porque quería comprar cigarrillos y, al llegar a la calle, la acompañó hasta su automóvil. A fin de agradecerle su amabilidad se ofreció a llevarlo a un café y Henri subió y se pusieron a hablar hasta que llegaron al primer bar abierto a esa hora de la noche. Henri compró cigarrillos para Geneviève y ellos dos y reanudaron la conversación en el trayecto de regreso. Aparcados frente al edificio donde estaba el apartamento de Geneviève pasaron más de media hora hablando sobre una cosa y otra. Finalmente se despidieron y cuando ella llegó a su casa y se bajó del automóvil cayeron al suelo los paquetes de cigarrillos que Henri le había pasado para que los guardara sobre su falda. Ni él ni ella se habían dado cuenta de aquel olvido. No pudo dormir de emoción y al día siguiente, a la primera hora de la mañana, llamó por teléfono a Isabel, experta en sicoanálisis, y le contó lo ocurrido. Su veredicto fue como un rayo: «Algo ha comenzado a existir inconscientemente entre ustedes dos», le afirmó. Entonces ella, Virginia, salió corriendo a casa de Thérèse para que le echara las cartas y también el tarot le anunció la presencia de un hombre que iría a modificar el curso de su vida dentro de ocho meses, hasta que Julia saliera del horizonte de Henri. Ella se puso a esperar el acontecimiento tranquilamente y como le quedaba mucho tiempo por delante se encargó de organizarle una exposición en Tokio a uno de sus nuevos pintores y antes de partir decidió celebrar esa noche una fiesta a la cual invitó a todo el mundo.

Isabel llegó temprano para ayudar a su prima a preparar las picadas. Desde hacía un tiempo para acá se sentía mejor, pero había conocido años terribles, cinco en sicoanálisis y cuatro como amante de su sicoanalista. Creía haber sido una paciente honesta pues siempre decía la verdad y vencía sus resistencias una tras otra. Descubrió que la misoginia de su padre le había causado mucho mal. Amenazada en su intimidad más profunda, cuando de niña le oyó decir que había que arrancarles el clítoris a las mujeres, se acostumbró a mostrarse dócil por miedo. Al enamorarse de tío Julian huyó de su padre por primera vez, y al casarse con Maurice, un hombre débil, y luego al unirse a Claude, a quien en el fondo consideraba un enfermo, había repetido el mismo gesto de rechazo a la virilidad. El doctor Gral no decía nada, pero se mostraba inclinado a aceptar ese y otros de sus razonamientos. En el momento de la transferencia afectiva, ella se quedó pasmada por la violencia de su deseo, que parecía surgido del fondo del tiempo, de los abismos de una sexualidad remota y feroz donde nada más existía.

Fue un sábado por la mañana. El doctor Gral iba probablemente a pasar el fin de semana en el campo y se había puesto bluyines. Ella hablaba como de costumbre tratando de analizar un sueño que había tenido la noche anterior cuando de pronto sus ojos advirtieron la rodilla forrada en el pantalón y una oleada de pasión la dejó paralizada en su silla como una mariposa atravesada por un alfiler. No pudo decir una palabra más; se levantó y sin siquiera despedirse salió a la calle a toda prisa. El lunes siguiente le contó lo ocurrido al doctor Gral y vio a través del brillo de su mirada que a duras penas contenía su satisfacción. ¿Era la alegría del sicoanalista que comprobaba la realidad de su teoría o era la reacción del hombre? Ella no llegó a saberlo jamás. Años después le oiría contar que para esa época comenzó a buscar prostitutas latinoamericanas a quienes llamaba Isabel mientras les hacía el amor. Pero el deseo se había ido con la misma rapidez que había venido y nunca más lo volvió a sentir, así como desaparecieron aquellos sueños en los cuales veía al doctor Gral sobre un inmenso trono vestido de gran sacerdote egipcio mientras ella, del tamaño de una hormiga, trataba de escapar de su templo.

A través del sicoanálisis descubrió también que se sentía avergonzada de su padre porque era un poco chabacano. Hubo un tiempo durante el cual, a causa de una querida exigente, dejó de darle dinero a su madre para pagar los gastos de la casa: en el jardín crecieron de un metro las malas yerbas, se agrietaron las paredes, bajaron las pérfidas líneas del comején, se oxidaron las rejas de hierro de la entrada y cayó al piso un pedazo de cielorraso dejándole paso libre a los murciélagos. Ella estaba humillada profundamente de que sus amigas vieran aquellos estragos, pero el doctor Gral parecía considerar esos recuerdos menos importantes que los relacionados con su primera infancia. Ella buceó hasta donde pudo, sacando a relucir su desafecto hacia las muñecas, su pasión por los animales y sus cálidas relaciones con su abuela materna. Un día, llevaba ya cinco años de sicoanálisis, se acordó que de niña solía jugar con frascos llenos de agua teñida con lápices de colores. Así formaba las familias de los azules, de los verdes y de los rojos y les hacía revivir las historias que oía referir a las amigas y parientas de su abuela, que la llevaba a casa de sus familiares con la sola condición de que no interviniera en la conversación. A través de sus frascos ella deshacía los entuertos y entronizaba la justicia. Era ya una forma de escribir, de volver a contar las cosas del mundo. Pero el doctor Gral no aceptó aquella explicación y le dijo perentoriamente que los frascos representaban los falos a cuya posesión aspiraba. Ella comprendió que, fascinado por sus teorías, el doctor Gral se había equivocado de interpretación y el sicoanálisis se terminó ahí mismo. Dejó de soñar y su interés por el asunto desapareció. No podía, sin embargo, separarse del doctor Gral de un día para otro porque él era el tronco por medio del cual había trepado para poder vivir. Así pues le ofreció seguir visitándolo, pagándole sus honorarios de siempre y, en lugar de sicoanalizarse, hablarle como a un amigo. Cuál no sería su sorpresa cuando le oyó decir que la invitaba a comer en un restaurante el sábado siguiente. No supo qué responderle. Por un lado era consciente de que no lo deseaba y ni siquiera estaba enamorada de él, por otro la aguijoneaba la idea de acostarse con el hombre que, según la teoría sicoanalítica, representaba a su padre, condensando en sí mismo los símbolos de la virilidad. De todos modos no podía dejarlo y estaba dispuesta a pagar lo que fuera con tal de permanecer a su lado.

Ese sábado llegó a su apartamento justo en el momento en que la última paciente entraba en el consultorio. El doctor Gral la hizo pasar al salón donde tantas veces había esperado su turno desde que no quiso seguir yendo al hospital. Le trajo una bandeja con whisky, hielo y dos vasos y se fue a atender a su paciente, pero antes puso un disco en el cuarto de al lado y, gracias a un pequeño micrófono que había colocado agujereando la pared, el salón se llenó de la música del concierto para violín de Beethoven. Una hora después regresó vestido con elegancia, se sentó frente a ella y le dijo de sopetón que había matado a su madre, enferma de cáncer, para que no sufriera. Así comenzó el sicoanálisis del doctor Gral. En medio de aquel torrente de confesiones ella, Isabel, no tuvo la posibilidad de articular una palabra y solo pudo balbucear algo en el restaurante de cuatro estrellas adonde el doctor Gral la había llevado, cuando el maestresala le tendió un cartón con la lista de músicas que podía elegir. Dijo: «Del siglo XVI», y entonces cayó en la cuenta de que desde hacía dos horas el doctor Gral le hablaba con desesperación sin dejarla intervenir en aquel monólogo suyo. Pero aun en aquel momento y pese a no estar atraída por él, pensaba que debía ser un amante maravilloso.

Grande fue su desilusión cuando, al volver al apartamento y hacer el amor en su cuarto tapizado con una tela de terciopelo azul oscuro, descubrió que, erguido, el miembro del doctor Gral tenía el tamaño de su meñique. Antes, cada vez que tenía una aventura, el doctor Gral le aseguraba que se trataba de una simple transferencia afectiva porque en el fondo estaba enamorada de él. Y si su amante se mostraba torpe, le decía que era su culpa pues no sabía exigir el placer. Pero pese a conocerla a fondo no trató de plegarse a sus deseos y fue un amante mezquino, ocupado solamente en obtener una satisfacción laboriosa. No sabía hacer el amor: ignoraba, por ejemplo, que debía apoyarse sobre los codos y la aplastó con el peso de su cuerpo hasta cortarle le respiración. En vez de besarla, le echaba babas en la boca y en ningún momento sus manos intentaron hacerle una caricia. Más tarde le ofreció llevarla a su casa y cuando ella abrió la puerta del automóvil para sentarse, él le indicó que se instalara atrás porque ese era el asiento de su perro. Un segundo después le decía que se trataba de una broma, pero la humillación estaba hecha. Ella, Isabel, comprendió que quería agredirla por haber descubierto su secreto y, en cierta forma, su impotencia.

Desde entonces y, durante cuatro años, fue a verlo una vez por mes para obtener las prescripciones de somníferos que le permitían dormir y mantenerse tranquila. Siempre que se encontraban, el doctor Gral le hablaba desaforadamente de su vida. En los restaurantes devoraba sus platos y los de ella, pues enfrente de él no podía probar un bocado. Al cabo de un tiempo el doctor Gral engordó y su perro también. Quiso convertirse en poeta y sacó una novela trabajada con escritura automática que no tenía ni pies ni cabeza. Se la publicaron gracias a sus relaciones, empezó a componer poemas y él y su perro engordaron más aún. Apenas ella llegaba a su apartamento le daba a leer cantidades de versos escritos de cualquier modo, ávido de elogios, antes de continuar su sicoanálisis. Ella lo ayudaba a deshilvanar sus confusos pensamientos que en el fondo eran pueriles como lo son la mayoría de los recuerdos humanos. Había sufrido mucho en su infancia porque sus hermanos lo atormentaban. Había realizado sus estudios de medicina para imponerles su autoridad. Se había casado con una mujer de un medio social superior al suyo, que lo abandonó al cabo de un año de matrimonio. Persuadido de que su vida era un drama no se daba cuenta de que la aburría. Ella difícilmente ocultaba su cansancio. En los restaurantes donde el doctor Gral se atragantaba de comida, se distraía mirando a la gente sentada a su alrededor y en el apartamento cerraba los ojos fingiendo concentrarse y pensaba en otra cosa.

Pero un día el doctor Gral le anunció que debía elegir entre vivir con él o dejar de verlo. Ella no se sentía capaz de habitar aquel apartamento viejo, oscuro, con sus paredes forradas en terciopelo y cuadros surrealistas baratos, soportando a cada instante la presencia de ese hombre. Tampoco podía prescindir de él y de sus prescripciones. Ante el dilema resolvió suicidarse. Aprovechando que las gemelas pasaban vacaciones con Maurice, descolgó el teléfono y se tomó ochenta pastillas de somníferos. Quiso el azar que Virginia llegara dos días después a París. Enterada por Gaby de sus últimas peripecias con el doctor Gral, la llamó por teléfono y al comprender que lo había descolgado se precipitó a su apartamento, hizo que la portera le abriera la puerta y buscó una ambulancia para transportarla a un hospital.

Al despertarse en el pabellón de cuidados intensivos, ella, Isabel, oyó un estertor junto a su cama. Venciendo la debilidad, se incorporó y apoyada en un codo miró en la dirección de donde provenía el quejido. Vio un hombre tan horrible que volvió a acostarse aterrada. Pensó que era una alucinación y se preguntó si estaría loca antes de mirar por segunda vez y descubrir que se trataba de un pobre viejo que se estaba asfixiando porque se le había caído el tubo a través del cual le llegaba el oxígeno. Oyó muy lejos la risa de las enfermeras. Se arrancó una aguja clavada en su brazo izquierdo, se levantó y caminó hasta la puerta para llamarlas. Llegaron enfadadas y la regañaron, pero antes de ponerle de nuevo la inyección, le arreglaron la situación al viejo. Al amanecer el hombre murió, es decir, el corazón dejó de latirle. Un médico joven y visiblemente satisfecho de sí mismo apareció con un aparato y, después de muchas manipulaciones, trajo al viejo a la vida. Asimismo decidió que ella, Isabel, pasaría al manicomio pues en Francia la tentativa de suicidio era considerada como un acto de locura. Mientras esperaba que vinieran a buscarla pudo conversar un poco con su vecino de cama. Le oyó contar cómo desde hacía una semana le ocurría lo mismo: las enfermeras dejaban por la noche el tubo mal colocado a propósito para apresurar su muerte y al amanecer el médico vanidoso se valía de aquellos artificios para obligarlo a vivir.

Desde ese momento ella, Isabel, decidió irse lo más pronto posible de aquel hospital, pero debió pasar un día y una noche más entre los locos antes de que Gaby y Virginia vinieran a recogerla. Estaba flaca y terriblemente débil pues hacía casi una semana que no comía nada. Apenas entró en su apartamento, que sus primas habían limpiado y arreglado para darle gusto, sonó el teléfono y al otro lado de la línea oyó al doctor Gral preguntándole dónde se había ido y cuándo podían verse. Le contestó: «Algún día», y después de unos segundos de silencio él murmuró: «Ya comprendo». Quizás se imaginó que había encontrado un amante, lo cual explicaba su ausencia. Ella le confió su problema a Benoît, a quien seguía viendo pese a las reticencias de Geneviève que no le perdonaba su abandono y Benoît le hizo una prescripción idéntica a la del doctor Gral. De ese modo le dijo adiós al sicoanálisis y se puso a escribir en serio una novela. Iba por el primer capítulo de la tercera parte y tenía la intención de dedicársela a Virginia, que le había salvado la vida. Pero ya la muerte no le causaba miedo y se había prometido poner fin a sus días cuando su enfisema pulmonar le impidiera respirar. Gaby y Virginia estaban de acuerdo con esa decisión; las gemelas, por supuesto, nada sabían.

Aunque sus hijas eran independientes y tenían una gran fuerza de carácter, ella trataba de protegerlas. No siempre reaccionaban del mismo modo. Así, antes de que les llegaran las primeras reglas, intentó explicarles delicadamente la situación: habló de capullos y de flores, de cristalización de la fuerza vital, de renovación de generaciones y de cómo sus sentimientos por los hombres iban a cambiar. Ellas la escucharon hablar con interés, pero cuando se trató de ir a ver a Benoît para obtener la píldora anticonceptiva, Marlène dijo que lo pensaría y Anastasia le comentó: «Mamá, no irás a pildorizarme a los catorce años; necesito continuar sublimando para seguir siendo la primera alumna de mi clase». De ese modo descubrió que las gemelas habían leído los libros de Freud y comprendían muy bien la teoría sicoanalítica. Gaby habló de triunfo del oscurantismo y Virginia dijo que solo se estima aquello por lo cual se ha combatido. Al cabo de los años las gemelas tomaron la píldora en cuestión y tuvieron aventuras amorosas, buscando no tanto el aspecto lúdico de la seducción como la tranquilidad de una relación constante. Seguramente se sintieron desamparadas cuando Maurice se fue y trataban de formar un hogar. Por lo pronto vivían con ella y pasaban los fines de semana en casa de su padre, pero durante las vacaciones se iban de viaje en compañía de sus amigos. Era entonces cuando ella se sentía terriblemente sola y Gaby o Virginia venían a acompañarla. La invitaban al cine y a buenos restaurantes pues ambas se ganaban muy bien la vida. Virginia había comprado el apartamento donde ahora estaba con una parte del dinero que obtuvo al vender el último cuadro de Goya.

Trayendo consigo a Florence, Gaby entró en el salón. Al pasar frente a un espejo vio su cara y comprobó una vez más que había envejecido. En los párpados tenía finas arrugas ocasionadas por los muchos soles a los que se había expuesto trabajando como fotógrafa de prensa. Las cosas eran ahora un poco diferentes: publicaba libros y hacía exposiciones. Solo se desplazaba si el acontecimiento le parecía realmente importante, como la caída del muro de Berlín, o si le servía de pretexto para ir a ver a un amigo. Aun así pasaba la mitad del tiempo viajando porque era una de las fotógrafas de una revista de reportajes que tenía mucho éxito. Viajar le daba una impresión de libertad: no dependía de nadie y nadie dependía de ella. Ahora que Rasputín había muerto de viejo, salía, le ponía llave a la puerta de su estudio y el mundo le pertenecía. Conocía todos los continentes y había atravesado muchos ríos y mares. Podía comer cualquier cosa sin que su estómago se resintiera. La conmovía la miseria que encontraba en los países pobres, donde la gente nacía y moría con hambre. La irritaba la vanidad de los ricos y de los hombres de poder que había fotografiado. Pensaba que el mejor gobierno posible era el que menos interviniera en la vida privada y de sus ideas políticas emanaba un discreto perfume de anarquía. Había hecho también reportajes sobre los pintores y escritores del mundo entero. Estos últimos la habían decepcionado un poco: eran con frecuencia arrogantes y menos cultos de lo que la gente creía. A uno de ellos le había oído decir que después de leer un libro sobre la revolución de octubre había quedado sorprendido al descubrir el papel que había jugado Trotsky en ella. Otro le aseguró que los periodistas cubanos aceptaban la censura porque no habían hecho el menor comentario cuando un día, en su presencia, Fidel Castro se había quejado del aburrimiento de leer todas las mañanas el editorial del *Granma*. Hablando de un asesino condenado a muerte por violar y enloquecer a una muchachita en los Estados Unidos, un tercero le afirmó que la última víctima se había vuelto loca, sí, pero de placer. Y en su calidad de escritores aquellos hombres ejercían una influencia sobre sus lectores. Prefería fotografiar a los humildes, en cuyos corazones encontraba más humanidad y menos insolencia. Marlène, una de las gemelas de Isabel, a quien consideraba su hija, parecía orientarse hacia la fotografía. Estudiaba Ciencias Políticas y en su último viaje la había acompañado como reportera. Escribió un artículo excelente sobre unos aborígenes australianos que conocían la existencia de una estrella imposible de descubrir con la simple vista. El director de la revista le ofreció que apenas terminara sus estudios se fuera a trabajar con ellos. Isabel prefería en su fuero interno que estudiara matemáticas puras como Anastasia, pero Marlène había sido atacada por el virus de la libertad y de los grandes espacios. Quería ser periodista y veía en ella un modelo.

Ojalá Marlène tuviera más suerte que ella con los hombres. Pese a su experiencia se dejaba engatusar por individuos anormales. Prueba de ello, su última aventura amorosa con un profesor de francés. Se llamaba Didier, era guapo y estaba casado con una aristócrata de Baviera, a quien mantenía encerrada en una casa de los alrededores de París. La pobre mujer no salía y desde su matrimonio no había vuelto a ver a su familia. Didier era hijo de obreros que hicieron todo lo posible para impedirle instruirse. De niño le apagaban la luz con el pretexto de economizar y Didier estudiaba a escondidas aprovechando la claridad que emanaba del televisor hasta la puerta de su cuarto. Después obtuvo una pequeña beca, se graduó en la Escuela Normal Superior y aceptó irse a África a enseñar francés. Vivía como un monje y apenas lograba reunir una cantidad de dinero importante venía a París y compraba una chambre de bonne. Con sus rentas, su trabajo y sus economías llegó a poseer treinta cuartos que alquilaba a precios considerables a las muchachitas provincianas que venían a estudiar en la capital. Didier le hacía la corte en los cafés de Montparnasse, donde un segundo antes de que el mesero trajera la cuenta se esfumaba con el pretexto de ir al baño. A ella, Gaby, le sorprendía su avaricia, pero nunca pensó que esta se reflejara en el comportamiento sexual. El día que Didier pudo recuperar uno de sus cuartos la invitó a seguirlo y al entrar puso un bombillo para iluminar el interior y, como un ilusionista, sacó de su cartera una sábana destinada a cubrir el miserable colchón de una cama, el único objeto que había en el cuarto. La calefacción brillaba por su ausencia y al desvestirse ella creyó que iba a agarrar una pulmonía. Se acostaron sobre la cama y Didier trató en vano de hacerle el amor. Después de media hora de molestos e inútiles esfuerzos se levantó para de demostrarle cómo, gracias a la concentración, podía mover todas las partes de su cuerpo. Y, en efecto, las movía. «Mírame el vientre», decía, y su vientre comenzaba a latir. «Mírame la costilla izquierda», anunciaba, y la costilla parecía agitarse como una corriente de agua. En suma, controlaba los abdominales y pectorales, pero no el único miembro susceptible de interesar a una mujer.

Ella tuvo que dominar el deseo de reír porque Ángela de Alvarado le había contado que los hombres que hacían ejercicios para desarrollar los músculos se volvían violentos y por un sí o un no golpeaban a las mujeres. Con el pretexto del frío se vistió y a fin de no despertar su agresividad lo invitó a cenar en un restaurante de los alrededores. Por suerte Didier no conocía su dirección, pero iba a los lugares que ella solía frecuentar y apenas la encontraba se ponía a seguirla con una expresión malévola. Varias veces le había tocado tomar precipitadamente un taxi para escapar de su persecución. Virginia había decidido intervenir amenazándolo con referirle sus andanzas al director de la escuela donde enseñaba francés. Quizás eso lo calmaría un poco.

Se sentía vieja, fea y mal vestida. Ella, Florence, no había podido seguir planchando camisas porque el reumatismo le paralizaba las articulaciones y sus dedos inflamados la hacían sufrir. Antes de morir de cáncer, su madre le había dado una pequeña renta, lo que le permitió instalarse en el asilo de ancianos donde ahora vivía. Las reglas de aquel establecimiento eran draconianas y trataban a los pensionarios como si fueran niños descocados y sin personalidad. Gracias a Dios, Virginia, Isabel y Gaby se habían hecho pasar por sus primas y la sacaban los fines de semana. Entonces iba al cine, al restaurante o, como hoy, a las fiestas que organizaban. En cada estación reunían dinero para comprarle un vestido nuevo y nunca le faltaba su paquete de cigarrillos. Pero el vestido se afeaba por el uso repetido y cuando quería fumar en el asilo debía pedirle lumbre a la vigilante que se ocupaba de su sector pues no le permitían tener consigo ni fósforos ni encendedor. Desde que se levantaba hasta que se acostaba su vida era una suma de humillaciones. Sus dedos le permitían utilizar el tenedor, pero no llevarse a la boca la taza de café y para beberla le tocaba esperar el paso de una asistenta que quisiera ayudarla. El tosco papel higiénico del asilo le hería la piel hasta sacarle sangre y vio todos los colores antes de que la directora le permitiera utilizar el que Isabel le dejaba junto con sus cigarrillos, galletas y bombones los lunes por la mañana. Muchas de las ancianas sufrían de demencia senil y ofrecían un triste espectáculo. Otras, olvidadas por sus familiares, conservaban toda su inteligencia y tendían a sufrir de depresión nerviosa. Su vecina de cama poseía a la muerte de su marido un apartamento en París y una casa de campo. Su hijo se había apoderado del primero con el pretexto de que su trabajo lo llevaba con frecuencia a la capital, lo que era falso pues vivía en Venezuela, y luego hizo que un médico la declarara incapaz de valerse por sí misma a fin de apropiarse la segunda. Casos parecidos se veían por montones: mujeres que habían pasado la vida ocupándose de su casa y de sus hijos eran abandonadas como perros para ser despojadas de sus bienes apenas se convertían en un estorbo.

Ella se dejaría morir de hambre si no fuera porque entonces la meterían en un asilo de locos. Vivir tenía la recompensa de permitirle ver la caída de sus enemigos. Todo el mundo sabía que los niños de López no eran sus hijos, Jérôme tenía sida y Pauline había dejado a Pierre después de un proceso de divorcio a través del cual obtuvo la mitad de la fortuna de este. Pierre se vio obligado a vender su casa en Normandía y ahora vivía en una lujosa residencia para ancianos pues ninguno de los hijos de su primer matrimonio quiso encargarse de él. Sus nueras lo odiaban y los dos niños que tuvo con Pauline lo consideraban un viejo chocho y preferían el nuevo marido de su madre, que los llevaba a esquiar en diciembre y a navegar en su velero durante las vacaciones de verano. De todo eso la mantuvo informada Eve, antes de suicidarse. Eve iba a visitarla una vez por mes. Estaba tan pobre como ella, pero al menos vivía acompañada de su marido y Pauline le pagaba el alquiler del apartamento. Se había vuelto muy espiritual: desdeñaba la vanidad y las cosas de este mundo y hablaba de retirarse en un convento, pero cuando su marido murió de una embolia cerebral no pudo soportarlo y se cortó las venas. Ella envidiaba su suerte: poder morir en paz escapando de los ultrajes de la vejez. Si en vez de venir a buscarla en automóvil, Virginia y sus primas la llevaran al metro se botaría a los rieles un segundo antes de que el tren llegara. En el asilo y a pesar de la inflamación de sus rodillas se empeñaba en caminar por el miserable espacio que le servía de jardín, con el propósito de mantenerse en forma para alguna vez ir hasta el metro y poner fin a sus días. Ese era su tema de reflexión permanente: se imaginaba bajando las escaleras, recorriendo el andén y echándose hacia la liberación final.

De ninguna manera quería seguir envejeciendo en aquel lugar, carcomida por el reumatismo hasta volverse paralítica. Veía con horror a las más ancianas que siempre parecían sucias, con los cabellos peinados de cualquier modo, sentadas en una silla durante el día y por la noche acostadas en una cama sin poder dormir. Dependían de las enfermeras para lavarse, vestirse, cortarse las uñas, comer, beber y hasta ir al baño. Habían aprendido a no quejarse, pero a veces rodaban por sus mejillas lágrimas de muda desesperación. Ella las observaba de reojo mientras leía los libros que Louise le llevaba. No quería caer tan bajo y suicidarse era la única salida. Con sus años y sus achaques, morir resultaba más fácil que vivir. Los hombres habían conquistado muchas cosas, salvo el derecho de irse de este mundo cuando les diera la gana como si la sociedad no soportara la idea de ser rechazada hasta ese punto. En realidad nadie quería saber lo que pasaba en los hospitales y los ancianatos, donde la muerte merodeaba. Salud y juventud constituían el ideal al cual aspiraba la gente de la época, ensalzado por las imágenes del cine y la televisión, impuesto por los periodistas que hasta le hacían practicar la marcha a pie al presidente de los Estados Unidos. Por su parte los médicos utilizaban toda la panoplia de remedios y tratamientos de la ciencia moderna para mantener en vida a los enfermos y a los viejos, muchas veces contra su voluntad. Y así se llegaba a la gran paradoja: la sociedad no tenía en cuenta a las personas consumidas por los años y la enfermedad mientras los médicos se empeñaban en prolongarles artificialmente la existencia y a todos les importaban un comino sus sufrimientos.

Lo más increíble era que cada quien debía pasar por allí. Los franceses, terneros los había llamado De Gaulle, preveían hasta el último centavo de su jubilación, pero parecían incapaces de imaginar lo que les esperaba. No en balde eran católicos y se sometían a la voluntad del papa y endiosaban a sus hombres políticos. Más independientes y acostumbrados a rendirle cuentas a Dios sin la intervención de un sacerdote, los protestantes nórdicos empezaban a imaginar la instauración de la eutanasia como respuesta a los progresos de la medicina. La naturaleza hacía bien las cosas: así la mortalidad infantil mantenía la población a un nivel tal que los hombres podían existir sin destruir la Tierra; del mismo modo, los ancianos formaban parte de la sociedad y solo eran abandonados en condiciones extremas, cuando no podían cazar y constituían una boca inútil para el grupo. En todo caso su situación era clara y sin hipocresía. Pero la sociedad moderna salvaba de la muerte a los niños hasta convertir a la humanidad en verdadero cáncer del planeta sin preocuparse por lo que llegarían a ser más tarde, desempleados embrutecidos por el hambre pasada en su infancia, incultos e incapaces de aprender un oficio. Y por otra parte, alargaba a la fuerza la vida de los ancianos que solo pedían reposar tranquilamente en un cementerio, sin inquietarle, tampoco, las condiciones casi carcelarias de los asilos donde terminaban sus vidas.

Con una discreta lástima, Louise veía el aspecto desamparado de Florence. Cada vez que iba a visitarla al asilo y le prestaba libros observaba su inexorable ocaso. Se había hecho amiga de la directora, si de amistad podía hablarse con esa mujer dura y despiadada que reinaba como un dictador, a fin de que le permitiera sacar a Florence de vez en cuando y llevarla al salón de belleza. Allí le cortaban y le teñían los cabellos y le hacían las uñas de las manos y de los pies. Luego iban juntas a su librería y Florence se entretenía viendo pasar a los clientes. Se había vuelto una lectora sagaz, apasionada de Baudelaire y de Rimbaud, que había devorado la mitad de las obras de su librería. Ella le prestaba un libro y Florence se lo devolvía intacto como si sus páginas hubiesen sido recorridas por la mano de un ángel. Algo de ser alado se desprendía de su personalidad. Ahora que sus enemigos habían rodado bien abajo, Florence se deshacía de todo rencor y les daba a sus amigas lo mejor de su persona. Ya no medía el valor de la gente en función de su dinero ni prestaba importancia a los chismes y comadreos. Terminó reconciliándose con Gaby, a quien injustamente consideraba responsable del fracaso de su matrimonio, y hasta parecía haber olvidado los ultrajes recibidos de parte de Pierre, pero vivía abrumada por la depresión nerviosa y su única meta era el suicidio.

Para ella, Louise, las cosas iban bien. Les había alquilado a unos ingleses su casa en el Midi y tenía una librería cerca de Saint-Sulpice. Sus asiduos clientes le permitían ganar lo necesario para vivir y gracias a la renta de su jubilación obtenía lo superfluo. Matilde se había graduado de ingeniera y estaba a punto de casarse con un condiscípulo; Clarisa por su parte se había refugiado en el matrimonio y tenía ya cinco hijos porque rechazaba la idea de tomar la píldora anticonceptiva. Se había vuelto esposa en cuerpo y alma. No podía conversar con ella tres minutos sin aburrirse y no soportaba a su marido, un oscuro y arrogante vendedor de enciclopedias. Estaban instalados en Le Mans y ella iba a visitarlos una vez por mes para ver a sus nietos, que parecían más avispados que sus padres. Con el fin de contrariarla a ella, Clarisa los había matriculado en un colegio religioso. El mayor, Richard, era un niño particularmente inteligente que prefería pasar a su lado las vacaciones de verano. Ella lo llevaba a Brujas, a Madrid y Venecia, le regalaba libros de historia, le hacía recorrer museos y Richard parecía apasionarse por la pintura y la arquitectura.

Envejecido y frustrado, su marido José Antonio había vuelto a Barranquilla. Desde allí le escribía cartas rencorosas acusándola de lo habido y de lo por haber y eso que no sabía nada de su carrera de amazona. Muchos de sus amantes se habían convertido con el tiempo en sus amigos. Venían a verla a París, le traían regalos y evocaban con nostalgia los días felices que habían pasado juntos. Pero había los otros, los recién conquistados, hombres en plena fuerza de la edad con quienes mantenía una relación de igual a igual. Y había, sobre todo, Georges, un compañero de Matilde, que deseaba llevarla al matrimonio. Pese a su dulzura, Georges era obstinado y había conseguido que ella le pidiera el divorcio a José Antonio. Aquello no tenía sentido, unirse a un muchacho que podía ser su hijo. Matilde aprobaba el proyecto porque no quería casarse y dejarla sola. Virginia y sus primas también: habían conocido a Georges y lo encontraban encantador. Solo ella tenía reticencias. No se sentía vieja pese a la edad. Todas las mañanas corría media hora en el parque situado frente a su casa, trabajaba después de corrido en su librería hasta las nueve de la noche y aun así se sentía con fuerzas y ánimo para ir al cine o bailar en las discotecas. Pero casarse le parecía caer en una situación neurótica. «Falso», le replicaba Georges, «si uno ama es un placer vivir con la persona amada».

En realidad no sentía pasar las horas al lado de él. Como periodista, Georges había recorrido buena parte del mundo y tenía una sólida cultura y muchas historias que referir. Formado en ciencias políticas, había leído todos los libros que es necesario leer. Gaby y él realizaron juntos un reportaje en Líbano y al parecer Georges le salvó la vida impidiéndole caer en manos de unos extremistas que fusilaban a los periodistas extranjeros. Desde entonces eran íntimos amigos y, por supuesto, Gaby lo apoyaba en sus planes y abogaba en su favor. Le decía que con Georges su vida afectiva se enriquecería adquiriendo una dimensión más consistente que la obtenida con sus aventuras de paso. No quería claudicar ante la sociedad, pero el matrimonio con un hombre veinticinco años menor que ella resultaba más bien un desafío. Además, reconocía que a su lado se sentía acompañada.

Desde que Matilde se fue a vivir en compañía de su novio, hacía dos meses, le había dado a Georges las llaves de su apartamento, cosa que no habría hecho con ningún otro, y al cerrar la librería experimentaba un cálido placer al imaginarlo esperándola para cenar juntos y hacer el amor. Luego hablaban hasta quedarse dormidos, pero al amanecer Georges la buscaba de nuevo y a ella la sorprendía la rapidez con que su cuerpo reaccionaba sin necesidad de preámbulos, sin palabras ni caricias. Le gustaba permanecer entre los brazos de Georges, que olía a joven y la protegía del frío. Solo tenía miedo de que la dejara un día por una muchacha de su edad, aunque él no se cansaba de repetirle que era justamente su madurez lo que más lo atraía. ¿Por qué no tentar la experiencia? Desde que le dio las llaves del apartamento vivían como marido y mujer y no le había sido infiel ni un momento. Por primera vez en su vida deseaba hacer el amor solamente con él y lo que comenzó como un juego se había vuelto pasión excluyente que rechazaba de manera categórica cualquiera otra relación. Matilde la aprobaba, cierto, pero ¿qué diría el resto de la gente, el alcalde que los casaría? Iba a hacer el ridículo, a pasar por loca, a despertar la maledicencia entre sus conocidos. Atraería las miradas como la miel atrapa a las moscas. «Esa es la vieja que se casó con un hombre que puede ser su nieto», dirían a su paso las malas lenguas. Y ella se sentiría en condición de inferioridad. Tendría que separar su vida privada de su trabajo, como había hecho cuando estaba con José Antonio, aunque por razones diferentes. «La felicidad tiene un precio», decía Gaby cada vez que ella le hablaba de sus aprensiones. Y quizás Gaby no se equivocaba.

No había vuelto a Europa desde que concibió a su tercer hijo, hacía seis años, recordaba Olga, y eso era un error. Por mucho que frecuentara la alta sociedad de Bogotá, le faltaba esa inteligencia, esa finura de espíritu que caracterizaba a la gente que vivía en París. Virginia y sus primas, pero también Ángela de Alvarado, Aurora, Helena Gómez y hasta Roger, con quien tenía relaciones de amistad, formaban un mundo de personas sagaces e interesadas en las cosas de la vida. Para ellos cada día era diferente del anterior y llevaban sus experiencias al paroxismo sin importarles su costo. Si no fuera por esa ausencia de pasión del espíritu estaría feliz en Bogotá. Sus negocios marchaban bien, sus tres hijos crecían en buena salud y ese pobre López se contentaba con recibir por la noche a sus amigos y dormir el día entero su borrachera. Ella trabajaba siguiendo los consejos de César, el antiguo administrador de la fortuna de su padre, que ya muy viejo le había ido soltando las riendas poco a poco, sin dejar de darle instrucciones. Contra lo que la gente esperaba sacó su diploma de Administración de empresas y entre lo que había aprendido y las indicaciones de César se convirtió en una mujer de negocios bastante hábil. Su firma estaba a punto de penetrar el mercado norteamericano y había venido a Europa con el fin de entrar en contacto con una casa productora de compotas para niños. Pero si había tardado en volver era porque confusamente temía encontrar a los padres de sus hijos. Se parecían tanto que si los primeros veían a los segundos en la calle descubrirían la verdad. Un danés, un sueco y un descendiente de rusos blancos instalado en París, con todos se había acostado una sola vez quedando embarazada de inmediato. Y por otra parte no quería separarse de sus hijos así fuera durante unas semanas. No le tenía confianza a López que, enfermo de alcoholismo, trataba groseramente a los niños en sus crisis de mal humor. López empezaba a resultarle un problema.

En los últimos meses, cuando ella regresaba del trabajo, intentaba hacerle el amor: no podía y se ponía a darle bofetadas. Amalia, la vieja sirvienta de sus padres, intervenía al oír sus gritos y le reventaba a López la cabeza con un caballo de cobre que adornaba una consola colocada en la galería, junto a su cuarto. Tres veces lo había dejado sin conocimiento, pero le había advertido a ella que no volvería a hacerlo más porque no quería pasar el resto de su vida encerrada en una cárcel. Le tocaba, pues, reaccionar y quitarse de encima a ese hombre. López siempre había vívido de las mujeres y al casarse con ella había realizado la mejor operación financiera de su existencia: una fortuna servida en bandeja de plata. Ignoraba que ella se negaría a tener hijos con un viejo alcohólico y que se pondría a la cabeza de sus negocios. Nada de eso era previsible cuando aceptó desposarlo: de heredera consentida pasó a ser una mujer con carácter. Se mejoró. López, en cambio, se había ido degradando. En realidad había dos López: el seductor, el animador de fiestas; y por otro lado, el calculador, el chulo, el traidor que engañaba a sus amigos y les mentía a las mujeres: un hombre de alma fría, que había inhibido su personalidad más profunda, la que desde hacía unos años aparecía con la vejez y el etilismo. Para divorciarse de él tendría que utilizar la prudencia de un gato: decirle que amaba a otro hombre y al mismo tiempo ofrecerle una sólida pensión. Roger, que quería pasar unos meses en Colombia, podría aparecer como su amante para darle consistencia a su historia. Por lo menos desalojaría a López, que no se atrevería a soportar el ridículo de la situación. Le hablaría a Roger, a quien le gustaban los planes retorcidos y que estaría muy contento de pasar por su amante.

Con verdadera satisfacción Toti observó el asombro que produjo la entrada en el salón de Juliana, su nueva amiga. Juliana era una de las mujeres más lindas que había conocido, alta, muy delgada, de piernas interminables. Sus ojos oscuros parecían los de un cervatillo y en su cara había una expresión ingenua, que neutralizaba la agresividad suscitada por su belleza. Solo una vez había hecho el amor con un hombre y quedó tan traumatizada que nunca más quiso repetir la experiencia. Para conquistarla le había prometido traerla a París y hacerle conocer a los grandes costureros para que trabajara como modelo. Ella no tenía acceso a ese mundo, pero Gaby, que fotografiaba las colecciones de Louis

Féraud, podía abrirle las puertas. Le molestaba verse obligada a seducir por interés, cuando antes su sola personalidad cautivaba a las mujeres. No en balde los años pasaban. Hacía poco tiempo había visto a Cécile en California: se había casado con un chino, tenía cuatro hijos y estaba gorda como un tonel. Cécile, cinturón negro de judo, tan hermosa e independiente, no había podido caer tan bajo. Le dijo a ella que era feliz: el miembro de su chino, no muy grande, recorría su vagina hasta encontrar la zona o el punto donde su orgasmo se desencadenaba. Eso resultaba más intenso que los simples mariposeos de las lesbianas, le explicó sin parpadear. Ella, Toti, sintió que no podía respirar por la indignación, sobre todo cuando Cécile le sugirió seguir su ejemplo. Los hijos, añadió, la ayudaban a realizarse y había engordado porque le importaban un pito los dictámenes de la moda y a su chino le gustaban las mujeres redondas. Furiosa, se despidió ahí mismo de Cécile y se fue a Miami, donde Juliana la esperaba. ¿Cómo podía una lesbiana hablar de ese modo de los amores femeninos? Reducir a manoseos los actos de la pasión era insultar el espíritu y, condenando el pasado, colocarse en situación de inferioridad. Ella no necesitaba hijos para realizarse porque cada nueva noche, al amar, borraba los límites del tiempo y entraba en el círculo de mujeres que desde la eternidad preferían las caricias femeninas, trascendiendo el tiempo y la distancia. Tenía la impresión de formar parte de un grupo de elegidas que escapaban de la brutalidad y el egoísmo sexual de los hombres. Más aún, todo lo masculino le resultaba intolerable y con los años hasta se había alejado de sus amigos homosexuales. Virginia y sus primas la entendían aunque no compartían sus sentimientos. Y allí estaban: Gaby teniendo aventuras con individuos anormales, Virginia esperando pasivamente al príncipe de los cuentos de hadas e Isabel recuperándose del trauma que le produjo ser la amante de su sicoanalista.

Pero a ella las primas la querían y se ponían felices cuando llegaba a París. Solo la criticaban por motivos válidos, que nada tenían que ver con su condición de lesbiana. Así, hacía una semana, había invitado a Isabel a comer en su casa. Juliana preparó la cena, la sirvió y recogió y lavó los platos sin que ella intentara ayudarla. Mientras Juliana volvía a la cocina para traer el postre, Isabel le comentó: «Ella se afana y tú te haces servir como un hombre latinoamericano». Fue una revelación y de inmediato cayó en cuenta que desde el principio de sus relaciones Juliana hacía las tareas domésticas y ella se dejaba atender. Al día siguiente trató de ayudarla, pero Juliana se molestó diciéndole que le desarreglaba su orden. En realidad, esa era una manera más de pagarle el viaje a París y ella comprendió por qué las mujeres que no trabajaban se dedicaban a limpiar ferozmente la casa como compensación ante el marido que ganaba el pan con el sudor de su frente. Su madre, por ejemplo, que tenía cinco sirvientes, pasaba el día entero corriendo de un lado a otro para perseguir el imaginario polvo o la huella dejada por las manos de sus hijos sobre los muebles. Cuando su padre regresaba de la fábrica podía decirle: «He trabajado tanto como tú». Juliana repetía el mismo comportamiento y a ella le disgustaba ser tratada como un hombre. Cierto, se había masculinizado con la edad: sus senos tendían a desaparecer, su clítoris prominente parecía un diminuto falo y sus músculos se endurecían gracias al ejercicio que se imponía cada mañana. Ya no compraba perfumes ni productos de maquillaje y de día y de noche se vestía con un simple bluyín, una chaqueta y mocasines. No le interesaba ser bonita y el paso de los años no la había afectado en lo más mínimo. Quería salir de ese dualismo de hombre o mujer al cual la confinaba ahora su relación con Juliana.

Su matrimonio con Enrique era lo mejor que había hecho en su vida, se decía Helena Gómez. Ahí lo tenía, junto a ella, después de haberlo convencido de que fuera a la fiesta de Virginia. A Enrique no le gustaban las reuniones sociales y solo salía para trabajar e ir a exposiciones y a conciertos, pero ella quería mantener sus relaciones con sus amigas. Cuando sus hijas vinieron por primera vez quedaron sorprendidas de que frecuentara a mujeres que tenían la misma edad que ellas. Ahora lo consideraban normal y se habían hecho íntimas de Virginia y de sus primas. La noticia de su matrimonio produjo en Caracas el efecto de una bomba. Sus dos exmaridos le escribieron cartas aconsejándole ver a un siquiatra, sus hermanas se mostraron escépticas y solo su hermano Rafael vino a la boda trayéndole un montón de regalos; simpatizó con Enrique y se enamoró de Gaby. Nunca supo qué hubo entre ellos porque ambos mostraron una gran prudencia, pero Rafael debió vivir el último amor de su vida porque algo así comentó en la carta que dejó antes de suicidarse. Su muerte le produjo mucha tristeza y de no haber tenido el apoyo de Enrique habría caído en una crisis de depresión nerviosa. Si Rafael se hubiera quedado en París —y disponía de dinero para hacerlo— estaría todavía en este mundo. Pero no se atrevió a afrontar la cólera de su esposa y el resentimiento de sus hijos, puritanos y preocupados siempre por el qué dirán. Gaby se echó a llorar cuando le dio la noticia y aunque era atea asistió a la misa que ella hizo ofrecer por el alma de su hermano. También vinieron a la iglesia Virginia, Isabel y Thérèse y esta última le dijo que al echarle las cartas a Rafael en París tres meses antes le anunció que, o bien se unía a Gaby para una larga vida, o bien regresaba a Caracas y encontraría la muerte. Quién podía decir si esa predicción había influenciado a Rafael cuando se disparó una bala en la sien. En todo caso, Gaby no lo había olvidado: cada vez que Virginia iba a Caracas le daba dinero para que pusiera flores en su tumba. Pero Rafael era un hombre más en la lista de aventuras y si guardaba su recuerdo en el fondo del corazón continuaba teniendo amores como antes de conocerlo. Quizás de manera inconsciente Gaby no le perdonaba su regreso a Caracas y prefería llenar el vacío de su ausencia coleccionando hombres encontrados aquí o allá. Enrique, que no creía en el tarot, buscaba una explicación más racional: después de sus amores con Gaby, Rafael habría descubierto cuán sosa era su existencia junto a una esposa a quien probablemente no quería y cuya presencia había soportado por convencionalismo durante cuarenta años. Gaby lo proyectaba hacia el futuro haciendo caso omiso de su edad, le comunicaba su buen humor, su espíritu aventurero y su interés por las cosas de la vida, mientras que en Caracas volvía a ser el abuelo destinado a envejecer y a morir. Todo eso había ocurrido hacía cinco años y todavía ella tenía esa espina en el corazón.

Por lo demás era feliz. Había estudiado en la Alianza francesa hasta leer y escribir el idioma correctamente. Después se inscribió en la Sorbona para seguir cursos de sociología y a fin de obtener el doctorado estaba escribiendo una tesis ayudada por Enrique. Sentía que su mente resplandecía de luz y nunca antes había comprendido mejor a la gente y sus problemas. Despojada de sus funciones de madre, amante o ama de casa, su inteligencia daba lo mejor de sí y refulgía como un diamante. Cuán lejana le parecía su vida anterior, cuando andaba preocupada por sus hijos y su peso. Ahora se mantenía en cincuenta y seis kilos sin dificultad y, siguiendo los consejos de Enrique, les dejaba a sus hijas aprender por su cuenta y salir adelante. La mayor, que tantas preocupaciones le había causado, abandonó a su amante, un traficante de drogas, y se casó con el hijo de unos amigos de su familia como si el hecho de estar sola le diera más responsabilidad. Debería escribirse un tratado sobre los resultados benéficos para los hijos de la ausencia de los padres. También su carácter había cambiado: ya no estaba obsesionada por la limpieza, ni lavaba con neurastenia un vaso buscando la mancha malévola, ni frotaba las bandejas hasta hacer brillar la plata. Antes de irse definitivamente de Caracas repartió sus objetos entre sus hijos y compró en París cubiertos suecos y una vajilla sin pretensiones. Dos veces por semana una muchacha pasaba a limpiarle el apartamento y ella y Enrique ponían un poco de orden todos los días. El resto del tiempo lo pasaba en la universidad o acompañaba a Enrique a exposiciones y teatro. Por la noche iban al cine o si hacía mucho frío miraban la televisión o jugaban ajedrez. A veces los zarpazos de la vejez le recordaban la muerte y le pedía a Dios que se la llevara a ella antes que a Enrique. Sin él no concebía la existencia; su equilibrio mismo dependía de esa presencia afable que con su ternura la ayudaba a volver relativos los problemas de la vida. Enrique tenía su edad, pero sin cirugía estética parecía más envejecido. Caminaba lentamente y se agotaba pronto. Ella había debido aprender a manejar y comprar un automóvil para llevarlo a la escuela donde enseñaba español, antes de ir a la Sorbona. Luego pasaba a recogerlo y paseaban de un lado a otro con el mapa de París desplegado sobre las piernas para encontrar las iglesias de los conciertos y las galerías de las exposiciones. Durante las vacaciones de verano viajaban a la isla de Ré donde unos amigos suyos les alquilaban un apartamento a un precio módico. Enrique podía tomar baños de sol y calentar su cuerpo friolento. Ella, que huía del sol como de la peste, se quedaba encerrada escribiendo los capítulos de su tesis. Si una de sus hijas venía a visitarla pasaba con ella el día como dos amigas y preparaban juntas platos venezolanos. Había encontrado al fin la felicidad.

Aurora llegó cuando la fiesta empezaba a animarse. Se sentía muy sola desde su divorcio, hacía dos meses, y comenzaba a comprender por qué sus tías organizaban aquellas reuniones que les daban la sensación de estar unidas en una ciudad que muy fácilmente podía volverse hostil. De su matrimonio no le quedó nada, ni siquiera un hijo. Consentido por su madre hasta el paroxismo, Armand no era capaz de asumir responsabilidades. Solo hablaba de sí mismo y de su desesperación de haber perdido en forma simultánea a su padre y a su médico de familia. Pasaba los fines de semana en casa de su madre, con quien compartía el lecho, en los alrededores de París, mientras ella trataba de divertirse por su cuenta. Iba al cine o a visitar a sus tías. En una fiesta de Virginia conoció y se enamoró de un brasilero. Vivió con él una endiablada pasión y su frigidez desapareció como por encanto. Se llamaba Marcio y por desdicha estaba casado, pero antes de irse le prometió divorciarse y volver para vivir con ella. Entonces no soportó más las niñerías de Armand, sus repetidas mentiras cuando fingía hacerle el amor sin nunca lograr la erección, el permanente mal humor que parecía enturbiar su espíritu y puso las cartas sobre la mesa hasta que él mismo pidió el divorcio. Y ahí estaba, sola y recibiendo las afiebradas cartas de Marcio, a la espera, como su tía Virginia que aguardaba la llegada de Henri. Recibía clases aceleradas de portugués con un amigo de Enrique, el esposo de Helena Gómez, y ya sabía conjugar el verbo amar. Nunca se había sentido tan perturbada por un hombre. La entristecía dejar París, pero estaba dispuesta a seguir a Marcio hasta el fin del mundo. Lo amaba. Espiaba sus cartas en busca del menor signo de indiferencia sin jamás encontrarlo. Como le había prometido, se divorció de su esposa y solo sus negocios lo retenían en Río de Janeiro. Apenas regresara se dejaría embarazar pues quería tener hijos con él, dos o tres, antes de que la edad se lo impidiera. Era divertido pensar que su vida de amazona terminaría con un matrimonio. No obstante, su amor por Marcio era absoluto y volvía irrisorias sus antiguas aventuras amorosas. De sus tías, solo Virginia la comprendía, y de sus amigas, solo Ángela de Alvarado, que había conocido a Marcio de niño y decía que ya entonces tenía la mirada de un hombre.

Y eso fue lo primero que la sedujo cuando lo conoció; su mirada cayó sobre ella como un zarpazo, se quedó inmóvil hasta que él llegó a su lado, le tomó las manos, se las besó. Luego, reparando en el anillo matrimonial, le preguntó dónde estaba su marido. «Pasa los fines de semana con su madre», le contestó. «Perfecto», dijo Marcio, «tendrá alguien que lo consuele cuando te cases conmigo». Ella no supo qué responderle. Sentía que sus manos se helaban y su cuerpo se abrasaba de calor. Alguien puso un bolero en el tocadiscos y él la sacó a bailar. En realidad no bailaban, se limitaban a abrazarse con ardor. Cuando el bolero terminó siguieron sin moverse uno en los brazos del otro y Virginia se apresuró a pasar de nuevo el disco para salvar las apariencias. Al fin los separó ofreciéndoles una copa de champaña, pero siguieron cogidos de manos y terminaron la noche en el hotel de él. Se amaron varias veces hasta el amanecer, durmieron toda la mañana, almorzaron un café con medias lunas en el Flore y luego regresaron al hotel para volver a hacer el amor. Fue rendida de cansancio y encendida de deseo como llegó a su apartamento a esperar a Armand. Apenas lo vio entrar no pudo abstenerse de compararlo con Marcio. Le pareció baboso, más niño que hombre, nadando todavía en aguas fetales y ahí mismo tendió el arco y le lanzó la primera flecha.

En Francia el procedimiento de divorcio duraba casi un año y solo desde hacía dos meses era libre. Marcio había venido a verla seis veces con mucha precaución, pues ninguno de los dos quería que sus respectivos cónyuges se enteraran de sus amores y armaran un escándalo. Habían previsto casarse en Francia en el mes de junio y ella estaba haciendo todos los preparativos: reservar tres salones en la Maison de l'Amérique Latine, elegir el menú y, valiéndose de la posición de Isabel en la Unesco, conseguir varias cajas de champaña a un precio especial para diplomáticos. Esto último había provocado la hilaridad de Marcio. «Te va a tocar aprender a vivir con un millonario», le dijo por el teléfono muriéndose de risa. Ángela de Alvarado, por su parte, se lo había confirmado al contarle que las paredes del salón principal en casa de los padres de Marcio estaban cubiertas con chapas de oro. Ella, que desde la historia del

Picasso trabajaba como secretaria trilingüe en una oficina de prensa, no se sentía inclinada a asumir la personalidad de esposa de millonario. «Nada más fácil», decía Virginia con ironía. «Basta con saber recibir a los invitados y ocuparse de obras de caridad.»

A Juana aquellas reuniones la sacaban del marasmo de la vejez. Cuando su marido Daniel se jubiló, tomó la decisión de irse a vivir con ella en un estudio, dejándole a su hijo Jean el apartamento para que se volviera más responsable y menos pegado a sus faldas. Todo lo que consiguió fue duplicarle a ella las faenas domésticas pues Jean no tenía la menor idea de cómo mantener limpia una casa. Después de arreglar el estudio iba a trabajar en el apartamento. Metía en la lavadora las sábanas siempre sucias porque Jean hacía el amor cada noche, lavaba la vajilla y planchaba servilletas y camisas. Ni a Daniel ni a Jean se les había cruzado por la cabeza la idea de reemplazarla por una muchacha que se ganara la vida trabajando como sirvienta. Y, en el fondo, ella lo prefería así: no soportaba permanecer el día entero frente a Daniel escuchando sus lúgubres comentarios sobre la muerte. Le gustaba salir a la calle, mirar las vitrinas, tomar el metro y sentir que formaba parte del tremendo bullicio de París. Jean la llamaba por teléfono para decirle si tenía o no invitados esa noche y ella preparaba la comida en función del número de personas que iban a venir. Se quedaba en el apartamento de su hijo nada más que para verlo unos minutos y regularmente, al despedirla, Jean le metía en la cartera billetes de quinientos francos pues se ganaba muy bien la vida como ingeniero. Con ese dinero ella renovaba su ropa en cada estación y pagaba el seguro del automóvil y la gasolina. Podía permitirse el lujo de almorzar sola en restaurantes de tres estrellas y beber una botella de buen vino. Al anochecer regresaba al estudio, hacía la comida para Daniel y con el fin de escapar de su compañía se acostaba temprano tomando varios somníferos. A veces ni aquellas pastillas le permitían conciliar el sueño y antes de recurrir a una nueva dosis se acordaba de sí misma a los dieciocho años cuando llegó a París decidida a convertirse en una gran actriz. Entonces lloraba en silencio maldiciendo a los hombres que abusaron de su ingenuidad: el poeta español que la abandonó dejándola sin patria en un país desconocido, Héctor, a quien le sirvió de modelo y de sirvienta y que también la dejó plantada apenas le llegó el éxito, y hasta ese pobre Daniel con quien se vio obligada a casarse para darle un padre a su hijo. Solo los camioneros se salvaban de su rencor porque habían sido generosos en amor y nunca la defraudaron.

Si tenía un consejo que darle a las mujeres era el de acostarse con hombres simples prescindiendo de los enamoramientos y del interés material. Simples, no bárbaros que maltrataban a sus compañeras y se venían como salvajes sin preocuparse por el tiempo del placer femenino. Algo de eso le había explicado a Jean, con quien se sentía en confianza. Y Jean captó la esencia de su mensaje. Una tarde de confidencias le dijo que ninguna mujer salía insatisfecha de sus brazos porque si estaba bloqueada él se servía de sus dedos y de su boca hasta arrancarle un espasmo de gozo. Esa vez ella respiró hondo por el alivio: su hijo no corría el riesgo de casarse con una mujer que tarde o temprano lo odiaría por sentirse mal amada. Si Jean lograba conducir su matrimonio como había logrado su diploma de ingeniero, con éxito, su vida estaría bien encarrilada y ella podía sentarse a morir. Los años habían aumentado su reumatismo y gracias a la cortisona no había perdido el uso de los dedos, siempre adoloridos e inflamados. Incluso cuando hacía el oficio se ponía guantes de lana para mantenerlos calientes y resguardados de toda mirada. Hacía mucho tiempo que nadie, ni siquiera Jean, había visto sus manos deformadas por la enfermedad. Y aun ahora, en plena fiesta, se mantenía enguantada con el pretexto de que sentía frío.

Aguantando las ganas de llorar, Marina de Casabianca miraba a su alrededor. ¿Cómo era posible que los amigos de Virginia bailaran, que afuera se oyera el ruido del tráfico, que la gente respirara, que ella misma estuviera viva si sus hijos habían muerto? De qué le servían su belleza y su dinero en ese mundo que de repente le parecía una enorme pesadilla.

Guillaume y Loïc habían perecido en un accidente porque su padre se había obstinado hasta el fin de su vida en manejar a ciento ochenta kilómetros por hora. Cuando supo la noticia buscó un revólver para suicidarse. No lo encontró. Isabel fue a reunirse con ella en Lausanne y la convenció de que se internara en una clínica privada para pasar los primeros meses bajo el efecto de tranquilizantes y somníferos. Estuvo allí un año y allí habría podido quedarse el resto de sus días si a su siquiatra no le hubiera dado por integrarla a lo que llamaba la vida normal. Regresó, pues, a su casa. Isabel y sus primas habían hecho la limpieza regalando todos los vestidos de Guillaume y Loïc a obras de caridad. En el armario de su cuarto solo quedaba un álbum de fotografías. Lo guardó en una maleta, cerró la casa y se vino de nuevo a Francia. Su siquiatra le había aconsejado salir en lugar de permanecer acostada en una cama hurgándose la herida, pero los recuerdos la acosaban como dardos envenenados y la seguían a donde fuera. Hacía un tiempo, Loïc, el más romántico de los dos, se había enamorado de Graciela, una sobrina de Isabel, que estaba de paso por París. Le enviaba cartas y le escribía poemas. Quiso tener una fotocopia de ellos y se lo hizo saber a Isabel, pero Graciela, con un gesto de gran clase, le envió los originales. Los colocó en la gaveta de su mesa de noche y los leía cada día antes de acostarse. Loïc se refería a ella en sus cartas llamándola su mamita querida. En sus poemas hablaba ingenuamente de su amor por Graciela, con frases candorosas que le inspiraban ternura. «Soy el judío errante de tus sueños, te busco en la claridad del alba, me hiere en el alma tu recuerdo, rota y olvidada está la vieja ánfora, de donde sacamos tiaras y gemas para adornar tu frente de princesa». Y en español, cuando su lengua materna era el francés.

Durante el sepelio, al cual asistió embrutecida por los calmantes, oyó la prédica del sacerdote que celebraba la misa. Aquel hombre parecía estar perfectamente convencido de lo que decía y decía, ni más ni menos, que después de la muerte había la vida, un más allá donde todos nos encontraríamos el día del juicio final. Aunque era atea, por un instante quiso creer en ese mensaje de esperanza y antes de entrar en la clínica fue a hablar con el mismo sacerdote, que resultó ser un amigo de infancia de su segundo marido. «La fe es una gracia del Señor», le explicó aumentando su confusión. ¿Cómo hacer? Porque otra sería su existencia si supiera que al morir iría a encontrar a André, Guillaume y Loïc. Podría inclusive sufrir menos. De día debía hacer esfuerzos para no echarse a llorar en plena calle. Aparcaba su Rolls en cualquier parte, subía los vidrios oscuros de las ventanillas y gemía de desesperación. De noche la atormentaban las pesadillas. Una bestia venida de otro mundo le hincaba los colmillos en el vientre. Y el dolor la despertaba. No sabía cómo seguía viviendo. Entre lágrimas tomaba su primer café y llamaba por teléfono a Jérôme, su administrador, a quien le había dado el control total de su fortuna desde que entró en la clínica. Jérôme le preguntaba si estaba mejor y ella se ponía a llorar suplicándole que le negara la realidad, que le dijera que Guillaume y Loïc estaban vivos todavía. Como creía en Dios, Jérôme le aseguraba que sus hijos estaban felices donde se hallaban. Enseguida ella llamaba a su siquiatra y este la animaba a salir de la depresión nerviosa. Luego encendía un cigarrillo tras otro hasta el mediodía, cuando salía a almorzar con Isabel. Le quedaba por delante pasar la tarde y esperar la noche para ir a fiestas y recepciones, durante las cuales, como ahora, el recuerdo de sus hijos se volvía más lancinante porque la gente parecía divertirse sin tener en cuenta su ausencia. La propia Isabel, que a cada rato se acercaba para hablarle y distraerla, no pronunciaba nunca los nombres de Guillaume y Loïc. Quizás no lo hacía a propósito para ayudarla a ahuyentar su pena, sin saber que a ella se le antojaba un escándalo ver a los demás divertirse mientras sus hijos yacían en una tumba.

8

Siete meses había esperado y al cabo de ese tiempo Henri la llamó por teléfono. Ella, Virginia, acababa de llegar de Tokio, donde expuso los cuadros de varios pintores, que se vendieron como pan caliente. Había ganado, pues, mucho dinero y le ofreció a su sobrina Aurora pagarle los gastos de la recepción de su matrimonio con Marcio en la Maison de l'Amérique Latine. Gaby consiguió que Louis Féraud le prestara uno de sus trajes de novia y Aurora se veía muy bella con aquel vestido suntuoso, irradiando felicidad. Ella la había ayudado a arreglarse y, mientras los otros la acompañaban a la alcaldía, se vino a la Maison de l'Amérique Latine para esperar el pastel de boda y recibir a los primeros invitados. Henri la acompañaba: su sola presencia despertaba en ella un sentimiento de intensa felicidad. Estaba allí, guapo, con sus cabellos plateados y sus sonrientes ojos azules, hablándole de su proyecto de recorrer el mundo durante tres años. Quería que se fuera con él, pero ella no se atrevía a confesarle que sus problemas cardíacos le impedirían hacerlo. Eso parecía un chantaje y no deseaba suscitar su compasión ni sugerirle cambiar sus planes: porque si Henri sabía que ella estaba enferma se quedaría a su lado y con el tiempo su amor se transformaría en rencor. Ese viaje era para él la recompensa de toda una vida de trabajo, el sueño de un peregrino frustrado por la necesidad de cada día y ella sabía que a un hombre puede privársele de todo menos de la posibilidad de realizar sus anhelos. Así, pues, fingía llevarle la corriente sobre lo que harían cuando él regresara al cabo de tres años, el lugar donde vivirían, la casa que construirían y el perro que comprarían sin que ella mencionara nunca su estado de salud. Había aprendido a vivir día tras día y se contentaba con tener a Henri unos meses a su lado antes de que emprendiera su viaje. Estaba muy delgada porque comía poco: el dolor en el pecho se volvía intolerable después de las comidas. Tomaba una taza de té al desayuno y ensaladas ligeras al almuerzo y a la cena. Pero disfrutaba del té, de la hoja de lechuga y la rodaja de tomate y el hambre de los primeros días, cuando decidió ponerse a dieta, se había disipado. Un médico, a quien fue a ver a escondidas, le ordenó ingresar de inmediato en un hospital para ser operada. Le prometió hacerlo y le sonsacó una prescripción de supositorios contra el dolor que le desgarraba el pecho después de acostarse con Henri, cuando su corazón latía como galopa un caballo salvaje.

A pesar de la amenaza que se cernía sobre ella nunca se había sentido tan feliz. Apreciaba cada instante de su vida y estaba colmada. Solo lamentaba el haber encontrado demasiado tarde el placer del cuerpo y cierta sabiduría del espíritu. De sus sentimientos por Henri se hallaba excluida la pasión, que era una forma dramática del amor y que, en su diario, su tío aconsejaba evitar como la peste. Reinaban, en cambio, el deseo y la ternura, que los volvía cómplices ante los problemas de la existencia. Nunca había reído tanto junto a un hombre. Henri, a quien su profesión lo había llevado a conocer la mitad del mundo, tenía infinitas anécdotas que refería con buen humor. Era inteligente, sagaz y jamás se tomaba en serio. Además, le gustaba ella tal y como era, con sus pequeños senos un poco caídos y su cara labrada por algunas arrugas desde que adelgazó con su régimen de ensaladas. La única persona que conocía su estado de salud, Isabel, le recomendaba abstenerse de hacer el amor, pero ella prefería vivir menos y divertirse con Henri. Tenían los mismos gustos literarios, preferían los mismos cineastas y, como ella, Henri adoraba la música de Mozart y detestaba las óperas.

Mientras más se conocían, más descubrían que estaban hechos el uno para el otro y de esa intimidad nadie sabía nada, ni siquiera Isabel. Había entre ella y Henri muchas coincidencias curiosas. Él quiso irse a vivir a Barranquilla cuando ella contaba dieciocho años y no lo hizo porque a última hora el compañero con quien pensaba viajar se echó para atrás. En 1969 Henri vivía en un apartamento situado en la rue de la Tombe-Issoire, justamente donde ella decidió quedarse en París en el bus que la traía del aeropuerto. Durante años Henri frecuentó la misma piscina que ella, pero en diferentes días de la semana. En suma, parecían destinados a encontrarse y estaban seguros que de haberse conocido antes se habrían amado. Ella, Virginia, se decía que todas sus aventuras amorosas anteriores le permitían sin embargo apreciar mejor las cualidades de Henri, su generosidad cuando hacían el amor, su buen humor permanente y la ausencia de relaciones de poder en su trato. De ellos no había nada que contar porque las historias felices de amor son silenciosas.

Una salva de aplausos acogió la llegada de Marcio y Aurora. Sentada en la silla donde Virginia la había instalado, ella, Florence, se abstuvo de levantarse para no llamar la atención. El vestido que Virginia y sus primas habían comprado para ella era muy bonito, pero iba mal con su cuerpo encorvado. Debería quedarse en el hospicio donde nadie la veía y pasaba desapercibida. Cuando salía, así fuera para ir al salón de belleza, tenía vergüenza de su aspecto. Temía encontrar a una de sus antiguas amigas y que la vieran en semejante estado de deterioro físico aunque imaginaba que ellas también estarían en las mismas porque la vejez no perdonaba a nadie. Un nuevo médico había llegado al ancianato y le cambió el tratamiento, obteniendo al cabo de tres meses una sensible mejoría. Ya podía utilizar sus manos para beber una taza de café; dejaron de dolerle los dedos y las rodillas; podía ir en metro a la librería de Louise y la reemplazaba si tenía algo que hacer o se encargaba de ella los sábados porque Louise quería descansar los fines de semana. Así ganaba unos ochocientos francos por mes y podía comprarse aguas de colonia, artículos de maquillaje o un nuevo par de zapatos.

También cambiaron sus relaciones con la directora del asilo: todas las tardes, a eso de las cinco, la invitaba a pasar a su despacho para tomar el té. Aquella mujer arrogante se había vuelto más humana desde la muerte de su hijo. A veces lloraba en su presencia y ella la consolaba como podía. La recompensa era que ahora tenía un cuartico para ella sola, donde Virginia le instaló un televisor. Solo de paso veía a las otras ancianas y sentía que había ganado un combate. Le había dicho adiós a la promiscuidad y a la dependencia. Con muy pocas cosas se ponía contenta, tener derecho a guardar un encendedor o quedarse mirando la televisión hasta media noche. El simple hecho de escapar de las reglas del asilo le daba un sentimiento de libertad. Ahora iba a la cocina y se preparaba una taza de café en lugar de tomar la achicoria que servían como desayuno. Después de bañarse leía o jugaba con un ajedrez electrónico que Gaby le había regalado. Nadie venía a importunarla. A mediodía iba a buscar a Louise para almorzar en un restaurante no muy lejos de la librería y si Louise no tenía necesidad de su presencia se regresaba a eso de las cuatro de la tarde. Las ancianas la envidiaban, algunas enfermeras le tenían animosidad, pero por ser amiga de la directora no se atrevían a molestarla. Su única obligación era la de volver antes de las doce de la noche, como Cenicienta, pero desde el principio Virginia y sus primas habían obtenido la autorización de que se quedara a dormir con ellas cuando organizaban sus reuniones. En general se quedaba en el estudio de Gaby, cuya estación de metro estaba en línea directa con la del asilo, en medio de hileras de fotografías recién secadas que pendían de un lado a otro de las paredes. Del baño salía un olor a ácidos y Gaby había alquilado un cuarto al lado de su estudio para guardar las fotos enmarcadas de sus exposiciones. Allí había un sofá cama donde ella pasaba la noche; después se lavaba en el baño del estudio y desayunaba con Gaby antes de regresar.

Desde que su salud mejoró, la situación había cambiado. Ya no estaba como antes obsesionada por el deseo de tirarse a los rieles del metro y suicidarse a cualquier precio. Si hacía abstracción de su temor de encontrar a sus antiguas amigas, era feliz. Ganaba un poco de dinero, Virginia y sus primas la invitaban a salir y en el asilo tenía una posición privilegiada. Su propia hermana, que de vez en cuando iba a visitarla, se quejaba de soledad porque sus hijos se habían casado y ella no se entendía con sus nueras. Durante sus años de matrimonio no se hizo amigas y ahora que su marido había muerto no podía contar con nadie. Le había pedido que se fuera a vivir a su apartamento y ella, Florence, contemplaba la posibilidad de instalarse de nuevo en una existencia normal. Con la renta que su madre le había legado podría cubrir sus gastos personales y su hermana tenía suficiente dinero para encargarse del resto.

Al fin se había atrevido a casarse con Georges, se decía Louise entrando en el salón de su brazo. Contra todo lo esperado la gente no se ofuscaba al verla al lado de un hombre tan joven. Les había ocultado su matrimonio a los clientes habituales y le pidió a Georges que no fuera nunca a su librería. Por lo demás salían juntos a todas partes, a discotecas, cines, restaurantes y a las fiestas de sus amigas. El día de la boda conoció a Jacqueline, la madre de Georges, y ambas descubrieron con asombro que habían estado en la misma clase durante tres años de primaria. Todos los recelos de Jacqueline se desvanecieron. Georges había sido su consentido y sus otros hijos le aseguraban la continuidad. A su matrimonio asistieron muy pocas personas, Florence, Virginia y sus primas y un amigo íntimo de Georges. El alcalde, hombre de indolente tacto, no parpadeó cuando leyó la fecha de su nacimiento. Isabel y Gaby le sirvieron de testigos y todos fueron a celebrar la boda en el restaurante

Lipp, donde habían reservado una mesa para veinte personas. Su hija Matilde estaba dichosa; Clarisa, en cambio, no se dio por aludida y ni siquiera llamó para felicitarla. No le importó. Nunca antes se había sentido tan feliz. Vivir junto a un hombre joven le daba la impresión de haberse quitado de encima treinta años. Le gustaba el olor del cuerpo de Georges y su miembro siempre alerta que cada noche le permitía extraviarse en el placer. Pese a la diferencia de edad su amor no era para nada platónico y Gaby tenía razón al decir que aquella relación la enriquecería desde el punto de vista afectivo. Había dejado atrás el cinismo de su vida de amazona para darle a Georges el amor que le pedía. Lo deseaba y lo respetaba al mismo tiempo, cosas por lo general difíciles de conciliar.

Pero cómo no admirar su inteligencia y la energía con la cual se abría paso en el mundo de la prensa porque le había prometido darle todo cuanto ella pudiera desear. Ya se habían mudado a un apartamento de cuatro cuartos cerca de su librería y lo estaban arreglando poco a poco con muebles del siglo XVIII. Georges tenía buen ojo para elegir las piezas de valor. Insistió para que se hiciera la cirugía plástica de la cara y ahora parecía tan joven como sus hijas. Ella seguía corriendo al amanecer para mantenerse en forma y los sábados iba a un gimnasio; había también piscina y sauna y cuando regresaba a su apartamento, ligeramente enrojecida por el esfuerzo físico, Georges la encontraba adorable. Por suerte Florence se sentía mejor y podía reemplazarla en la librería. Así podía ir dos veces por semana al salón de belleza y dedicarle los sábados a Georges. Su temor a ser abandonada por causa de una mujer más joven se había disipado. Georges la amaba sin reticencias y a sus ojos solo ella parecía existir. Cuando estaba de viaje la llamaba por teléfono día y noche y se preocupaba mucho si ella no respondía porque había salido al cine o a cenar con una de sus amigas. Era celoso y tenía miedo de que recomenzara su vida aventurera. De nada servía explicarle que a su lado se sentía feliz y que nunca volvería a las andadas. Un desgano absoluto la invadía ante la idea de acostarse con otro hombre. Una cierta repulsión, también. Por mucho que buscara en su memoria no hallaba el recuerdo de un amante que le diera la misma satisfacción que recibía cuando Georges, con sus ondulados cabellos negros y sus ojos de halcón, la envolvía entre sus brazos.

Su tía Virginia se había ocupado de todos los detalles, comprobaba Aurora bailando con Marcio su primer vals de casada al son de una pequeña orquesta contratada para la ocasión. Tenía un mes de embarazo y le había tocado ponerse un corsé para entrar en el hermoso vestido de novia de Louis Féraud. Quería guardar en su memoria los pormenores de aquel día de felicidad: el salón con sus mesas, alrededor de la pista de baile y al fondo el gran bufete donde, entre muchos platos de picadas, se erguía el ponqué de la boda que dentro de pocos minutos iría a cortar. A cada vuelta que daba veía caras sonrientes y cómplices como si todo el mundo compartiera su dicha: Virginia y Henri, Louise y Georges, Gaby y Luis, Isabel y un desconocido. Solo Geneviève tenía un aire sobrecogido que desentonaba en la fiesta, pero había oído decir que desde hacía unos meses andaba mal. Le trajo un juego de cubiertos como pudo observar cuando al entrar en el salón su tía Virginia la llevó a ver los regalos. Muchas personas se habían unido para regalarle la tetera de plata con la que soñaba. Por muy millonario que fuera Marcio la utilizaría en su casa de Río de Janeiro. El embajador de Brasil, presente en la fiesta, le había dado unos bellísimos candelabros de oro y todos los invitados brasileños se habían lucido por sus regalos.

No sin curiosidad ella observaba las diferencias de comportamiento de la gente entre ese día y el de su primer matrimonio. Ciertamente Armand era antipático y dudosa su fortuna, pero nadie les había obsequiado objetos de tanto valor y algunas personas se abstuvieron de asistir a la fiesta organizada por su suegra. Ahora todo parecía diferente, le sonreían y la miraban como si fuera importante: no en balde se casaba esta vez con un millonario. Sin embargo, la fortuna de Marcio era lo que menos le importaba. Hallarse entre sus brazos, sentir su aliento sobre la sien y tener un hijo suyo en el vientre contaba para ella más que todo el dinero del mundo. No le había contado todavía que estaba embarazada: se lo diría en el momento de cortar el ponqué de novia. Marcio quería hijos, varios, y ella saboreaba de antemano el placer de darle la noticia. Aquel bebé sería el punto culminante de sus relaciones amorosas, sobre todo porque la primera esposa de Marcio era estéril y, en consecuencia, se trataba de su primer hijo. Ya lo veía aconsejándole sentarse y regresar cuanto antes a su apartamento para liberarse del corsé. Pero ella quería gozar su fiesta hasta el final, ir de mesa en mesa para saludar a los invitados y agradecerles sus regalos, bailar hasta quedar rendida de cansancio y presentarle Marcio a quienes solo lo conocían de nombre. Les caería bien porque era inteligente y le gustaban las mujeres. Isabel intentaría sondear su mente en busca de complejos e inhibiciones; Gaby, a quien veía tomando fotos, trataría de encontrar en él signos de machismo y Virginia lo aprobaba sin reservas porque Marcio la amaba. De repente su vida le parecía curiosa: había llegado a París para hacer convalidar su diploma de Derecho Internacional, su tío José Antonio regresó a Barranquilla y se vio obligada a trabajar como secretaria y ahora, gracias a su matrimonio, volvía a ascender en la escala social. La que estaba encantada era Ángela de Alvarado; le había dado dos consejos: no abandonar a Marcio por el espejismo de una pasión fugaz y no dejarlo de lado para consagrarse en cuerpo y alma a su hijo. Aquellas recomendaciones se le antojaban inútiles porque Marcio ocupaba el centro de su existencia.

Helena Gómez recordaba que desde hacía dos meses no incitaba a Enrique a asistir a las fiestas de sus amigas. Desde hacía dos meses justamente había conocido a Édouard, profesor de Sociología que dictaba sus cursos en un instituto científico y cuyo último libro le había valido los honores de la prensa y la televisión. Ella se inscribió a su curso y el azar quiso que quedara en la primera fila de estudiantes, frente a él. Mientras hablaba los ojos de Édouard tropezaron varias veces con los suyos y al final, dejando de lado a los alumnos que lo acosaban, se acercó para invitarla a tomar un café. Sintió que el corazón le latía a otro ritmo y una bola de fuego le subió entre las piernas. ¿De modo que eso le podía ocurrir de nuevo?, se preguntó aterrada de sus sentimientos. Ella, madre, abuela y bisabuela, esposa de un hombre bondadoso e instalada en un matrimonio feliz, era rozada por las alas de la pasión. Pero sí, y contra eso no lograba luchar. Poco le importó a Édouard que tuviera un bisnieto, dijo que no había nada más bello que las prolongaciones de la vida. La primera vez que se amaron ella le agradeció a Dios el haberle permitido hacerse una cirugía plástica de la cabeza a los pies. Édouard era unos diez años menor que ella y conservaba la fuerza de la juventud. La amó con paciencia, laborando su sexo hasta lanzarla a un espasmo donde su conciencia se extravió, como le ocurría con Jerónimo mucho tiempo atrás. Cuando, empapada en sudor, jadeando de cansancio, le preguntó qué iban a hacer de ahí en adelante, Édouard le respondió que dejara a Enrique para irse a vivir con él. La decepcionó un poco que no hablara de matrimonio, pero de todos modos no tenía la intención de abandonar a su marido y eso la colocaba en situación de ventaja. Con solo pensarlo sentía su cara pinchada por alfileres: con Édouard volvería a caer en una relación de fuerza y nada detestaba tanto en el mundo.

En cambio, junto a Enrique tenía una vida tranquila y era su igual. Aquella aventura, sin embargo, la había alejado un poco de él. Ya no vivían en estado de ósmosis y soportaba mal los achaques de Enrique. Le parecía que exageraba sus dolencias y si no quería salir, iba sola a casa de sus amigas, como ahora, en lugar de suplicarle que la acompañara.

Además, necesitaba libertad para poder ver a Édouard. Virginia y sus primas, al corriente de la situación, la alcahueteaban. Cada vez que salía con Édouard le decía a Enrique que estaba en compañía de una de ellas. Lo hacía por prudencia, pese a saber que Enrique nunca intentaría buscarla. Era demasiado frío como para imaginar en los otros la pasión. Enrique jamás había amado a una mujer. No sabía lo que era despertar el deseo con una mirada, esperar ansiosamente una llamada telefónica, caminar con el corazón alborotado hacia el lugar de la cita, reconocer el olor de la persona amada y perderse en el vértigo del deseo. Antes, su vida de ermitaño le parecía maravillosa; ahora se le antojaba cobarde y desprovista de interés. La serenidad era una manera de morir. Existir significaba correr riesgos, pasar de una emoción a otra, respirar a fondo y dejarse arrastrar por los torbellinos de la pasión. Tranquilos estarían todos cuando sonara la muerte. Por miedo, Enrique se había encerrado desde su juventud en un sudario. Temía el amor, el sexo y a las mujeres. De hombres como él estaban llenos los monasterios. Édouard luchaba contra la vejez y con su melena blanca parecía un león decidido a afrontar la vida hasta el final.

Virginia sabía hacer las cosas, pensaba Anne mientras miraba los salones donde se celebraba la boda. Había traído a Marc con muchas reticencias porque le gustaban las latinoamericanas y temía que alguna de ellas se lo quitara. Piloto de prueba, Marc tenía, no obstante, el corazón de un niño. Creía sinceramente que ella había permanecido casta desde su divorcio con Octavio y echaba pestes contra las amazonas sin saber que ella era la mejor representante de la especie. Además ella había hecho algo que Virginia y sus primas condenaban: su madre, enferma de diabetes, no disponía de dinero para ver a un médico y como nunca había trabajado carecía del seguro social. Ella solo fue a visitarla un año después de la aparición de la enfermedad, cuando perdió la vista. Como su abuela estaba muy achacada por los años la metió en un ancianato y dejó a su madre al cuidado de una tía después de haberse apoderado de sus muebles, que mandó a París, y de las pocas joyas que le quedaban. Ahora lucía un brillante y una esmeralda en sus dedos regorditos y cortos. Aquellos anillos, destinados a manos finas y largas, parecían gritarle su rechazo y le recordaban su acto de piratería, pero ella había decidido asumirlo todo con tal de obtener un marco apropiado para recibir a un hombre joven y guapo como Marc. Solo temía que descubriera de dónde provenían los hermosos muebles de su apartamento y los anillos, collares y pulseras que la adornaban. Gaby lo comprendió sola, un día en que fue a visitarla. Vio los cambios introducidos y la miró derecho a los ojos. «¿Dónde están tu abuela y tu mamá?», le preguntó. Ella le confesó la verdad tratando de tomarlo a la ligera. La respuesta de Gaby la dejó clavada en su sofá. «No tienes corazón», le dijo y partió sin despedirse. Por eso la sorprendió tanto la invitación a aquel matrimonio y si vino en compañía de Marc era en buena parte para explicarles que su conducta con su madre y su abuela se justificaba si se quería conquistar a un hombre de buena clase. También deseaba mostrarle a Marc el nivel social de sus amigas y ser invitada al matrimonio de Aurora con un millonario podía valorizarla ante sus ojos. Tenía horror de que aparecieran Octavio, Eric, Hervé o cualquier otro de los hombres que había conocido antes de encontrarlo. Evitaba las cafeterías y los bares que anteriormente frecuentaba y cuando salía del trabajo iba directamente a su apartamento para arreglarlo y estar presente si él la llamaba por teléfono.

Después de tantas experiencias negativas se había enamorado de verdad. No quería aprovecharse de Marc, ni siquiera sexualmente: era ella quien lo hacía gozar, sin preocuparse por su propio placer, ella quien le preparaba el desayuno y se lo llevaba en una bandeja de plata a la cama. En el fondo, Marc era más su hijo que su amante y esa situación la satisfacía del todo. Pero vivía en plena contradicción: por una parte se sentía orgullosa de que la vieran junto a un hombre tan guapo y así mismo tenía miedo de perderlo al presentárselo a sus amigas. Le gustaba que Marc la creyera de un alto nivel social, había depurado su lenguaje quitándole todas las expresiones groseras y hacía el amor en silencio sin los gritos que pegaba antes con otros hombres. Faldas pegadas al cuerpo y jerseys descotados habían desaparecido para dejarle el paso a sastres de buen corte, pero convencionales.

Se había convertido, pues, en burguesa abandonando su pasado de aventurera independiente y feliz. A veces lo echaba de menos, pero enseguida se acordaba de su soledad y de la desenvoltura de sus amantes. Entonces pensaba con alivio en Marc y en la manera respetuosa como la trataba. Hasta quería que su madre se fuera a vivir con ellos, perspectiva que la horrorizaba: no soportaba a los enfermos y menos aún a una ciega de quien tendría que ocuparse. Prefería mandarle un cheque todos los meses y que su tía se las arreglara. Pero Marc insistía sin sospechar que en el fondo detestaba a su madre por haberse dejado embarazar de un mestizo y traerla al mundo fea y con el aspecto de una persona vulgar. Además, si Marc conociera a su madre, distinguida y lánguida, descubriría en el acto que su padre no era el romántico héroe de la guerra civil española, como le había hecho creer, sino un latinoamericano cualquiera de paso por el sur de Francia, que antes de refugiarse en su país la había engendrado sin siquiera darse la pena de reconocerla. Ella y su madre eran como la oscuridad y la luz, no se parecían en lo más mínimo y hasta resultaba difícil creer que una mujer tan bella hubiese dado la vida a una hija tan poco agraciada. Sin contar que su madre refería a los cuatro vientos su historia de amor con su padre, de quien seguía enamorada a pesar del tiempo transcurrido y de su odioso comportamiento. Marc no debía conocerla nunca porque eso sería como encontrar el hilo que deshilvanaba la madeja de sus mentiras.

En las cartas del tarot, ella, Thérèse, había leído la realización de aquel matrimonio y sabía que Aurora tendría varios hijos y sería feliz. No sacrificaba ninguna carrera ni profesión y estaba hecha para fundar un hogar. Había ido a visitarla en compañía de Virginia y le profetizó que se casaría embarazada y solo con un corsé entraría en el vestido de novia.

Viéndola pasar de una mesa a otra comprobaba que no se había equivocado. El tarot ya no tenía secretos para ella. Echándole las cartas a Virginia supo que estaba enferma y que sus proyectos de vivir con Henri dentro de tres años no se cumplirían. Testaruda, Virginia detestaba despertar lástima. No quería consultar a un médico y a pesar del dinamismo con que se enfrentaba con la vida tenía secretamente una idea casi oriental del destino. Conocía el arte del tarot como ella y la iba a ver cada vez que debía tomar una decisión importante, hacer una exposición, presentarle un cliente a un pintor, aceptar una aventura amorosa, pero cuando los naipes empezaron a anunciarle la muerte se limitó a buscar a un abogado para hacer su testamento y repartir su dinero entre Isabel y Gaby. A ella, Thérèse, le legó su colección de anillos antiguos con los que soñaba, así como el diario de aquel tío seductor, que la había ayudado a abrirse paso en la vida. Y ahora consideraba el amor de Henri como el último regalo de la existencia. Estaba en una edad en que los signos de la vejez podían aparecer muy rápidamente y no quería que a su regreso Henri la viera deteriorada por los años. Además, si se hacía operar solo tendría un treinta por ciento de probabilidades de curarse y en esas condiciones no valía la pena entrar en una sala de cirugía.

Ella, Thérèse, iba a sentir mucho su pérdida. Virginia era su mejor amiga y su confidente, la única persona a quien le había contado sus relaciones con Gérard, ministro del actual gobierno, que había aparecido un día en su apartamento, medio escéptico, medio curioso, para preguntarle por quién su grupo político debía votar en las próximas elecciones. Sin vacilar le dio la respuesta que lo condujo al ministerio y ahora venía a verla una vez por semana con el pretexto de los naipes, pero en realidad para hacerle el amor. A su lado sentía la misma emoción que con Lucien, a quien jamás quiso recibir desde la noche nefasta en que la dejó por Isabel. Sola en su cama hizo esa vez el balance de su vida afectiva y se vio tal como era, basta y vulgar, con su cara espesa donde difícilmente podían reconocerse los bonitos rasgos de su juventud, y se prometió evitar para siempre a los hombres. No le resultó un problema cumplir esa renuncia porque nadie la buscaba y se deslizó sin darse cuenta en la piel de una respetable vidente. Vivió como una monja durante varios años hasta que la llegada de Gérard cambiara el curso de su existencia. Le parecía imposible que a su edad un hombre se interesara en ella. Empezó a adelgazar, le hicieron la cirugía plástica de los senos y, cosa increíble, le volvió la regla. A Gérard no podía exigirle nada: tenía su familia y una larga carrera política por delante. Estaba destinado a dirigir un día el destino del país. Al menos eso sugería el tarot. Gracias a Gérard se informaba de todo lo que ocurría entre bambalinas y le resultaba más fácil aconsejar a sus otros clientes. Uno de ellos traía cada semana un aparato para detectar la presencia de un micrófono en su apartamento. Hasta ahora no había encontrado ninguno, pero de todos modos ella evitaba salir y hacía sus compras de mercado por teléfono. Si quería ir al cine o a las fiestas de Virginia y de sus primas, le pagaba a una muchacha de confianza para que se quedara en su casa hasta su regreso. Su amor por Gérard le hacía comprender que la vida era un largo río sinuoso, con vueltas inesperadas. No había nada definitivo, sino un ir y venir de sentimientos, un repentino cambio de situaciones inclusive en la vejez. El día sucedía a la noche y la primavera al invierno y quien sabía adaptarse encontraba la felicidad.

Comiendo un trozo de pastel de boda, Isabel miraba de reojo a Gilbert, el hombre sentado a su lado. Lo había conocido gracias a Georges, el marido de Louise, y también era un periodista cuya firma interesaba al mundo político. Trabajaba en un semanario, en la sección internacional, y había escrito artículos sobre la caída del muro de Berlín y la guerra del Golfo, en los cuales analizaba con perspicacia las consecuencias políticas y económicas de ambos acontecimientos. Gaby lo había acompañado como fotógrafa y con Georges formaban un trío de compadres. Apenas se reunían empezaban a hablar de sus viajes y experiencias y en media hora despachaban una botella de vino. Había que ver la transformación de Gaby cuando estaba con ellos. Reía a carcajadas y parecía un andrógino. Con su pipa, sus cabellos cortos echados hacia atrás y sus eternos bluyines se la podía tomar por un don Juan un poco delicado. Sus primas habían triunfado en la vida; la suya, en cambio, era un naufragio. Cuando pensaba en el pasado y se veía con Maurice, que la abandonó, con Claude, que la trató brutalmente, y con ese doctor Gral, que la utilizó durante años, se decía que había perdido la mejor parte de su juventud, dejándose arrollar por la existencia. Su única satisfacción la encontraba en la literatura. Ahora que las gemelas se habían casado regresaba a su pequeño apartamento, descolgaba el teléfono y se ponía a escribir hasta las once de la noche. Hacía una pausa a las ocho para ver en la televisión el noticiero mientras comía una ensalada con pollo asado y luego regresaba a sus personajes que parecían existir por su propia cuenta y solo le pedían a ella ayudarlos a pasar del imaginario a la realidad de la palabra escrita. Aquel trabajo le permitía olvidar durante unas horas sus decepciones y fracasos.

El sicoanálisis le había enseñado que era responsable de lo que la gente llamaba la mala suerte. Desde la esterilidad de su vida con Maurice hasta el infierno de sus relaciones con el doctor Gral, su yo inconsciente y negativo había elegido esos desastres. Ahora hacía exactamente lo contrario de lo que aspiraba. Porque al principio no deseaba a Gilbert, aceptaba sus invitaciones. Gilbert no tenía nada de tonto. No quiso acostarse con ella cuando se lo pidió. Su explicación: ella lo consideraba un hombre más entre los muchos que la rodeaban, una especie de semental; el día que viera en él un individuo singular, con sus cualidades y defectos, capaz de amarla, aceptaría su propuesta. Quedó estupefacta ante su razonamiento. En verdad, había olvidado los preámbulos de la pasión y empezaba a aprenderlos de nuevo gracias a él. Los sábados, cuando iban al cine, le tomaba las manos y le besaba los dedos uno tras otro. Al despedirse, frente a la puerta del apartamento donde nunca había querido entrar, la abrazaba y la besaba en la boca y ella sentía sobre su sexo adolorido por el deseo la presión de su miembro enconado. Aquella situación la sacaba de quicio, pero Gilbert había logrado lo que quería: convertirse ante sus ojos en un hombre aparte. Desde que lo conoció no había vuelto a tener aventuras amorosas que duraban un suspiro ni a interesarse en ningún otro hombre. Cuando colgaba el teléfono mientras cenaba esperaba su llamada ansiosamente. Si no hablaba con él y con sus hijas no podía ponerse a escribir de nuevo. Y a las ocho en punto sonaba el teléfono y oía con emoción la voz de Gilbert. Desde Moscú, desde Israel o simplemente desde su despacho en el semanario donde trabajaba quería tener noticias suyas y saber si había pensado en él. Como si eso no fuera posible. Desde hacía poco Gilbert estaba en su mente; mientras hacía sus traducciones en la Unesco, en el restaurante y en el metro su recuerdo ocupaba su espíritu. Era quince años menor que ella, pero eso no tenía importancia en el mundo que frecuentaban. Entre Georges y Louise había veinte años de diferencia y parecían felices. Los jóvenes franceses estaban menos inhibidos que sus mayores. No en balde eran los herederos de mayo del sesenta y ocho. Había problemas que ni siquiera se planteaban; el machismo, por ejemplo, se les antojaba ridículo, un producto del Tercer Mundo. Cuando le hablaba a Gilbert de sus relaciones con Claude o con el doctor Gral se veía a sí misma vieja y enredada entre las telarañas del pasado. Todo eso lo olvidaba junto a él y a su lado tenía la impresión de comenzar una nueva vida. Entre sus brazos le parecía renacer y purificarse, sentimientos que se volverían más intensos el día que hicieran el amor.

Ella también se había casado, con Paul, recordaba Ángela de Alvarado mirando a Aurora, a quien encontraba muy bella en este vestido de novia, pero a su matrimonio asistieron pocas personas, Virginia y sus primas y unos cuantos amigos de Paul. Su hijo Alejandro vino a la boda trayéndole un suntuoso regalo de Gustavo. Esperaba sentir una gran emoción al verlo, pero solo experimentó por él una ternura desprovista de la intensidad de antaño. Más le interesaba su perrito Dominó, más se preocupaba de su suerte. Le había hecho prometer a Gaby que se ocuparía de él si algo llegara a ocurrirle. Dominó colmaba su vida afectiva. Para que pudiera dormir en su cama, Paul y ella tenían cuartos separados. Al menos eso explicaba cuando alguien lo descubría. En realidad su matrimonio era enteramente blanco. La noche de bodas, en un palacio veneciano, propiedad de unos amigos, Paul se abstuvo de tocarla alegando su cansancio. Agotado se sintió también la noche siguiente y cuando al cabo de una semana ella tomó la iniciativa, Paul la rechazó comentando con disgusto: «Solo piensas en eso». Recibió la frase como un latigazo en plena cara y nunca más volvió a las andadas. De regreso a París se instalaron en cuartos diferentes y ella esperó en vano un gesto cualquiera de Paul, a quien solo le interesaba recibir a sus invitados los jueves por la noche. Si ella se mostraba dócil, le daba regalos magníficos, una diadema de brillantes, collares de perlas y suficiente dinero para que se vistiera en las tiendas de los grandes costureros. Si, al contrario, se ponía provocante, los regalos desaparecían y el dinero se volvía escaso.

A lo mejor Isabel tenía razón al decirle que en el fondo aquella situación le convenía. No habría soportado mucho tiempo ser el objeto sexual de un viejo de ochenta años y ella misma no estaba ya en edad de tener aventuras amorosas. Paul le aseguraba una situación económica favorable y la vida social que siempre le había gustado llevar.

Finalmente se acostumbró. Ahora invitaba a Virginia y a sus amigas los famosos jueves y le prestaba trajes a Isabel para que su presencia no desentonara. Gaby siempre llegaba con su eterno conjunto de pantalones y chaqueta negros y un broche antiguo que hacía el resto. Las tres primas se reían de los invitados de Paul, que pertenecían a lo más granado de la sociedad parisiense. Y en cierta forma, el exceso de elegancia resultaba ridículo. Los amigos de Paul eran reaccionarios puros. Estaban contra el aborto, la contracepción, la escuela laica y los inmigrantes. El feminismo les causaba horror y ella les había pedido a Virginia y a sus primas abstenerse de comentar el tema durante las cenas. Pero eran tan estúpidas las afirmaciones de los paleolíticos, como los llamaban, que ni siquiera se daban la pena de indignarse. Acumulaban las observaciones para luego hacer chistes que comenzaban casi siempre con la frase: «En épocas de Matusalén», y mientras mayor era la enormidad más se divertían. Habían terminado contagiándole el espíritu lúdico frente a aquel grupo de hombres y mujeres infatuados que parecían más muertos que vivos.

Gaby fascinaba a Paul por su elegancia natural y sus modales tranquilos. Decía que era una virgen inclusive si muchos hombres hubieran compartido su intimidad. En la mesa siempre la sentaba a su derecha y como ambos tenían el gusto de la equitación la invitaba con frecuencia a su castillo, cerca de Saint-Germain-en-Laye, y cabalgaban juntos, por el bosque, durante horas. Nadie debía montar la potranca que Paul le había obsequiado. Gaby iba dos veces por semana para almohazarla y mantenerla en forma y los sirvientes habían recibido la orden de tratar a Gaby como un miembro de la familia. La potranca reemplazaba en su corazón a Rasputín, muerto de vejez. Paul habría hecho mejor en casarse con ella pues tenían gustos comunes. Le parecía verlos en la biblioteca de aquel castillo, frente al resplandor rojizo de la gran chimenea, hablando de Baudelaire y los otros poetas de su generación, recitando a veces sus poemas en voz alta mientras crepitaban los leños y el aire de la pieza se volvía caliente y olía a pino quemado. En aquel salón se alineaban todos los libros escritos alguna vez y Gaby, envuelta en una ruana y sentada en un confortable sillón, pasaba horas leyendo a la pálida luz de la primavera que entraba por la ventana. A ella le gustaba que Gaby se sintiera bien allí y de cierta forma Paul y ella empezaban a adoptarla como una hija.

Gaby era una de esas pocas personas sin edad, a quien solo la madurez sicológica permitía situarla en la cincuentena. Por lo demás conservaba el espíritu de una muchacha de veinte años y no le daba mucha importancia a los pesares de la existencia. Rafael, el hermano de Helena Gómez, fue víctima de su ligereza. Lo puso ante la alternativa de quedarse a su lado o regresar a Caracas y el pobre hombre volvió a unirse con su esposa y de pura desesperación se suicidó. Gaby lloró su muerte, pero en ningún momento puso en duda la ferocidad de su vida de amazona. Y, cosa increíble, esa inconstancia formaba parte de su encanto. Paul lo creía así. La veía como una Pentesilea combativa, que no se dejaba atrapar entre las redes del amor. Por eso, en parte, le había regalado la potranca, para materializar su sueño de ver a Gaby a caballo, ajena a toda tentativa de seducción, más allá de la región donde cualquier hombre pudiera atraparla, ponerle un anillo en el dedo y declarar que era suya. A veces ella se preguntaba si Paul la había desposado para estar cerca de Gaby.

Luis observaba a Ángela de Alvarado, muy elegante con su bastón de pomo de plata y sus manos alargadas y finas. Tenía algo así como sesenta y cinco años, su propia edad, pero parecía de cuarenta. No comprendía el interés que ella y su nuevo marido sentían por Gaby. Le habían regalado un caballo y todos los jueves la invitaban a cenar a su casa. Risueña, Gaby le contaba los pormenores de aquellas reuniones en las cuales no podía hablarse de feminismo, justamente el tema que más despertaba su curiosidad intelectual. Él veía a Gaby todos los sábados: iba a recogerla a su estudio para llevarla al cine y a comer en el mismo restaurante de Saint-Germain. Siempre se prometía dialogar con ella y siempre terminaba hablándole de sus problemas con las otras mujeres. Había decidido no volver a ver a Ester, por quien estuvo a punto de pedirle el divorcio a Gaby, desde que observó su comportamiento con Aníbal del Ruedo, el presidente de una delegación latinoamericana ante la Unesco. Ester empezó a coquetearle como de costumbre, le hizo creer que lo amaba y durante seis meses se envolvió en velos virginales. Cuando al fin aceptó pasar una noche a su lado en un castillo escocés descubrió que no soportaba sus ronquidos nocturnos, ni la expresión de su virilidad, ni su olor de hombre viejo. Regresó a París contándole a quien quisiera oírla su decepción mientras el pobre Aníbal volvía a su país para vender sus bienes y seguirla a donde fuera, convencido de que la desposaría.

Él, Luis, se sintió identificado con Aníbal del Ruedo. También había soportado los desaires de Ester, sus traiciones y mentiras. Ester se acostaba con todos los hombres que conocía y después, cuando la aventura había terminado, le contaba los detalles fingiendo que sentía por él un afecto de hermana. Así, un día, llegó a París Gustavo Torres, el exmarido de Ángela de Alvarado y, por lo pronto, amante de una hermana de Ester. La llamó por teléfono, pidiéndole que fuera a verlo para darle unos regalos que le habían mandado de Bogotá. Gustavo le abrió la puerta de su apartamento, envuelto tan solo en una bata de noche brocada, la tiró al suelo, le desgarró los pantalones y le hizo el amor repitiéndole: «Dame tu leche», frase utilizada por las prostitutas barranquilleras para estimular el ardor sexual de sus clientes. Se vino brutalmente sin preocuparse por lo que ella podía sentir y luego se levantó y llamó por teléfono a Nueva York mientras Ester terminaba de quitarse las prendas rasgadas llorando de rabia y humillación. Buscó el baño para lavarse y al volver al salón encontró a Gustavo hablando todavía por teléfono y haciéndole signos de que se fuera. Ester apareció en la oficina de él, Luis, con la cara enrojecida y las pestañas todavía húmedas de llanto y le contó de sopetón aquella historia. Él le pidió la dirección de ese patán para ir a darle una paliza, pero no solo no se la dio, sino además siguió saliendo con Gustavo cada vez que este venía a París, el único hombre que la veía tal como era, una cortesana de su época con el cerebro de un chorlito. Los otros, los que se enamoraban de ella, corrían la misma suerte de Aníbal del Ruedo porque en el fondo Ester no amaba a los hombres, sino el espejismo de la seducción.

De todo eso le hablaba a Gaby y sus reflexiones y comentarios lo ayudaban a afinar su razonamiento. De ella había venido la expresión de cortesana cuando él le contó que Ester se acostaba con cuanto ministro o millonario pasara por París. Gaby aceptaba que se hiciera el amor por placer, pero el comportamiento de Ester le parecía neurótico. Apenas apareció el nuevo rico Arturo Botillón, se convirtió en su amante y estaba muy contenta de viajar en su avión personal a las islas del Caribe. Arturo Botillón compró un apartamento en la avenida Foch y ella se lo ayudó a arreglar. Pero Arturo Botillón estaba casado y su esposa Emelina vino para la fiesta de inauguración. Al menos sesenta personas fueron invitadas y hacia medianoche, cuando los tragos empezaban a hacer efecto, se inició una conversación sobre las aventuras amorosas de los millonarios en París. Ester intervino diciendo que ella no entendía cómo una mujer se acostaba con un hombre por dinero y Emelina le replicó que entonces debía estar enamorada de su marido. Muy digna, Ester declaró que nada tenía que ver con Arturo Botillón y para el horror general Emelina dijo a gritos: «Óiganla, no siente nada por Arturo y a mi llegada de Bogotá encontré sus pantalones en mi cuarto». Hubo un silencio de cementerio que Gaby y sus primas rompieron desviando la conversación hacia temas menos peligrosos. Ester corrió al baño para vomitar y después lo acusó a él, Luis, de no haber intervenido en su favor. Quería ni más ni menos que le pegara en la jeta a Emelina. Y eso por haber contado la verdad. La condujo al apartamento de la cama insinuante y allí se desencadenó la cólera de Ester. Rompió frascos, vacíos, desgarró un cuadro, malo, echó al piso un pomo de yogurt, averiado, y finalmente se puso a llorar en el sofá. Sin embargo, cuando Emelina regresó a Bogotá, volvió a aceptar las invitaciones de Arturo Botillón. Ester no parecía comprender que se estaba volviendo vieja y que un día se quedaría sola. Él, en cambio, mientras permaneciera en París, podía contar con Gaby. La tenía al alcance del teléfono y a cinco estaciones de metro. Se había mudado no muy lejos de su estudio y ahora iba a visitarla entre semana. Mientras caminaba para verla sentía que una emoción muy profunda le subía a la garganta y eso, pese a las aventuras de ambos, debía llamarse amor.

En honor de Aurora y de su matrimonio, Toti había comprado un elegante vestido de hombre con chaleco de brocado y una leontina de oro le cruzaba el pecho. Desde su llegada había reparado en el desconocido que acompañaba a Isabel y tuvo la certeza inmediata de que representaba un peligro para ella al observar la cálida mirada que le dirigió a Juliana. Era un hombre guapo, de cincuenta años a lo sumo, con los cabellos echados hacia atrás y una mirada intensa. Al lado de Isabel parecía domesticado, pero al menor descuido de ella se lanzaría a la seducción de la primera mujer que le pasara por delante. Y esa mujer podía ser Juliana. Ahora se arrepentía de haber venido, pero ¿cómo desairar a Virginia y a sus primas? Además Juliana quería salir y soportaba mal quedarse encerrada en el apartamento después de haber trabajado todo el día en sesiones de fotografía como modelo principal de una firma de productos de maquillaje. Aquel viaje a París, destinado a satisfacer el narcisismo de una muchacha de veinte años, se le había convertido en un pereque. Juliana tomaba en serio su papel de modelo y estaba a punto de salírsele de entre las manos. Que se enamorara de una mujer era una infidelidad anodina, de un hombre, una traición insoportable. Los últimos meses había notado en su comportamiento amoroso el detestable deseo de ser penetrada. Ella, Toti, se masculinizaba hasta más no poder. En vano: aunque inconsciente de ello, Juliana deseaba a un hombre, alguien que tuviera algo entre las piernas y la tratara como una bestia. Por intermedio de la cámara hacía el amor con su fotógrafo en su presencia. Un día no lo soportó más e indignada suspendió la sesión. El fotógrafo se mantuvo impasible: «Si no intenta seducirme a mí, no podrá atraer a los clientes», dijo con calma, como si le explicara el abecedario a un niño. Enfurecida, Juliana se fue del apartamento a un hotel, de donde solo quiso salir cuando ella ofreció pedirle excusas a aquel hombre. Desde entonces debía esperar en un café a que terminara de trabajar porque Juliana lo había decidido así con el pretexto de que su presencia la desconcentraba. A través de las fotos que aparecían en las revistas de moda su mirada se volvía más insinuante y no se dirigía a las mujeres susceptibles de comprar artículos de maquillaje. Los signos se multiplicaban, ¿cuándo llegaría la enfermedad? La misma cosa le había ocurrido con Cécile antes de que se fuera a los Estados Unidos y encontrara a aquel chino. De pronto les entraba una desazón como si les faltara aire para respirar, querían salir y viajar solas y la encontraban a ella, Toti, terriblemente posesiva. Juliana no se había atrevido a decírselo en plena cara, pero desde que empezó a ganar montones de dinero hacía comentarios irónicos sobre las personas celosas.

¿Qué sabía de la pasión una muchacha de su edad a quien su belleza deslumbrante le abría todas las puertas de este mundo? Sus padres, millonarios, la habían consentido hasta que la encontró a ella, Toti. Entonces le suspendieron la pensión que le daban cada mes. Luego vivió de su dinero y ahora que trabajaba quería su libertad para abrir las alas y encontrar un hombre diferente del que la brutalizó la primera vez que hizo el amor. Sin ser pesimista, ella notaba que las relaciones lesbianas empezaban a molestar a Juliana. De noche se ponía cremas en la cara y fingía dormirse apenas se acostaba en la cama. Trabajaba todo el día de las ocho de la mañana hasta las seis de la tarde y regresaba cargada de productos de belleza que se untaba meticulosamente hasta parecer un espantapájaros. Solo los fines de semana aceptaba salir a restaurantes y discotecas y lo hacía más para lucirse que para estar con ella. Sus gestos de ternura la ponían en ascuas y ni siquiera en el cine aceptaba que le tomara la mano. Pero mientras más la desairaba, más ella, Toti, se sentía enamorada.

Algo parecido le había pasado con Cécile. Al comienzo de su relación la había encerrado en un pueblito de Mallorca, donde aparte de los habitantes, inocuos, vivían ingleses jubilados. La tuvo allí, secuestrada, diría Cécile más tarde, varios meses hasta que un buen día le tocó irse a Barcelona porque su madre debía operarse. Al regresar una semana después descubrió que Cécile había aprovechado su ausencia para acostarse con todos los hombres disponibles, un pintor argentino, un profesor norteamericano y dos o tres mallorquines de Palma que de vez en cuando pasaban por el pueblo. Le dio un ataque de rabia, pero Cécile le explicó tranquilamente que no podía dormir sin haber hecho el amor. Desde entonces empezó a alejarse poco a poco de ella, Toti, y al cabo de dos años se fue a los Estados Unidos. Había mujeres que utilizaban el lesbianismo para familiarizarse con el amor hasta encontrar un hombre. Como muchas de las prostitutas de Madame Claude, terminaban casándose y volviéndose burguesas. Freud había dicho que no sabía lo que las mujeres querían, pero ella sí lo sabía: tener hijos y reproducirse como todas las hembras del mundo animal. Para eso debían unirse a los hombres y aceptar lo que fuera. De allí venía en buena parte el poder masculino. Asimismo, las mujeres no odiaban el sexo opuesto porque sabían que podían dar a luz hijos varones. Esa trampa universal les había permitido a los hombres dominarlas desde el comienzo de los siglos. Y aunque le pusiera a Juliana el mundo a sus pies terminaría dejándola para cumplir su destino de mujer.

Precedida de sus tres hijitos vestidos como príncipes, Olga entró en el salón. La acompañaba un hombre de mirada austera, cuyo aspecto de monje disimulaba bien su naturaleza sensual, la que la había seducido a ella, Olga, hacía seis meses. No podía abandonar sus negocios en Colombia, así que matriculó a sus hijos en un colegio parisiense y con el pretexto de verlos venía a Francia cada tres semanas. Era consciente de estar viviendo la gran pasión de su existencia. Había adelgazado porque a duras penas lograba comer y nunca le había importado tanto la impresión que daba de sí misma. Le bastaba con acordarse de Pascal para sentir que el cuerpo le ardía como una antorcha. Cuando lo veía esperando su llegada en el aeropuerto debía contenerse para no correr a estrecharse entre sus brazos. Se amaban con ferocidad en el parqueadero subterráneo, luego en el estudio de él y solo después iba a ocuparse de sus hijos. Todo el mundo, hasta López, estaba al corriente de la situación, pero la tenía sin cuidado. Pascal era el hombre de su corazón, el que la sumergía en vértigos de voluptuosidad, el que con una mirada encendía su deseo. Lo había conocido en casa de Louise, de quien era un lejano pariente, y la ganó a cara y sello. Él y un amigo suyo la invitaron a bailar al mismo tiempo y para desempatar la situación ella sugirió que tiraran una moneda al aire. Ganó Pascal y bailaron un bolero. Sintió que se moría de emoción y cuando terminó la música y a fin de romper el hechizo entró en el

285

cuarto de Louise para recoger su capa. Pascal la siguió sin que ella se diera cuenta, la tomó entre sus brazos y la besó en la boca. No quiso darle su dirección ni su número de teléfono, pero él la siguió subrepticiamente hasta su apartamento y al día siguiente, al sacar a sus hijos a pasear, lo vio parado frente a la esquina. Pensó que había resistido una noche y que ese tiempo era demasiado. Le dijo a la niñera que llevara a sus hijos a la place Furstemberg y caminó hacia él. Ni siquiera se dieron los buenos días. Caminaron juntos y de prisa por Saint-Germain hasta el primer hotel que encontraron y se amaron con fiebres de pasión. En el espasmo final se acordó de aquella escena que había visto de niña mientras sus padres se acariciaban y ella se juraba no repetir nunca el desenfadado comportamiento de su madre. Esa vez había roto su promesa: acababa de gritar, de exigir y de conducir el miembro de Pascal hasta el vértice de su propio cuerpo, donde ningún otro hombre había penetrado jamás y donde su razón moría extraviada en el torbellino ciego y devastador del placer.

¿Cómo separarse de Pascal? Cuando regresaba a Bogotá para ocuparse de sus negocios los días le parecían interminables. Anhelaba su presencia con cada uno de sus poros; de noche gruñía de deseo en su cama desesperadamente vacía y lo llamaba por teléfono nada más que para oír su voz. Volvía a París excitada y feliz ante la perspectiva de encontrar su aliento, el olor de su cuerpo y el calor de sus brazos. Pascal sentía su mismo ardor: si ella estaba en Bogotá no salía de su estudio esperando su llamada telefónica y caminaba de un extremo a otro de la habitación, le contaba, como tigre enjaulado. Era maravilloso compartir un amor sin trampas ni relaciones de poder. ¿Cuánto tiempo duraría? Sus padres se habían amado la vida entera y ahora pensaba que de no haber visto a su madre trastornada por las ansias amorosas, ella no habría podido repetir su ejemplo. Esa imagen, rechazada y condenada durante años, le había permitido concebir el amor físico. Pero había algo más: una emoción, una solidaridad y el deseo de proteger a Pascal. Sin lugar a dudas lo amaba.

Con las manos enguantadas, Juana bebía una copa de champaña. Aquel día sus manos le dolían menos que de costumbre y se felicitaba por haber asistido al matrimonio de Aurora en vez de quedarse en su apartamento soportando a un Daniel abrumado por las ideas negras: temía la muerte, toleraba mal su jubilación y detestaba envejecer. Ahora se acordaba de sus deseos de adolescente, cuando quería convertirse en un gran escritor, y creía que su matrimonio con ella había puesto una lápida sobre sus esperanzas. De no haberse casado, le repetía, habría abandonado un día u otro su carrera de ingeniero para dedicarse a la literatura. Aquel razonamiento era falso: los escritores, como los pintores, organizaban su vida en función de su arte. Héctor era un buen ejemplo de ello: había desposado a una mujer rica y nunca había querido tener hijos. En plena cumbre del éxito seguía trabajando come si estuviera poseído por el ángel de la creación. Se levantaba a las seis de la mañana y pintaba de corrido hasta las seis de la tarde. Ella lo sabía porque de vez en cuando la llamaba por teléfono para tener noticias de Jean. Si Daniel quería escribir, que lo hiciera. Desde su jubilación, tenía todo el tiempo libre, pero jamás lo había visto sentarse con un lápiz y un papel. Hacía unos meses había querido tener una secretaria para dictarle los capítulos de una supuesta novela y un día que ella llegó al apartamento más temprano que de costumbre encontró a la pobre muchacha desnuda frente a él. Hasta allí llegaba la expresión de la virilidad de Daniel. La secretaria, por su parte, prefería prestarse a los caprichos de un viejo con tal de no perder su trabajo. Ella no hizo el menor comentario, pero la muchacha, humillada tal vez, no volvió al apartamento y Daniel metió la cola entre las piernas. Sus proyectos de escribir una novela se desvanecieron y volvió a elucubrar sobre las injusticias de la vida.

Otro que se quejaba era Claude. Se había casado hacía diez años con una senegalesa, suprema injuria a su familia, que era de extrema derecha y racista. Al cabo de nueve meses su esposa tuvo un hijo y casi se muere de una hemorragia. Claude la dejó en el hospital y se llevó el bebé a su casa. Convertido en madre le preparaba y le daba los teteros, lo bañaba y le cambiaba los pañales. Cuando la senegalesa regresó al apartamento, Claude le impidió tocar a su hijo literalmente con el pretexto de que no sabría ocuparse de él, apostándole a la pereza de ella y a su frivolidad de muchacha de dieciocho años. La maniobra dio resultado: al poco tiempo se divorciaron y Claude se quedó con el bebé. Ese niño, Vincent se llamaba, no veía a nadie distinto de su padre. A los cuatro años empezó a recibir clases de piano y Claude aprendió a tocar con él para no dejarlo solo en compañía de la profesora. Vincent le tenía miedo a todo y cuando entró al colegio los otros alumnos se dieron cuenta y comenzaron a mortificarlo sin que él fuera capaz de reaccionar. Indignado, Claude fue a ponerle quejas a la directora de la escuela amenazándola con hablarle del asunto a su superior, así debiera ir a ver al ministro de Educación. La directora aceptó tener al niño con ella durante los recreos y así empezó el caso Vincent. Claude no comprendía que su hijo era un tarado a causa de él: tenía un tic que le deformaba la cara a cada minuto, sufría de anorexia y a veces se ensuciaba en los pantalones porque no sabía contenerse. A los problemas sicológicos se añadían los mentales. En cuatro años de colegio, Vincent no había aprendido a leer ni a escribir y mucho menos de aritmética. De nada servía que le dieran clases particulares: delante del profesor y de Claude, que intentaba explicarle lo que decía este último, Vincent parecía encerrarse en una bola de cristal; ni siquiera abría la boca para decir que no comprendía: se volvía sordomudo y las ideas pasaban sobre él como mariposas invisibles. Claude, el izquierdista, le decía a su hijo en público que era así porque había heredado la pereza de su madre negra. En ningún momento se le había ocurrido poner en tela de juicio sus métodos pedagógicos y la manera como absorbía, a la manera de un vampiro, la energía de Vincent.

Por fortuna, ella había educado de otro modo a Jean. Su hijo solo le procuraba satisfacciones: trabajador y generoso, subía como una flecha en la jerarquía de su empresa. Era ya director comercial y dentro de unos años sería director general. Sus padres, campesinos andaluces, no habrían creído nunca que su nieto ocuparía una posición tan alta en Francia. A veces, a ella, Juana, le parecía que había servido únicamente de correa de transmisión y esa idea la ponía mal. Se acordaba de sus sueños de convertirse en actriz, del fracaso de su vida profesional y una oleada de tristeza le invadía el alma.

Había sido una buena idea prestar de Louis Féraud el vestido de novia que lucía Aurora, pensaba Gaby acodada sobre una mesa. Féraud había insistido en darle a ella también el suntuoso traje que ahora llevaba puesto, porque le fotografiaba sus colecciones y había colaborado gratuitamente en la preparación de un libro destinado a hacerle conocer su obra de gran costurero al público norteamericano. Eso, codearse con las personas de todos los medios sociales, era una de las ventajas de su profesión. Durante la caída del muro de Berlín, la cual fotografió como era de esperarse, descubrió la cultura germánica y resolvió leer a los autores de ese país en su propia lengua. Estudiaba, pues, alemán. Un nuevo gatico reemplazaba a Rasputín. Se llamaba Sigfrido porque era valeroso y lo había encontrado una noche debajo de un automóvil. Entre él y la potranca Antares que le había regalado el marido de Ángela de Alvarado su necesidad de afecto estaba colmada. Desde su menopausia solía pensar en la muerte, sin temor, porque se había realizado a sí misma gracias a la fotografía. Podía responder a la pregunta: ¿Qué hiciste de tu talento? Ahora se interesaba mucho en el cine y estaba preparando un cortometraje sobre Miguel Ángel, lo que la llevaba con frecuencia a Italia y a los brazos de Manlio, su último amor. Manlio era posesivo y quería desposarla, pero ella había conquistado tan duramente su libertad que por nada en el mundo la perdería. Además había conocido hacía poco a Franz, profesor de literatura en Berlín, que le escribía poemas en francés y por quien empezaba a interesarse. Eso formaba parte de su curiosidad por el mundo alemán. Siempre había creído que para conocer mejor a un país había que tener relaciones amorosas con uno de sus ciudadanos.

El final de la historia de Luis con Ester la había entristecido. Deseaba realmente que Luis encontrara a una mujer capaz de reemplazarla a ella, Gaby, en su corazón. Porque la seguía queriendo y se apenaba cuando descubría que ella tenía un amante. Su nuevo argumento consistía en prevenirla contra el sida como si eso pudiera disuadirla de tener aventuras. Si para amar corría el riesgo de morir no vacilaría un instante: prefería perder la vida en vez de convertirse en ermitaño. Eso le parecía una traición a sus principios que se resumían en una sola palabra: osar. De lo contrario no iría a tomar fotos en los lugares donde crepitaban guerras y guerrillas. Hacía poco tiempo una bala perdida le había rozado la sien y aunque la herida no fue tan grave le quedó una cicatriz. Luis, Virginia e Isabel se preocuparon mucho al verla regresar a París con un vendaje en la frente. Cuando se lo quitó descubrió que la cicatriz era considerable y resolvió cambiar de peinado: echarse los cabellos hacia atrás como siempre, pero dejarse la china. Algunos de sus amigos habían muerto con la cámara en la mano y su bautizo de fuego no tenía nada de particular. De todos modos, para celebrar ese acontecimiento hizo una fiesta en su estudio en la cual solo se podía tomar champaña. Vinieron sus nuevos amigos del mundo del cine, productores, realizadores y asistentes, trayendo tanta cocaína que tuvo que sacar una bandeja para colocarla. Isabel y Virginia se abstuvieron de tocar aquel polvo blanco, pero ella lo aspiró una vez y sintió que era invadida por una fuerza formidable. Sin embargo, prefería fumar sus cigarrillos de marihuana a los cuales se había acostumbrado durante las largas noches en vela de su trabajo. No podía llevarlos consigo cuando iba a ver a Antares porque su olor la ponía nerviosa. Tampoco viajaba con marihuana por miedo de que la arrestaran en una frontera. Se aprovisionaba en el país donde llegaba, como lo hacían sus amigos fotógrafos. Eso, compartir un cigarrillo de marihuana, agudizaba el espíritu de camaradería que reinaba entre ellos. Desde los norteamericanos hasta los japoneses, todos se conocían. Habían estado juntos en tantos sitios diferentes, habían soportado juntos tanto calor o tanto frío que inevitablemente se volvían amigos. Solo aparecían las garras del egoísmo durante el trabajo, cuando era necesario tomar la foto que le daría la vuelta al mundo, la foto-símbolo que resumiría el acontecimiento.

Ella, tenía sus amigos; Virginia, sus pintores; Louise, su clientela; la pobre Isabel, en cambio, debía tragar culebras para conservar su puesto de traductora en la Unesco, un mundillo lleno de presumidos e intrigantes. Ahora estaba enamorada de Gilbert, un hombre posesivo que pretendía robarle el alma. Ella, Gaby, lo conocía muy bien, porque a veces trabajaban juntos. A su lado, Gilbert se distendía un poco y reía sacando a relucir su sentido del humor, pero había que leer sus artículos para advertir la seriedad con que tomaba las cosas de la vida. Su objetivo no era tener una aventura con Isabel, no, sino obligarla a sentir por él una pasión absoluta. ¿Podría su prima aceptar esa situación? Si la admitía borraría quizás los malos recuerdos que le habían dejado Claude y el doctor Gral y saldría del pesimismo en el que se había confinado.

Desde que hizo la primera comunión, hacía tres meses, la pena por la muerte de sus hijos se había atenuado, comprobaba Marina de Casabianca. Ya podía dormir mejor y no la aterrorizaban las pesadillas. Sufría, pero su dolor se calmaba ante la idea de encontrar a Guillaume y Loïc en el más allá después de su muerte. Su confesor, un padre jesuita, la convenció de que hiciera un retiro espiritual en un convento. Desde su llegada, las religiosas comenzaron a mencionar en sus oraciones los nombres de sus hijos. Ella esperaba arrodillada el momento en el que decían: «Señor, confiamos a tu infinita bondad el alma de Guillaume y Loïc», y en ese instante su tristeza desaparecía y sentía que un halo de luz la separaba del mundo. Creía sinceramente en Dios y envidiaba a esas religiosas que habían descubierto muy pronto las vías de la fe. Había comprado una estatua de la Virgen y le rezaba dos rosarios al levantarse y otros dos antes de ir a la cama. Como ella, la Virgen había perdido a su hijo y debía comprenderla. Solo le pedía llevársela de este mundo lo más rápidamente posible a fin de reunirse con Guillaume y Loïc. Su guía espiritual no parecía muy de acuerdo con esa petición. Decía que lo mejor era rogar por la salvación de su alma y que mientras más viviera más tiempo tendría para expiar los pecados de su vida pasada. Pero se había arrepentido ya de ellos y ningún interés sentía por los placeres materiales. Las drogas que tomaba contribuían a su ascetismo.

Además no se veía a sí misma olvidando la ausencia de sus hijos entre los brazos de un hombre. Nunca más volvería a amar ni a reír: su vida afectiva estaba terminada. Le quedaban los recuerdos: todas las mañanas hojeaba el álbum de fotografías y las lágrimas le rodaban por la cara. A su mente venían las imágenes de tiempos felices, cuando en compañía de André sacaba a pasear a sus hijos. Entonces tenía todo lo que la existencia podía ofrecer: el amor, la salud, la belleza y el dinero. Ahora cualquier mujer era más feliz que ella. Veía con envidia a su portera, que tenía tres niñas. Las encontraba jugando en el vestíbulo cada vez que entraba o salía de su apartamento.

Todos los días, hacia las doce del día, iba a reunirse con Isabel para almorzar en un restaurante cerca de la Unesco. Solo entonces podía comer algo porque si se quedaba en su casa era incapaz de probar un bocado. Desde el accidente había perdido veinte kilos y nunca sentía hambre. En compañía de Isabel almorzaba un poco y hablaba del pasado. El propietario del restaurante les reservaba siempre la misma mesa y, sentada de espaldas al público, lloraba a su antojo. Tenía en la cartera un paquete de pañuelos de papel y entre un bocado de carne y una papa frita se restregaba los ojos. Trataba de convertir a la fe a Isabel, pero en vano; Isabel no tenía el menor sentido religioso. Aceptaba sus comentarios sobre la necesidad de creer en algo sin burlarse de ella, más aún, la animaba a continuar su búsqueda mística, tal vez porque creía que eso la ayudaba a consolarse de la desaparición de sus hijos. Aconsejada por Isabel volvió a ocuparse de sus negocios y ahora iba tres días por semana a Lausanne, pero el dinero que ganaba, destinado antes a viajes, joyas u objetos de valor, lo enviaba a obras de caridad. Vendió su mansión y alquiló un apartamento frente al lago. Trabajar le calmaba los nervios y durante las horas dedicadas a la compra y venta de acciones o a controlar sus inversiones por el mundo entero se olvidaba un poco de su dolor. Regresaba a su casa rendida de cansancio y con la mente llena de números, cálculos, nombres de empresas. Tomaba un calmante con un vaso de leche, rezaba sus dos rosarios, tragaba cinco somníferos diferentes y se acostaba a dormir. Su sueño duraba hasta las ocho de la mañana y dos horas después estaba en su oficina en compañía de Jérôme. El miércoles por la noche tomaba el tren que la traía a París para, al día siguiente, ir a ponerle flores a las tumbas de Guillaume, Loïc y André, que estaban en el mismo cementerio. Frente a aquellas lápidas de mármol negro lloraba con desesperación antes de ir a buscar a Isabel. Gaby le había dicho una vez que la pena agotaba, que un buen día uno se cansaba de sufrir. Eso le parecía a ella una blasfemia. Sin embargo los rosarios y las misas oídas de rodillas mitigaban su aflicción y, sorprendida, se preguntaba si al cabo de un tiempo aceptaría su suerte con sosiego.

Claude estaba arruinado, se decía Geneviève fumando un cigarrillo. Él, el excomunista, se había batido como una fiera cuando llegó la hora de repartir la herencia dejada por su padre. Convencido de que sus hermanos tenían la intención de estafarlo, trajo un contador para revisar las cuentas y se mostró tan odioso que ellos prefirieron darle lo que pedía, el dinero ahorrado en los bancos. Esa plata Claude la gastó en la creación de una incierta compañía cinematográfica y en la compra de muebles y objetos de mal gusto. Los gastos fijos de la compañía, cuyos locales estaban situados en los Champs-Élysées, eran de doscientos mil francos por mes y en cinco años Claude no había logrado sacar una película. Quería ser productor, realizador y guionista al mismo tiempo, pero sus proyectos, de los cuales le hablaba, parecían confusos y poco estructurados. Ahora se arrepentía de haber botado a la basura los cuentos condenados por la censura del partido comunista. Quería reconstruirlos para llevarlos a la imagen, pero por desdicha había olvidado hasta los temas que trataban. Esperaba impacientemente la inspiración y mientras tanto debía pagar el alquiler en los Champs-Élysées y los salarios de la secretaria, el contador y dos asistentes de dirección que le costaban una fortuna y eran tan estériles como él. A veces Claude le pedía ayuda y ella, venciendo su sopor, trataba de construir una historia coherente, que los asistentes rechazaban de manera sistemática. Poco le importaba aquel desaire: nada bueno salía de su cabeza. Pasaba semanas y meses escondida en su apartamento para no exponerse a la maldad de la gente. Su siquiatra la incitaba a aceptar las invitaciones y veía con malos ojos su encierro. Decía que la animosidad de los otros era fruto de su imaginación. Ella lo dejaba hablar para no contrariarlo, pero la presencia de Henri junto a Virginia, ¿se podía considerar un delirio? Henri le estaba destinado a ella, Geneviève: había sido la primera en conocerlo, en invitarlo a su casa, en presentarlo a sus amigas, y Virginia, la pérfida, se lo había quitado. Pero, en realidad, Henri no se interesó nunca en ella haciéndola dudar de su poder de seducción. Mariposeó a su alrededor sin que ninguna de sus mañas lograra atraparlo. Y ahora estaba allí, con Virginia.

A ella la habían invitado a aquel matrimonio para hacerla sufrir. Lo supo al entrar en el salón, cuando vio a Benoît en compañía de su mujer. ¿También eso se llamaba un desvarío? De acuerdo, Benoît era el médico de las primas, especialmente de Isabel, pero ¿no habrían podido advertirle que estaría en la fiesta? De saberlo jamás habría venido y habría evitado la humillación de que la viera sola y envejecida. A los sesenta y pico de años resultaba difícil conseguir un hombre, inclusive si se tenía mucho dinero. Sobre todo para ella, a quien la vejez le había caído encima como una garra. Cuando se miraba en un espejo y veía su aspecto de pájaro desamparado, su cuerpo nudoso, sin ninguna redondez, sin nalgas ni senos, estallaba en lágrimas. El siquiatra le decía que debía luchar contra la anorexia, pero no tenía apetito y aparte de la taza de café que bebía al levantarse y la barra de chocolate que mordisqueaba durante el día era incapaz de comer. Tampoco podía dormir sin somníferos y ya despierta debía tomar un tranquilizante cada dos horas. Todas esas drogas la habían vuelto frígida, razón de más para que los hombres se alejaran de ella. Era el circulo vicioso: la deprimía vivir sola y las pastillas destinadas a combatir ese estado de ánimo adormecían su sexualidad ahuyentando a los hombres.

Isabel conocía su situación y seguramente ella le había hablado del horror de que Benoît descubriera su soledad. Y sin embargo la había invitado sin prevenirla. Y Virginia y Henri bailaban abrazados. Y la víspera una de sus nueras la llamó por teléfono para decirle que solo iría a la casa de campo cuando ella no estuviera. La odiaban, la perseguían, nadie la respetaba. Isabel y Virginia eran responsables de que la figura blanca apareciera ahora en el salón y se acercara a ella. ¿Tendría fuerzas para rechazarla? No, la imagen entraba en su cuerpo y un sabor de albahaca le subía al paladar. Su mente se entorpecía, pero con una dolorosa lucidez comprendía hasta qué punto la gente era mala. Virginia la había traicionado y sentía la imperiosa necesidad de decírselo. Si se lo decía desaparecería tal vez el sudor que le corría por la cara y ese tic que le crispaba la mejilla. «Virginia», la llamó.

Sorprendida observó que todo el mundo se volteaba a mirarla. Con un aire vagamente inquieto, Isabel se acercó a ella. «No tú, Virginia», le dijo. Y de nuevo la gente la miró. ¿Habría hablado en voz demasiado alta?, se preguntó sintiendo una espuma entre los labios. Tenía la lengua espesa y le costó trabajo pronunciar la frase: «Me han engañado». Sonó la música de un vals y los ojos de los invitados dejaron de clavarse en ella. Isabel le pasó una servilleta por la boca, le acarició la frente y se ofreció a llevarla a su casa. Le resultó difícil levantarse porque todo el peso del mundo parecía haber caído sobre sus hombros. Caminaba despacio por un corredor hacia la salida, apoyada sobre el brazo de Isabel, cuando de pronto, espantada, oyó su propia voz gritando de horror.

9

Henri había partido con la intención de darle la vuelta al mundo a pie, en automóvil, en tren y en barco. Llevaba lo indispensable pare vivir y ella, Virginia, lo vio irse con la garganta anudada por la tristeza. Estaba segura de que su adiós era definitivo y no pudo evitar que las lágrimas le rodaran por las mejillas. Entró en su apartamento y se echó a llorar sobre la cama. Le parecía terrible que su vida se terminara justamente cuando había encontrado el amor. En los últimos días salió con Henri a visitar los lugares que más le gustaban, el Louvre, Notre-Dame y los muelles donde se alineaban los vendedores de libros. A pesar de lo mal que se sentía fue al Grand-Palais y en todas partes compró tarjetas postales o catálogos de las exposiciones para darle un soporte a sus recuerdos. A Henri le sorprendía que cada diez pasos tuviera que detenerse y ella le explicó que sufría de enfisema pulmonar, como Isabel. Se fue sin haber descubierto su secreto, sin imaginar que su partida sería para ella el final de su vida. A los dos meses le empezó la menopausia, la piel de su cara se fue resecando y un repentino adelgazamiento hizo que sus senos parecieran higos caídos. Prefería que Henri no la viera así, envejecida y fea. Conservaría de ella un buen recuerdo y con el tiempo pensaría que sus relaciones habían sido como un regalo del destino. Le hizo prometer a Isabel y a Gaby que nunca le revelarían su verdadera enfermedad. De ninguna manera Henri debía sentirse culpable de haberla abandonado. Isabel estaba encargada de escribirle para darle la noticia y juntas habían elaborado el texto y a cada carta de Henri ella le pasaba a su prima la dirección de su próxima etapa.

Su muerte no andaba lejos. La intensidad y la frecuencia del dolor habían aumentado, el cansancio también. A veces le parecía tener en el pecho un insecto de largos tentáculos que le oprimían, ora el corazón, ora los brazos y la mandíbula. A medida que pasaba el tiempo aquel animal se volvía más grande provocándole dificultades para respirar: cada vez que aspiraba el aire sentía una puñalada en el tórax y solo tomando los remedios que le daba su médico podía calmarse. De pronto tenía bocanadas de angustia, como si algo, en lo más profundo de su ser, temblara de pánico ante la muerte. Y sin embargo ella no la temía: morir era regresar a la nada de donde había surgido, para extraviarse en un sueño eterno. Más aún, la consolaba la idea de irse rápido en lugar de conocer los oprobios de la vejez. No comprendía a la gente que se obstinaba en vivir soportando la disminución de sus capacidades físicas y mentales. Y no obstante, a veces se sorprendía a sí misma soñando con envejecer junto a Henri, tomando en su compañía la primera taza de té, encendiendo el primer cigarrillo y hasta acariciaba la idea de hacerse operar para eliminar el sufrimiento. Pero Henri estaría de viaje tres años y eso se le antojaba una eternidad. Mejor dejar que el destino decidiera y hacer las cosas de siempre, como venir hoy a la inauguración del apartamento donde Isabel y Gilbert se mudaban. Salía poco porque el simple hecho de levantarse de la cama era una tortura. De todos modos se imponía el deber de bañarse, arreglarse y, de vez en cuando, ir a visitar a sus primas. Ya no trabajaba y no había vuelto a viajar. Por fortuna tenía suficiente dinero para cubrir sus gastos y aunque carecía de seguro social no le faltaba nada. Su médico y sus primas insistían en que fuera a ver un especialista, pero ella estaba convencida de que si entraba en un hospital jamás saldría de él. Quería morir en su apartamento, en medio de sus cosas y acostada en su cama, como su madre y su abuela habían terminado sus días. Su enfermedad era hereditaria, aunque a ella se le había presentado de manera prematura, quizás de tanto viajar y preocuparse por la venta de sus cuadros. La emocionaba mucho descubrir las primeras obras de un pintor y encontrar clientes que las compraran. Y luego había los aviones, los cambios brutales de horarios, las salidas nocturnas, los amores y la falta de sueño. Había vivido en plena agitación mientras que su madre y su abuela descansaron todos los días sin preocuparse por nada importante. Sí, su comportamiento había precipitado su enfermedad. Ahora tendía a quedarse en la cama y solo así se sentía menos abrumada por el dolor. Seleccionaba las salidas y con más frecuencia advertía cómo buscaba pretextos para permanecer en su estudio. Hoy era un día especial: Isabel empezaba una nueva vida y había que celebrarlo.

Sentada al lado de Pascal, Olga recordaba que esa mañana había tomado una decisión importante: divorciarse de López, vender sus empresas en Colombia, invertir el dinero en acciones francesas. De ese modo tendría muy bien de qué vivir y podría dedicarse a Pascal y a sus hijos en cuerpo y alma. Solo temía que la rutina enfriara sus relaciones amorosas con Pascal. Se acordaba de sus padres, que se quisieron locamente toda su existencia sin hacer caso del tiempo, hasta que él se enfermó del corazón, demostrando así que la pasión podía ser perdurable. Bastaba con tener cuidado: mantenerse deseable, conservar la línea y crear un cierto misterio alrededor de su persona. Vendería el apartamento de la rue de l'Ancienne-Comédie y compraría otro más grande para que cada uno de ellos pudiera disponer de su cuarto preservando un poco de intimidad. Pascal había habitado solo en un estudio durante quince años y a lo mejor no soportaba la vida de familia, aunque se entendía muy bien con sus hijos. Pero una cosa era llevarlos a pasear y otra aguantarlos el día entero, sobre todo los fines de semana, cuando no iban al colegio. Haría que la niñera les diera de comer a las seis de la tarde y, a las siete, la sirvienta prepararía la cena para ellos dos. Pascal no quería hijos y eso le arreglaba a ella las cosas pues estaba ya por la cuarentena.

Le parecía mentira haber encontrado finalmente el amor y se decía que todos los actos de su vida tendían a llevarla a Pascal: venir a París, conocer a Louise y a las primas, mantener su amistad con ellas en vez de frecuentar a las personas de su edad; hasta su matrimonio había sido una buena idea porque le sirvió de fachada para tener los hijos que quería y de padres elegidos como sementales.

Había una sola sombra en ese escenario: sus hijos habían heredado el físico y el carácter de sus progenitores nórdicos y les faltaba la malicia latina. En Colombia sus condiscípulos se los comían vivos, razón de más para que estudiaran en París, donde su capacidad de memoria y de trabajo les granjeaba la simpatía de sus profesores y el respeto de sus compañeros de clase. Pero no tenían sentido del humor y hasta en Francia parecían demasiado serios. ¿Cómo acogerían su divorcio? Para ellos López era su padre y toleraban la presencia de Pascal con un grave mutismo, como si se prepararan para una catástrofe. En el fondo temían quizás perderla también a ella. Debía tranquilizarlos y pasar más tiempo a su lado. Su instalación definitiva en París resolvería buena parte del problema. Iría a buscarlos al colegio y los ayudaría a hacer sus tareas. Ignacio, el mayor, comenzaba a sufrir de pesadillas y se despertaba llorando en plena noche. Cuando se divorciara de López y se casara con Pascal, los niños verían que no corrían ningún peligro. Ellos eran las solas personas que podían echar a pique su matrimonio: les bastaba con rechazarlo para que ella renunciara a la boda.

Seguiría saliendo con Pascal, pero lo haría a escondidas. Por mucho que lo amara, ningún hombre podía reemplazar a sus hijos en su corazón. El hecho de haberlos tenido sola, ocultando la identidad de sus progenitores, había aumentado sus instintos maternales, el deseo de protegerlos, la necesidad de sentirlos a su alrededor: si se enfermaban pasaba la noche entera al pie de sus camas y, antes de conocer a Pascal y dejarlos en París, ella misma se ocupaba de bañarlos y vestirlos y solo después de darles el desayuno se iba al trabajo. Por suerte había conseguido una buena aya que se encargaba de mantenerlos mientras ella estaba en la oficina y que aceptó seguirla a París. Ojalá que sus hijos le permitieran casarse con Pascal.

Para Florence la vida había cambiado desde que se instaló en el apartamento de su hermana Jacqueline. Llevó su televisor, su juego de ajedrez electrónico y trataba de pasar desapercibida con el fin de no molestarla. Ella misma preparaba las comidas y había comprado un gran libro de recetas de cocina para variar los platos. Jacqueline estaba feliz. Había salido de su casi anorexia y comía como un niño goloso las maravillas culinarias que ella sacaba del horno. Había engordado un poco y como tenía más ánimo la invitaba con frecuencia al cine. También visitaban exposiciones e iban a teatro, pero ella, Florence, se ocupaba todos los sábados de la librería de Louise. Así ganaba unos francos para sus gastos personales. De saber que el dinero era su objetivo y no la intención de ayudar a una amiga, su hermana se habría contrariado. Jacqueline le pagaba el hospital, el dentista y hasta los remedios. Pero había lo superfluo, como un agua de colonia o un lápiz de labios. Y debía ahorrar por si acaso volvían los días de vacas flacas: si Jacqueline desaparecía ella regresaba de inmediato al ancianato. Pensando en esa horrible perspectiva visitaba una vez por mes a la directora y le llevaba un ramo de flores. Aquella mujer áspera le había tomado cariño y ella le servía de confidente. De ese modo estaba al tanto de lo que ocurría en el hospicio, las ancianas que llegaban, las que morían, las rivalidades entre enfermeras y todos los problemas de la vida personal de la directora. Pese a la amenaza de volver allí, ella, Florence, se sentía en un mundo diferente, en medio de las personas normales, ni enfermas ni carcomidas por la vejez. Ahora podía encontrar sin complejos a sus antiguas amigas. «Vivo con mi hermana», les diría y eso cambiaba por completo la situación.

Jacqueline, que tenía buen carácter, se había apegado mucho a ella y se lo decía con frecuencia. Siempre había estado protegida, primero por su madre, y luego por su marido, y cuando este murió y sus hijos se fueron quedó a la deriva. No sabía siquiera cambiarle el bombillo a una lámpara y ante un cortocircuito era incapaz de reaccionar. Una muchacha pasaba todos los días para limpiarle la casa y del resto, ella, Florence, se ocupaba. Si se dañaba la lavadora desmontaba las piezas con sus dedos encorvados y ante el asombro de Jacqueline la hacía funcionar de nuevo. Bruñía los objetos de plata hasta hacerlos brillar, quitaba la placa calcárea de la plancha, regaba las matas del balcón y sacaba a pasear al perrito de su hermana. Sin darse cuenta se había vuelto indispensable para Jacqueline, que había caído en la apatía desde la muerte de su marido. Sus hijos estaban felices de que hubiera encontrado una compañía y les traían flores y cajas de chocolates. Venían a verla con más frecuencia, decía su hermana, quizás porque la sentían menos deprimida. Ella, Florence, que había tocado el fondo de la desdicha, llevaba un poco de luz a aquella casa. Sabía ya que debía aprovechar los momentos de paz y ser feliz a cada instante, escuchar un concierto, leer un libro, oír caer las gotas de lluvia, protegida en la casa, y asolearse si hacía buen tiempo. Trataba de comunicarle esa idea a su hermana.

Jacqueline no la comprendía. La muerte de su esposo la había sumido en la postración. Cuando salía y se divertía un poco se sentía culpable. A veces lloraba sin motivo aparente y ella, Florence, intentaba consolarla. Pero ¿cómo introducirse en los pensamientos de una mujer que había sido dichosa con su marido durante tantos años? Ella solo había conocido la frigidez, el aburrimiento y la angustia de ser abandonada. López, el único hombre que amó, la había traicionado. Pensaba que había niveles de inquietud. A ella la preocupaba su situación material y el modo de subsistir. Su hermana, que no tenía problemas económicos, sufría por su viudez, y más allá debía haber personas que se atormentaban por el temor de que un aerolito suprimiera la vida en la Tierra. Si debiera decirle algo a la gente sería: aprovechar el momento presente y no angustiarse por el pasado ni por el porvenir.

Gaby había terminado su cortometraje sobre Miguel Ángel y cortó sus relaciones con Manlio para no verse obligada a mentirle a Franz. Estaba enamorada como una colegiala de su poeta alemán. Viajaba a Berlín una vez por mes y se acostumbró a su timidez y a aquellos amores platónicos en los cuales encontraba lo mejor de su ser: la generosidad y la compasión. Se convirtió en lo que Franz quería que fuera, una musa desprovista de sensualidad. Ahora él le escribía poemas en alemán y, después de ocho meses de estudio de aquella lengua, ella podía leerla y apreciar la pureza de su estilo y la emoción que contenían. Nunca pensó que terminaría su vida de amazona con una pasión tan romántica. Porque algo le decía que Franz sería su último gran amor. El cansancio empezaba a instalarse en ella; ya no recuperaba como antes su fuerza después de un ejercicio físico. Evitaba los largos viajes y prefería trabajar en proyectos simples. Así, preparaba un libro con fotografías de ella para acompañar los poemas de Franz. Razón de más para ir a verlo. Se alojaba en su apartamento donde había un cuarto que siempre la esperaba y salían juntos a las cafeterías de moda. Ya conocía a todos sus amigos, escritores, filósofos y poetas y, aunque tenía problemas para hablar el alemán, lo comprendía perfectamente y escuchaba con interés sus conversaciones. La habían adoptado y ella sentía que su centro de interés se desplazaba hacia Berlín. Franz quería desposarla, tal vez para mantenerla a su lado de manera definitiva, pero a ella el matrimonio le inspiraba desconfianza. Además sus primas y sus amigas vivían en París, la ciudad que más amaba en el mundo. Tarde o temprano se vería obligada a elegir y el dilema le provocaba una punzada de angustia en el corazón.

Si Franz se mostraba razonable dejaría las cosas como estaban y ella conservaría su independencia viajando con frecuencia a Alemania. Él le alegaba que podía ejercer su oficio de fotógrafa en cualquier lugar, pero ¿cómo explicarle que, no obstante su autonomía, se había acostumbrado a trabajar en equipo con los periodistas que escribían en su revista? ¿Y las relaciones amistosas, la complicidad, las largas noches pasadas juntos a la espera de cualquier acontecimiento? Todo eso contaba para ella y formaba parte de su vida. A la larga París ganaría la partida y ella se instalaría en el cansancio maldiciendo en secreto el haber abandonado a Franz. La vejez era, más que nada, un hecho físico: los hombres no se volteaban ya para mirarla, entraba en el metro o en un salón y pasaba desapercibida. Y era, también, un estado de ánimo, una memoria que falla, el sentimiento de que lo realizado no tiene valor alguno. Y era además ir a ver a una amiga de infancia de paso por París y descubrir que su risa parecía el graznido de un pajarraco, que había engordado irremediablemente y sus sentimientos eran mezquinos. Con Franz olvidaba esos sinsabores y su amor la rejuvenecía. Se le antojaba formidable ser amada a su edad y justo en el momento en que la sexualidad empezaba a aburrirla. Pero nunca abandonaría París.

Entre una nube de melancolía, Juana se acordaba del matrimonio de su hijo Jean. La muchacha, Adélaïde se llamaba, hizo todo lo posible para seducirlo. Lo cazó, lo atrapó como a un conejo. Se conocieron en una reunión de la empresa para la cual ambos trabajaban y la misma noche se acostó con él. Luego los acompañó al Midi, a la casa donde solían pasar vacaciones. Y allí empezaron los problemas. Adélaïde no movía un dedo para ayudarla en la limpieza de la casa y la cocina. Ella, Juana, estaba acostumbrada a hacerlo todo, pero si había una mujer a su lado esta debía echar una mano en las faenas domésticas. Adélaïde se ranchó alegando que estaba obligada a preparar un informe para su empresa durante las vacaciones. Jean la apoyó.

Y ella se encontró en la desagradable situación de suegra celosa y un poco malvada. Pedía muy poco: que Adélaïde pelara las papas y lavara los chécheres. Pero la muchacha aquella insistía en que compraran legumbres congeladas y platos de cartón, desvalorizando así su papel de ama de casa. Eso la ponía rabiosa y se vengaba criticándola cuando estaba a solas con Jean, que al final no sabía qué partido tomar. Las vacaciones resultaron un infierno para todos ellos y al volver a París Jean se casó con Adélaïde embarazada de un mes. Los padres de la novia brindaron una deslumbrante ceremonia de matrimonio y ella, Juana, a pesar de estar vestida con elegancia, se sintió como un perro. Adélaïde pertenecía a un rango social alto y tenía una abuela vizcondesa que invitó a la recepción en su castillo de Bretaña. Sintió la molesta impresión de que Jean se avergonzaba de ella. En todo caso no la presentó a nadie: iba de un lado para otro saludando a sus nuevos amigos, vestido con un traje blanco de chaleco azul que lo hacía parecer un cantante de boleros. En un momento se acercó a hablarle y fue para decirle que no debía volver a su apartamento a hacer la limpieza pues Adélaïde había conseguido una muchacha a fin de que se ocupara de eso. Le pareció la estocada final: había perdido a su hijo. Y sin embargo reconocía que de estar en el lugar de Adélaïde habría hecho la misma cosa: no permitiría que su suegra viniera a hurgar en su intimidad con el pretexto de arreglarle la casa. Pero, si no veía a Jean cuando regresaba del trabajo, ¿cómo mantener con él aquellas relaciones privilegiadas que habían sido las suyas? Dejaría de contarle sus secretos y de meterle en la cartera billetes de quinientos francos, el dinero que le permitía tomar taxis, ir a buenos restaurantes y burlar la tacañería de su marido. Su encono había provocado serias disputas entre la pareja y en cada ocasión sentía que Jean se alejaba más de ella.

Ahora se arrepentía de no haber tenido otros hijos con Daniel, preocupada siempre por la línea a la espera de un papel de actriz que nunca llegaba. Jean le servía para olvidar la vacuidad de su vida. Iba a buscarlo al colegio después de prepararle una merienda y luego, cuando él empezó a asistir a la universidad y a salir de parranda con sus amigos, se quedaba despierta hasta su llegada para servirle la cena. Era, más que una madre, un fantasma de amante solícita y sigilosa. Jean no necesitaba pedirle nada porque ella preveía y realizaba sus deseos. Temía en su fuero interno la llegada del día en que decidiera casarse, pero hacía como si fuera a quedarse soltero definitivamente y alejaba esa preocupación de su mente como se hace con una mosca inoportuna. Pero jamás, ni en sus peores corazonadas, imaginó que elegiría a una mujer como Adélaïde, posesiva, independiente y sin ningún sentido de la familia. Ella, Juana, la detestaba y ese odio, que en realidad nada tenía que ver con su falta de colaboración en las faenas domésticas, estaba en lo más hondo de ella desde el nacimiento de Jean. Poco le importaban sus aventuras, aves de paso. No toleraba, en cambio, a la mujer que la reemplazaba a ella en su corazón y que más aún le diera un hijo volviéndolo padre y, en consecuencia, arrancándolo de su condición de niño mimado cuyos caprichos eran órdenes.

Jean tenía un aspecto infantil en su personalidad, contra el cual Adélaïde se había propuesto luchar: lo incitaba a ir más lejos en su trabajo y a convertirse en hombre responsable, desbaratando la relación de dependencia que lo unía a ella. Su médico, un hombre comedido a quien veía por sus problemas de artritis, le aconsejó dejarle a Jean la libertad. Le dijo que estaba actuando como la suegra previsible de una pieza de teatro barata. Se echó a llorar en el consultorio, de rabia y desconsuelo. Si no era la madre de Jean, ¿quién era? «Una persona independiente que envejece con dignidad», le contestó su médico. Y desde entonces, aferrada a aquella frase, se comportaba de otro modo. No había vuelto a llamar por teléfono a Jean a su oficina y nunca más le hizo reproches. Ahora era él quien le daba citas en un café al atardecer y sin decir una palabra le pasaba un sobre con billetes de quinientos francos. El nombre de Adélaïde jamás aparecía en sus conversaciones. La última vez que se vieron le anunció que el bebé sería un niño y le prometió que podría ir a buscarlo a la guardería infantil los viernes porque ese día Adélaïde y él salían tarde del trabajo. Por un instante se sintió feliz, pero al siguiente la congoja volvió a instalarse en su corazón.

Cargada de joyas, Ángela de Alvarado se decía que parecía un espantapájaros. Ya no estaba para tanto artificio: un par de aretes y un simple collar de perlas habrían bastado. Pero Paul insistía en hacérselas poner cuando salía a la calle y ella prefería no contrariarlo. Por ser quince años mayor que ella, Paul la veía como una mujer joven y si se refería a Virginia y a sus primas las llamaba muchachas. Hacía dos meses la habían operado de un tumor benigno en la vagina como para contradecir el adagio según el cual se paga por donde se peca. Más aún, en su fuero interno creía que aquel quiste se le había formado a causa de su frustración sexual. Mientras vivía sola con Alejandro no tenía necesidad de amantes, pero apenas se casó su cuerpo se preparó a llevar una vida más armoniosa. Paul la había decepcionado y, aunque a su lado era relativamente feliz, no le perdonaba su indiferencia. Los hombres que frecuentaban eran casados y sus principios religiosos condenaban la infidelidad. No en balde pertenecían a un medio aristocrático y conservador. Además, los años la volvían menos deseable. Le quedaba Gustavo. Cada vez que venía a París iba a verlo a escondidas a su apartamento y juntos recomenzaban los juegos pasionales de antaño. Una sola mirada de Gustavo bastaba para encender su deseo. Se desvestía debajo de la sábana tratando de ocultar su cuerpo viejo aunque él le decía que el verdadero amor estaba por encima del aspecto físico y se reía de una arruga más o menos. De todos modos a ella le parecía indecente su desnudez y Gustavo aceptaba amarla en penumbras con las ventanas cerradas y las cortinas corridas. Gustavo estaba igual que siempre. El poder del dinero lo mantenía joven y en buena salud. Lástima que no viniera a París con más frecuencia. Se arrepentía de haberlo perdido a causa de Alejandro, un muchacho egoísta a quien ella no supo darle una correcta educación. La última noticia que tuvo de él era que se había vuelto homosexual y frecuentaba el medio gay de Nueva York arriesgando contraer el sida. Gustavo lo seguía ayudando y pasaba por alto su conducta. Ella, Ángela de Alvarado, sabía oscuramente que era responsable de esa desviación sexual de su hijo. Tantas veces habían dormido y se habían bañado juntos que Alejandro debía verla a ella en todas las mujeres y temía el incesto de manera inconsciente. También resultaba posible que los muchos años pasados a su lado le impidieran identificarse con su padre.

En todo caso, Alejandro no había vivido una infancia y una adolescencia normales y solo ahora ella se daba cuenta. ¡Qué error había cometido tratándolo como si fuera su esposo! Pendiente de sus caprichos, cubriéndolo de caricias y de besos, aceptando sin reproches sus malas libretas escolares, no había sido una madre para él, una fuente de autoridad. Alejandro era ahora incapaz de aceptar sus límites, según le contó Gustavo: tenía tendencias pederastas y en una ocasión le tocó buscar al mejor abogado de Nueva York para sacarlo de la cárcel. Ella nunca pensó que terminaría sus días con esa espina clavada en el corazón: Alejandro, delincuente, buscando niños para pervertirlos, preso como cualquier arrabalero. Para Gustavo, que tenía otros hijos, Alejandro significaba un defecto en la serie y no le daba mayor importancia. Le garantizaba un empleo en sus oficinas de Nueva York y había contratado un verdadero administrador que se encargaba del negocio cuando Alejandro no iba al trabajo o llegaba a la una de la tarde. Ella, al revés, veía en eso un fracaso personal. Virginia y sus primas intentaban consolarla. Pero ¿cómo podía ser feliz en ese mundo de hienas de los homosexuales? Ella los conocía: no tenían ni fe ni ley; se aprovechaban unos de otros y desaparecían cuando llegaban las dificultades verdaderas. Si su hijo se enfermaba de sida moriría solo como un perro. Ella iría a verlo naturalmente, ocultándole la naturaleza de su mal a Paul, que despreciaba a los gays y para quien el sida era algo así como un castigo divino. Por mucho que Gustavo la felicitara por haberse casado con un millonario, ella se arrepentía de su matrimonio: no solo no tenía relaciones amorosas, sino además, no podía expresar sus opiniones delante de Paul, un puritano de la peor especie. Gaby lo consideraba un hombre culto y maniobrando como un velero en alta mar sostenía largas conversaciones con él. Hablaban de todo, hasta de política, sin que las muy liberales ideas de Gaby lo chocaran. Más aún, lo divertían y la llamaba su tentación intelectual. A ella, en cambio, le tocaba ir a misa los domingos y recibir en su castillo a los notables de Saint-Germain-en-Laye. Se aburría a muerte, no sabía qué hacer del tiempo y si no fuera por su perrito Dominó se quedaría acostada. Le daba pereza levantarse de la cama para encontrar a Paul, el verdadero, el que nadie conocía, un pobre hombre acorralado por la vejez.

Ella lo observaba con atención para descubrir los problemas que la achacarían más tarde. Desde la noche horrible en que su padre mató a su madre y luego se suicidó, ella juró ir hasta el final de sus días y vivir por ambos. Esa historia solo la conocía Gustavo porque había contratado a un detective privado apenas se enamoró de ella en Río de Janeiro. Y el hombre aquel le compró el secreto a una sirvienta de la tía que la había adoptado. Gustavo le dio su palabra de honor que no se lo contaría a nadie y hasta entonces había cumplido su promesa. Ella prefería olvidarlo, pero ahora la escena venía con más frecuencia a su memoria: su padre apuntando con un revólver a su madre, disparando contra ella que, herida en la pierna, cayó al suelo, lo que le permitió tal vez salvar la vida, y después dirigiendo el revólver hacia su boca. ¿Por qué ese recuerdo tendía a regresar a su mente? Quizás porque a su edad podía soportarlo y ya no le producía tanto horror. Hacía mucho tiempo había dejado atrás la edad que tenía su padre cuando cometió aquella locura: treinta y dos años. Era un hombre guapo y su madre una mujer de belleza ofuscante que por un sí o un no la tomaba entre sus brazos. Ella la adoraba y al verla muerta su dolor fue infinito. Se arrastró hasta donde yacía su cuerpo inanimado y hundió la cabeza en su pecho: así la encontraron los sirvientes cuando rompieron la cerradura para entrar en el salón después de oír las detonaciones y así se acordaba de ella: sus ojos abiertos, dilatados por el asombro y esas manos frías que no respondían a sus caricias. Todo lo que vivió más tarde, su pasión por Gustavo, el abandono y la traición de su hijo, no tenía la misma carga emocional. A los diez años había agotado su capacidad de sufrimiento.

Aurora no había ido todavía a Brasil. Se quedó en París para dar a luz porque el bebé estaba mal colocado y ella les tenía más confianza a los médicos y clínicas franceses. Aunque anestesiada, el parto fue largo y difícil. El pequeño Marcio, idéntico a su padre, nació sin traumatismo alguno gracias a la habilidad del ginecólogo. Su marido asistió al alumbramiento y ella, Aurora, desde el abismo de su cansancio, lo vio palidecer varias veces. A las veinticuatro horas de haber tenido a su hijo sintió que le subía por la sangre un intenso deseo de protegerlo como si su cuerpo se preparara a librarles un combate a todas las personas que pudieran hacerle daño y comprendió oscuramente que allí radicaba una parte de la debilidad de las mujeres. Por la defensa del pequeño Marcio habría renunciado a todo lo que lo pusiera en peligro y hasta temía irse a Brasil donde, a causa de la fortuna de su padre, podían secuestrarlo. Marcio intentaba tranquilizarla diciéndole que diez guardaespaldas recorrían los alrededores de su casa día y noche, pero eso la asustaba más todavía: uno de esos hombres podía dejarse comprar participando en el rapto de su hijo. Por esas razones más o menos inconscientes seguía en París, pese a que el bebé tenía ya tres meses. Viajaría dentro de una semana y era quizás la última fiesta a la que asistía. A su lado estaba la cunita portátil donde dormía el pequeño Marcio. Ella lo adoraba hasta el punto de despertar los celos de su marido, en broma, claro, porque Marcio se volvía chocho con su hijo. Cuando se despertaba de noche era él quien le cambiaba los pañales y le daba el tetero. «Si me vieran mis clientes», decía muerto de risa, pues era el administrador de la fortuna familiar. Esta vez había venido a París para llevárselos y afirmaba que solo se sentiría casado cuando vivieran con él. Tenía razón, pensaba ella, pero dejar a su tía Virginia y a Isabel y Gaby, sus tías por extensión, le partía el alma. Aunque Virginia estaba enferma y los amores de Gaby la proyectaban hacia Berlín, su propia partida le parecía una deserción. Habían sido tan felices y tan desdichadas juntas, y habían compartido tantas cosas que abandonarlas le dejaba en el paladar un gusto amargo.

Eso Marcio no podía comprenderlo. Le aseguraba que en Río de Janeiro tendría otras amigas, pero ella estaba segura de que nunca podría quererlas con la misma intensidad. En París había que cogerse las manos para resistir la agresión de la ciudad, los problemas en la prefectura de policía, el frío y la indiferencia de los parisinos. Un día había visto morir a un hombre en el metro y a la gente pasar por encima de su cadáver. Se acercó a él, le desanudó la corbata y le alzó la cabeza para que pudiera respirar. Una mujer rubia y de aspecto enérgico llegó a su lado y lo examinó. «Está muerto», le dijo, «soy enfermera». Y cuando ella le habló notó su acento y le aconsejó irse a fin de evitar problemas con la policía.

Durante cierto tiempo pensó que el hombre había sido asesinado y que la mujer formaba parte de la conspiración, pero lo que nunca olvidó fue la insensibilidad de los transeúntes, que daban zancadas sobre el cuerpo de aquel infeliz. Esa historia resumía el lado oscuro de París y explicaba la solidaridad que se establecía entre los amigos. Pero una nueva vida la esperaba junto a Marcio y debía acostumbrarse a la idea.

Ángela de Alvarado la incitaba a partir, su tía Virginia también. Ambas pensaban que tenía mucha suerte de haber encontrado un amor sin conflictos. Y ella quería a Marcio. Lo que había comenzado como pasión cerril se había transformado en afecto estable. La ponía dichosa oír su voz por el teléfono y era feliz cuando iba a buscarlo al aeropuerto con su bebé. Ella, tan poco dada a las faenas domésticas, había comprado un libro de recetas de cocina y le preparaba a Marcio platos deliciosos. Florence le había enseñado cómo preparar las salsas más complicadas. Ella y Thérèse también le iban a hacer falta. La última vez que le echó las cartas, Thérèse le anunció que perdería a Marcio si no se iba con él. Resultaba curiosa su amistad con mujeres maduras pero, salvo Olga, las muchachas de su generación se le antojaban desabridas y sin experiencia. Cinco veces en el pasado se había turnado con sus tías para cuidar a Isabel después de sus tentativas de suicidio. Y ahora estaba allí celebrando la inauguración del apartamento donde borraría sus malos recuerdos junto a Gilbert.

Había alcanzado el paroxismo de la celebridad, se decía Thérèse recordando que hacía dos semanas había pasado por televisión y pudo adivinar a quiénes habían pertenecido los tres objetos que le mostró el presentador: una página manuscrita de Proust, un anillo de Marie-Antoinette y la cadena de oro de un ahorcado anónimo. Para el primero dijo que algo tenía que ver con un escritor asmático y de lectura difícil, en el segundo reconoció la propiedad de una reina guillotinada y, en el tercero, más confuso, le vino en mente la palabra estrangulación. El éxito fue total. Al día siguiente su teléfono no cesó de sonar y, aunque duplicó sus tarifas, su libro de citas estaba lleno hasta el final del año. Pensar que había debido llegar a vieja para ser respetada y reconocida. Había adelgazado mucho porque no tenía apetito y su poco peso más una acertada cirugía plástica le habían dado un aspecto juvenil. Solo las arrugas de sus manos revelaban su vejez. Echaba las cartas con mitones para no traicionarse ante sus clientes. Había una relación entre la desnutrición y la condición de vidente. Lo descubrió cuando perdió treinta kilos a raíz de una neumonía que estuvo a punto de matarla. Salió del hospital esquelética y con la capacidad de ver el pasado, el presente y el porvenir. Decidió quedarse en ese peso y solo comía por la noche una anchoa y un huevo hervido. Corrió el rumor de su don y le llovieron las citas, pero después de aquel bienaventurado programa televisivo el número de sus clientes se había multiplicado por mil. Cubrió su apartamento de tapices persas y compró en una subasta la mesa de una antigua vidente, mesa cargada de buenas vibraciones porque su última propietaria fue una mujer bondadosa y feliz. Empezó a estudiar grafología con el fin de aumentar sus dones de profetisa y ya la astrología no tenía secretos para ella. Era uno de los tres mejores videntes de París. En ese hermoso cuadro había, sin embargo, una mancha negra: su sexualidad había desaparecido como si la videncia exigiera además el ascetismo. Añoraba los días en que podía estremecerse de deseo y seducir a un hombre, pero ahora de manera abstracta, porque su cuerpo nada sentía. Recordaba la época, no muy lejana, en que la perspectiva de una aventura amorosa la invadía de emoción: sus senos se erguían, su pubis se volvía húmedo, su boca se resecaba y hasta le dolían las yemas de los dedos. Todo eso había quedado atrás y a ella le parecía una forma de muerte. Vida y sexualidad estaban asociadas y renunciar a la segunda era prepararse para partir. Aquella idea la angustiaba aunque en la línea de su mano estuviera escrita una gran longevidad.

Hacía unos meses Alain, uno de sus clientes, ingeniero sin empleo, se había enamorado de ella, o quizás del poder que ella representaba. No le dio ni frío ni calor. A su expresión apasionada respondió con miradas neutras y cuando al fin Alain se resolvió a declararle su amor le dijo que la ética de su profesión le impedía tener relaciones con sus clientes. Desesperado, Alain se fue a Alsacia, donde ella le había aconsejado ir para encontrar un empleo, y finalmente consiguió trabajo. Seis meses antes lo habría amado hasta la locura, sus ojos azules, su melena gris y su alta estatura. En vez de eso lo había observado con ojo de profesional: Alain no daba un paso sin calcular el siguiente y solo se interesaba realmente en el trabajo. Debía ser tibio en la cama y a ella le habría tocado hacer muchos esfuerzos para enseñarle a amar como es debido. Hombres parecidos a Alain conocía a montones. Empezaban a trabajar jóvenes después de terminar sus estudios universitarios y caían como frutas maduras en el engranaje demoledor de alguna compañía. Allí les enseñaban a plegarse al interés de la empresa, a respetar de modo sagrado la jerarquía y a tener como única ambición el ascenso de su carrera. Poseer un escritorio cada vez más grande, una secretaria para ellos solos y un automóvil de mejor marca. El amor les resultaba secundario, el arte también. Llegaban a la cincuentena vacíos, sin haber conocido ninguna pasión, y si en ese momento perdían su trabajo quedaban inermes como pajaritos nocturnos encandilados por la luz de un farol.

Era entonces cuando iban a verla a ella haciéndole preguntas cargadas de valor existencial. Sí señor, en la vida había cosas distintas de la empresa y el trabajo agotador, sí, había dejado pasar oportunidades de enriquecerse intelectualmente, de amar a una mujer (o un hombre), de ir hasta el fondo de experiencias que le habrían permitido conocerse mejor a sí mismo, sí, sus aventuras se reducían a las vacaciones pasadas con su familia en un pueblo griego. ¿Y sus proyectos de ir a conocer el Amazonas, de leer los sonetos de Shakespeare, y la bonita muchacha encontrada en un aeropuerto y por quien habría sido capaz de romper la monotonía de su carrera? No rompió nada, no leyó ningún verso, no fue a ninguna parte. Si tenía una esposa culta asistía a la ópera embrutecido por el aburrimiento y recorría las galerías de las exposiciones sin comprender muy bien las diferencias que había entre un pintor y otro. Hacía deporte no por placer sino para darles a sus superiores la impresión de ser atlético y estar en buena salud. Su vida consistía en una sucesión de gestos destinados a mantener las apariencias. Todo eso lo había descubierto en Alain antes de que abriera la boca y le preguntara si debía viajar a Alsacia donde vivían unos remotos parientes capaces de conseguirle trabajo. Como adivinó, quizás por su camisa mal planchada, que su esposa lo había abandonado. Pero el asunto no radicaba allí, sino en su propia actitud frente a un hombre guapo que parecía interesarse en ella. Sintió una indiferencia sin límites y un cansancio anticipado ante la idea de dejarse seducir y soportar los preliminares de una intriga amorosa. Y la aventura misma se le antojaba hueca y extenuante. Eso debían sentir las mujeres que renunciaban a vivir. O quizás era una forma de sabiduría, de dedicarse al placer intelectual, de quitar la cáscara de los sentimientos humanos y decirse: esto es y nada más.

Anne se sentía todavía aturdida por lo que le había ocurrido una semana atrás. Marc la abandonó como tanto temía, después de enterarse de lo que ella le había hecho a su mamá. La tía que la cuidaba subió hasta París aprovechando el viaje de un amigo y se fue a su apartamento para reclamarle el dinero que no le enviaba desde hacía seis meses. Ella no estaba allí, Marc sí. Le abrió la puerta y la hizo pasar al salón. Asombrada, su tía vio los muebles y comentó en voz alta que al fin descubría quién se había apoderado de las cosas de su pobre hermana, ciega porque durante un año estuvo enferma de diabetes sin tener cómo consultar a un médico, porque su hija, Anne, no le enviaba un centavo. Marc se quedó atónito y dijo que debía tratarse de otra persona. «¿No luce un brillante así, una esmeralda de este porte?», le preguntó su tía. Y ahí mismo se puso a contarle cómo ella, Anne, se había adueñado de los dos anillos de su abuela antes de encerrarla en un hospicio y envió esos muebles a París confiándole el cuidado de su madre ciega para quien debía mandarle mil francos por mes. Marc buscó su chequera y le preguntó cuánto le debía. Estaba llenando el cheque cuando ella, Anne, entró en el apartamento y en el acto comprendió lo que había pasado. Sintió que una rabia animal le subía por el pecho hasta la boca. Le arrancó a Marc el cheque de la mano y lo rompió en pedacitos pateando de ira y luego abofeteó a su tía injuriándola con las palabras más soeces de su vocabulario. De pronto sus ojos cruzaron la mirada de Marc y se calló. Un hilo de sangre corría por los labios de su tía y solo entonces notó que su propia boca estaba cubierta de espuma. Un miedo terrible le anudó el corazón; se había delatado a sí misma mostrándole a Marc la verdadera cara de su personalidad. «Lo hice por ti», murmuró difícilmente, «porque te quiero». «Ah, no», se indignó Marc, «a mí no me conocías cuando tu madre cayó enferma». ¿Cómo explicarle que ya lo esperaba? Si le debía aquel dinero a su tía era porque él, Marc, se empeñaba en ir a restaurantes costosos y estaba acostumbrado a dejarle pagar la cuenta. Y los regalos que él mismo le sugería darle. Y el salario de la sirvienta que le arreglaba el apartamento todos los días porque él quería vivir en una taza de plata recién lustrada y a ella, con el trabajo, no le quedaba tiempo para hacer gran cosa. Pero no le dijo nada. Le hizo un cheque chimbo a su tía y se echó a llorar en el sofá. En un solo momento había destruido su imagen de mujer distinguida y bondadosa, que tanto admiraba Marc. Le vio traer una botellita de alcohol con algodón para limpiarle la herida a su tía y luego ambos se dirigieron a la puerta de salida del apartamento.

Cuando Marc regresó al salón ella se había secado las lágrimas y esperaba su reacción sentada en el sofá. Había recuperado el control de sí misma y se juró que si perdía a Marc conservaría al menos su dignidad. No estaba dispuesta a hacerle escenas de llantos y súplicas, ni a darle explicaciones, ni nada por el estilo. Encendiendo un cigarrillo esperó su veredicto sin decir una palabra. «La consulta con un médico vale menos que un par de zapatos», le oyó murmurar. «Y era tu madre.» Sí, era la madre que la había traído al mundo para convertirla en hija natural en una ciudad de provincia y hacerle sufrir humillaciones desde la infancia. Era la mujer sin carácter que la encerró en un cuarto durante cuatro años porque su propia madre se negaba a aceptar su existencia. Después, en un sobresalto de amor maternal, la sacó a la calle, la mostró a sus amigas y la matriculó en una escuela de danza. Y su abuela, a quien le había arrancado los anillos y los muebles antes de encerrarla en un ancianato, fue la pesadilla de su niñez y siempre la odió. Pero Marc tenía razón: habría debido enviarle a su madre el dinero necesario para ver a un médico e impedir que perdiera la vista. Ese era su crimen: en lugar de esperar que la cacatúa de su abuela vendiera uno de sus objetos y pagara la consulta, ella habría podido mandarle a su madre un cheque. Solo por ese egoísmo estaba dispuesta a pagar. Y saldó su deuda.

Aquella misma noche Marc se fue del apartamento después de haberle hecho el amor como si fuera una prostituta. Insultándola con vulgaridad. Él también se quitó el antifaz y se mostró tal como era. Durante meses se habían estado engañando uno a otro y comportándose como personas elegantes y refinadas cuando en el fondo eran lobos de la misma camada. Pero, una vez desenmascarados, no podían seguir juntos so pena de adentrarse en un infierno de insultos y recriminaciones. Le vio hacer sus tres maletas guardando cuidadosamente los vestidos, las corbatas y camisas de seda y todos los otros regalos que ella le había hecho. Solo entonces comprendió que Marc era un chulo de lujo, aunque trabajara como piloto de prueba. Salió de su apartamento para instalarse en casa de una millonaria con quien había tenido probablemente relaciones a escondidas. Ella sufrió mucho y, al mismo tiempo, se sintió aliviada, contenta de recuperar su libertad. Ahora podía vestirse de manera más coqueta e ir a los bares de moda, donde encontraba amantes de paso. Se compró el tan ansiado conjunto de chaqueta y falda de cuero bien pegado al cuerpo, que presentaba una de las vitrinas de su almacén, fue a ver a su peluquero de antes para que le hiciera un corte de cabellos más llamativo y cambió de maquillaje. Era otra, era ella. Y como las buenas cosas nunca llegan solas su jefe le anunció que le aumentaban el salario. Así podría inscribirse en el sauna-piscina de un hotel de lujo, frecuentado por solteros y recién divorciados. Todo eso había ocurrido en menos de una semana y no le quedó tiempo para llorar la pérdida de Marc. Más aún, le alegraba decirse que de ahí en adelante dejaría de vivir preocupada por el abandono de un hombre y no vería en sus amigas rivales posibles. Había actuado esa vez como lo hizo a los dieciocho años, cuando decidió olvidarse del ballet. En medio de sus defectos tenía a su favor el orgullo que la salvaba en última instancia.

Indiferente, Marina de Casabianca observaba a la gente que se movía a su alrededor. Dentro de dos meses entraría como novicia en un convento de carmelitas. Ahora arreglaba sus negocios de tal manera que Jérôme enviara las ganancias a la Iglesia. Despojada de toda preocupación material, quería dedicarse a rezar el día entero por el alma de sus hijos y hacerse perdonar sus propios pecados. Un amigo que estaba a punto de volverse sacerdote le había dicho que lo difícil no era la pobreza —finalmente uno se acostumbraba a vivir con pocas cosas— ni la castidad —el deseo sexual desaparecía al cabo de un tiempo— sino la obediencia. Al parecer, plegarse a la voluntad de sus superiores resultaba a la larga insoportable. Pero ella estaba decidida a someterse a las órdenes que le dieran pues eso formaba parte de la penitencia. Tenía mucho de que arrepentirse, según su confesor, su vanidad, su egoísmo y sus múltiples aventuras amorosas. Debía olvidar todo eso y convertirse en una nueva Marina, dócil y humilde. Más sensible a los problemas de la gente, le había regalado aquel apartamento a Isabel, que siempre estuvo presente en los momentos difíciles y a quien su trabajo de traductora no le permitía asegurar su vejez. De todas sus amigas, Isabel era la única que la acompañaba a poner flores sobre las tumbas de Guillaume y Loïc, la rodeaba con sus brazos cuando ella empezaba a sollozar y la ayudaba a caminar hasta el Rolls dándole ánimo con voz muy suave. Pese a su ateísmo, aceptaba su vocación religiosa pensando, quizás, que la calma del convento la ayudaría a soportar su dolor. Y, en realidad, solo en las iglesias rogándole a la Virgen se sentía menos desgraciada. Dejaba de llorar, desaparecía esa sensación de tener clavado un cuchillo en el pecho y podía acordarse con ternura de André y de sus hijos. La idea de pasar el resto de su vida rezando en un convento la llenaba de una oscura felicidad. No volvería a abrir un periódico ni a mirar la televisión. Cuando la puerta se cerrara detrás de ella el mundo entero sería una ilusión, su dolor un recuerdo. En cierta forma moriría para renacer en un universo diferente, donde solo contaban la oración y la penitencia. Le dolía pensar que sus hermosos cabellos serían cortados, pero a la larga se desprendería de esa tontería. Buscaba otra vida, puesto que sus recientes principios religiosos le impedían suicidarse. Y aunque no se atrevía a decírselo a su confesor, el entrar en un convento era en cierta forma morir.

Había hecho todo lo posible para no tomar aquella decisión. Compró dos nuevas empresas para aumentar sus horas de trabajo y, de paso, su patrimonio. Estudió balances de contabilidad analítica, presupuestos y proyectos de extender sus actividades hacia los países del Este. Y le fue bien. Trató de buscar un amante y tuvo relaciones con dos o tres hombres sin sentir placer. Empezó a jugar tennis y a caminar hasta rendirse de cansancio. Un día compró cien videocassettes para distraerse un poco, pero sobre la pantalla de la televisión veía a Guillaume y Loïc, dormidos, corriendo por la playa de la isla donde pasaban vacaciones o cenando con ella en el gran comedor de su mansión de Lausanne. Desesperada, duplicó la dosis de somníferos y pudo alargar su sueño de tres horas sin caer en las pesadillas. Entre un siquiatra que la instaba a superar su sufrimiento y un confesor que le sugería abandonarlo a través de la oración, no le quedaron más dudas: aceptó los consejos del segundo y fue a ver a la madre superiora de un convento de carmelitas de París. Era una mujer de su mismo medio social, inteligente y discreta. Cuando le habló de André, le contó que también ella había perdido a su novio, muerto justamente de un cáncer. «Ya verá», le dijo, «aquí hasta los recuerdos se vuelven fantasmas». Y entonces ella, Marina de Casabianca, tuvo una visión de sí misma sosegada y ajena para siempre a los pesares de la vida. En su hábito de religiosa caminaría por los corredores del claustro para ir a rezar en la capilla y comería en el refectorio oyendo la lectura de los Evangelios. El ayuno, las largas noches de insomnio y las horas dedicadas a la oración terminarían por insensibilizarla. Sí, André, Guillaume y Loïc se volverían con el tiempo las sombras de un pasado olvidado.

Se había visto obligada a abandonar a Édouard, recordaba Helena Gómez con amargura. Simplemente no podía seguir las zancadas de ese hombre dinámico, con un apetito feroz de vida. Se acostaba tarde, viajaba de un lado para otro dictando conferencias y quería que ella lo acompañara. Al principio lo aceptó y, para que Enrique no descubriera su infidelidad, pretextaba ir a ver a sus hijos. Pero caminar por los aeropuertos y las estaciones de tren la rendía de cansancio y quedarse sola en un hotel de Londres, Nueva York o Los Ángeles mientras Édouard iba a cualquier universidad la hacía sentirse como un apéndice sin vida propia ni voluntad. La pasión de los primeros días había desaparecido, aunque una oleada de placer la recorriera cuando hacían el amor. De todos modos eso no bastaba: unos segundos de emoción contra veinticuatro horas de aburrimiento. Resolvió continuar sus estudios en otra universidad y solo veía a Édouard cuando él estaba en París. Una de sus hijas había empezado a drogarse: la hizo venir para una cura de desintoxicación y Enrique se mostró tan amable con ellas dos, las ayudó tanto, que ella se sintió avergonzada de mentirle y de tener una aventura extraconyugal. A partir de entonces había decidido terminar sus relaciones con Édouard. Contra todo lo esperado, él acogió la noticia tranquilamente, como si se liberara de un fardo. Quizás había ya otra mujer en su vida y ella no se había dado cuenta. Entre todas sus estudiantes bonitas y jóvenes le bastaba con chasquear un dedo para elegir. Ella volvió al regazo de Enrique, las salidas al cine, las partidas de ajedrez y los últimos libros publicados. Curiosamente Enrique, el asceta, era más culto que Édouard, el profesor. Enrique se interesaba en muchas cosas, desde el desarrollo de las matemáticas puras hasta los últimos logros de la tecnología. Suscrito a diversas revistas extranjeras y francesas, estaba al corriente de lo que pasaba en el mundo. Con él podía hablar de igual a igual mientras que Édouard la trataba como si fuera una discípula y no le prestaba atención a sus opiniones.

De regreso a la situación de antes, ella se sentía desengañada y contenta al mismo tiempo, feliz de no depender afectivamente de alguien, de sus humores y caprichos. Édouard tenía algo de tirano acostumbrado a imponer siempre su voluntad. Hasta en el amor le daba órdenes y después no hacía caso de ella como si solo su cuerpo le interesara. Cuando ella hablaba su mirada parecía decirle: «Querida, tú no sabes nada del asunto». Todo eso había terminado, pero no dejaba de sentirse traicionada, por Édouard, que la dejó partir sin mostrar el menor desconsuelo, y por Enrique, cuyo exceso de discreción le parecía sospechoso. Algo debió comprender pues ahora bebía por las noches, lo suficiente como para embriagarse antes de dormir. Sin embargo, a lo largo de toda su aventura con

Édouard, nunca le hizo reproches. Quizás se había acostumbrado a las ventajas materiales que ella le aportaba y temía perderla. Entonces, ¿era un chulo? En ese caso podía decir que nadie la quería. A menos que el amor fuera dar, sin recibir nada a cambio. Y su vida pasada se resumía en una grotesca parodia de sentimientos. Jerónimo, su marido y sus hijos habían fingido amarla y cuando ella se fue de Caracas no intentaron detenerla. Jairo le dio la espalda apenas comenzaron los trámites del divorcio. Y ahora descubría en Enrique una feroz indiferencia de tigre viejo que solo sale de su cueva para comer los trozos de carne que le bota el guardián del zoológico. ¿No resultaba un poco absurdo buscar el amor a sus años? «No», le habría respondido Édouard, «el ser humano tiende a amar y a ser amado hasta su muerte». Prueba de ello, las pasiones que se anudaban entre los ancianos y que la sociedad trataba de reprimir. Édouard, cuyo hermano era gerontólogo, sabía lo que decía. ¿Y si lo llamaba? Podían seguir viéndose en París como lo habían hecho los últimos meses. Sintiendo que el corazón le latía más fuerte buscó el teléfono con los ojos y se levantó.

Louise la vio pasar y adivinó en ese instante que iba a llamar a su amante. Todas sus amigas estaban al corriente de los atormentados amores de Helena Gómez. Por fortuna ella había elegido a Georges de una vez por todas. Nunca había pensado que vivir junto a un hombre le brindaría tanta felicidad. Su librería marchaba bien. Tenía veinte clientes asiduos que le compraban un libro por semana y con quienes había establecido relaciones de amistad.

Georges le sugirió la idea de alquilar un local contiguo a su librería para instalar un salón de té. Fue todo un éxito. La gente venía a comer los deliciosos postres preparados por Florence los sábados y casi mecánicamente pasaban a la librería, hojeaban los libros y terminaban por adquirirlos. El resto de la semana ella compraba tortas en una panadería y se encargaba de los dos establecimientos. Ganaba bastante dinero y podía, como antes, vestirse con elegancia y tener todo cuanto quería. A Georges le había salido un trabajo de comentarista de los libros del mes en la televisión. Cambiaba el cheque de su sueldo en líquido y ponía los billetes en un cofre pequeño colocado en un mueble del vestíbulo de su apartamento para que ella pagara el alquiler y los otros gastos de la casa. Juntos iban a comprar los trajes que lucía en el programa de televisión. A veces Georges le echaba una mano en la librería. Ya no le importaba que sus clientes la supieran casada con un hombre tan joven. Todas sus inquietudes habían desaparecido. Se sentía bien, dinámica, contenta de vivir. Hasta a su médico le sorprendía que no le hubiera llegado la menopausia. Aparte de Gaby, Isabel y Virginia, todas sus conocidas tenían un aire de melancolía irremediable. Se dejaban atrapar por los colmillos de la vejez: gordas, achacadas y vestidas de cualquier modo, eran como los despojos de un naufragio. Dejaban de trabajar y solo les interesaban los hijos y la casa. Ella era amiga de Matilde y tenía una sirvienta para arreglar su apartamento. Cuando llegaba de la librería todo estaba en orden y podía saborear un vodka con Georges antes de calentar la comida ya preparada. Georges y ella comentaban los acontecimientos del día y a veces, antes de cenar, hacían el amor con la misma intensidad de los primeros tiempos. Todos los fines de semana recibían a Matilde y a su marido; de Clarisa no tenía noticias y poco le importaba. Hubo una época en la cual la animosidad de Clarisa la entristecía; ahora le daba igual. No le incumbía que viviera en Le Mans como una pobretona y se dejara embarazar cada diez meses porque su marido era católico y enemigo de la píldora anticonceptiva. Matilde esperaba su primer hijo y ese bebé sería su primer nieto. Como la ecografía indicaba que se trataba de una niñita le compró el ajuar rosado.

Isabel contaba con la suerte de que las gemelas la quisieran. Las muchachas de esa generación parecían más convencionales de lo que ellas fueron. Todo, desde la anticoncepción hasta la libertad sexual, les había sido servido en bandeja de plata. Pero después de los estudios universitarios se casaban y querían formar una familia. Quizás eso resultaba preferible con la aparición del sida. No obstante, carecían del fuego sagrado de la independencia y el espíritu aventurero, de la rebelión y la lucha que las había animado a ellas, como si solo se apreciara lo conquistado. Matilde la escuchaba hablar del feminismo de su juventud con una cariñosa displicencia e Isabel se quejaba de que sus hijas la creían un poco loca o demasiado enfática. Sin embargo, de no haber sido por sus combates, sus manifestaciones y sus firmas, habrían heredado el mundo de ellas, con sus neurosis y sus hombres egoístas, ajenos al placer femenino y verdaderos tiranos domésticos. Todo eso había cambiado, había guarderías para niños y las mujeres seguían trabajando después del matrimonio. Los propios hombres eran diferentes, al menos los que ella conocía a través de Georges y del marido de Matilde: más sensibles, trataban con respeto a sus compañeras y nada los horrorizaba más que ser tratados como machos. Que sus hijas lo advirtieran o no, el feminismo había hecho su camino en las postrimerías del siglo XX.

Estaba allí, pensaba Toti, para demostrarle al mundo entero que no le temía al ridículo. Tenía el ojo izquierdo cerrado, con el párpado negro, rodeado de un aro rojizo, donde la había golpeado aquel miserable un instante después de que ella le lanzara una patada entre las piernas, obligándolo a caer al suelo de la discoteca, doblado en dos. El porrazo que ella recibió fue mecánico y no pudo evitarlo. Todavía se preguntaba si el golpe resultaba de una reacción contra la patada o si habría llegado de todos modos. La culpa la tenía Juliana por haberle coqueteado al hombre. Lo había estado mirando de reojo y sonriéndole hasta que el hombre se acercó al bar donde bebían un trago y empleando el nombre vulgar del francés para llamar a las gays le dijo algo así como: «Lesbiana tú, qué desperdicio». En seguida la tomó del brazo para llevarla a la pista de baile y Juliana empezó a seguirlo. Ella se interpuso entre ambos y el hombre la observó con ojos viciosos diciéndole: «¿Te imaginas que puedes monopolizar a una belleza como esta? Mírate al espejo». Fue entonces cuando lo insultó y casi simultáneamente le dio la patada y recibió en el ojo el puñetazo de aquel miserable. Aturdida, con un hilo de sangre que le rodaba por la nariz, empujó a Juliana hasta la calle. Ya en el apartamento, mientras se ponía un cubo de hielo sobre el ojo amoratado, Juliana empezó a hacerle reproches. No tenía ningún control de sí misma, le dijo; bailar no la comprometía y de todos modos estaba hasta la coronilla de sus celos que atraían la atención de la gente y la ponían en ridículo. Entonces ella, Toti, se vio tal como era, una vejancona corriendo como gallina clueca detrás de una muchacha de veinte años. Ahí mismo le dijo a Juliana que arreglara sus maletas y se instalara en cualquier hotel, cosas que hizo feliz y contenta. Desde la sala donde se había refugiado poniéndose sobre el ojo trozos de hielo envueltos en un pañuelo, la oyó llamar por teléfono a una modelo amiga suya y a un taxi para que la condujera a su nueva residencia. Ella, Toti, no lloró, pero cuando Juliana salió de su apartamento sintió un estruendo en su cabeza. Así pues la había abandonado porque era vieja y probablemente fea, como le dijo el hombre antes de golpearla.

Virginia y sus primas, a quienes llamó al día siguiente, se deslizaban hacia la vejez con sabiduría, pero en ese mundo despiadado de las lesbianas donde solo contaba el poder del dinero, la belleza y la juventud, entrar en años resultaba fatal. Les habló de eso y ellas la comprendieron. Pero ella tenía dinero y había muchas Julianas en el mundo dispuestas a seguirla para utilizarla como estribo, le hicieron notar sin cinismo, más bien con una sosegada franqueza. Ahí mismo resolvió volver a Caracas apenas se le curara el ojo amoratado y buscar a otra muchacha a quien jamás traería a París. Se prometió, además, asumir su condición de mujer independiente y dejar de tenerle miedo a la soledad. Solo ahora se daba cuenta de cuán ridículos resultaban sus deseos de mantener una relación permanente y formar una pareja como marido y mujer. Lesbiana, estaba destinada a las aventuras pasajeras como van y vienen las olas sobre la playa.

Sentada al lado de Luis, Ester miraba a la gente que venía a la inauguración del apartamento de Isabel. Salvo una o dos personas, todos parecían de buena clase, lo que de por sí no estaba mal. Luis había insistido en traerla pues quería presentarle a Gaby. Y Gaby le había caído bien. Según había oído decir era una aventurera que recorría el mundo entero con sus aparatos de fotografía, todavía bonita y nada convencional. Sentía el deseo de hablarle, de contarle su vida y solo la detenía la presencia de Luis. A ella seguramente podía decirle cómo los hombres la atraían y le repugnaban al mismo tiempo y de qué manera su vida era una sucesión de fracasos sentimentales. En el fondo no le importaba, pero ahora que comenzaba a notársele la vejez tenía miedo de quedarse sola. Dentro de pocos años no podría envolver a un hombre en la redes de su seducción. Su última captura importante había sido Aníbal del Ruedo, guapo, distinguido y con dinero, aunque le faltaba un poco de fuerza para excitarla realmente. A ella le gustaban los hombres agresivos que vencían sus pudores de alumna de monjas, pero solo para hacer el amor. Era como la tigresa que ataca con ferocidad al macho después de la copulación. Hacía mucho tiempo, sin embargo, que había disociado el acto sexual de las relaciones amorosas, pero estas se impregnaban necesariamente de algo parecido a la promiscuidad. Los hombres despedían olores, roncaban, eructaban y se sonaban la nariz, acciones que le producían asco. Y luego había el problema de la libertad. Ella prefería ganar su propia vida y mantenerse disponible para encontrar nuevas aventuras. No se veía a sí misma pasar todo el santo día en una casa esperando la llegada de un marido o soportando su presencia. Necesitaba un horizonte despejado donde se perfilaban las siluetas de las mujeres independientes. Claro que ella no era como Gaby y las otras: pedía regalos y dinero cuando no obtenía placer. Le parecía justo ser recompensada por entregar su cuerpo a la voluptuosidad masculina. Si en cambio gozaba, como le ocurría con Luis, no exigía nada. Eso, por muy cínico que fuera, solo lo podía entender una mujer, Gaby por ejemplo. Sabía que la llamaba cortesana, pero si le explicaba su rabia y su frustración al sentirse utilizada terminaría por comprenderla. Sus hijos la admitían tal como era. Habían debido hacer un esfuerzo enorme, sobre todo los varones, para aceptar que ella pasara de un amante a otro. A lo mejor creían que buscaba el amor sin encontrarlo, cuando ni ella misma sabía lo que perseguía. Cada vez que conocía a un hombre interesante sentía en el cuerpo una zozobra y un apremio que solo desaparecían después de haberlo amado. Si las cosas funcionaban bien era invadida por un sentimiento de inaudita repugnancia y recordaba con horror las mañas de las cuales se habían servido para darle placer. Odiaba que su cuerpo fuera una cosa manoseada sin ningún respeto.

Antes de conocer a Aníbal del Ruedo había conocido en una fiesta a Pierre, un ejecutivo de treinta y cinco años que trabajaba en una oficina de compra y venta con los países del tercer mundo. Durante cinco meses creyó amarlo, pero apenas llegó el mes de agosto Pierre se fue a Ibiza, donde veraneaban sus ricos clientes franceses. Lo siguió por su lado y una noche lo encontró en la discoteca de moda, acompañado por una mujer tan mayor como ella, que parecía envuelta en una aura de opulencia: sobre el bronceado pecho lucía un collar de esmeraldas y era evidente que su vestido salía del almacén de un gran costurero. Pierre pasó frente a ella fingiendo no verla. Entonces comprendió que era una especie de chulo de las esposas de sus clientes y que de esta manera hacía sus negocios. Divertía a las mujeres durante las vacaciones y obtenía el privilegio de trabajar con sus maridos el resto del año. Por eso le había gustado tanto a ella, porque estaba acostumbrado a complacer los caprichos femeninos sin violentar su naturaleza de seductor y, en consecuencia, sin crear en sus conquistas un sentimiento de culpabilidad. El acto amoroso debía pasar por esa cuerda floja para producirle una sensación de armonía y de paz. Pero la traición de Pierre la dejó curada de espanto. No volvió a verlo y cuando la llamaba por teléfono le colgaba la bocina sin decir una palabra. Si Gaby tenía inteligencia, como aseguraba Luis, se daría cuenta de que ella no era una simple cortesana.

Para casarse con Ester, recordaba Luis, había decidido pedirle el divorcio a Gaby, que le firmó sin comentarios los documentos que él le presentó. Ahora todo se estaba tramitando en Colombia y Ester se había comportado como es debido los últimos meses. Cierto, Arturo Botillón y Aníbal del Ruedo tenían ambos una nueva amante y Gustavo Torres no había vuelto a aparecer por París. Sin embargo sabía en el fondo de su corazón que en la primera oportunidad Ester le sería infiel, pero no quería envejecer solo y para ordenar una casa era tan desvalido como un niño. Ella se encargaría, al menos, de darle instrucciones a la criada. Con sus ahorros se había vuelto socio de la empresa para la cual trabajaba y podía satisfacer sus caprichos y cenar en un buen restaurante todos los días. Pero Ester no iba a los restaurantes con el propósito de comer, sino a fin de lucir sus vestidos y encontrar nuevas aventuras. Era como si él mismo preparara la cuerda destinada a ahorcarlo. Ese matrimonio, si se realizaba, lo haría infeliz y pasaría el resto de su vida sintiéndose un cornudo. Él tenía una ventaja sobre todos los hombres: a su lado Ester conocía el placer mientras que con los otros era frígida. No resultaba suficiente, como lo comprobaba desde hacía años. Ester buscaba seducir, jóvenes o viejos, y solo estaba contenta cuando los tenía a sus pies. ¿Qué significaba esa conducta? A lo mejor había una explicación cuyo sentido se le escapaba y, quizás, ¿por qué no?, una filosofía que Ester glorificaba de manera empírica.

Había oído hablar del diario de un tío de Virginia que coleccionó conquistas antes de pegarse un tiro. Ester nunca haría eso: estaba feliz de vivir y de los placeres terrenales que la existencia le brindaba. ¿Y si tenía la razón? Era él quien se obstinaba en desposarla plegándose a las convenciones sociales. Y era ella la libertina, la aventurera, la independiente, aunque a veces se hiciera pagar. Ester sentía una verdadera fascinación por los hombres que encarnaban el poder, todo lo contrario de Gaby, para quien la búsqueda de autoridad era un síntoma de sexualidad sublimada y, en consecuencia, una forma de impotencia, la incapacidad de gozar plenamente y entregarse sin reservas al placer. ¿Qué hacía Gaby con ese poeta alemán que la quería pura como si fuera un lirio? Lo dejaría tarde o temprano aunque su mundo en París se estuviera desintegrando. Él, Luis, no soportaba la idea de perderla. Por eso le había presentado esa noche a Ester, para que se volvieran amigas y Gaby siguiera formando parte de su vida.

Al fin Gilbert había realizado sus proyectos, conducirla al matrimonio con bombos y platillos, se decía Isabel. Hubo la ceremonia civil y ahora celebraban la fiesta inaugurando el hermoso apartamento que le había regalado Marina de Casabianca. Solo había traído sus libros y su máquina de escribir porque Gilbert no quería saberla rodeada de objetos que le recordaran el pasado. Prudencia inútil: desde la primera vez que se amaron sintió que su existencia anterior se borraba de su memoria. Del ayer quedaban las gemelas y Gilbert las adoraba. Hoy comenzaba su vida en ese apartamento cubierto de alfombras persas y con muebles escandinavos. No dejaría de trabajar a fin de mantenerse independiente aunque Gilbert ganara veinte veces más que ella y así dispusiera de facilidades económicas hasta entonces imposibles para alguien obligado a contar los centavos. Podría viajar, darles regalos a sus hijas y dejar de preocuparse por la vejez. Gilbert se reía de sus inquietudes y juraba que la amaría aunque se volviera una ancianita arrugada como una uva pasa. Thérèse veía en su mano una línea de vida interminable, más larga en todo caso que la de Gaby, que parecía haberse apocado desde sus relaciones con aquel poeta alemán, y que la de Virginia, afligida por una enfermedad cardíaca que apenas se cuidaba. A ella le dolía verla cada día más abatida y triste. Virginia parecía no darse cuenta, pero su cuerpo muy delgado se encorvaba y miraba con ojos de niño abatido. Se negaba a consultar a un especialista porque sabía que de inmediato le ordenaría ir a un hospital. Resultaba curioso que fuese ella quien se preocupara por sus primas cuando siempre había sido todo lo contrario. Gaby y Virginia le habían pasado dinero para pagar los estudios superiores de las gemelas, Ángela de Alvarado le compraba vestidos para que se presentara bien en sus recepciones y Marina de Casabianca le había regalado aquel apartamento. Todas ellas, Louise, Olga, Florence, Thérèse y Anne habían sido como luciérnagas en los momentos oscuros de su vida. Compasivas y bondadosas, le habían dado la sensación de poder contar con alguien cuando la acechaba la angustia. Las quería tanto como a sus hijas y mucho más de lo que podría amar a Gilbert. Pero eso jamás se lo diría. Sus relaciones con sus amigas eran sagradas y debían permanecer al margen de cualquier discusión. Todos aquellos años pasados juntas soportando lo mejor y lo peor habían creado entre ellas vínculos de solidaridad silenciosos y secretos.

Vio que Gaby salía discretamente del salón seguida de Virginia y decidió acompañarlas hasta la calle. Como Virginia no se atrevía a manejar desde hacía seis meses, Gaby fue a buscar su automóvil para llevarla a su estudio. Lo trajo hasta la puerta del edificio, se bajó y al instante ella, Isabel, se dio cuenta de que tenía en las manos una cámara fotográfica. Un mal presentimiento le cruzó el espíritu y alcanzó a decir: «No lo hagas», en el momento en que el flash las fijaba para la eternidad y, ya sin vida, Virginia caía al suelo con una expresión atónita.

Este libro se terminó
de imprimir en
Móstoles, Madrid,
en el mes de
febrero de 2021

«Para viajar lejos no hay mejor nave que un libro.»

EMILY DICKINSON

Gracias por tu lectura de este libro.

En **penguinlibros.club** encontrarás las mejores
recomendaciones de lectura.

Únete a nuestra comunidad y viaja con nosotros.

penguinlibros.club

Penguin
Random House
Grupo Editorial

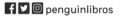 penguinlibros